西南民族大学中央高校基本科研业务费专项资金优秀学术成果资助项目

汉藏文论比较

马建智 著

COMPARISON OF
CHINESE AND TIBETAN LITERARY
THEORIES

中国社会科学出版社

图书在版编目(CIP)数据

汉藏文论比较/马建智著.—北京:中国社会科学出版社,2022.4
ISBN 978-7-5203-9682-0

Ⅰ.①汉… Ⅱ.①马… Ⅲ.①中国文学—古代文论—研究②藏族—少数民族文学—古代文论—研究—中国 Ⅳ.①I206.4②I207.914

中国版本图书馆 CIP 数据核字(2022)第 023415 号

出 版 人	赵剑英
责任编辑	郭晓鸿
特约编辑	张金涛
责任校对	夏慧萍
责任印制	戴　宽

出　　版	中国社会科学出版社
社　　址	北京鼓楼西大街甲 158 号
邮　　编	100720
网　　址	http://www.csspw.cn
发 行 部	010-84083685
门 市 部	010-84029450
经　　销	新华书店及其他书店
印刷装订	北京君升印刷有限公司
版　　次	2022 年 4 月第 1 版
印　　次	2022 年 4 月第 1 次印刷
开　　本	710×1000　1/16
印　　张	20.5
插　　页	2
字　　数	296 千字
定　　价	118.00 元

凡购买中国社会科学出版社图书,如有质量问题请与本社营销中心联系调换
电话:010-84083683
版权所有　侵权必究

目 录

前言 ………………………………………………………………（1）

第一章　汉藏文论的历史发展及总体比较 ……………………（1）
第一节　汉族文论的历史进程 ………………………………（1）
第二节　藏族文论的发展流变 ………………………………（13）
第三节　汉藏文论的总体比较 ………………………………（22）

第二章　文原于道与神谕迷狂：汉藏文学起源发生论 ………（62）
第一节　文原于道 ……………………………………………（62）
第二节　神谕迷狂 ……………………………………………（70）
第三节　生命体验与生命创造 ………………………………（76）

第三章　言志抒情与载教颂神：汉藏文学内容构成论 ………（84）
第一节　言志抒情 ……………………………………………（84）
第二节　载教颂神 ……………………………………………（90）
第三节　言志抒情传统与雪域宗教文化 ……………………（100）

第四章　因用释体与以形为体：汉藏文学文体论 ……………（113）
第一节　因用释体 ……………………………………………（113）
第二节　以形为体 ……………………………………………（124）

第三节　体用不二的思维与口传文学的传播 …………………（141）

第五章　赋比兴与修饰(庄严):汉藏文学表现方法论 ……………（151）
　　第一节　赋比兴 ………………………………………………（151）
　　第二节　修饰(庄严) …………………………………………（160）
　　第三节　以意为主与语言崇拜 ………………………………（176）

第六章　伦理道德与宗教道德:汉藏文学道德教化论 ……………（187）
　　第一节　伦理道德教化 ………………………………………（187）
　　第二节　宗教道德教化 ………………………………………（191）
　　第三节　宗法制度与宗教统治 ………………………………（196）

第七章　象、境与情、味:汉藏文学审美创造论 …………………（204）
　　第一节　象、境 ………………………………………………（205）
　　第二节　情、味 ………………………………………………（214）
　　第三节　内生创造与借鉴发展 ………………………………（224）

第八章　和谐与圆满:汉藏文学审美理想论 ………………………（234）
　　第一节　和谐 …………………………………………………（234）
　　第二节　圆满 …………………………………………………（248）
　　第三节　儒道禅哲学与藏传佛教哲学 ………………………（253）

第九章　尚文气与崇诗艺:汉藏文学创作主体论 …………………（264）
　　第一节　尚文气 ………………………………………………（265）
　　第二节　崇诗艺 ………………………………………………（274）
　　第三节　艺术体验与话语生成 ………………………………（290）

参考文献 ……………………………………………………………（303）

前　言

我国是一个多民族的国家，中华文明走到今天，是各民族文化长期融合发展的结果。现在的56个民族，汉族的人口占据绝大多数，汉族的文化成为我国当下文化的主体。由于历史上我国各民族之间的交往交流频繁，甚至一些地区多民族长期杂居，因而各民族的文化有较多的共通性，同时由于地域、经济和生活方式的差异，也形成了各自不同的文化特色。文化不仅表现在物质层面，更多地体现在精神层面。精神文化的重要载体之一就是语言文字。我国各民族的语言文字呈现出种种不同的情形：有的民族有自己的语言和文字，有的民族有自己的语言但没有文字，还有的民族使用的就是汉语和汉文字。尽管各民族语言文字承载的文化存在着或大或小的差异，但是，各民族的文化都是中华民族文化的重要组成部分，这造就了中华民族文化是多元一体的文化。我国文学的发展也体现了这一特征，是多元一体的文学。汉族文学是主流，各少数民族文学是重要的支流，在历史发展中各民族相互学习交流，共同创造了辉煌灿烂的中华文学。中华传统文论的发展也是如此，汉族文学理论在不断吸收少数民族的文学理论新的因子中发展，各少数民族文学吸收融合汉族文学理论，形成了本民族的特色。从整体上看，中华传统文学理论是多元中有整一，整一中有多元。因此，我们研究中华文论不仅要深入研究汉族的传统文学理论，还要全面研究少数民族的文学理论，并且在比较中总结出他们对文学审美规律的共通认识。这样，才能真实全面地展现中华民族传统文学理论的全部内涵，才能增强我国各族人民的中华民族共同体意识。

在一个相当长的时期内，学界对我国少数民族文学理论关注的力度不够，通常所说的"中国古代文论"基本上限于汉族的古代文学理论。目前学术界对少数民族文论的研究逐渐重视，但是就研究的状况来看很不平衡，一部分少数民族的文论研究已取得了不少成果，而更多的少数民族文论研究的广度和深度尚显不足，许多有价值的理论资源亟待开发。如具有较为完备体系的藏族文论的研究就需要学界给予更多的关注。在少数民族文论研究中，我们不仅要加大搜集整理翻译的工作力度，还要开展理论的综合和专题研究，并且在此基础上进行多层面的比较，以使各民族的文论能相互沟通融合，取长补短。只有真正地做到了这一点，我们才能谈得上重写一部较为全面的"中国文学理论批评史"，才能为创建中国的新文论提供更为丰富的可资借鉴的理论资源。

中国少数民族文论是一门年轻的学科。它滥觞于20世纪80年代初，大致以1992年为分界，可以分为两个阶段。前一个阶段主要是资料的发掘和整理，后一个阶段在继续发掘整理的基础上进行了综合研究，取得一定成果。1981年，云南的中国民间文艺出版社出版了岩温扁搜集翻译的《论傣族诗歌》。同年内蒙古教育出版社出版了巴·格日勒图编的《蒙古族作家文论选（1721—1945）》，1985年巴·格日勒图又编选了《蒙古文论精粹》，由内蒙古文化出版社出版，可惜两部书都没有汉译本。1987年，新疆人民出版社出版了买买提·祖农、王弋丁主编的《中国历代少数民族文论选》，收录了15个少数民族36位论家的66篇作品。1988年，四川民族出版社出版了康健等整理翻译的彝族理论家举奢哲和阿买妮（女）撰写的《彝族诗文论》，同时，阿买妮的《彝语诗律论》、布独布举的《纸笔与写作》、布塔厄等的《论诗的写作》和举娄布伦的《诗歌写作谈》也相继出版。1989年，四川民族出版社又出版了由鲁云涛等编纂的《中国少数民族古代美学思想资料初编》，选入少数民族的古代文艺、美学论著55篇（部）40余万字。1990年，贵州人民出版社相继推出布麦阿钮、布阿洪、漏侯布哲、实乍苦木等古代彝族理论家撰著的《论彝诗体例》《彝诗例话》《彝诗史话》《诗音与诗魂》《论彝族诗歌》《谈诗说文》《彝诗九体论》等汉文译本。自1992年开始，中国少数民族文论的研究由一般的评述翻译走向了深层次的理论探讨。具有代表性的成就是王佑夫主编的《中国古代民族文论综述》在中央民族学院出版社出版。这是我国第一部少数民族文学理论的史论著作，标志着我国少数民族古代文论学科的初步建立。1994年新疆人民出版社又出版了王弋丁、王佑夫、过伟主编的《少数民族文论选释》。之后的主要著作还有：王佑夫主编《中国古代民族诗学初探》（民族出版社2002年版），王佑夫、艾光辉、李沛《中国少数民族文学批评史》（新疆大学出版社2014年版），巴莫曲布嫫《鹰灵与诗魂——彝族古代经籍诗学研究》（社会科学文献出版社2001年版），何积全《彝族古代文论研究》（民族出版社2012年版），等等。尤其值得重视的是，2005年北京大学出版社出版了由彭书麟、于乃昌、冯育柱主编的《中国少数民族文艺理论集成》。这部书结集了上自远古、下迄1949年约两千年间，4个古代民族和44个今称"少数民族"的112位知名作者和55位佚名作者共370多篇文艺理论作品，总计一百多万字。其中还收集了20世纪90年代以后的许多新发现的著作和新翻译的作品。这个时期，《民族文学研究》杂志专门开辟了"古文论研究"专栏，为民族文论研究提供了一个交流阵地。发表的文章大都属于微观研究，即对某个民族文论中某个专题的研究，而综合性、全面性、系统性的宏观研究成果尚不多见。2011年王佑夫主持的国家社科重大项目"《中国少数民族文学理论批评文库》编纂与研究"获得批准立项，现在已经完成了各卷所需文学理论资料的搜集、整理以及翻译的工作，陆续发表了一系列相关的研究成果。2012年以后，历届少数民族文学年会上学者们就少数民族文论的构建提出了许多有价值的建议和看法，也提交了相当数量的有关论文，对推动少数民族文论的研究起到了积极作用。总体上看，原始资料的收集、挖掘、整理和翻译是研究过程中必不可少的基础性工作，但是，要全面展现我国少数民族的文学理论就必须在更广阔的视域多层面地深入研究。

就藏族古代文论的研究看，学界的研究主要集中围绕注解阐释《诗镜》的一大批著作展开，而对藏族学者的其他著作较少涉及。《诗镜》是古印度檀丁的诗学著作，随佛教传入藏族地区，受到藏族学者推崇，产生了众多的注疏本和例诗本的著作。传统研究注重对《诗镜》语句注释、名词解释、重要理论概念的补充和完善、增加新的理论范畴；现代研究则把原著和后来阐释的著作从多层次视角研究，尤其偏重用现代文艺理论加以阐释。从现有的成果看，汉文著作有金克木翻译注释的《诗镜》第一章和第三章（部分），收入他的《古代印度文艺理论文选》①。汉文全译本是赵康完成的，1989年全译本收入《中国少数民族古代美学思想资料初编》②。黄宝生将梵文本和藏文本加了些注释，编入《梵语诗学论著汇编》③。赵康编译了藏文、拉丁文、梵文、汉文写成了《〈诗镜〉四体合璧》④等。总之，汉文翻译整理的藏族文论著作还比较少，综合研究的广度深度不够，尤其是汉藏文论的比较研究亟待拓展。

藏族有关《诗镜》的现代学术研究起步较晚，20世纪80年代才展开。我们可以把它分为两个阶段⑤：

第一阶段，20世纪80年代至21世纪初。这一时期诞生了大批藏文、蒙古文、汉文成果。这些成果继承了藏族《诗镜》的研究传统，在现代诗学的视域下，广泛借鉴新的理论方法，实现从传统研究到现代研究的转型。这时的研究主要从以下几个层面展开：其一，《诗镜》原

---

① 金克木：《古代印度文艺理论文选》，人民文学出版社1980年版。
② 《中国少数民族古代美学思想资料初编》编写组：《中国少数民族古代美学思想资料初编》，四川民族出版社1989年版。
③ 黄宝生：《梵语诗学论著汇编》（上册），昆仑出版社2008年版。
④ 赵康：《〈诗镜〉四体合璧》，中国藏学出版社2014年版。
⑤ 参见树林《中国当代〈诗镜论〉研究述评》，《民族文学研究》2018年第2期。

著的重新解读和研究。如改觉首先探讨《诗镜》这一词语的含义及《诗镜》发生发展的历史，然后阐明《诗镜》的内容结构①。措西·多杰扎西提出《诗镜》是关于"诗"的理论，也是修辞学著作②。多吉次仁用大篇幅分析探讨《诗镜》各理论范畴，探讨《诗镜》与修辞学问题、《诗镜》具体理论问题等③。赵康对藏文《诗镜》萨迦手抄本、北京版大藏经《丹珠尔》声明部第140卷117函刊印之藏文《诗镜》全文、拉萨本、扎什伦布寺版本、拉卜楞寺印经院版本、德格印经院版本、达兰萨拉本、青海民族出版社1957年版及1981年再版《诗镜注》中的各《诗镜》本进行逐一说明，指出几种版本间某些翻译的区别④。另有文学史论著探讨《诗镜》的基本内容和理论构架，并放在整个梵语诗学中阐述其理论特点及价值，如庄严论、风格论等⑤。其二，《诗镜》范畴研究。热贡·多吉卡对生命概念进行创造性探讨，将其分成他人的"生命"观与自己的"生命"观，提出自己独特的观点。⑥ 热贡·多杰卡还探讨了作为文学作品形式的"形体"，认为"诗"这个名词的意思与"创作论"相同，形体也可分为两种，即有词语形体和创作形体两种⑦。其三，对藏族诗学和文学创作的影响研究。如哥顿提到《诗镜》作为印藏小五明之一，对藏族文学创作和文学理论甚至佛学著作的影响⑧。赵康等学者的汉文论文涉及《诗镜》的基本内容及其对藏族诗学的影响。赵康不仅分析介绍《诗镜》的基本内容和理论框架，还探讨其在诗学中的影响。另有不少著作分析介绍《诗镜》的基本内容和结构特点，探讨其在藏区传播发展的情况，揭示藏族《诗镜》著作

---

① 改觉：《〈诗镜论〉简介》（藏文），《西藏民族学院学报》1981年第4期。
② 措西·多杰扎西：《〈诗镜〉有关问题辩》（藏文），《中国藏学》1997年第4期。
③ 多吉次仁：《谈〈诗镜〉》（藏文），《西藏研究》1986年第3期。
④ 赵康：《八种〈诗镜〉藏文译本考略》，《西藏研究》1997年第2期。
⑤ 季羡林主编：《印度古代文学史》，北京大学出版社1991年版；黄宝生：《印度古典诗学》，北京大学出版社1999年版。
⑥ 热贡·多吉卡：《略谈修辞学之核心即srog》（藏文），《西藏研究》1992年第2期。
⑦ 热贡·多杰卡：《谈诗学形式》（藏文），《西藏研究》1988年第1期。
⑧ 哥顿：《略谈〈诗镜〉的民族化过程》（藏文），《中国藏学》1997年第2期。

的创造性特点，如"生命"说的提出及新的修饰法的发现等①。

第二阶段，21世纪以后。进入21世纪，专题研究和综合研究同时进行。阿·额尔敦白音根据《诗镜》和藏蒙高僧的相关论述，探讨《诗镜》"生命""形体""庄严"三个概念和范畴，并阐述三个范畴之间的关系，阐明《诗镜》共同修饰的内涵，探索《诗镜》理论体系中的重要范畴之一"诗病"的理论和实践价值②。树林比较系统地探索《诗镜》"病论"和"命论"两个重要范畴的理论来源③。仁增探讨了藏族历史中产生的《诗镜》对"诗"的概念的不同理解、产生的原因、如何理解才能适合《诗镜》原理论的理论含义等问题④。

在综合研究上，希日布编写的教材讲解《诗镜论》的历史、形体、生命、意义修饰、字音修饰、不同修饰等内容⑤。边罗在研究十几种译本和注释本的基础上，力图解释《诗镜》的本意，勾勒出《诗镜》原意的举例脉络，并阐释了其中所蕴含的修辞手法规律。吴钰·散毕顿珠从《诗镜论》藏译历史、《诗镜论》创作核心和功能、创作的形体、创作论主题、创作表现（表达）方法、创作的努力、创作流派、生动修饰法、姿态修饰法、除病、当代学者关于《诗镜》的观点十一个方面研究探讨《诗镜》，深化了《诗镜》研究⑥。宁周尖参以问答的形式对《诗镜》中的修辞学疑难问题进行深入浅出的解释，为初学者

---

① 赵康：《〈诗镜论〉与西藏诗学研究》，《民族文学研究》1989年第1期；赵康：《〈诗镜论〉及其在藏族诗学中的影响》，《西藏研究》1983年第3期。
② 阿·额尔敦白音：《论诗镜生命、形体、庄严》，《内蒙古社会科学》（蒙古文版）2002年第4期；《关于诗镜论共同修饰》，《内蒙古大学学报》（蒙古文版）2003年第6期；《论诗病》，《蒙古学》（蒙古文版）2004年第3期。
③ 树林：《诗镜病论研究》（一、二），《内蒙古大学学报》（蒙古文版）2010年第4期、2011年第3期；《诗镜"命论"（一）——诗镜"命论"的理论来源及藏蒙诗镜"命论"》，《内蒙古大学学报》（蒙古文版）2015年第1期；《诗镜"命论"（二）———蒙古族高僧诗镜"命论"中蕴含的文学原理》，《内蒙古大学学报》（蒙古文版）2015年第3期。
④ 仁增：《浅析〈诗镜〉中诗的概念》（藏文），《青海民族学院学报》2006年第1期。
⑤ 边罗：《"诗镜"第二篇章修辞示范简要》（藏文），西藏人民出版社2010年版。
⑥ 吴钰·散毕顿珠：《古典〈诗镜〉研究》（藏文），民族出版社2011年版。

和研究者提供方便①。恰嘎·旦正对《诗镜》著作中论述的重点、其中蕴含的创作论观点、当代诗学（创作论）理论中论述的观点等比较分析，探讨《诗镜》在藏区的翻译研究，将其发展为藏族具有创造性的诗学著作的过程②。

总体上看，《诗镜》研究在成果、方法上都取得了一定成就。藏文《诗镜》研究结合传统与现代研究的方法，对《诗镜》内容的探讨更为全面，包括名词术语及例诗的阐释、宗教典故和宗教名词含义的解释、诗学理论概念等。汉文《诗镜》研究则从最初的翻译注释和介绍，到后来的藏文诗学某一理论范畴的解释和研究，再到《诗镜》的审美研究、本土化研究。蒙古文《诗镜》研究除了翻译注释外，更多地是用现代文艺理论阐释和转换诗镜理论，探讨《诗镜》中的某一范畴和概念、审美意义、诗学价值等。但是，与丰富的《诗镜》阐释著作和浩瀚的藏族文献相比，我们的研究还远远不够。还有大量的藏文诗学著作未被关注或深入研究，还有更多的混杂在藏族各种哲学、历史、宗教著作中的文学思想未被全面挖掘，还有藏族民间文艺中以口头的形式流传下来的许多有价值的文学思想未被整理重视。目前《诗镜》原著的研究论著重复性的介绍分析较多，缺乏一些理论范畴的新发现、新解释，缺乏具有哲学深度的研究或系统研究。尤其是缺乏汉藏比较研究的拓展，缺乏东方和世界诗学的广阔视野。

一 研究的价值和意义

第一，汉藏文论比较研究可以超越中国古代文论只有汉族文论的单一性，可以超越以汉族文论解释各民族文论的思想视野的局限性，从而彰显中华传统文论的多民族性和丰富性。汉族的文学理论虽说有自己的传统和特色，但在历史的演进过程中呈现出不同的时代风貌，尤其是不

---

① 宁周尖参：《〈诗镜〉问答》（藏文），青海民族出版社2012年版。
② 恰嘎·旦正：《古印度〈诗镜〉成为藏族文学理论的过程与经验》，《西藏研究》（藏文版）2004年第3期。

断地吸收外来文化和周边少数民族的文化而发展。如汉族和藏族都吸收了印度佛教文化,同时又在发展中相互借鉴影响,在诸多方面有相通和相似之处,但由于文化差异又呈现出不同的特征。因此,在比较中,汉藏文论可以相互观照、相互补充,为创建中国特色的文学理论提供更为丰富的理论资源。

第二,汉藏文论比较研究可以深入发现藏族文论存在的特殊形态,挖掘其理论价值,找到其对中国古代文论传统体系的独特贡献。藏族作为中华民族大家庭的一员,在社会、历史和文化等方面与汉族有许多共同性,但又有独特的一面,在生活方式、历史沿革、风俗习惯、宗教信仰、精神性格、文化传统等方面有自己的特殊性。藏族与汉族的文化既有相通性,又有差异性,这就决定了藏族与汉族古代文论异中有同、同中有异。藏族文学理论奠基于本民族的审美经验之上,在漫长的历史发展中,积淀了深厚的文化内涵,表现出不同的审美品位和历史文化特征,有许多独到精微之处,这是任何其他民族文学理论无法替代的。因此,通过汉藏文论的比较,我们可以更全面地推进对中华传统文论的深入研究。

第三,汉藏文论比较研究可以重新审视中国多民族文论的历史实际,以新时代全球化眼光充分认识文论史的多重生成机制,进而为创建新的中国文学理论提供学理依据。我国现代文学与古代文学相比虽然在内容和形式上有很大的变化,但是传统文论中一些有价值的因子仍然存活于我们当下的文学实践,成为当代文学理论的有机组成部分。再者,中华民族多种理论资源的生成过程有着不同的形态,以汉族文论与少数民族文论比较,就会发现文学理论生成的多种路径,这为我们提供有价值的历史经验,对构建新的有中国特色文学理论具有重要的参考价值。藏族传统文论在我国众多少数民族文学理论中是比较完整系统的,且独具特色。因此,汉藏文论比较就更具有现实和历史意义。

二 研究的对象和范围

我们现在通常所说的中国古代文学理论,实际上只是指用汉语写成的文学理论。这之中虽然包含了一些少数民族文论家用汉语表达的文学思想和文学观点,但又缺少了更多的少数民族的文论,我们所谓的中国古代文学批评理论史基本上成了一部汉语文学的文论史。当然,由于我国历史上民族众多,各个民族文学发展也不平衡,要写成一部囊括历史上各个民族的中华民族文论史则是非常困难的,至少在短时间内很难做到。当前面临的首要问题是,怎样区分汉族的文论和少数民族的文论呢?如果仅仅以族别区分,古代一些少数民族的文论家用汉语写成的著作又更多地与汉族的文化观念保持一致,并不具有突出的民族特色。因此,我们除了以文论家的族别区分之外,更重要的是以不同的语言文字来区分各个民族的文学理论。依据这样的标准,我们这里所说的汉族文论指的就是用汉语写成的文学批评理论,藏族文论则是用藏语写成的文学理论。

由于中国现当代的文学理论大面积地接受移植了西方的理论,在体系上已和传统文论大相径庭,因而从时限上来看,汉族文论主要是古代的,以"五四"新文化运动为截止时期,主要指从先秦时期到近代这一时间段。

目前对藏族文学理论的研究,不管是藏族学者还是非藏族学者长期以来主要关注的是藏族的诗学理论著作。这里所说的诗学是狭义的诗学概念,是修辞学的诗学,并非当代一般意义上基本等同于文艺理论的概念。藏族诗学主要借鉴和翻译阐释印度梵文的诗学著作,如对古印度檀丁《诗镜》的翻译解释举证的藏文著作就有100多种。这就会造成一些误解:一是认为藏族在《诗镜》原文未翻译成藏文之前,藏族地区没有诗学,也就是说没有文学理论;二是认为藏族的文学理论只是借鉴学习梵文的诗学著作,较少有藏族的理论形态的文学理论著作。由于以上认识视野的限制,长期以来我们对藏族文学理论的研究局限于少部分诗学著作研究,侧重于资料的整理挖掘,对其缺乏整体全面的了解。藏族世代生活在青藏高原上,不仅有着悠久的历史,还创造了灿烂的文化。从考古发现的材料看,早在几万年前的旧石器时代,藏族的先民就劳动、生息和繁衍在被称为"世界屋脊"的青藏高原上。在历史上，藏族在艰苦的高原生存环境中逐渐积累了丰富的文化遗产，单就流传下来的典籍资料看，我们现有的各个民族除了汉族，恐怕数藏族的典籍资料是最多的。如果从更大的研究视野上看，藏族的文艺理论也是非常丰富的，在一些宗教学、历史学和哲学中也蕴含了众多的文学艺术和美学的种种观点以及主张。如藏传佛教的《大藏经》，堪称"文化百科全书"；《西藏王统记》《贤者喜宴》《西藏王臣记》等历史学著作；还有著名的史诗《格萨尔王传》和一系列的故事格言等作品，都保留着丰富的关于文艺和美学的深刻的理性思考。不过，文论是一门理论学科，那就应该重点地研究各个时代表现为各种理论形态的著作。因此，我们对藏族与汉族文学理论进行比较研究，其主要对象就侧重于藏族的经典理论著作。目前可见的藏族主要文论著作有：萨班·贡嘎坚赞的《蒙童顺利入门论》《乐论》，五世达赖阿旺·罗桑嘉措的《西藏王臣记》《诗镜释难》，第司·桑结嘉措的《白琉璃论献疑·除锈复原》，尊巴·崔称仁青的《五明概论》，工珠·云丹嘉措的《知识总汇》，久·米旁的《歌舞幻化音乐》等。当然，我们的研究并不仅限于此，还要兼顾混杂在各种哲学、历史、宗教著作中的文学思想，还要关注民间文艺中以口头的形式流传下来的许多有价值的文学思想。

这里要说明两点：第一，12世纪之前藏族没有流传下来理论形态的文论著作，从13世纪开始藏族文论才诞生，在历史上不断发展，一直延续到当代。西藏和平解放后，由于受到意识形态和民族政策的影响，藏族的文学理论也发生了变化，而我们关注的只是藏族传统诗学的继承和发展情况。近些年我国的文学理论整体上受到西方的影响，呈现出色彩杂陈的局面，藏族的文学创作和文学观念也受其影响。这不在本课题讨论的范围，我们主要研究的是传统的藏族文学理论。第二，藏族文学理论无疑更多地吸收借鉴了印度诗学理论。藏族文论的兴起正是印度诗学庄严论兴盛的时期，庄严论认为诗歌由音和义两部分构成，因而要讲修饰，也就是庄严。公元12世纪后一些重要的印度诗学著作被译介到藏区，尤其是印度《诗镜》等诗学著作传入藏区，其内容很快为藏族所接受，并在长期的文学实践中不断创造和发展。经过藏族先辈学者们的翻译、注释、研究、应用和充实，它已经完全和藏族的文化相融合，事实上已经成为具有浓厚藏族色彩的文学理论著作。《诗镜》是七个多世纪以来指导藏族古典文学创作的一部重要理论著作，是藏族人民学习的小五明之一——诗学时采用的基本教材。《诗镜》对藏族文学理论及文学创作的影响是全面而深广的，藏族文论中许多重要的观点和思想是在不断注疏《诗镜》过程中结合藏族文学的实践逐步完善起来的。因此，《诗镜》是研究藏族文论的不可或缺的重要著作，我们在讨论藏族文论时不仅无法绕开它，还要以此作为重要的资料。

三 研究的内容

本书把藏族文论和汉族文论进行多层面的比较，是对中华文论整体研究的尝试，是对中国传统文论研究视域的拓展，是对少数民族文论研究路径的探索。全书共有九章，分为六个部分：

第一部分，即第一章，主要从宏观的层面简要论述了汉藏文论的历史发展及总体特征。从历史的视角梳理了汉族和藏族传统文论的特点，从总体上比较了汉藏文论的差异和共通之处。差异体现在：一、生成机制：汉族是内生原创，藏族是借鉴创新；二、文化背景：汉族是儒、道、佛哲学，藏族是苯、佛宗教；三、写作模式：汉族是片段感悟，藏族是译注例释。共通性表现在：一、都是以用为尚、知行合一；二、都是诗性思维，取象譬喻；三、都是潜隐逻辑，不重抽象。

第二部分，即第二章，主要从文学起源论上比较汉藏文论。汉族一般认为文原于道，藏族认为文原于神，从生命美学的深层看汉藏文论是相通的。汉族重视生命体验，追求人与道的合一，体道就是体悟人的存在，文学就是体验的产物，这体现了对人的生命的深切关注。藏族则以一种特殊神秘的视角感知到人的生命的巨大艺术创造力，对生命精神保持着神圣敬仰。

第三部分，包括第三、四、五章，主要从文学本体上比较汉藏文论，包括文学内容构成论、文体论和表现方法论。第三章，论述了汉藏文学表现内容的不同。汉族强调情志表达，藏族强调表现宗教教义，赞美神灵。汉族重视言志抒情是由于文学传统是以抒情为主，其哲学观念是天人合一的道气论和心性论。而藏族重视载教颂神的文化土壤是雪域高原民族文化，其思想根源在于浓厚的宗教信仰。第四章，论述了汉族文体论侧重于从功用上去界定论说文体，藏族文体论侧重于从形式上去把握规范文体。汉族文体论的成因主要在于汉族传统的体用不二的思维方式，体现了强烈的实用精神。藏族文体论的形成虽然受到了印度文论的启发和影响，但由于藏族文学保留了浓厚的口传文学的特征，口耳相传的传播方式必然会导致人们极为重视语言的运用。藏族文体论就是依据语言的特性规律，从文学的外在形式上去把握文体的。第五章，论述了汉族文论提倡的文学表现方法主要是赋、比、兴，藏族主要讲的是语言的锤炼和美化，就是语言的修饰，也称为庄严。汉藏文论总体上都对文学表现方法高度重视，但关注的侧重点不同，这体现出的是不同的言意观。汉族关注"意"的传达，赋、比、兴手法并不仅仅被当作修辞的技法，而更看重的是和所要表达的内容的联系，实质上是一种思维方法。藏族有语言崇拜的文化传统，他们认为语言具有神奇的力量，甚至可以通过语言感动神鬼，因此，藏族文论特别重视"言"的锤炼和美化。

第四部分，即第六章，主要从文学的功用论上比较汉藏文论。汉藏文论都非常重视强调文学的道德教化功用，不同的是，汉族文论的道德教化观念较少宗教文化背景，而伦理学的内涵则相对更为突出；藏族文论却和宗教密切相关，藏族以佛教道德伦理观为核心，建立了扬善除恶、因果报应、天人合一、宽厚、博爱等价值观念，藏族文学就是这些价值观念的最好的注脚和生动形象的阐释。汉族文论强调人伦道德是缘于维护古代的宗法制度而产生的宗法观念，以及士人阶层为实现自身的存在价值而做出的自觉行为；藏族文论强调的宗教道德是缘于藏族迈向文明的选择，也是为了维护藏族宗教统治的社会秩序的需要。

第五部分，包括第七章和第八章，主要从文艺美学视角比较汉藏文论。第七章，汉藏文学从审美创造的层面看，汉族文论关注的重点在创造出一个"象"与"境"统一的生命世界，从而建构起了"意象"论和"意境"论。而藏族文论的重点则是营造出"情"与"味"紧密联系的艺术世界，从而确立了"情"论和"味"论。从生成的过程看，汉族的"意象"论和"意境"论是从本民族的传统文化中孕育生长起来的，藏族的"情味"论是借鉴吸收了印度情味理论学说建构起来的。第八章，论述了汉藏文论追求的审美理想。汉族文学追求的审美理想是和谐，藏族文学追求的审美理想是圆满。表面看在表述上有很大的差异，实质上却是相通的。汉藏文论都追求一种整体和谐之美。表述的路径不尽相同的重要原因是其所依托的哲学观念不同。汉族文论所依据的是儒、道、佛禅的和谐理论，藏族文论所依据的是藏传佛教的圆满理论。

第六部分，即第九章，比较汉藏文论关于创作主体素养的问题。汉藏文论都非常重视创作主体的综合素质，但是各自强调的重点不同。汉族崇尚"文气"，认为文学作品生命来自作品的"气"，作品之"气"来自作家生命之"气"，因而作家要加强"养气"；藏族推崇诗艺，认为要写出优秀的诗歌，必须精通诗学，掌握写诗的技艺，因而作家最为重要的素养是有高超的诗艺。虽然它们各自的关注点不同，但是，在文论中是可以互补的，前者重点关注创作主体的生命体验，后者重点关注艺术表现的话语生成。这两者都是创作主体在创作中着力的重要环节，体验与话语相互生成、相互激发，是一个动态的循环过程，缺一不可。

四 研究的方法

我们比较汉藏文学理论期望能从一个侧面展现中华文论是包容了多民族文论传统与审美经验的真实面貌。研究的方法除了运用历史和逻辑相结合的方法、比较文学的方法，还运用文化研究的方法，即把文学理论与文化语境结合起来研究。藏族是一个古老的民族，聚居在美丽广袤的青藏高原，既受到中原汉族和周边其他少数民族文化的影响，也受到了印度文化的影响，又由于所处的地理和人文环境的影响，藏族有着鲜明的文化特色。因而，藏族古代文论具有特殊的文化内涵，具有独特的、较为完整的理论体系。在文化中研究文论，我们就可以更清楚地看到，藏族古代文论是一种富有民族特色的有价值的文学理论，应在中华传统文论体系中占有一席地位。研究方法有以下几个特点：

1. 宏观整体观照与中观局部探究相结合。汉藏文论是中华传统文论的两个主要组成部分，既有差异，又有共通性。我们在宏观的视野下梳理了汉藏文论发展的历史，比较了它们的总体特征，勾勒了汉藏文论的整体面貌。同时，又通过局部的深入探究获得理论事实的支撑，分别从文学起源论、文学本体论、文学功用论、文学审美论和创作主体论等方面做了比较分析。运用这种宏观的整体观照与中观的局部探究相结合的研究方法，可以多角度多层面地呈现汉藏文论丰富的内容和中华文论多元一体的特色。

2. 比较研究不求面面俱到，力求从点上突破。我们在比较研究中不是"摊煎饼"式平面展开，而是在某一个问题上突出一个点深入分析，以激活传统理论资源。如在研究文学本体时重点从内容构成论、文体论和表现方法论展开。内容构成论论述了汉族主要强调情志的表达，表现主体的感悟，而藏族主要强调教义的宣扬，赞美神灵的伟大。这其中的一个重要原因就在于汉族有着久远的抒情传统，而藏族主要是受到雪域高原民族文化的影响。文体论主要论述了汉族侧重于从功用上去界定论说文体，藏族文体论侧重于从形式上去把握规范文体。成因主要在于汉族体用不二的思维方式，藏族则更多地保留了浓厚的口传文学的特征。文学表现方法论主要论述了汉族的赋、比、兴和藏族的修饰（庄严）。其原因重点分析汉藏民族不同的言意观。这种比较研究的方法在其他章节中都得到了全面的体现。虽在局部章节中只突出一个点，但在全书上力求构成一个多层面的整体。也就是说，在比较时为了避免重复，因而一个问题只探讨了其中最重要的因素，这不是说它就是唯一的成因。汉藏文论的任何一方面的差异往往都是多种因素综合形成的,涉及了生命精神、哲学理念、社会文化语境、思维方法和美学旨趣诸多方面。因此,我们对汉藏文论深层根源的认识应秉持一种立体的视角,从多个层面来看待。

3. 比较研究既彰显汉藏文论的共通性和差异性,又追求汉藏文论整体互补的可能性。汉藏文论在文学起源论上尽管有"原道"和"神谕"的不同认识,但是从生命的意义上看却有一致性。汉藏文论在文学审美理想上有"和谐"和"圆满"之说,但都表达了对整体和谐之美的追求。汉藏文论在文学内容构成论、文学本体论、表现方法论、文学功用论和审美创造论等方面关注的重点和表述有较大的差异,但从文学理论整体上看可以形成互补。如创作主体论中汉族重点关注生命体验,藏族重点关注话语生成,生命体验和话语生成都是创作主体完成创作所应具备的两方面的基本素养,缺一不可。再从理论创建看,汉族立足内生创建之路,藏族采用借鉴吸收创新的方法,这两条路径对我们创建新文论都有启发。

第一章 汉藏文论的历史发展及总体比较

为了从整体上加以比较，我们有必要粗线条地分别梳理汉族与藏族文学理论的发展历史。汉族文论的历史源远流长，在德国思想家雅斯贝尔斯所说的人类的"轴心时代"（公元前800年—公元前200年），汉族文论就与古希腊、古印度的文论同步诞生了。季羡林称之为世界上三大诗学体系源头之一。藏族文论虽然起步较晚，但也经历了一个较长的历史时期。从资料记载看，在公元7世纪松赞干布时期就有了潜在的诗学，只是这些文论思想观点没能在历史文献中记录下来。直到13世纪初，藏传佛教萨迦派的领袖萨班·贡嘎坚赞在他的《智者入门》中介绍了印度著名的诗学著作《诗镜》的部分内容，并根据他学习梵文《诗镜》的心得体会做了阐释。这对建立藏族诗学和修辞理论是开拓性的尝试，也标志着藏族文论在借鉴学习中开始建构。后世的藏族学者不断地翻译、借鉴、吸收外来的文论，结合藏族的文学实践勇于创新，发展到今天，逐渐建立起了体系较为完备的藏族文论。

第一节 汉族文论的历史进程

随着社会历史和文学实践的发展，汉族文论的进程大致可以分为五个时期。

一 萌芽奠基期：先秦时期

先秦是指秦朝之前一个很长的历史时期，就文化创生成果来说，主要是指春秋战国时期。这个时期诞生了老子、孔子、墨子、孟子、庄子、韩非子、荀子等一批先哲，他们思考社会人生，探寻宇宙社会的根源，寻求解决社会人生问题的出路。他们的思想影响了中国之后文化的基本走向。这是中国文化的发端期，也是汉族文学批评理论的萌芽奠基时期。我们可以从以下三个方面来看：

其一，文学创作数量可观，许多作品已表露文学观点。《诗经》和《楚辞》是先秦时期保留下来的两部杰作。《诗经》收录的各类诗歌有305首，全部是西周初年至春秋中叶的合乐歌词。相传是孔子在之前收集的三千多首诗歌的基础上选择删定后编辑而成的。不难想象，在先秦长达数千年的历史上可能出现过难以计数的大批量的诗歌作品，但这些作品大部分都亡佚了。古人在文学实践活动中摸索总结出了文学创作的经验，也意识到文学的一些理论问题。在现存的《诗经》作品中就有明确表达了作诗动机的。《小雅·节南山》中有这样的诗句："家父作诵，以究王讻。式讹尔心，以畜万邦。"这表明作者写诗是要揭露周王的罪恶，希望周王能够改变心意，以便抚养万邦。《小雅·巷伯》也说："彼谮人者，谁适与谋？取彼谮人，投畀豺虎。豺虎不食，投畀有北。有北不受，投畀有昊！杨园之道，猗于亩丘。寺人孟子，作为此诗。凡百君子，敬而听之。"这首诗描写遭受谮人的诬蔑陷害，作诗者表达了无比的愤恨，表明作诗的目的就是要让人们警惕谮人。除了这些讽喻的作品，还有表达歌颂目的的诗作，据统计，《诗经》中明确表达讽喻目的作品有8首，歌颂目的的作品有3首①。在《楚辞》中，屈原《九章》的第一首《惜诵》开头就表明了自己的创作动机："惜诵以致愍兮，发愤以抒情。"屈原没有阐述他的文学思想，但"发愤抒情"这

---

① 郭绍虞：《中国历代文论选》（1），上海古籍出版社2001年版，第12页。

种说法就清楚地表达了屈原对文学的看法,即心中有所感愤郁结,就用文字表达出来。在文学史上这是第一次出现"抒情"二字,说明屈原已经意识到诗歌具有强烈的抒情特征。

其二,历史典籍著作夹杂的文论思想和观点。先秦时期的文学往往是诗、乐、舞三位一体,文学概念还很不清晰,著作典籍文史哲不分,文论思想和观点混杂在各类著作中。在《左传》《尚书》《周易》等典籍中,我们可以看到一些古人的文学思想和观点的表露。《左传·襄公二十九年》记载吴公子季札观周乐一事就包含了许多文学批评的内容。从季札对周乐的评论看,他把音乐(文学)和政治教化联系起来。他认为政治的治乱会对音乐(文学)产生很大影响,反过来说,通过音乐(文学)可以窥见一个时期政治教化的状况,也就是"考见得失","观风俗之盛衰"。季札论诗,和孔子非常接近,他注重文学的中和之美。季札的评论是印象式的批评,也是形象性的批评。"诗言志"是我国古人对诗本质特征的认识,被朱自清称为我国古代诗论的开山纲领。这个说法早在《左传·襄公二十七年》中就有记载,赵文子曾对叔向说:"诗以言志。"《尚书·尧典》中记录了舜的一段话:"诗言志,歌永言,声依永,律和声。"尽管这两条记录的含义有所不同,但都意识到诗可以言志。《左传》所谓"诗以言志"意思是"赋诗言志",指借用《诗经》中的某些篇章句子来暗示自己的某种意图怀抱。《尚书·尧典》的"诗言志",是指"诗是言诗人之志的",就是表达诗人的思想、抱负、志向。《周易》是产生于西周时期的一部占卜吉凶祸福的书籍,包含着丰富的哲学思想,用八卦、六十四卦解释宇宙生成的根源和变化规律。它提倡的天人合一、生生不息的精神影响了后世的文论思想,塑造了中国古代文论的基本品格。其中对"象"的使用和对"言、意、象"认知结构的解释,对后世中国古代文论话语系统的言说方式产生了重大的影响。

其三,诸子之学的文论思想和观点。周王室东迁以后,史称东周之春秋战国。学术重心由王宫逐渐移向民间,自老子、孔子、墨子以后,一时大思想家辈出，如孟子、庄子、荀子、韩非子等，皆著书立说，而成一家之言，据《汉书·艺文志》记载，当时有名的共有189家，4324篇著作。后来约有10家发展成了学派，对后世文论影响最大的是儒家和道家。

儒家主要是以功利主义为主要特征的文论思想，把文学看作一种手段和工具，在社会政治中发挥功用，通过学诗来塑造一种理想的"君子"人格。孔子的文论思想是把诗书礼乐看作一种政治教化的工具。孔子认为诗歌与音乐最重要的功能，就在于对社会具有重要影响作用，向上可以匡正君主，向下可以教化百姓，从而促使整个社会形成一个有序而和谐的整体。为此，孔子提出了一系列观点："兴于诗，立于礼，成于乐。""诵《诗》三百，授之以政，不达；使于四方，不能专对；虽多，亦奚以为？"①"《诗》三百，一言以蔽之，曰：'思无邪'。""小子何莫学夫诗？诗可以兴，可以观，可以群，可以怨。迩之事父，远之事君，多识于鸟兽草木之名。"② 后世孟子继承了孔子的思想，在文学理论批评上又提出了两个原则和方法，这就是著名的"以意逆志"说和"知人论世"说。此外还有关乎创作主体素养的"知言养气"说。荀子广泛吸取了诸子的思想，融合了各派文化思想，是一位集大成的思想家。《荀子》直接谈论文学的篇章不多，主要体现在对言辞、著作对"道""圣""经"关系的论述。提出了"明道""征圣"与"宗经"，奠定了中国古代文论"明道""征圣"与"宗经"三位一体文学观的基础，影响深远。

道家的代表人物是老子和庄子。老、庄著作主要讨论政治哲学和人生哲学，直接谈论文艺特别是文学的内容很少，但他们的思想对后世的文艺美学、文艺创作和文艺理论启迪甚大。道家关注的是人的内心世界的精神超越和自由，追求一种超功利的境界，在宁静中体悟生命的真

---

① 刘宝楠：《论语正义》，中华书局1990年版。
② 刘宝楠：《论语正义》。

意。因此,他们的思想具有艺术的精神,是和艺术最为相通的。他们提出"虚静""物化"是体道悟道的心境和状态,也是艺术创作心理的心境和状态。他们提出"道法自然"的法天贵真思想影响了后世文论对艺术自然朴素美的追求。他们提出"言不尽意""得意忘言"的观点,是对语言的深刻认识,对后世文学看重言外之意,追求意在言外都有重要的启发。

当然,先秦诸子文论思想还有墨家和法家,在历史上也产生过一定的影响,但是,他们对文学艺术的认识总体而言是消极否定的。先秦时期是中国文化的滥觞期,也是中国文论的源头,尤其是儒、道两家所表达的文学思想,几乎影响了中国文学批评理论两千年的发展轨迹。

二 发展成熟期:两汉、魏晋南北朝

汉代是中国文化史上的一个重要时期。汉初以黄老之术治理国家,随着国家的强盛,统治者需要一种与治理国家相适应的理论学说,以确立统治的合法性。因此,儒学在汉武帝时期就上升为统治地位的国家意识形态,儒学从一种诸子之说变为备受尊崇的经学。这个时期的文学批评理论在之前的基础上进一步发展,司马迁的文学思想和《毛诗序》就是代表。司马迁继承了孔子"诗可以怨"的观点,又汲取了屈原"发愤抒情"的思想,进一步提出了"发愤著书"的学说。这对后世文人敢于批判现实、关心民生疾苦产生了深远的影响。《毛诗序》全面总结了先秦以来儒家的诗学思想,确立了"诗言志"在中国文论中的重要地位和传统,系统论述了诗歌教化和讽谏的社会功能和作用,总结论述了诗歌体裁和创作手法的"六义"。《毛诗序》的理论内容非常丰富,在中国文学理论批评史上影响极为深远,在儒家思想占据正统地位的封建社会,它就是正统文学的理论纲领。

魏晋南北朝被称为"文学自觉的时代",是文学理论走向成熟的时期。东汉末年,经学逐渐衰微,魏晋时期玄学兴起,南北朝佛教大盛,随之而来人们开始重视人自身生存状态和生命价值的思索,整体的社会

思想也迎来了战国"百家争鸣"后又一次的解放。正如宗白华所言："汉末魏晋六朝是中国政治上最混乱、社会上最苦痛的时代，然而却是精神史上极自由、极解放，最富有智慧、最浓于热情的一个时代。因而也就是最富有艺术精神的一个时代。"① 在这样一个时代，文学理论取得了辉煌的成果，出现了大批的文论家和文论著作。如曹丕的《典论·论文》是中国文论史第一篇专门论述文学问题的论文。陆机用赋体写的《文赋》，是中国文论史上第一篇专门讨论创作问题的文章。刘勰的《文心雕龙》更是一部全面探讨了文学有关问题体系完备的专著。钟嵘的《诗品》是我国现存最早的一部专门讨论五言诗的诗论专著，等等。清人章学诚这样评价："《诗品》之于论诗，视《文心雕龙》之于论文，皆专门名家勒为成书之初祖也。《文心》体大而虑周，《诗品》思深而意远。盖《文心》笼罩群言，而《诗品》深从六艺溯流别也。"② 魏晋南北朝时期的文论家涉及了文学理论的众多问题。

第一，文学本质功能论。魏晋南北朝时期的文论家从宇宙论的角度论证了文学的起源，他们认为文学是人创作的，人也是自然的一部分，那么文学从根源上讲是源于自然的道或者气，是体现自然天道的存在现象。曹丕在《典论·论文》中提出"文以气为主"的观点，认为气是文学的本质。钟嵘论诗也强调气，谓曹植"骨气奇高"，谓刘桢"仗气爱奇"，谓刘琨"自有清拔之气"等。陆机和刘勰则认为文学是以道为本。陆机在《文赋》中探讨文章创作的源头时说"课虚无以责有，叩寂寞而求音。""虚无""寂寞"就是宇宙的本体——道。刘勰在《文心雕龙·原道》中明确地论述了文章就是道的体现，他认为天有天文，地有地文，万物各自有文，本源上都是道的文，人的文也如此。

既然文是道的体现，那么文章就有重要的价值和意义。曹丕《典论·论文》指出："盖文章，经国之大业，不朽之盛事。"陆机《文赋》

---

① 宗白华：《美学散步》，上海人民出版社1981年版，第177页。
② 章学诚：《文史通义·诗话》，上海古籍出版社2015年版。

认为文章的价值就在于："济文武于将坠，宣风声于不泯。"刘勰《文心雕龙》之《序志》说："唯文章之用，实经典枝条，五礼资之以成，六典因之致用，君臣所以炳焕，军国所以昭明，详其本源，莫非经典。"① 可见，魏晋南北朝时期的文论家继承了传统的文德论和诗教观，重视文学的政教作用。直到齐梁时期才提倡重视文学的形式美，强调其娱乐的功能。

第二，文体论。魏晋南北朝时期对文体的认识在前人的基础上有了全面而深入的研究。曹丕《典论·论文》中依据"本同末异"的观点提出"四科八体"说。第一次正式提出了文体分类，把主要的文体分为4大类，8小类，并对各自特点做了简要的概括。"奏议宜雅，书论宜理，铭诔尚实，诗赋欲丽。"到陆机的《文赋》，把这一理论又向前推进了一步。陆机所论的文体增加到10种，说："诗缘情而绮靡，赋体物而浏亮。碑披文以相质，诔缠绵而凄怆。铭博约而温润，箴顿挫而清壮。颂优游以彬蔚，论精微而朗畅。奏平彻以闲雅，说炜晔而谲诳。"② 陆机把诗歌文体的审美特征概括为"诗缘情而绮靡"，具有重大的理论价值，"缘情"阐述了诗的本质特征，"绮靡"说明了诗鲜明的形式特点。刘勰《文心雕龙》全书50篇，其中专门讨论文体的就有20篇，涉及的文体有33种。全书按照当时公认的有韵为"文"和无韵为"笔"的文体分类方法"论文叙笔"。刘勰全面总结了前人关于文体的观点，采用了"原始以表末，释名以章义，选文以定篇，敷理以举统"的论述方法，在分类的系统性、方法的科学性和理论的完整性上达到了一个很高的水平。这个时期，还有许多著名文论家专门论述了文体，如挚虞的《文章流别论》、李充的《翰林论》等。

第三，创作论。这个时期的创作论已经对创作的过程有了自觉而深入的认识，文论家从不同的层面探讨了创作的发端、构思、文辞表达诸

---

① 周振甫：《文心雕龙译注》，中华书局1986年版。
② 郭绍虞：《中国历代文论选》（1），上海古籍出版社2001年版。

多方面的问题。对于诗歌创作的发端和心理动力，陆机提出了"诗缘情"说，认为诗歌产生的根源就是为了抒发作者的感情。这和先秦的"言志"说和汉代的"情志"说相比，又前进了一步，情感成为诗歌的主要内容。陆机之后，刘勰、钟嵘都认为诗歌是诗人的情志受了外物的刺激感发而产生创作欲望，从而通过一定的文学形式表达出来的产物。钟嵘在《诗品序》中说："气之动物，物之感人，故摇荡性情，形诸舞咏。"他认为外物包括自然之物和社会之事两个方面，这和之前一般认为外物只是外在的自然之物的说法不同。他认为宇宙本源的道通过气作用于万物，万物作用于人，人产生情志，运用语言和一定形式表现出来，这就是文。情志的产生只是创作的发端，还需要通过创作者的艺术构思这个关键的环节才能完成。陆机《文赋》探讨的重点问题就是艺术构思问题，他在序言中明确指出艺术创作的构思过程包括构思准备、构思阶段和艺术表现等几个阶段，他在文章中做了详细而生动的描述。刘勰称艺术构思为"神思"，把《神思》篇放在《文心雕龙》创作论之首，并提出了"思理为妙，神与物游"的创作观。

魏晋南北朝时期也极为重视对于文学语言的探讨。主要从两个层面展开：一是哲学的本体层面，二是文字技巧的层面。在语言的哲学本体层面，魏晋时期的玄学承接了先秦老庄道家"言不尽意"的学说，继续展开言意之辩的讨论，如王弼提出的"得意忘言"观点，他认为从言到意需要"象"作为中介，强调了"象"的重要作用，"象"运用在文学上就是要重视语言的形象性。钟嵘在《诗品序》中对"兴"做了新的阐释，就是要凸显文学语言的审美特性。他说："文已尽而意有余，兴也"，认为诗歌要达到"有滋味"的理想状态。在语言的文字技巧层面，陆机的《文赋》，刘勰《文心雕龙》的《声律》《丽辞》《练字》等篇都有深入而详尽的论述。最为有名的是沈约等人根据汉语声律的特点提出了"四声八病"说，在诗歌创作中形成了"永明体"，追求诗歌抑扬顿挫的声韵美。这为唐以后近体诗的诞生奠定了理论基础。

第四，批评鉴赏论。魏晋南北朝时期文学理论把文学批评鉴赏问题看作一个重要的命题。曹丕的《典论·论文》深入地分析同时代"文人相轻""崇古贱今"的不良风气的心理根源,对文学批评的态度提出了有价值的意见,提倡客观与实事求是的批评风尚。刘勰在《文心雕龙》之《知音》篇中探讨了开展文学批评时应具有的正确态度和方法。他认为文学批评知音难遇的原因有三:贵古贱今,崇己抑人,信伪迷真。又由于个人的个性气质偏好不同,在文学批评鉴赏中会造成批评的不公允。如何才能克服这种不良现象?他说:"凡操千曲而后晓声,观千剑而后识器。故圆照之象,务先博观。阅乔岳以形培塿,酌沧波以喻畎浍。"① 刘勰认为开展文学批评鉴赏首先要博览群书,有广博的知识积累,才能有宏阔的视野,同时还应掌握正确的方法和途径。总之,两汉是中国文学批评理论史的发展过渡时期,魏晋南北朝则是一个黄金时期,形成了文论史上的一个高峰。

三 深化拓展期: 唐宋时期

唐宋时期的文学理论批评呈现出分途深化、拓展领域的态势。唐代由于国力强盛、思想上儒释道三家鼎立,相互融合,文化环境较为宽松,诗歌创作取得了辉煌的成就,是一个诗性精神张扬的时代。宋朝吸取了唐朝藩镇割据的历史教训,采用的治国策略是加强皇权统治,实行崇文抑武的政策,在国力上不能与唐朝相比,但是在文化上极其发达和繁荣。宋代理学代表了宋代思想文化的成就和特征。宋代理学家吸收了佛、道思想对传统儒学进行改造,重构了儒家的思想体系。因此,唐宋时期的文学理论批评受时代文化的影响,在文论上进一步走向深入。总体上看,这一时期文学理论批评的特点是,诗歌理论和古文理论分流,倡导传统的诗教和重视艺术特征的审美批评两线并进。

唐代的诗歌创作空前繁荣,从而带动了诗歌理论批评的发展。专门探讨诗歌的单篇论文、著作和诗歌选本大量出现,而古文家的理论批

---

① 周振甫:《文心雕龙译注》,中华书局1986年版。

评，往往专论古文。这种诗论和文论分流的路向在后世被延续下来。唐代诗歌理论批评注重思想内容、倡导传统诗教的主要有：前期的陈子昂标举"风雅兴寄"和"汉魏风骨"，批判齐梁"彩丽竞繁"的诗风。中唐时期白居易发动的新乐府运动，鲜明地提出"文章合为时而著，歌诗合为事而作"的主张，强调文学创作要继承风雅比兴的传统，要有切实的现实内容。唐代诗论重视诗艺的审美批评主要有：盛唐时期的殷璠在所编的《河岳英灵集》中提出了一个全新的诗论概念：兴象。主张诗歌创作情感要与艺术形象很好地融合，并且能给人产生美感。中唐时期皎然在《诗式》中广泛地探讨了比兴、取境、声律、用事、风格等多方面的理论问题。晚唐时期诗人司空图总结了唐代诗歌的实践经验，提出了著名的"韵味说"，要求诗歌要做到"近而不浮，远而不尽"，使诗歌具有"韵外之旨"和"味外之旨"。唐代的散文理论批评的主要代表是中唐时期的韩愈、柳宗元。韩愈继承并发展了传统的文道理论，主张文道并重，大力提倡古文，反对骈文。他发展了文气说，提出了"气盛言宜"的观点，强调"气"在写作中的基础地位和主导作用。韩愈还提出了著名的"不平则鸣"说，揭示了作家创作的心理动因。柳宗元也是古文运动的主将，他提出了"文以明道"的主张，强调文学的社会作用。柳宗元论述了创作心理问题，在《答韦中立论师道书》中提出在创作中要排除"轻心""怠心""昏气""矜气"等不良心理因素，避免"剽""驰""杂""骄"等写作弊病。古文运动中一批参与者都受到了韩愈的影响，对散文理论的探讨取得了相当多的成果。

宋代的文论从文化传统和学术渊源上继承了唐代文论精神。宋初的柳开、石介等主张继承韩愈古文的"道"，强调文学的社会教化作用。接着梅尧臣与欧阳修推动了诗文革新运动，梅尧臣主张继承《诗经》运用比兴手法讽刺时事的精神，强调有为而发。欧阳修论文强调"道"，注重诗文内容要反映生活。最为突出的是苏轼，他提倡诗文要"有为而作"，反对为文而作文；他崇尚自然深邃的风格，追求"行于所当行，止于不可不止"的境界。苏轼还探讨了创作者的素养问题。

首先要"了然于心",就是要有丰富的素材积累和深入的观察;其次要"了然于口与手",就是要有很高的艺术技巧,这样才能写出好的诗文。江西诗派的代表黄庭坚论诗文推重的是杜甫、韩愈,主张诗文创作"以理为主"。但是,黄庭坚最为重视的是形式技巧,提出了"无一字无来历""以故为新""点铁成金""夺胎换骨"等一系列锤炼形式的方法。江西诗派就是以黄庭坚的文学创作为范式,以黄庭坚的理论为宗旨形成的。江西诗派的文学创作和理论的影响延续到了南宋。南宋时期的诗文批评理论几乎是围绕着江西诗派的评价展开的,如张戒、陆游、杨万里、严羽、刘克庄等都发表了批评观点。最有成就的是严羽在《沧浪诗话》中批评宋人特别是江西诗派的"以文字为诗、以议论为诗、以才学为诗"的弊端,提出了"以禅喻诗"的主张,指出诗歌创作如禅道,要"妙悟""熟参"。他意识到诗歌创作不仅仅是文字技巧的问题,诗歌有诗歌的美学要求,诗歌创作是美感创造的过程。宋代的词论随着词创作的兴盛也发展起来。李清照的《论词》提出了词"别是一家"的观点,明确了词与诗的区别,批评了宋人以诗为词、以文入词的风气,论述了词内容和形式上的特点。这对词的发展有一定的积极意义。总之,宋代诗论不断地对宋诗的各种弊端进行批评,宋代词论不断地对词的特点反复争论,这都反映了宋代的文学理论批评走向深化,探讨理论问题的范围在扩展。

四 总结期:元明清时期

元朝的文学理论批评基本上承续了宋代的余绪,缺少大的突破。元朝的戏曲走向繁荣,戏曲理论批评得到了进一步的发展,出现了周德清的《中原音韵》、燕南芝庵的《唱论》等戏曲理论批评著作和论文。明清时期各种体裁的文学都得到了发展,在各种思潮的影响下,尤其是在明末兴起的市民文化的催化下,出现了各种流派。诗文理论批评方面有明代的前后七子、公安派、竟陵派等,清代著名的诗论派别有格调说、性灵说、神韵说、肌理说,以及宗唐、尊宋之辩;文论方面影响最大的是桐城派、阳湖派等；词论方面的重要流派有云间派、阳羡派、浙西派、常州派等。这些众多的流派表面上是自立门户，实际上都是在继承发展前人的某一种思想和学说，彼此相互借鉴吸收，提出一些新的见解，明显具有总结集大成的特征。

　　这个时期最具有特色的是，戏曲小说理论批评得到了长足发展。明代前期的代表性戏曲理论著作是朱权的《太和正音谱》，明代中期有徐渭的《南词叙录》。尤其是李贽肯定戏曲是"古今之至文"，提出戏曲应具有与传统诗文同等重要的地位。明代后期出现了以汤显祖为代表的临川派和以沈璟为代表的吴江派之间的戏曲批评论争。晚明时期的重要代表是王骥德，他总结了前人的戏曲理论，写了《曲律》。清代的戏曲理论批评，以清初的金圣叹点评《西厢记》最引人注目。最有代表性的是李渔的《闲情偶寄》，它全面而深刻地论述戏曲有关理论问题，有很强的系统性。明代的小说创作空前繁荣，随之小说理论批评也大量出现。小说理论批评的范围不断扩大，对之前历代各类叙事作品进行整理研究，对小说的许多重要问题都有深入的探讨。理论批评的形式丰富多样，有小说序跋、小说评点、笔记等形式。清代小说理论批评在明代的基础上进一步发展，最为兴盛的是小说评点。主要有金圣叹评点《水浒传》、毛宗岗评点《三国演义》、张竹坡评点《金瓶梅》、脂砚斋评点《红楼梦》等。这些评点阐述了小说创作的宗旨和创作动因，揭示了小说的重要社会作用，讨论了小说文体的特点等重要的理论问题。明清时期的文学理论除了在戏曲和小说方面取得了丰硕的成果，在理论上有较大的突破外，在传统的诗文理论批评上主要是对前人理论的全面总结。

五　新变期：鸦片战争到五四运动时期

　　从1840年鸦片战争开始到五四运动，中国社会开始向现代转型变革，文学进入了近代时期。文学理论批评也随之在中西文化的交汇碰撞中发生了新的变化，既因袭着传统的惯性，也涌现出了大量的新理论、新观念。尤其是甲午战争以后，西方的思想加速涌入，随着西学东渐的进程的加快，西方的新思想、新术语、新方法大量被引进和运用，中国的文学理论批评发生了巨大变革。一批学人学习引进西方文学理论的方法和话语，在继承和发展中国传统文论的基础上，尝试建立新的文学理论。梁启超的文学革命论和王国维融中西文论为一炉的探索路径是这个时期的典型代表。

梁启超在戊戌变法失败后深刻认识到思想启蒙和重建文化的重要性和迫切性。他在《五十年中国进化概论》中把近代文化分为三个时期：第一个时期"先从器物上感觉不足"，于是促成了洋务运动的发展；第二个时期"从制度上感觉不足"，因而发生了戊戌变法和辛亥革命；第三个时期是"从文化根本上感觉不足"，于是便有了五四新文化运动。因此，梁启超致力于舆论宣传和思想启蒙，提倡"文学革命"。他的文学革命论包括了诗界革命、文界革命、小说界革命和戏曲改良等内容。他提出了"言文一致"的主张，使论文与论著的语言形式走向通俗化。由于时代的需要，受西方文化观念的影响，传统上不登大雅之堂的戏曲、小说被梁启超推上了重要的位置。梁启超文学思想的核心就是利用文学开启民智、唤起民众、改良社会，有着明显的功利色彩。王国维则在中西文化比较中试图借用西方的理论来阐释中国文学和文学理论，开辟了新的研究思路。他的《红楼梦评论》以叔本华的悲剧哲学和美学思想诠释《红楼梦》的思想内涵和审美价值。他认为《红楼梦》的主题是写人的欲望及解脱的，是"悲剧中之悲剧"。《人间词话》和《宋元戏曲考》采用了相对传统的词话体和考据的方法，但是在作品中融入了西方文艺思想和美学观念，开一代学术研究新风。总之，近代文学理论批评是在东方与西方、传统与现代、经世和审美的碰撞融合中展开的，呈现出许多传统文论中没有过的新的因子。

第二节 藏族文论的发展流变

从藏族的文学发展史看，藏族文学有口传的民间文学和书面的作家文学两大体系。前者主要是集体性的创作，创作者的身份不明晰，可能是一人或多人，也可能是一个群体或族群。这些创作者在长期的劳动生活中逐渐积累了一些创作方式和修辞方法，通过口耳相传得到了传承。这一点和世界其他民族的情形是相同的。藏族早期的诗学尚处在不自觉的阶段，创作者还没有专门的诗学知识。藏族理论形态的文论著作正式出现是在13世纪，是吸收借鉴了印度诗学理论后诞生的。藏族生活的青藏高原处在中原汉族文明、南亚印度文明和阿拉伯文明的交汇处，各种文化在这里汇集交流碰撞。藏族多方面多层次地吸收外来的先进文化，很快地摆脱了愚昧和野蛮，走向了文明。印度的《诗镜》传入藏区，其内容很快为藏族所接受，在长期的文学实践中不断得到阐释和发展。藏族历代学者翻译、注释、研究、应用和充实《诗镜》，使之和藏族的文化相融合，成为藏民族自己的文学理论著作。因此，《诗镜》一直是作为指导藏族古典文学创作的一部重要理论著作，是藏族人民学习诗学时必须采用的基本教材。它被编入藏文《大藏经》丹珠尔的声明部，被列为藏族的古代经典著作。

根据藏族文论历史的发展我们可以把它划分为四个时期：潜诗学时期（公元13世纪之前）、翻译引进时期（公元13世纪—公元17世纪后期）、成熟发展时期（公元17世纪后期—20世纪50年代）、变革创新时期（20世纪50年代后至今）。

一 潜诗学时期（公元13世纪之前）

过去一些藏文诗学注释认为，在《诗镜》未译成藏文之前，藏族是没有诗学理论著作的，甚至也没有诗歌创作。对此，藏族著名的学者东噶·洛桑赤列给予了批驳，说："《诗镜》原文在未译成藏文之前，藏族地区是没有任何创作诗歌的诗学理论著作，但是，并不是说在此之前藏族地区就根本没有诗歌，就不会写诗。"[1] 他列举史料证明《诗镜》

---

[1] 东噶·洛桑赤列：《藏族诗学修辞指南》，贺文宣译，中国藏学出版社2016年版，第5页。

第一章 汉藏文论的历史发展及总体比较

在未译之前藏族地区就有了诗歌创作。公元 7 世纪初的松赞干布时期，藏文的创造者吞米桑布扎就向藏王松赞干布献上了两首赞美诗：

> 慈容清秀体丰肤柔润，
> 教诫深奥每每各不同；
> 能除一切恶业习气者，
> 尔乃弥勒佛陀圣中尊！
> 证得善逝谛实之圣智，
> 已见已悟禅定解脱事；
> 战胜一切烦恼之怙主，
> 三时之魔降后全制伏。

在《敦煌本藏文文献》里，有关南日松赞王的传记中也记载有该王的两位大臣琼保绷赛苏栽和芒保杰享囊与他在一起对歌时，琼保绷赛苏栽所唱的歌词：

> 去年者前年前，底斯者雪山边；
> 鹿野马惊逃散，猎人者在后赶；
> 在今天和明天，岩羊后猎人赶；
> 鹿野马未受箭，鹿野马若受箭；
> 乃雪山一大悠。

国王让芒保杰享囊回应对唱的歌词：

> 去年者前年前，潺潺水河那边；
> 雅恰者诃那边，谷质者森波王；
> 想以鱼做美餐，美餐者亦用完；
> 后来者又捕鱼，猫代吞真可惜。

15

>飞箭者杀野牛，桂树苗胜竹箭；
>铁镞者不刺破，竹箭杆难射穿；
>鹫鹰鸟不引路，野牛者抓不住；
>山羊区皮褂子，胜过者豹皮褥；
>针尖若不刺破，针上线难引穿；
>针上线引不过，缝褂子是空谈。

另外还有，松赞干布之妹赛玛嘎尔嫁给象雄王李弥夏为妃之后，对其兄唱的一首歌。都松芒布杰王时期，大臣嘎尔之子背叛国王时，国王对他唱的一首歌，等等。同时口传的藏族民歌中具有诗歌风格的例子也有很多。

这些诗歌都很好地运用了暗示修饰法、否定修饰法、比喻修饰法、浪漫修饰法等修辞手法，显示了很高的艺术性。可以看出，藏族早期虽然没有专门的诗学理论著作，但是他们却写出了许多优美的诗歌。这说明他们在长期的文学活动中已经总结积累了一套写作方法和技巧，只是没用文字记录下来，也没有形成理论性的著作。因此，我们把这种状况称为潜诗学时期。

二 翻译引进时期 （公元13世纪—公元17世纪后期）

《诗镜》全文被译为藏文之前，通晓梵文的藏族学者已经对《诗镜》有所介绍。13世纪初萨班·贡嘎坚赞在他的《智者入门》（约成书于公元1205年之前）一书中介绍了《诗镜》的一些内容，已经把部分段落以韵文体形式译为藏文，并做了阐释。他选择了直叙自性修饰法、譬喻修饰法、形象化修饰法、点睛修饰法、否定修饰法、叙因修饰法、翻案修饰法、存在修饰法八种修饰法进行阐述，并翻译了八种修饰的例诗。他还根据梵文《诗镜》的内容论述了诗的意义、诗德、形体、风格、庄严（修饰）等问题。在十种诗德中他只对谐音、柔和、三摩地三种做过阐释，其中对柔和及三摩地的解释与檀丁有所不同。他给

"庄严"（修饰）重新下了定义，其内涵比原著的定义更为丰富。《智者入门》中有关诗学的修饰法内容的翻译和阐释，对藏族文论的创建具有开拓性的意义，奠定了藏族文论的理论基础。贡嘎坚赞依据对印度诗学的理解和体会，在所著的《萨迦格言》中对这些方法初步加以运用。除此以外，贡嘎坚赞还写了《乐论》，总结藏族音乐实践，全书分为曲论、词论和音乐应用规范三部分，其中也有许多宝贵的文论观点。

《诗镜》大约写于公元7世纪，作者署名檀丁。《诗镜》总结了印度梵语诗歌的创作经验，对诗学理论做出了重大贡献，在印度文学理论史上有着重要的地位。它传入西藏后，推动了藏族诗学的研究。《诗镜》全书共分为三章，由656首诗组成，绝大多数为七字句。第一章主要内容：概论部分，介绍了南方、东方两派的十种不同风格，并把诗的文体类型归纳为韵文体、散文体和混合体，分别做了理论阐述，重点论述分析了韵文体的格律、形式、内容及其特点。第二章主要讲意义修饰，就是论述诗歌的表现手法以及用什么表现手法来表达诗的内容，并用了大量诗例来解说各种意义修饰。第三章论述字音修饰、隐语修饰和克服诗病的问题。藏族历代学者研究《诗镜》的著作数量众多，难以统计。《藏文典籍要目》中列出50多位学者100余部《诗镜》阐释著作和例诗，还有50位学者的70余篇《诗镜》例诗和用《诗镜》修饰法创作的信函类、赞诗类、信函理论著作的目录。东噶·罗桑赤列的《诗学明鉴》列出前代智者们翻译和撰写的89篇《诗镜》著作、8篇用《诗镜》修饰法创作的雅文（优美诗歌）、4篇从梵文翻译成藏文的雅文的目录。降洛主编的《藏文修辞学汇编》（1—20册）录入113位蒙藏高僧的《诗镜》研究著作三百余篇，有阐释著作、例诗及雅文，除了录入格鲁派以外，还录入了萨迦、噶举等诸派的大量著作，加起来有150余位学者的400余篇著作[1]。这只是藏族《诗镜》研究著作的一部分，可见，藏族研究《诗镜》的著作何其之多。从一定意义上讲，藏

---

[1] 参见树林《蒙藏〈诗镜〉研究史概观》，《民族文学研究》2019年第2期。

族的文论史就是一部《诗镜》的阐释发展史。

1277年，藏族译师雄敦·多吉坚赞和印度学者拉卡弥迦罗将《诗镜》全部译成藏文。多吉坚赞又将《诗镜》传授给自己的弟弟、著名译师洛卓丹巴。洛卓丹巴在讲学的过程中也将此书的内容进行传授。从此以后，大量藏族学者纷纷对其原文加以翻译注释。14世纪，邦译师·洛卓旦巴和夏鲁译师·却炯桑布又先后根据梵文对多吉坚赞等人的译文做了修改、校注。邦译师·洛卓旦巴的《〈诗镜〉广释》、嘉央卡切的《〈诗镜〉释·形体与庄严之如意树》（包括《〈诗镜〉第二章释难》《〈诗镜〉第三章释难》）和《诗学概念略论》、贡塘巴·德比罗追的《著述〈诗镜〉例诗与理论之主要入门》和《〈诗镜〉白莲鬘》、聂文·贡嘎白巴的《〈诗镜〉意义修饰之明镜》等著作对《诗镜》全文和部分章节做了注释。这些阐释著作对一些概念进行补充说明，丰富了《诗镜》的内涵。

15世纪，纳塘·桑噶释利的《〈诗镜〉解说念诵之意·全成就》《意义修饰明鉴·智者欢喜之千万光华》、德塘巴·洛桑仓央的《〈诗镜〉著作·鸾鸟之声》、博东·秋来南嘉的《〈诗镜〉意义修饰·花鬘》等继续传承20世纪的阐释传统，同样还是从字词、名词术语、概念、例诗等方面入手探讨阐释《诗镜》。16世纪，出现了仁蚌巴·阿旺吉扎的《诗学三章之广释·无畏狮子吼》和《〈诗镜〉庄严辨别散记》、索卡巴·洛追嘉布的《〈诗镜〉论述中必要的嘉言·智者项饰》和《〈诗镜〉喜宴精华》及《〈诗镜〉释》、珠巴·白玛嘎布的《〈诗镜〉业道之嘉言》等著作，这个时期提出了"生命"论，丰富发展了《诗镜》理论，形成《诗镜》生命、形体、庄严、除病为一体的诗学理论。

三 成熟发展时期（公元17世纪后期—20世纪50年代）

17世纪的五世达赖阿旺·罗桑嘉措的《诗镜释难妙音欢歌》（以下简称《妙音欢歌》）问世，标志着藏族诗学的成熟。阿旺·罗桑嘉措在他三十一岁的时候（1647年11月）在哲蚌寺写成《妙音欢歌》的初稿，他的诗学老师才旺顿珠对这本著作给予很高的评价。才旺顿珠在写给五世达赖的信中这样评价说："这部前所未有的著作堪称一切诗注中的顶珠。"并建议刻印出版。才旺顿珠的儿子嘉木样旺杰多吉给五世达赖的信中更是给予很高的赞誉，说："一般说来，邦译师的诗注可做准绳，然过分简略；雪域中其他的解说大多有不准确之处，犹如误入黑暗途径。而您的这部著作就像是为使莲花一般的旦志（檀丁，古印度诗学著作《诗镜》的作者）的思想一齐开放，明亮的太阳射出妙言的万道光芒，使我等如同蜜蜂一样的求知者们为之欢欣鼓舞。"可见，五世达赖的《妙音欢歌》对《诗镜》的解释准确完美。初稿写成后，经过多次修订，最终在1656年最后定稿问世。

《妙音欢歌》的主要贡献表现在：第一，确定了诗学归属于小五明的学科归属问题。第二，强调学习诗学的必要性，并首先指出要学习受到学者们高度赞扬的诗学著作《诗镜》。第三，继承了《诗镜》中诗的形体的三种划分，批评了一些学者的认识，明确指出了诗的文体类型只能分为韵文体、散文体和混合体三种，诗的形体不是内容题材，二者是有区别的。第四，强调了诗的内容就像人的生命，是不可忽视的问题。从此以后，藏族诗学著作中就形成了形体、生命、修饰为一体的诗学理论体系。第五，补充了《诗镜》原著中对诗歌形式"解""类""库藏""集聚"解释的不足，创作了自己的诗例，丰富了这方面的内容。《妙音欢歌》"对《诗镜》原著及两个多世纪以来诗学研究的状况和问题进行了探讨和总结，提出了不少有益的见解，丰富了诗学研究，为继承和发展藏族的诗学理论做出了贡献"[①]。

同时期还有嘉木样协贝多吉的《妙音语教十万太阳之光华》，它是一部很有特色的诗学著作，写成于1684年2月。由于嘉木样协贝多吉生活在甘肃夏河的拉卜楞寺，这部著作主要流传在甘青的藏族地区，它是藏族诗学发展史上与五世达赖的《妙音欢歌》齐名的不容忽视的一部重

[①] 赵康：《论五世达赖的诗学著作〈诗镜释难妙音欢歌〉》，《西藏研究》1986年第3期。

要著作。嘉木样协贝多吉继承和坚持了五世达赖《妙音欢歌》的基本观点，但在写作方式上则完全不同。他根据《诗镜》的理论论述，结合自己的认识和见解，重新编排歌诀。对一些较难的修辞格运用比较的方法认真辨析，通过对比让这些复杂的修辞方法变得容易理解。同时对一些学者的错误说法展开批评，甚至敢于批评萨班·贡嘎坚赞的一些观点。

山南学者米庞·格列囊杰的《诗学巨著〈诗镜〉之本释·檀丁意饰》，也被后世学者视为经典的著作。从有关藏文典籍目录看，他的诗著还有《〈诗镜〉意义修饰之研讨词·嘉言喜海》《〈诗镜〉修·照亮青莲鬘之贤时庆宴》及《答〈诗镜〉讲说者之词·梵天项饰》等，达十三种之多。还有曾任第司·桑杰嘉措的历算和语言学的老师达尔巴译师阿旺·彭错伦珠的《诗镜三章之诗例》，嘉央协白多吉的《〈诗镜〉明论·妙音语教十万太阳之光华》等也是这个时期主要著作。

18世纪，藏族古典诗及诗学研究有了很大发展，出现了许多著名的诗人和诗学理论家。噶玛司徒·丹贝宁杰（又叫却吉炯乃）根据斯里兰卡学者仁钦拜等人的注释，写作了《诗镜梵藏两体合璧》。最有代表性的著作是康珠·丹增却吉尼玛的《〈诗镜〉注疏·妙音语之游戏海》和嘎尔玛·泽旺班巴尔的《诗镜·甘蔗树》，让藏族《诗镜》研究又上一个台阶。康珠·丹增却吉尼玛坚持认为修饰的分类没有止境，学者们可以向更广的领域探讨。因此，康珠把梵文注释及藏族学者们新创修饰名目及诗例做了详尽的介绍。康珠在书中还介绍了古代印度的一些社会生活、风俗习惯、故事传说、理论著作等方面的情况，特别值得一提的是康珠还介绍了古代印度著名文艺理论著作《舞论》的一些理论，率先翻译了《舞论》的一些片断①。还有朵卡巴·扎喜的《〈诗镜〉论释·空前明镜》、贡塘·丹毕准美的《诗学举例著述余论》也是这个时期的重要著作。这个时期涌现出的有名的学者还有多喀·才仁旺杰、松巴·益西班觉、七世达赖噶桑嘉措、阿果·朗喀森格、嘉木样二世晋美

---

① 赵康：《康珠·丹增却吉尼玛及其妙音语之游戏海》，《西藏研究》1987年第3期。

旺布、崩热巴·才旺般巴、土观·洛桑却吉尼玛、六世班禅巴丹·益西、贾色·格桑土登晋美嘉措等。这个时期是藏族《诗镜》研究的旺盛时期，藏族学者更加深入具体地探讨了诸多修饰法之间的区别与关系，提出一些创造性见解或理论观点。

19世纪，藏族文论不断拓展，藏族的《诗镜》研究保持强劲的发展态势。这个时期重要的著作有：久米旁·南杰嘉措的《诗疏·妙音喜海》，阿嘉雍增·洛桑顿珠的《〈诗镜〉第一章谐和等十种诗德难义明释·嘉言美鬘》、《〈诗镜〉形体、修饰、除病三品之概要·极显明镜》、《〈诗镜〉·珍珠鬘》，拉嘉衮·洛桑丹毕却陪的《修辞大作〈诗镜〉释难·如意树》等。另外欧曲·达玛巴达拉（却桑）的《〈诗镜〉经典·大海之心》、《〈诗镜〉中隐语诗之注释》和《〈诗镜〉举例及比喻词除疑篇》，阿果·洛桑善巴热杰的《〈诗镜〉第三章举例论述·杜鹃歌声》，贡塘·洛追嘉措的《〈诗镜〉句义修饰·梵天之子歌音》等也是这个时期有影响的著作。虽然这个时期的研究还沿用以往阐释范式，但也不乏许多新内容。

藏族文论在这四个世纪里达到了鼎盛，藏族学者们坚持把《诗镜》理论与自己民族的特点相结合，形成了本民族的文学理论。因此，这个时期是值得我们重点关注的时期。

四 变革时期（20世纪50年代后至今）

到了现代，藏族学者仍然重视对《诗镜》诗学修辞方面的研究，但由于时代的原因，藏族诗学中体现出一些鲜明的时代特征。著名的诗学著作有：丹巴嘉措于1960年著述完成的《诗学修辞明钥》、才旦夏茸的《诗学通论》、毛儿盖·桑木旦的《诗学明晰》、赛仓活佛的《诗学修辞明鉴》、多吉杰博的《诗论明灯》、东噶·罗桑赤列的《诗学明鉴》、扎西旺堆的《藏文诗词写作》、桑达多吉的《诗学闻思智囊》、曲培的《修辞学注疏》、穆格·三木丹的《诗疏·极显明库》、东·永丹嘉措的《诗学明鉴注释》等。还有少数僧人的阐释著作，如罗桑丹津雅杰的《〈诗镜〉第二章修饰之明释词语·十万太阳光华》（20世纪80年代）等。这时期的研究总体上还是延续传统的阐释方法，不过不少例诗中有突出的时代政治色彩。

藏族文论发展史上除了围绕《诗镜》展开阐释的众多诗学修辞著作外，其他关于文学理论思考的专门的理论形态的著作就比较少。但是，我们从更大的视野看，藏族文学理论大量存活在其他的各类著作之中，存活在具体的文学活动中，尤其是民间的文学之中。所以，我们还要放宽视野，跳出单纯的理论著作的圈子，从文本间性和文化间性上去理解藏族的文学理论。当然，这是一个极其艰难的工作，需要花费大量的工夫去仔细搜集整理，非一时所能全面涉及。

第三节 汉藏文论的总体比较

汉族文学理论有着悠久的历史，有着博大精深的内容，形成独立而完备的体系。由于汉族传统文化的影响和汉族思维方式的特性，汉族的文学理论具有鲜明的特色。藏族文论借鉴和吸收了印度诗学，又受到汉地文论的影响，藏族学者结合本民族的文学实践不断地丰富和深化，逐步建立了具有藏族特色的文学理论。汉藏文论在历史的发展过程中有些因素以规律性的方式表现出来，这些因素体现出一些特征性的东西。比较汉藏族文论我们可以看出它们的差异，也可以看出汉藏文论在诸多方面的共通性。

一 汉藏文论的差异

（一）生成机制：汉族——内生原创；藏族——借鉴创新

汉族古代文论是内生原创的文论体系。我们可以从以下几个方面来认识这个问题。

第一，从本源上看汉族古代文论是内生原创的。先秦时期是中国文化的创生期，也是中国文学批评的发端期。尤其是战国时期，战乱不止,社会动荡,诸子百家纷起,他们从不同的立场发表各自对社会、伦理和文化的见解,致力于寻找解决社会和个人生存的出路。最具代表性的就是儒家和道家,它们成为以后中国文化的两大主脉。在这个时期,还没有我们现在的文学概念,自然也就没有专门的文学理论论文和著作。先哲们在探讨哲学、政治、社会伦理的时候从不同的角度和层面触及了文学的本质、价值、内容与形式等基本问题,如诗的实用价值、诗的政治功能、诗的教育价值、诗的批评标准和解读诗的方法等。也提出了许多重要的概念、范畴术语,如虚静、道、气、象、言意、物化等,开启了汉族文论的源头。魏晋南北朝时期文学理论走向成熟,出现了大批的文论家和文论著作,文论家几乎涉及了文学理论的全部问题。唐宋时期以后文论家对文论的命题和范畴不断拓展衍生,研究的范围从诗文扩大到了戏曲、小说,形成了明清时期众多的流派。由此可见,汉族古代文论是在一个相对比较闭合的文化环境中原创,并独立发展起来的,它根植于汉族的文化土壤萌生发芽,随着历史的发展不断成长,直到长成独具特色的文论体系大树,直到近代才开始融入和吸收西方的文学思想和理论观点。

第二,从体系建构上看汉族古代文论自成完备的体系。汉族在长期的文学创作和文学批评实践中不断总结文学经验,使文学理论批评逐渐完善,建构起了具有鲜明特色的完备的理论体系。概而言之,汉族古代文论体系主要包括了三大板块,即以儒家为代表的工具主义文论系统、以道家、佛家为依托的审美主义文论体系和以诗文评论与技法探讨为代表的文本中心主义系统。以儒家为代表的工具主义文论系统长期处于正统地位,其基本思想就是要求文学直接服务于现实政治,对上讽喻劝诫统治者,对下教化民众,成为政治的工具,也成为表现某种超远的精神理想"道"的载体。以道家、佛家为依托的审美主义文论系统主要是对文学自身规律的探索和开掘。尽管道家和佛家对文学的存在持否定态度,但是它们追求精神超越和对现实的批判否定的理念,无疑和文学的审美精神有着非常多的相似处。道家和佛家启示了众多的文论家借用其思维成果探讨文学问题。道家思想影响了后世文学对素朴自然、高妙玄远风格的追求，对言外之意、韵外之致的关注。佛家"四大皆空"的思想引导文学向往静谧空灵的境界等。以诗文评论与技法探讨为代表的文本中心主义系统专门关注文本的构成、语言形式、表现技巧等方面的问题，包括了文体论、创作技法论和诗文的源流论等内容。总之，汉族古代文学理论涉及了文学方方面面的问题，既有形而上的深层次理论的探讨，也有形而下的具体创作技法的总结，是一个博大完备的理论体系。

第三，从概念生成看汉族古代文论概念提取于人的日常生活经验。先秦时期的思想家们，对抽象意义的表达都是从具体的感性对象开始，并借助于感性对象的特点来表达抽象的内容。《周易·系辞下》说："易者，象也；象也者，像也。"就是说在观"象"中抽离出"像"，达到对"象"的把握。庄子在论述"言不尽意"时就在《天道》中用了一个"轮扁不能语斤"的故事，讲明了"得之于手而应于心，口不能言，有数存于其间"的道理。在《外物篇》中又说："筌者所以在鱼，得鱼而忘筌；蹄者所以在兔，得兔而忘蹄；言者所以在意，得意而忘言。"庄子认为"道"不可以言说，只可意会，因此得意便可以忘言。可见，古代的思想家用相似的形象和相近的情景通过比喻联想来说明道理。文论家在言说理论问题时便不可避免地运用这种思维方式，他们凭直觉去体验品味文学作品的整体风貌，然后用取象比类的方式，从自己人生经验中提取范畴，去描述文学理论问题。他们不像西方文论那样将理论问题抽象出形而上的概念，然后做出层层分析，进行逻辑思辨和推演。再者汉族文论受到传统的"天人合一"观念的影响，把天地万物与人都看作由"气"构成的，而"气"又是相通的，因此，他们把文学看作和人一样，是有血有肉的、活生生的一个完整的生命实体。因而在汉族古代文论中出现了大量取自人本身的理论范畴，如气、情、志、神、脉、意、骨、髓、力、体等，以及形神、风骨、肌理、主脑、眉目等等。魏晋时期，文论家把人物品评的术语大量运用于文学批评，使得以人为喻这种方式成为这一时期文学理论批评的一个鲜明特色。总之，这种方法就是《周易·系辞下》中所说的"近取诸身，远取诸物"的思维方式。汉族古代文论的概念范畴，没有明确的界定，在历史发展中不断衍生，往往一个范畴被扩展出多种含义。这就导致了范畴术语的模糊性、具象性和多义性。如文学批评中的"味"，在《论语·述而》中有"子在齐闻《韶》，三月不知肉味"之句，说的还是和听觉相关的一种生理的味觉。《老子》第六十三章的"味无味"就成了一种体验的方式。魏晋南北朝时期的陆机在《文赋》中说"阙大羹之遗味，同朱弦之清泛"，说的是文章缺乏必要的修饰就没有味道，即没有美感。刘勰在《文心雕龙》中也多次用到"味"，在《隐秀》篇中说"深文隐蔚，余味曲包"，指的是文章要有值得回味的审美享受。钟嵘在《诗品序》中概括出一个"滋味"说，指出五言诗之所以居"文词之要"，是因为它"有滋味"。所谓"滋味"就是诗味，就是诗歌的情感性和形象性构成的艺术美感。晚唐时期的司空图又进一步提出了"味外之旨"，"味"成了超越语言之外的情致。由此观之，汉族古代文论的范畴产生于人日常生活经验的具体对象，后来不断被衍生，内涵也越来越丰富，并且这些概念范畴相互之间融合交涉，形成了一个彼此关联的庞大的体系。

第四，从文体形态看汉族古代文论的文体自有特色。汉族古代文论归纳起来有以下六种形态：（1）专文、专著。专文如曹丕的《典论·论文》、陆机的《文赋》、叶燮的《原诗》等，专著如刘勰的《文心雕龙》等。（2）诗话、词话、曲论。诗话是一种独特的诗歌理论批评著作样式。一般在两三百字以内，或阐述文学理论问题，或品评作家作品，或讨论写作技法。词兴起以后，又出现了词话。戏曲产生发展后，又出现了曲话。这类著作在汉族古代文论史上数量众多。（3）序跋、书信。这类作品是作者通过前言后记来表达文学理论见解、分析评价作家作品。序跋如《毛诗序》、苏轼的《东坡题跋》等，书信如白居易的《与元九书》、司空图的《与李生论诗书》等。（4）论诗诗。以诗歌的形式来论诗评诗也是汉族古代文论的一个特色。如唐代李白、杜甫虽没有留下关于文学理论的论文著作，但在他们的诗作中有讨论诗歌理论的作品，最有名的是杜甫的《戏为六绝句》，金代元好问写下了《论诗三十首》。（5）评点。这是汉族古代文学批评的特有形式，主要用于小说、戏曲的评论。著名的如《水浒》的李贽、叶昼、金圣叹评点本、《三国演义》的毛纶、毛宗岗父子评点本、《红楼梦》的脂砚斋评点本、《西厢记》的金圣叹评点本等。（6）笔记、杂记。这类随笔杂记著作中也有文学理论的内容，如宋代沈括的《梦溪笔谈》中就有对杜甫诗歌分析评论的内容。汉族古代文学理论批评的文体形态种类繁多，形式灵活多样。

第五，从继承发展看汉族古代文论内部有很强的承传性。中国文化是世界上唯一没有中断过的文化，原因就在于后世总是在继承前人的基础上不断发扬光大，拓展衍生。这一点和西方不同，西方的文化总是追求新变，后起的理论推倒前人的理论，标新立异，以树立起自己的旗帜。汉族古代文论秉承的是"以经立义"的观念，往往在阐释前人的理论观点中发表自己的见解。文论的范畴、术语的发展变化就突出地体现了这一点。汪涌豪说："范畴及其系统既在承传中变易，也在变易中承传，呈现为一种双向互通的运动过程。今人审察古人对文学批评范畴所作的阐释与发扬，之所以乍一看似曾相识，大同小异，深入下去，就觉得各依所触，别具会心，正是这种传承和变易相统一的特性在起作用。"[1] 孔子提出的"兴""观""群""怨"，后世历代文人从不同的层面对之做出过许多阐释，使这一关乎诗的功能的四个范畴在历史上不间断地发展。这当中，既有继承传统的中规中矩的解说，又有立足自己所处的时代，对其赋予了新的意义的阐释。王夫之的阐释就很有特点，他说："有一切真情在内，可兴可观可群可怨。"[2] 他无意推倒前人关于道德教化的论述，而是在保持儒家诗教精神的同时强调了诗歌真情实感对

---

[1] 汪涌豪：《中国文学批评范畴及体系》，复旦大学出版社2007年版，第107页。
[2] 王夫之：《古诗评选》卷4，李中华、李利民校点，上海古籍出版社2011年版。

人的感染作用，为这个命题增添了新的理论色彩，引出自己的理论见解。正是由于有很强的承传性，汉族古代文论才在历史长河中奔流不息，保持了内在的稳定性和独特性。

藏族文论生成机制的特点是借鉴创新。藏族文论主要依据印度梵语修辞诗学，在注解阐释中发展创新。藏族借鉴吸收了印度梵语诗学，但这种借鉴吸收是有选择的、有重点的，不是印度梵语诗学的全部，主要借鉴吸收了梵语诗学中的庄严论和风格论，重点探讨诗的词语修饰、语言风格等问题。

印度梵语诗学有着悠久的历史，源头可以追溯到吠陀时期的《梨俱吠陀》（公元前15世纪至公元前4世纪）。广义的梵语诗学包括古典的梵语戏剧学和梵语诗学。梵语戏剧学主要探讨戏剧的表演艺术，其中也有部分内容涉及对语言艺术的探讨。梵语诗学的正式诞生一般以公元前后的《舞论》的出现为标志。《舞论》的定型在公元4—5世纪，它虽然是一部戏剧学的著作，但论述了情味、诗相、庄严、诗德、诗病等诗学内容，也可以看作一部诗学著作。印度梵语诗学的历史发展，依据印度学者苏曼·潘德的划分，可以分为四个阶段：从《舞论》的出现到婆摩诃的形成阶段，从婆摩诃到欢增的创造阶段，从欢增到曼摩吒的阐释阶段，从曼摩吒到世主的保守阶段。① 这四个阶段中的第二阶段最为重要，是印度梵语诗学创造性发展的阶段，即从公元7世纪到10世纪300多年，梵语诗学产生了庄严派、风格派、韵论派和诗人派等几个重要的流派。庄严派的主要代表人物和著作是：婆摩诃的《诗庄严论》、檀丁的《诗镜》、优婆吒的《摄庄严论》、楼陀罗吒的《诗庄严论》等。风格派的主要代表人物和著作是：檀丁的《诗镜》（也论述了语言风格问题）、伐摩那的《诗庄严经》等。韵论派的主要代表人物和著作是欢增的《韵光》，主要讨论诗的暗示功能即言外之意。诗人派的主要代表人物和著作是王顶的《诗探》，主要讨论诗人的素养和作诗的

---

① 尹锡南：《印度文论史》，巴蜀书社2015年版，第24页。

方法。印度梵语诗学发展的第三阶段进入阐释阶段，是从公元10世纪到13世纪。这个时期的代表人物和著作有：新护的《舞论注》，主要阐释味论，他还写了《韵光注》，主要阐释韵论。恭多迦的《曲语生命论》，以曲语阐释庄严论。曼摩吒的《诗光》，则是对以往梵语诗学的全面总结。阿利辛赫和阿摩罗旃师生合著的《诗如意藤》，主要阐释诗人派的观点，鲜有新意。13世纪以后，印度梵语诗学进入了保守阶段，除了世主的《味海》是一部总结性著作外，其他著作大都是尊崇前人，引经据典，缺乏创新。

  藏族诗学相较于印度梵语诗学兴起较晚，公元13世纪才开始翻译引进外来诗学，到17世纪才兴盛起来。这与藏族地区的历史发展缓慢有关，但是藏族是一个善于学习的民族。藏族地区处在中原汉族文明、南亚印度文明和阿拉伯文明三大文明的交汇处，各种文化在这里汇集交流碰撞，形成了文明汇集的洼地。藏族为了尽快地摆脱愚昧和野蛮，走向文明，他们多方面多层次地吸收各种外部的先进文化。由于地缘的接壤，印度文化成为他们选择的重要资源。藏族学者在文学理论上首选的一个重点对象就是印度梵语诗学。他们引进借鉴不是照单全收，而是结合藏族的文学实际有选择有重点地接受了印度梵语诗学的庄严论，尤其是《诗镜》传入藏族地区，其内容很快为人们所接受。七个多世纪以来，藏族学者们编写了数量众多的《诗镜》译注本，不断地将古代印度的文学理论著作《诗镜》和藏族文化相融合，使其逐步民族化，可以说，事实上它已经成为藏族的重要文学理论著作。

  《诗镜》传入西藏后，在不同的历史时期藏族学者不断注释《诗镜》，并以之为基本依据写出诗例，创作出诗歌作品。17世纪中叶以后诗学的研究达到了一个新的高峰。最有代表性的是五世达赖阿旺·罗桑嘉措的《妙音欢歌》和《妙音语教》。《妙音欢歌》除了对原著做注释外，还结合本民族的格律特点，写了425首反映本民族生活的诗例[①]。

---

① 赵康：《论五世达赖的诗学著作〈诗镜释难妙音欢歌〉》，《西藏研究》1986年第3期。

《妙音语教》更是打破《诗镜》的体例，集中了原著的理论部分，用自己的语言，以歌诀的形式写作。避免了原著中艰深的诗例，比原著更加精炼。这标志着印度的诗学理论已完全被藏族消化吸收，藏族建立了自己的文学理论。

藏族学者在注释《诗镜》时不仅对原著补充阐发，还对其中的观点大胆辩驳，提出了自己的见解。印度《诗镜》全书主要讲诗的形体、诗的修饰和克服诗病三个方面的内容，它的缺陷是过分重视诗的形式和修辞。藏族学者打破了印度诗学的传统惯例，突出地强调了诗内容的重要性，提出了"生命"之说。藏族诗学认为诗歌犹如人，是一个生命，诗的活力就在于此。首先提出"生命"之说的是16世纪初的藏族学者素喀瓦·洛卓杰波。他说："以人的身躯、生命和装饰三者为例，集中于四大事的诗的内容如同生命，用来表述的韵文、散文和混合体犹如身躯，而意义、字音和隐语修饰就像人体的装饰。"五世达赖在《妙音欢歌》中归纳《诗镜》的内容提要时说："具有韵文、散文、混合体的青春丰姿，有四大事言论为生命的名门之女，饰以意义、字音、隐语等贵重的红妆，引颈高歌唱出了委婉动听的歌曲。"① 在解释"形体与修饰"时，他说道："这话可以理解为包含着'生命'的意思，好像具有生命的人为使外表漂亮而用装饰品把自己打扮起来一样，以四大事等内容为生命的诗，它的形体就是韵文、散文和混合体，它们为意义修饰、字音修饰和隐语修饰所美饰。"② 由于五世达赖的影响力和"生命之说"的重要性，更多的藏族学者逐渐接受了这一重要理论观点。

藏族诗学开始的时候，正是印度梵语诗学从阐释阶段向保守阶段转变的时期。藏族学者学习了之前印度学者在阐释中创新的方法，根据藏语的特点，消化吸收外来理论，结合藏族文学实际，翻译、注释、研究、应用和充实，使外来的诗学完全适用于藏族的文学实践，实现了外

---

① 赵康：《论五世达赖的诗学著作〈诗镜释难妙音欢歌〉》，《西藏研究》1986年第3期。
② 彭书麟等：《中国少数民族文艺理论集成》，北京大学出版社2005年版，第198页。

来文学理论的本土化，建构起了藏族本民族的文学理论。反观印度诗学，却长期处于因循守旧的状态，缺少理论的创新，直到近现代才有了很大的改观。藏族诗学是依据梵语诗学这棵大树之根嫁接出的丰硕的果实，在对印度梵语诗学的译注中阐发，得以建立起独具特色的藏族诗学体系。这是我国文论史上借鉴外来理论的成功范例，为我们中华文论增添了更加丰富的内容。

（二）文化背景：汉族——儒、道、佛哲学；藏族——苯、佛宗教

汉族古代文论中最早出现"文学"这个词是在《论语·先进》，所指的意义并不是我们现代所说的文学概念，指的是一切用文字书写的书籍文献。到了汉代，人们把诗歌、辞赋等有文采的作品归类为文章，把诸子各家的学术性著作和各种法律、政令等文书归类为文学，这和我们今天的概念恰恰相反。魏晋南北朝时期，刘勰的《文心雕龙》研究的文体有三十多种，把契约家谱也纳入"文"之中。可见，汉族古代是一种大文学观，也称为泛文学观。这种大文学观使文学一开始就和文化紧密联系在一起，同时也必然深深扎根于汉族文化的土壤中。汉族的传统文化主要是儒道（佛）文化，因而文论的发生、发展及演变就以此为重要的思想资源和精神资源。

儒家哲学思想是汉族古代文论的正统思想。孔子改变了"儒"之前相礼治丧的身份和地位，宣扬"仁"学，使儒家成为一个重要的学派。汉武帝时期提出"罢黜百家、独尊儒术"，儒家文化从此成为汉族的主流文化，虽后世几经沉浮，但是不断得到复兴发展，因此，儒家文化深深影响了汉族古代文学理论批评。孔子把文学看作培养理想的"君子"人格的工具，他教弟子学习《诗》（先秦时期《诗经》称为《诗》或《诗三百》）总是从中引申出道德教化的意义，他对《诗》的评论主要从塑造人格出发。《论语》中记载孔子和学生讨论《诗经》中《卫风·硕人》诗的情景就是典型的例证。这本是一首写美人的诗，孔子从先天漂亮的姿容要加上后天的修饰中引申出在人格的培养上要先仁后礼的道理。《论语·季氏》中孔子说："不学诗，无以言。"《论语·子路》中说："诵诗三百，授之

以政，不达；使于四方，不能专对。虽多，亦奚以为？"孔子认为诗歌具有重要的实用价值，诗歌可以作为一种手段和工具，可以培养人格，可以提高道德修养，可以交流情感，可以用于政治的需要等。可见，以孔子为代表的儒家文学观就是一种工具主义的文学思想。这种把诗歌当作教化工具的思想后来发展出"文以载道""文以明道"等正统的文学理论。从主流上看，在儒家文化影响下的文学理论就是强调文学的教化功能和政治功能。儒家的文学思想在后世不断得到补充完善和强化，形成了文学为政治教化服务的强大理论观念。这种工具主义的文学观的价值在于，强调文学的社会政治教化和审美教育功用，强调文学对社会现实和社会人生的干预作用，强调文学对人生的关注。但是，其弊端也是明显的，取消了文学的独立的审美价值，使文学容易沦为政治的奴仆，成为专制统治者维护统治的工具，从而对文学的发展造成很大的破坏。

  道家哲学思想对汉族古代文论有重大的启发意义。以老子和庄子为代表的道家以"道"作为思想的核心，他们认为"道"是宇宙万物的本质，是万物成其所是的根源，是万物运行变化的根本动力。"道"是看不见摸不着的本原性存在，"道"存在于万物之中，自身又是不可见的。道又是通过自然万物得以显现的，道的本质特征就是"无"。因此，道家主张悟道体道，顺道而为，无为而无不为，倡导一种"天地与我并生，而万物与我为一"的精神境界。道家文化对汉族文论的影响是深远的，它塑造了一种超功利的追求精神自由的艺术理论观念。道家的虚静论本是哲学上认识主体所具备的一种心境，但对创作主体和文学创作有启发意义。创作主体在创作中要想取得创作的成功，就要虚静其心，也就是说内心深处必须空灵宁静，这样才能真正体悟生命的真意，把握诗的佳妙之境。虚静论深刻地影响了后世文学创作有关创作心理问题的认识。道家强调"道法自然"，追求一种自然的境界。在老子看来，道就是自然，而人应该以自然为行事的法则。老子、庄子都强调以自然作为效法的对象，对文学的影响就是追求一种朴素真实自然的美学品格，真实地表达情感，反对虚假的为文而文的浮躁虚夸文风。道家对语言的认识是深刻的。道家认为语言是不能完全达意的，庄子认为："言不能尽意"，主张"得意忘言"。道家认为语言在表达意义上是一个不称职的工具，因而不看重语言，看重的是语言之外的意义。庄子在《天道》篇中说："世之所贵道者，书也。书不过语，语有贵也；语之所贵者意也，意有所随。意之所随者，不可以言传也。"这揭示了文学语言复义性的特征。在汉族古代的诗论中，诸如"言外之意""象外之象""韵外之致"等说法，其实都是道家思想影响下产生形成的理论命题，谈论的都是文学语言的复义性产生的审美效果。道家从根本上是否定文艺的，但是道家讨论哲学问题时所提出的一些概念和方法无疑对后世文学理论批评的启迪是巨大的，从文学本体的研究上看甚至比正统的儒家思想的影响还要大得多。

佛教哲学思想进一步推动了汉族古代文论的深入开展。佛教从印度传入中国约在东汉初年，传入中国后，与汉族本土的儒、道文化相互融合。南北朝时期兴盛起来，隋唐时期形成了天台、华严、唯识、禅宗、净土、密宗等众多的宗派。佛教既是宗教也是哲学，它的最终目的就是让人摆脱尘世的痛苦，进入极乐世界。佛教哲学认为"色即是空"，现实世界都是变动不居的，除了人能够解释他自身行为之外，万物都不能说明它们的存在，因而都是不真实的，是由人心所建构的。"心"主宰世界万物，创造万物，是至高无上的。从晋宋开始，汉族的僧人就以佛教的"心无外物"构建中国佛学，佛教心性学说强调以"心"为本，强调心灵真实。这种观念启发了汉族古代文论对心物关系的认识，汉族古代文论特别强调创作者心灵对物的熔铸和重塑。后世的许多理论家主要理论学说都和佛教的心性理论有着密切的关系，最具有代表性的就是清代的王夫之的情景论。汉族古代文论中的"意境"论的形成与完善也得益于佛教观念。境界是一个佛教术语，佛教有六根六境说。六根是指人的六种感知，即眼、耳、鼻、舌、触、知，六境是指六根所感知的客观对象。佛教的"境界"就是要人们放弃现实世界物欲追求，进入一种超越了感官世界的形而上的无欲境界，也就是佛教所说的佛性、吾心。佛教的境界理论被汉族古代的文学批评家借鉴发挥，形成了文学理论的意境说。文学理论中所说的意境就是一种超越了"象"的审美感受中的世界，"象"是指诗歌中直接呈现出来的实体物象，"境"或"境界"则是指隐藏在实体的"象"背后并由"象"延伸出来的整体的广阔情意空间，是由"象"的层面向"意"的层面的升华和超越。如陈伯海所言：汉族古代文论的意境论就是"由象内世界的感知空间，经象外的相像空间，最终导向最虚灵而遂永的情意空间，便形成了一条逐步上升和超越的通道，'意境'设置的意义也就在提示了这条通道。"[1]

在佛教文化的宗派中，禅宗对汉族古代文学理论的影响最大。"佛"的本义就是"悟"，禅宗有北禅和南禅之分，各有渐悟和顿悟之说，但是都提倡"悟"。"悟"是一种直觉观照、直觉体验与直觉感悟，学佛之人对佛理的领悟是一种刹那间的整体把握，一旦领悟就能得到解脱，获得自由。汉族古代文论的"妙悟"论就是直接借用了佛教的这一理论，以佛学的思维方式来阐述文学创作和欣赏的理论问题。宋代严羽提出"以禅喻诗"，他在《沧浪诗话》中说："诗道亦在妙悟"，说的是，诗人在创作构思中经过大量的阅读、写作实践和长期的思考、积累了丰富的学识和社会人生经验后，在适当的时机，灵感就会突然来临。在文学欣赏时，鉴赏者需要一种整体之悟和象外之悟，不是停留在文字辞句所表达的表面意义上，而是达到一种深层次领悟。汉族古代文论还从禅宗的"净性自悟"中借用发展出了尊崇作者个性，强调独创，反对复古的思想，也就是对作者主体意识的强调。

从上面的论述可以看出，儒、道、佛哲学思想对汉族古代文论的影响是广泛而深远的。汉族古代文论从一开始就生长在儒道文化的土壤中，是在儒道释（佛）思想的滋养下不断发展起来。

藏族文论与宗教哲学有着千丝万缕的联系。藏族是一个全民信仰宗

---

[1] 陈伯海：《中国诗学之现代观》，上海古籍出版社2006年版，第16页。

教的民族，从藏族古代的历史就可以清楚地看到这一点。藏族古代的历史发展大体上经历了四个时期：史前社会野蛮时期，吐蕃社会进入封建文明时期，藏传佛教普及全藏初步形成时期，西藏"甘丹颇章"政教合一时期。藏族的宗教在历史上也出现了两种宗教，苯教和藏传佛教。苯教是青藏高原本土文化，有着悠久的历史。苯教的历史可以分为两大阶段：一是原始苯教阶段，二是雍仲苯教阶段。原始苯教是藏族本土的原始宗教，它是佛教传入青藏高原之前的原始信仰。西藏苯教发展的第二阶段是从西部的阿里地区向吐蕃腹地传入的雍仲苯教。它传入吐蕃的时间要比佛教传入吐蕃早几个世纪。佛教大约在公元7世纪40年代从印度传入青藏高原，起初与苯教发生多次冲突，后来不断融合，最终佛教逐渐取代了苯教的地位，成了雪域高原的主流思想意识。

　　藏族的宗教思想影响了藏族文论的思想倾向，尤其藏传佛教对藏族文论的影响巨大。在藏族诗学家看来，一切艺术都是神的赐予。他们想象性地解释了艺术创作来源于"神力"，并且关注了生命活动在"神力"附体的"迷狂"状态。这既是宗教迷狂，也是创作迷狂。在生命存在与生命神秘的探索中，他们把神圣与迷狂看作生命诗学的中心问题。在迷狂状态中，艺术创作者达到人与自然一体、人与神一体，生命得以超常地自由发挥。尽管"神谕""迷狂"说这一观念包含着过多的宗教神秘主义色彩，但是它仍揭示了艺术创作的来源和艺术创作的心理。它启发我们当代文艺美学在生命本体意义上关注人的本体力量中神圣崇高的因素，有助于我们对生命存在的意义和神圣价值的理解。这种说法在当代看来虽不尽妥帖，但从世界文学理论的历史发展进程看是具有普遍性的，为此，我们应该给以充分而合理的肯定和评价。

　　藏族文论的精神导向，与宗教伦理密切相关。藏族的学者认为文学的一个重要功能就是要宣扬宗教。五世达赖阿旺·罗桑嘉措在他的诗论《诗镜释难》中说："词义表达准确无误的诗学之光，如果不去照亮一直延续到现在的整个轮回界,那么,包括天神、人和龙在内的全部三世间就会被无知的黑暗所遮没。"① 所谓"轮回"是说芸芸众生各依所作善恶业因,一直在所谓六道(天、地、阿修罗、地狱、饿鬼、畜生)中生死相续,升沉不定,在生死的世界里如车轮回旋不止。"轮回界"指的就是"整个世界"。五世达赖阿旺·罗桑嘉措指出文学就是用佛的光芒照亮整个世界。毋庸讳言,藏传佛教宣扬的价值观有主观唯心主义的宿命论的色彩,但是,其中有大量劝人为善的内容。这些积极的方面对藏族摆脱野蛮走向文明起到了重大推动作用,今天看来仍然有其积极的意义。

藏族的情味论大量掺入了藏传佛教思想,极力推崇佛境中的大美。佛教所讲的"色即是空""涅槃寂静"等,要人们摆脱外在事物的束缚,摆脱对外在的思虑和欲望的诱惑,达到精神上处于心如明镜、无拘无束的自由境界。这种境界就是涅槃之美,永恒的涅槃之美才是最高的美,最大的美。现实世界中的物色之美是最低层次的美,个人心境的性灵之美高于物色之美。这种审美体验只能存在于主体和客体相互作用时主体的能动精神中,是由精神所构建起来的超越现实世界之外的、彼岸的佛土世界。因而,藏族的情味论认为诗最好的味就是佛境中的味,佛境中味才是最大的美、最大的味、最高的味。

藏族文论的"圆满"论就直接来源于藏传佛教。"圆满"来源于"大圆满法","圆满"意思是整体的完美无缺。圆满是佛教的最高的境界,也是佛教美学绝对美的境界。这种境界的实现是通过整体的直觉达到的,是最完美的世界,是无差别的美,也是整体的美。最高的美存在于现实之外的心灵建构的圆满世界。最高的美存在于诸要素的和合生成之中。"圆满"这一审美理想渗透到藏民族生活的各个方面,成为藏族人民特有的审美范畴和审美标准。佛教的"圆满"观体现在文论中就是追求文学作品内容和形式的完美统一,创造出文学作品的整体

---

① 彭书麟等:《中国少数民族文艺理论集成》,北京大学出版社2005年版,第195页。

美。可见，藏族文论中随处都充满了宗教的意味，这是一个非常有意义的研究领域。

（三）写作模式：汉族——片段感悟；藏族——译注例释

汉族古代文论的写作模式主要是非逻辑的片段书写，呈现出即兴感悟的特征。依照西方学术分科的规则看，文学理论著作一般是以逻辑推理架构阐述问题，但是，汉族古代文论绝大部分文本则不是这样的，汉族古代文学理论批评在结构上主要是片段书写。在汉族文学理论批评史上，虽然也有刘勰的《文心雕龙》、叶燮的《原诗》这样自成体系且体大虑周的鸿篇巨著，但毕竟是少数。大量的文学理论批评著述都是片段零散、即兴随意的。在汉族文学理论批评史上最常见的是诗话，后来又衍生出词话和曲话。诗话是一种独特的诗歌理论批评著作样式。它的源头从钟嵘的《诗品》和刘义庆的《世说新语》开始，到北宋欧阳修的《六一诗话》才正式确立"诗话"名称，后世相沿以传。它一般没有严密的理论体系，诗论家有得即记，分条罗列，每条篇幅或长或短，在两三百字以内，或阐述文学理论问题，或品评作家作品，或讨论写作技法。词兴起以后，又出现了词话。戏曲产生发展后，又出现了曲话。这类著作在汉族古代文论史上数量众多。清代何文焕的《历代诗话》收录南朝梁钟嵘的《诗品》和唐、宋、元、明代的诗话有28种。近代人丁福保的《历代诗话续编》为之补充，收有唐代至明代诗话共29种。据郭绍虞的《宋诗话考》发现，现存完整的宋人诗话有42种；部分流传下来，或本无其书而由他人纂辑而成的有46种；已佚，或尚有佚文而未及辑者有50种，合计138种。唐圭璋编的《词话丛编》就收集了词话85种。迄今为止最为完备的曲话类丛书是俞为民、孙蓉蓉编纂的《历代曲话汇编》（套装3册），全书收录了从戏曲形成时期的唐宋至戏曲转型时期的近代250多位曲论家的曲论专著或单篇评论，其中专著近120种，关于散曲和戏曲的单篇曲论约150万字。诗话类著作的特点如赖力行所说：六朝以后的诗话"继承了钟嵘《诗品》的论诗方法，接过笔记小说的体制，形成了以谈诗论艺为主要内容的笔记体批评样式"①。

除此之外，汉族文学理论批评史上还有大量的序跋、书信、小说戏曲评点。序跋如《毛诗序》、司马迁的《太史公自序》、班固的《两都赋序》、王逸的《楚辞章句序》、钟嵘的《诗品序》、萧统的《文选序》、陈子昂的《与东方左史虬修竹篇序》、苏轼的《书黄子思诗集后》、陆游的《题庐陵萧彦毓秀才诗卷后》、蒋大器的《三国志通俗演义序》、钟惺的《诗归序》等。书信如曹丕的《与吴质书》、曹植的《与杨德祖书》、白居易的《与元九书》、柳宗元的《答韦中立论师道书》、司空图的《与李生论诗书》、欧阳修的《答吴充秀才书》、王安石的《上人书》、苏轼的《答谢民师书》、黄庭坚的《答洪驹父书》、袁枚的《答沈大宗伯论诗书》等。这类蕴藏着文论思想内容的序跋书信类的作品数量极其众多，难以统计。"评点"也是汉族古代文学批评的特有形式，主要用在小说和戏曲的评论上。著名的有李贽、叶昼、金圣叹的《水浒》评点，毛纶、毛宗岗父子的《三国演义》评点，脂砚斋的《红楼梦》评点，金圣叹的《西厢记》评点等。评点包括了"评"和"点"两种形式："评"是对作品评论分析的文字，"点"是圈点，就是对精彩文字或加上"圈"表示最好，或加上"点"表示次好。"评"又分为"回评""眉评"和"夹评"。回评就是小说每一回所加的评论，眉评就是在正文上方的空白处就此页的某个段落加以评论，夹评就是加在行与行之间就某些文句或字词的评论。评点这种形式更加短小零散，没有系统的逻辑，纯粹是批评者的当下感悟和审美体验的记录，尤其是圈点，如果不了解批评者的生平事迹和个性气质，很难理解它的用意。

汉族古代文学理论批评的一些内容还隐藏在随笔类的著作中。如南朝刘义庆的《世说新语》，宋代沈括的《梦溪笔谈》、苏轼的《东坡志林》等。其中《梦溪笔谈》中就有对杜甫诗歌评论的条目。由此可见，汉族古代文学批评理论的书写的总特点是片段零散的，鲜见大部头完整

---

① 赖力行：《中国古代文学批评学》，华中师范大学出版社1991年版，第197页。

系统的理论著作，多见的是一些片段式感悟评论的文字。

　　汉族古代文学理论片段感悟的书写多采用文学性的文体。魏晋南北朝时期是文学理论批评史上最为辉煌的时代，文学批评的文学化特色也最为鲜明。陆机的《文赋》是第一篇专论创作问题的文章，全文用的是一种文学文体——赋。刘勰的《文心雕龙》全书五十篇用的是骈体文。尽管他们都是擅长写论说文的大家，但讨论文学理论问题都用了文学文体，这很适合表达即时感悟的内容。这些著作想象丰富，比喻奇妙，语言优美，也可以当作文学作品来赏读。唐代兴起了论诗诗，李白、杜甫虽然没有留下理论著作，但是他们在诗作中表达了自己的文学观点。最为有名的是杜甫的《戏为六绝句》，白居易、韩愈也有不少的论诗诗。后世金代元好问更是写出了《论诗三十首》。由此可见，汉族古代的文学理论批评著作不是逻辑推理式的论说，而是一种非逻辑的片段写作模式。其中的一个重要原因就在于，汉族文论史上批评家也是作家诗人，很少有专门的理论批评家，他们在阅读文学作品和自己的创作实践中，揣摩体验文学经验，辄有许多感悟和心得。如陆机在《文赋》中所言："余每观才士之所作，窃有以得其用心。夫放言遣辞，良多变矣，妍蚩好恶，可得而言。每自属文，尤见其情。"于是就以文学性的文体来表述自己的文学观点，讨论文学的理论问题。

　　藏族文论著作的写作模式是译注例释。藏族文论著作的典型代表就是诗学著作，主要围绕《诗镜》译注例释展开，结构方式一般都是先翻译注解分析，然后加上示范诗例。注解分析部分往往是诗歌体的理论要点概括加上散文体的注释分析；示范诗例部分则选取前人经典的诗歌或自创诗例，以说明理论的内涵和写作方法。

　　藏族诗学著作主要是依据《诗镜》来展开讨论。《诗镜》全书由656首诗组成。包括南方、东方两派的10种不同风格，35类意义修饰，3类字音修饰，16种隐语修饰，10种诗病。藏族学者在此基础上结合藏族语言的特点不断地丰富和完善。据现代著名的藏学家东噶·洛桑赤列的《藏族诗学修辞指南》一书看，藏族诗学修辞包括两大部分：修饰和除过。修饰又分为非共同修饰法和共同修饰法两种。非共同修饰法共有 10 种，共同修饰法又分为意义修饰法、字音修饰法和隐语修饰法。意义修饰法分为 35 种，字音修饰法分为 3 种，隐语修饰法又分为 16 种。除过共有 10 种诗病。据不完全统计，藏族的修辞方法分出的大小类别的修辞格多达 300 多种，其中意义修饰法就达 203 种，字音修饰法 78 种，这是一个多层次、多角度、多序列的分类系统。《诗镜》的写作体例是把论述和举例结合的一种方式。藏族诗学家也遵循这种阐释程式：先讲各修辞格的定义，再讲其分类，后举例加以说明；在定义和分类中先用韵体的歌诀概述，后用散体做注解阐述，在举例中选取历代经典的诗歌或自拟诗。

　　藏族学者们撰写了卷帙浩繁的《诗镜》阐释著作，阐释方法多样，内容丰富。蒙古族学者树林总结出藏族阐释的形式有广释、选释、略释、释难、补释、举例释等，从研究范围来说，有全部内容的阐释和部分内容或范畴阐释等[①]。具体如下：1. 广释或详释。这类著作在整个阐释著作中占据主要位置，阐释和例诗注重对《诗镜》的注释和名词术语的解释，补充和完善重要理论概念，增加新的理论范畴，进行本土化的改造。2. 选释。部分学者对《诗镜》的全部三章进行注释之外，还对一些章节或范畴、修饰法进行重点阐释。也有一些学者只选择《诗镜》的部分内容和范畴进行注释研究。3. 简释。此类著作的注疏或阐释相对简略，但涉及整个《诗镜》内容，在藏族学者的研究著作中也有一定数量。4. 释难。此类著作不按《诗镜》全部内容的顺序和某一范畴固有的顺序进行阐释，而是选择一些疑难问题进行重点阐释。5. 略释。此类著作或是对整个《诗镜》内容进行缩略阐释，或是对某一范畴进行简略探讨，篇幅一般较短。有单独的研究著作，也有在某一著作中简要论述的部分内容章节。6. 补释。就是对《诗镜》著作的再阐释，产生了一批经典的再阐释著作。7. 例诗。就是用例诗阐释修饰法，

---

① 参见树林《蒙藏〈诗镜〉研究史概观》，《民族文学研究》2019 年第 2 期。

此类著作不做概念和名词术语阐释，而是只创作例诗，以例诗说明各类修饰法。此类著作在藏族《诗镜》研究著作中占有很大比例。树林对藏族学者《诗镜》阐释著作的阐释方法的探讨和归纳是全面而深入的，比较准确地还原了藏族文论的阐释方法。藏族学者意娜认为藏族数百年间反复地翻译、解释、诠释和语内翻译《诗境》，形成了一种极具特征的"《诗镜》学统"。有如下特征：跨越梵藏语际和跨越古今的"双跨性"，与佛教思想体系形成重叠互渗的"互文性"，以及由于语言本身就处于永恒变化之中，再加上源于原典作者和注释者之间多重"视域差"造成的"未定性"。藏族《诗镜》历经多重重构，在藏族文人模仿和践行过程中逐渐内化为藏族文学观念的"因子"，大大超越了原典的意涵，进而成为充满张力的开放体系。①

藏族学者不断地注解阐释《诗镜》，写下了大量的著作。写作的方式有两种：一种是五世达赖阿旺·罗桑嘉措等人的写作方式。按照原文的顺序加以注释，补充了自己创作的诗例或选入别人的诗例，有的还提出自己的见解，并对其他学者的观点提出批评。这种写作方式直到今天仍然为许多藏族学者所采用。另一种是以嘉木样协贝多吉为代表的写作方式。作者完全不按照《诗镜》的内容顺序，而是集中其理论阐释部分，重新编排次序，用自己的语言来表述，完全摆脱了《诗镜》的框架。藏族学者通过这两种方式注解阐释外来的诗学著作，逐步建立了自己民族的诗学。

在各民族的诗学中，一般都会采用分析和举例的方法，汉族的诗学也如此，但藏族诗学运用这种方法则更加典型和普遍，诗学著作都是在条分缕析的阐释中大量地举例说明。这种写作模式明显地受到了印度梵语诗学写作模式的影响和启发。印度梵语诗学擅长条分缕析，几乎达到了细微琐碎的程度；大量举例，几近烦琐累赘的地步。印度早期的著作《梵书》就体现出这一特点。婆罗多在《舞论》中区分了8种味，10种

---

① 参见意娜《〈诗镜〉文本的注释传统与文学意义》，《文学遗产》2019年第5期。

诗德，10 种诗病和 36 种诗相，并做了分析说明。胜财在《十色》中对情由、情态和真情做出解释后，对不定情就分出了 33 种：即忧郁、虚弱、疑虑、疲倦、满意、痴呆、喜悦、沮丧、凶猛、忧虑、惧怕、嫉妒、愤慨、傲慢、回忆、死亡、醉意、做梦、入眠、觉醒、羞愧、痴狂、慌乱、自信、懒散、激动、思索、佯装、生病、疯狂、绝望、焦灼和暴躁等。接着，作者又对这 33 种不定情分别做了解释。现在看来，这些分类还是有些混乱，逻辑上的若干个分类标准同时使用，但是印度诗学家却乐此不疲。曼摩吒的《诗光》对韵的分类，由二到八，再到五十一，五十一类又各自分出五十一类，再在每一类下面分出四类。这样，共有 10404 类。加上纯粹的 51 类，共有 10455 类。到了近代，据学者统计印度诗学中韵共有 451920 个。印度诗学家在大量分类分析的同时，为了解释这些庞杂繁多的种类，就不得不大量地举例。如曼摩吒的《诗光》全书用 142 节歌诀概括要点，以散文做进一步的阐释，用 603 首诗歌做例子。藏族学家在阐释《诗镜》时借鉴了印度梵语诗学著作的写作模式，采用了条分缕析式的析例结合的方法，但与印度梵语诗学比较，明显地做了简化，摒弃了印度梵语诗学过度烦琐的弊端，使诗学理论更加适合藏族的文学实践。

二 汉藏文论的共通性

由于生存环境、经济条件、社会制度、宗教文化、心理素质等多种因素的影响，汉藏文论在历史发展中呈现出各自不同的特色，体现出诸多差异性，但是，我们从深层次看他们之间却有着更多的共通性和相似性，这缘于汉藏两个民族文化的同源性和文化的深度交流和融合，藏族文化受汉地文化影响，汉地文化也受藏族地区文化的影响。从文论的特征看，汉藏文学理论批评的共通性主要体现在以下几个方面：

（一）以用为尚、知行合一

汉藏文论有一个共同的特点就是文学理论批评和文学创作实践紧密联系。文学理论批评是创作经验的总结，反过来文学理论批评又指导文学创作和鉴赏。汉藏文论对文学的认知一般不直接从本质上去加以界定，而是多从功能表现上去理解、推崇尚用的观念。

汉族古代文论以用为尚突出地表现在非常重视"明体辨法"，即探讨各种文体的特性，总结为文大法，或示人以具体的做法。许多文论家写作文论著作的目的不是探讨理论问题，而是指导文学实践。汉族古代文论的为文之法就包括义法批评和格法批评。义法批评是从文学的意义功用出发去探求为文之法，义为目的，法是手段。格法批评则是从艺术表现本身出发去分析总结创作方法。

义法批评以刘勰的《文心雕龙》为代表，《文心雕龙》一书的写作动机就是讲作文大法的，刘勰在《文心雕龙》的《总术》篇中自称是"圆鉴区域，大判条例"。"圆鉴区域"就是辨明各种文体的体式，"大判条例"就是分析各种为文的方法。《文心雕龙》全书分为上、下卷，各为25篇，上卷包括总论5篇和文体论20篇。下卷包括创作论20篇，文学史论和批评鉴赏论4篇，再加《序志》篇。总论部分的《原道》《征圣》《宗经》就提出了写文章的总要求，要求一切要本之于道，征之于圣，宗之于经。具体而言就是依据"六义"。如果做文章能够学习"五经"，这样的文章具有六种特点：一是思想感情深挚而不诡谲，二是文风纯正而不杂乱，三是叙事真实可信而不虚诞，四是义理正直而不歪曲，五是文体简约而不繁杂，六是文辞华丽而不过分。从《明诗》到《书记》共20篇，以"论文序笔"为中心，总结各种文体的写作要领，以体明其法。下部，从《神思》到《物色》的20篇，主要探讨有关创作过程中各个方面问题，诸如构思想象、布局谋篇、遣词声律等具体问题。《时序》《才略》《知音》《程器》4篇，涉及相关的文学史论和批评鉴赏论等。

格法批评在魏晋南北朝时期就已经萌芽，到了唐代被广泛运用。唐人各种诗格、诗式类著作盛行，这类著作主要包括三方面的内容。一是音声格律之法。如佚名的《文笔式》探讨四声的搭配，并指出十四种文病；元兢的《诗髓脑》探讨"调声"问题，并对沈约的"八病"之说详细加以解说；等等。这类著作异常众多，大多已失传，只在《文镜秘府论》保留了部分内容。二是句式体式之法。如上官仪的《笔札华梁》提出了"八阶"，即："一咏物阶，二赠物阶，三述志阶，四写心阶，五返酬阶，六赞毁阶，七援寡阶，八和诗阶。"所谓"阶"就是表达内容的八种体式。《笔札华梁》还包含"六志""属对""七种言句例""文""第四病""论对属"等内容。崔融的《唐诗新定诗格》有"十体"之说，即："一形似体，二质气体，三情理体，四直置体，五雕藻体，六映带体，七飞动体，八婉转体，九清切体，十菁华体。"还有王昌龄的《诗格》提出了"十七势"，讲的都是诗歌创作的句法问题。三是炼意炼格之法。如皎然的《诗式》有"辨体一十九字"之说，即：高、逸、贞、忠、节、志、气、情、思、德、诫、闲、达、悲、怨、意、力、静、远。讲的都是取境或追求意蕴的十九种类型。到了宋代，诗话类著作中继承了这一传统，如黄庭坚及江西诗派讲究"夺胎换骨""点铁成金"之法，还有吕本中提倡"活法"，等等。

汉族古代文论崇尚实用，藏族文论也是如此。藏族诗学实际上就是修辞学，研究如何运用悦耳动人的语言写出优美的作品。藏族诗学一般不从本体意义上探究分析何者为诗，而是从语言运用和文体的实用角度去解说，甚至把诗歌作品也看成诗学著作。索朗班觉说："从藏文诗学的观点来看，我们把从理论上阐明诗的形体和修辞技巧的著作一般都称为修辞理论，还把修辞论著分为广论、中论和简论等三种，抑或按论著的相应特点规定论著的各种名称，譬如旦志（檀丁）所著的修辞论著，就是依照它的功能和从比喻的角度而取名为《诗镜》的。谈到诗著，有我们所熟悉的萨班·贡嘎坚赞所写的《萨迦格言》，曼日瓦·洛桑坚参所写的《赤美滚登赞》和贡塘·旦白准美的《水树格言》等，均是以四大事为内容、并且运用修辞理论中的各种修饰手法而写的诗著。"[①] 索朗班觉把藏族诗学著作分为两种：表达诗

[①] 索朗班觉：《诗学概要明镜》，赵康译，《西藏研究》1983年第1期。

歌定义的理论著作和按照诗学理论撰写的诗体著作。如《诗镜》是诗歌的理论著作，而《萨迦格言》《赤美滚登赞》和《水树格言》则是诗体著作。尽管一些藏族学者对此有质疑，认为诗体著作不能算作诗学，但我们可以看出，藏族学者认为诗学不是纯粹的理论研究，而是能够指导诗歌创作的学问。

还有藏族学者认为诗学包括的范围更大。才旦夏茸说："所谓诗学，若仅理解为能写偈颂体、散文体和诗散混合体的诗作就是诗学，那就把它的范围理解得太小了。实际上除那三种诗作之外，还有其他方面的内容也都属于诗学。譬如，在专家学者、群贤之中漫谈一些有意义的话题；在群众面前引经据典的谈经论道；给立志上进的弟子们传经授业；驳斥和分析他人弊过而责难时的争辩，或者针对一些因人、因地、因时、因事所出现的实际内容而采用的讽刺、嘲笑和辩诉；甚至为了激起朋友之间相互交往的热情，在逗趣闲谈中为能采用构词技巧使自己做到前后用词连贯、准确、高雅，没有意义上的缺点毛病，常人谁都一听就懂，语言中不混杂在众人面前不便公开出口的粗俗语言和方言、俚语等，都属具有修辞学风格的语言特点。例如，为使他人心生喜悦，在开玩笑或口出警句奇语之时，令人一听就会暗自发笑，为了震慑对方，运用指责或揭露性语言时，话一出口就能让对方心惊肉跳等，这是唯一有赖于具有修辞学构词技巧的。"① 可见，藏族诗学不仅指的是写诗的修辞方法，也是语言运用的构词技巧。写诗不懂诗学，就不知道怎样运用修辞格，也就不能体现出诗歌的修辞本性。没有辞格运用的诗作是低俗俚语著作。不懂诗学，就不会解释他人著作运用修辞格的词义，甚至还会把词义解释错了，误了别人也误了自己。

藏族诗学主要探讨的是诗的修饰，可以说是一个以修辞学为主体的诗学体系，内容极其繁复和庞杂。藏族诗学的基本内容主要包括诗的形体、诗的修饰和克服诗病三个方面。诗的形体划分为韵文体、散

---

① 才旦夏茸：《诗学概论》，贺文宣译，《西北民族大学学报》2012 年第 5 期。

文体和混合体三种。诗的修饰包括意义修饰、字音修饰和隐语修饰。诗病主要讲如何避免诗病。可见，藏族诗学内容非常强调实际操作指导性。藏族把艺术当作他们生活中不可缺失的一部分，文学创作也是如此。藏族人喜欢创作诗歌、咏唱诗歌。他们要创作出优美的作品，就要钻研诗歌创作的技艺方法。当印度的文化和汉地文化传入藏地，与藏地文化发生交流交汇，藏族大胆地吸收和借鉴了印度梵语诗学。印度梵语诗学的内容尽管庞大丰富，但是藏族根据自己文化和语言的实际，重点接受和吸纳了印度梵语修辞诗学，以解决怎样使诗歌创作更加精美的问题。因此，我们可以说，藏族的诗学重点探讨的不是文学形而上的理论问题，而是如何创作诗歌的问题。换句话说，藏族的诗学是以指导写作为最重要的目的。从历代藏族学者大量的诗学著作就可以看出这一点。

　　藏族是重视直觉体验的民族，也是重经验实践的民族。藏族诗学中对有关的理论问题的讨论不是为了理论而理论，而是为了写作实践而产生理论。贡嘎坚赞就说过："学者对所有的格言，已经知道它十分正确。但是却不去实行，那么学会了又有何用？"他指出学习的重要，但更强调实践，他反对人们一味地死读书，脱离实践的做法。藏族对《诗镜》的吸收借鉴改造就是最好的明证。几百年来，藏族学者注释《诗镜》的著作有上百种，其目的就是指导写作实践，使藏族文学写作从经验性的体认变为对理论的自觉遵循，以便写出更好更美的作品。

　　由此观之，汉藏文论都体现出以用为尚的特点，在体用关系上不做明确的区分，即体即用，体用不分，把体用合为一体，从功用出发去界定本体，知行合一，重视具体实践性。归根结底，这是由于汉藏两个民族的思维方式具有共通性。

　　（二）诗性思维，取象譬喻

　　诗性思维是意大利学者维柯在其著作《新科学》中提出的一个重要概念。他认为诗性思维是人类最初的智慧形态，"诗性智慧"是人类历史上原始人所特有的一种智力功能,"诗性智慧"就是一种"创造智慧"。这种诗性的智慧是各门技艺和各门科学的粗糙的起源,诗性智慧影响了人类生活的方方面面。人类的思维在早期都是诗性思维,而理性的逻辑思维在西方是在古希腊时期才成长起来的,从此人类有了两种基本的思维方式:诗性思维和理性思维。此后理性思维在西方不断发展,成为一种主要的思维方式,但是人类的诗性思维从来也没有中断过,在一些地区和族群仍然是主要的思维方式。正如法国人类学家列维-斯特劳斯指出:"未开化人的具体性思维与开化人的抽象思维不是分属'原始'与'现代'或'初级'与'高级'这两种等级不同的思维方式,而是人类历史上始终存在的两种互相平行发展、各司其不同文化职能、互相补充互相渗透的思维方式。"①

从维柯的论述看,诗性思维有三个特征:一是直接的感知力。在早期,人类的本性和其他动物一样,各种感官是他认识事物的唯一渠道。他们对这个世界充满了无知和好奇,凭着自己的感觉器官去接近各种事物,通过他们的直接体验去描述外在事物,并试图做出自己的理解和解释。他们把上天想象为和人一样的有生命的东西,把整个自然界看成都是生命体。二是生动的想象力。想象力是造物主赋予人的一种特殊的本领,在人类早期,由于人的好奇心和自身内心的需求,人类的想象力是极其大胆和浪漫的。他们的神话语言都是通过想象力完成的。三是大胆的创造力。早期人类的思维不具备意识的所有形式,语言意义范畴与生物的本能范畴处于共存状态。主体、感情、想象、运动、存在融为一体,相互渗透交织。他们运用这种认识去理解自然现象,往往会出现臆想,产生幻觉。不是想象某种真实存在的东西,而是创造出能够想象的东西,从而把它看作真实存在的东西,信以为真,于是产生了万物有灵的观念,产生了图腾崇拜,施行巫术。这些大胆的创造力也就表现在原始舞蹈、神话和传说之中。

---

① 列维-斯特劳斯:《野性的思维》,李幼蒸译,商务印书馆1987年版,第3页。

诗性思维的认知方式就是"以己度物"。以人的肉体感觉和情感体验为基础，以想象为思维的动力。以人自己为中心，以人为"万物的尺度"来想象事物，来揣测事物，来猜测人与自然之间的关系。"在一切语种里大部分涉及无生命的事物的表达方式都是用人体及其各部分以及用人的感觉和情欲的隐喻来形成的。"① "最初的诗人们就是用这种隐喻，让一些物体成为具有生命实质的真事真物，并用以己度物的方式，使它们也有感觉和情欲。"② 这说明了在原始人看来物我同一，物我同情，物我可以交流。这样就会在认知过程表现出：物我不分的拟人化；具体真实的形象化；外在事物的情感化；丰富而大胆的夸张化；充满象征的隐喻化。诗性思维表现在文学理论批评中就呈现出生命化的特征，大量使用取象譬喻。

汉族古代文论的诗性思维主要体现在两个方面：

一是文学批评的生命化。文学的生命化是运用以己度物的类比推理将文学人化了，以人的生命有机体的各个部位名称来指代或命名文学艺术的部分或整体。汉族古代文论将文学看作同人一样有生命的，对于文学的看法具有明显的人化特征。姜夔云："大凡诗，自有气象、体面、血脉、韵度：气象欲其浑厚，其失也俗；体面欲其宏大，其失也狂；血脉欲其贯穿，其失也露；韵度欲其飘逸，其失也轻。"③ 正是由于这种观念，汉族古代文论形成、发展出的各种术语、范畴、命题都有生命化的特性。如"形""神""气""韵""风""骨""筋""血"，等等。与之相互关联的还有"形神""风骨""气韵"等，而这些丰富的理论范畴相互交错关联，形成一个十分宏大的文学理论体系与术语范畴体系。如"风骨"这一术语，刘勰的《文心雕龙·风骨》说："是以怊怅述情，必始乎风，沉吟铺辞，莫先于骨。故辞之待骨，如体之树骸，情之含风，犹形之包气。结言端直，则文骨成焉；意气骏爽，则文风清焉。……故

---

① 维柯：《新科学》，朱光潜译，人民文学出版社2008年版，第174—175页。
② 维柯：《新科学》，朱光潜译，第175页。
③ 姜夔：《白石道人诗说》（《白石道人诗集》），《四部丛刊》本。

练于骨者，析辞必精，深乎风者，述情必显。捶字坚而难移，结响凝而不滞，此风骨之力也。""风"的原初含义就是自然的风。由于风吹过草皆偃倒，后被用来形容教化的效果。《毛诗序》说："风，风也，教也；风以动之，教以化之。"有了风，才能感动人，风就是一种感染力，但风本身并不是教化，也不是情、志、气，而是教化的本源，情、志、气的表现。情是正能量的情感，志是符合儒家道德伦理的理想抱负，气就是生命力。因此，"风"也就是要求作品有情志，有感动人的力量。"骨"的本义是指人的骨骼、骨干。因为骨骼具有支撑架构人身体的作用，就被用来形容作品的整体结构和语言风格。刘勰说："沉吟铺辞，莫先于骨。故辞之待骨，如体之树骸"，"结言端直，则文骨成焉。""练于骨者，析辞必精。"① 骨与文辞关系比较密切。运用文辞首先要有骨。身体没有骨骼就立不起来，文辞没有骨也立不起来。语言端正劲直、析辞精炼才算有骨；如果思想贫乏，文辞又不精炼，就无骨可言。因此，骨也就是要求有情志的作品写得文辞精炼，辞义相称，有条理，挺拔有力。合而言之，作品有了风才能生动感人，文辞有了骨就劲健有力。总之，"风骨"的基本特征，在于情志明朗健康，语言遒劲有力。

二是文学批评的人格化。文学批评的人格化是以一种人格形象来类比文学艺术的某种风格。汉族古代文论不仅将文学看作和人一样的有机生命整体，而且还以人拟艺，将艺术生命的特征与创作者主体的特征相联系，因此，文如其人、诗品出于人品一类的命题与观念成为汉族古代文论的一个重要构成方面。司空图的《二十四诗品》用了二十四首四言诗阐述了二十四种文学的风格和意境。其中用"美人""佳士"类比诗歌风格"纤浓"和"典雅"，用"畸人""壮士"类比诗歌风格"高古""悲慨"等。如在《冲淡》中首四句描绘了"冲淡"的精神境界。"素处以默"是要保持一种虚静的精神状态。"妙机其微"是说由虚静则可自然而然地洞察宇宙间的一切微妙的变化。"饮之太和"，指饱含

---

① 周振甫：《文心雕龙译注》，中华书局1986年版。

天地之元气，而与自然万物同化之谓也。"饮之太和"，即是元气充满内心，进入"道"的境界。"独鹤与飞"指与鹤为侣，遨游于凡世之外，超脱自由。中四句运用比喻描绘出一个冲淡的境界。春风吹拂衣襟，吹过幽静的竹林，发出动听的乐音。身临其境，不觉自然生发出载与俱归之意。后四句言此种冲淡之诗境，实乃自然相契而得，决非人力之所能致。若欲以人力而强求之，则无所寻窥，亦决不可得。此所谓"遇之匪深，即之愈稀"。冲淡之境全在神会，而不落形迹，故"脱有形似"，则"握手已违"。《冲淡》所揭示的冲淡诗风的基本特征是：和柔明朗，轻逸灵动；蕴含着由恬淡平和的个体人格之美与淡和的大自然之美有机融合而生出的醇厚无尽之美。《二十四诗品》以具有审美性的文学语言描绘出一种人格化的情境来解说诗歌"冲淡"风格的特征，典型地体现了诗性智慧。

诗性话语表现在文论中是大量运用譬喻。汉族古代文论运用譬喻十分广泛。其一，有品评作家创作风格的。如钟嵘的《诗品》对范云、丘迟诗歌创作风格的评价："范诗轻便婉转，如流风回雪；丘诗点缀映媚，如落花依草。"最为有名的是宋代敖陶孙的《臞翁诗评》中品评了二十九位诗人。如评谢灵运、陶渊明、王维和韦应物，曰："谢康乐如东海扬帆，风日流丽；陶彭泽如绛云在霄，舒卷自如；王右丞如秋水芙蕖，倚风自笑；韦苏州如园客独茧，暗合音徽。"其二，有阐述创作原则和主张的。如严羽的《沧浪诗话》云："意贵透彻，不可隔靴搔痒；语贵脱洒，不可拖泥带水。"李渔的《闲情偶寄》云："编戏有如缝衣，其初则以完全者剪碎，其后又以剪碎者凑成，剪碎易，凑成难。凑成之工，全在针线紧密，一节偶疏，全篇之破绽出矣。"前者以譬喻指出作诗要明白透彻，用语要干脆利落。后者则以裁布缝衣全在针线紧密作譬，揭示了戏剧创作的结构原则。其三，有解释抽象概念的。如韩愈的《答李翊书》云："气，水也；言，浮物也。水大而物之浮者，大小毕浮。气之与言犹是也，气盛则言之短长与声之高下者皆宜。""气"乃作者的精神气质，气与言之关系犹水与浮物，"气"盛则"言"宜，文章才能写好。其四，有介绍创作经验和技巧的。如元代散曲家乔吉介绍其创作经验时说："作乐府也有法，曰'凤头、猪肚、豹尾'六字是也。大概起要美丽、中要浩荡、结要响亮；尤贵在首尾贯穿，意思清新。"① 清人王又华在《古今词论》引张砥中的话说："凡词前后两结最为紧要。前结如奔马收缰，须勒得住，尚存后面地步，有住而不住之势。后结如众流归海，要收得尽，回环通首源流，有尽而不尽之意。"汉族古代文论取譬助论颇具特色，化抽象为具体、化深奥为浅显、化枯燥为生动，融理论性与艺术性为一体。

藏族的文论著作与汉族古代文论颇为相似，大多数诗学著作不是理性的逻辑分析，而是诗性的言说，我们从藏族的文论著作就能一窥藏族的言说方式。

从内容上看，首先，藏族文艺美学著作多运用丰富的譬喻。如《乐论》是藏族古代的音乐理论著作，作者萨班·贡嘎坚赞，是藏传佛教萨迦派的第四代祖师。《乐论》在藏族文化史上是藏族音乐理论的经典，藏族学者对它反复地注疏和阐释。《乐论》将不同音调变化表达的情感运用比喻形象地加以说明："扬升好像是如意树，转折就像是开花的藤，中低音似流水潺潺，变化如海水中的月影。在集会上歌声像是狮吼，在僻静处像飞舞的蜜蜂，在智者面前声如鹦鹉，在愚者面前似孔雀开屏。忧伤时的歌声如引升信念，唱情歌似被爱神花箭射中，唱祭祀歌曲如喜人之花朵，净恶似被盐碱河水洗冲。赞颂己方时声音如神鼓，贬抑对方时似慑服仆从，美妙动听如乾达婆之音，混合犹如成串的花鬘。"② 贡嘎坚赞用来自生活的物象进行比喻，说明了不同的音调表达着不同的情感，使抽象的理论变得生动形象、耐人寻味。再如，五世达赖在《西藏王臣记》中对藏文字的赞颂："三十字母如珠鬘连缀而制成，似海潮般发出庄严文字的语声。它是那大宝璎珞价值连城，如同满腹金宝

---

① 陶宗仪：《南村辍耕录·作今乐府法》，中华书局1958年版，据元本断句后重印。
② 赵康：《乐论译文注解》，《中央音乐学院学报》1989年第4期。

的火神，何须觅奇珍。"① 他把藏文字比作连缀在一起的珠鬘，说明藏文字字形之美；能发出海潮般的声音，说明藏文字能承载博大广阔的内容；好像火神一样满腹金宝，说明藏文字崇高的地位。五世达赖又说道："它是绝妙佳辞、颂言、散文、散颂相间七韵全，句义无混乱，好比那美女媚姿舞翩跹。辞藻犹如美妙莲花鬘，故事赛似少女垂髫美难宣。"② 他用美女舞姿翩跹说明藏文字语言和各类作品的完美，用莲花鬘比喻辞藻的美妙，写出的故事好像初长成的少女般的美好。又如，藏族的一部帮助读者学习《诗镜》的著作《妙音欢歌》，在讲到文辞修饰的重要性时说："尽管国王值妙令而自傲，如不着衣饰人们会议论；不具备优美文辞的著作，不会有人认为它是佳品。"这样的比喻在藏族著作中大量存在，不再一一列举。

其次，藏族文艺美学著作中把理论概念形象化。藏族传统诗学运用丰富的形象阐述理论问题。从众神的文殊菩萨、妙音金刚和乾达婆，到诸多的人物如上师、伟人、智者、愚人、男人、女人，再到多种的物象日、月、铁钩、犁杖、神树、明灯等，每一个形象都具有深刻的理论喻义，用形象暗示其理论。

从形式上看，首先，藏族文艺美学著作用诗歌的形式来讲述理论，或用诗体讲理论，以散文作注。《乐论》用诗歌的形式，文体为颂体，即藏族格律诗。全诗节奏匀整，结构整饬，体现了藏语语言的音乐美和形式美的特点。藏族除了擅长用诗体之外，还有一种形式就是诗和散文的结合。如萨班·贡嘎坚赞的《智者入门》从声明学、诗学和因明学讲述了"智者三事"（著述、讲授和辩论）所具备的有关知识和方法。藏文版原书的体例就是用颂偈诗体讲理论，用散文作注。工珠·云丹嘉措（1831—1890）编著的《五宝藏教典》中的《知识宝藏》也有关于诗学的论述，对藏族诗歌所遵循的经典论著《诗镜》的主要内容做了介绍。全

---

① 五世达赖喇嘛：《西藏王臣记》，郭和卿译，中国国际广播出版社2016年版，第28页。
② 五世达赖喇嘛：《西藏王臣记》，郭和卿译，第219页。

书分为正本和注疏两部分，正文是用颂偈诗体写成，注疏本先引正本的偈，然后用散文作解释。这种结构形式的文本在藏文著作中非常普遍。

其次，藏族诗学著作灵活地运用词语造成含蓄蕴藉的效果。藏语是表音性的文字，同一个词具有多种不同意义，或者2—3个词表达同一意义。藏族学者利用藏语的这种特性，善用隐语和双关语等表达方式，在表意上寓意深厚、韵味悠长，具有诗意的美感。

汉藏传统文论的诗性思维，以象譬喻的言说方式，表达的是审美理解中的感受印象，给人留下了丰富的想象空间，具有无限阐释的可能性。这既反映了东方文化思维的特性，又体现了汉藏传统社会和人文思想的影响。

（三）潜隐逻辑，不重抽象

从表面上看，汉族古代文学批评理论的确是零散的，鲜见大部头完整系统的理论著作，多见的是一些片段式的感悟评论的文字。藏族文论多是对印度文论的阐释注解，大量地运用譬喻和经典的诗例。这就引起一些人对中华传统文论逻辑性的质疑，对此，我们认为汉藏文论虽具有鲜明的诗性思维的特征，但绝不是只有单纯的感性想象，也体现出深沉的理性思考和哲学智慧。汉藏文论并不缺乏理性思维，也不是没有逻辑性，只是在诗性言说方式上潜隐着不证自明的逻辑，不过度看重抽象论证。

对这个问题有必要从理论层面加以说明。思维方式是人类文化建构的核心基础，有什么样的思维方式就有什么样的文化样态。人类的思维方式主要有两种：诗性思维和理性思维。诗性思维是一种以想象性的以己度物的方法来认识理解世界的方式，理性思维是一种分析性的以逻辑推理的方法来认识理解世界的方式。这两方面并无优劣高下之分，都是人类思维不可或缺的两个方面，任何人、任何时候的思维都包含这两方面的思维。差别在于不同文化的人思维在这两方面现实地存在发展水平的不同，在现实中又在不同情况下有所侧重。发现并证明诗性智慧和理性智慧是人类思维的两种形态，这是意大利人类学家维柯在思想史上的重大贡献。维柯论证了诗性智慧在发生的时间上居先,理性智慧是从诗性智慧中生发出来的。他说:"诗人们首先凭凡俗智慧感觉到的有多少,后来哲学家们凭玄奥智慧来理解的也就有多少,所以诗人们可以说就是人类的感官,而哲学家们说就是人类的理智。所以亚里士多德关于个别的人所说的话也适用于整个人类'凡是不先进入感官的就不能进入理智'。"① 这段话说明人类早期思维都是诗性思维,后来才发展出理性思维。这两者既有联系,又是有区别和对立的。

从亚里士多德开始,西方在历史上形式逻辑不断得到发展和完善。以形式逻辑尤其是三段论为核心的、以抽象思维为主要内容的理性认识模式逐渐取得了压倒感性认识模式的地位。然而,我们也看到直到目前理性模式仍然是不完善的,甚至还存在着很大的缺陷。三段论固然可以得出不少正确的结论,但也可以导致许多错误的判断。我们从形式逻辑的两大推理方法——归纳推理和演绎推理自身的矛盾可以看出:归纳推理是从个别事物推导出一般的结论,只有穷尽个别的事物,才能得出一个完全令人信服的一般结论。事实上,由于人无法做到穷尽世界上的事物,只能采用提取有限的样本的个别事物,那么,得出的结论有可能是错误的。常常一个荒谬的结论都能找出典型的例子。演绎推理是由一般的结论推论个别的事物,结论是否正确关键取决于大前提是否正确,如果大前提不正确那么结论必然是错误的。那么大前提怎么才能保证它是正确的?真理都是相对真理,所以,如果大前提不正确,整个推论就是错误的。西方理性说独尊一千多年,可以说理性模式是西方思维方式的主要倾向。随着现代科技的发展和人类社会实践的需要,逻辑学也在发展,现代逻辑已经渗透到数学、现代哲学、现代语言学、计算机科学和认知科学等各个领域。人类的理性思维能力也越来越高,理性思维的方式也越来越丰富,总之,理性是指人类能够运用理智的能力。理性思维就是一种有明确的思维方向,有充分的思维依据,能对事物或问题进行

---

① 维柯:《新科学》,朱光潜译,人民文学出版社2008年版,第150页。

观察、比较、分析、综合、抽象与概括的一种思维。说得简单些，理性思维就是人类在审慎思考后，以推理的方式，推导出结论的思考方式。

按照维柯的说法，人类早期的思维方式都是诗性的思维，也称为原始思维。这两种思维方式各自有自己的思维方法和话语呈现方式。诗性思维方式是想象性的类比式的思维，就是人以自身为衡量的标准来推想外物，外物和人一样有情有形，其话语就是一种感性的艺术话语。所有的艺术都是这种思维的结果。理性思维方式建立在概念、判断和推理的基础上，话语是理论的话语。西方在古希腊时期理性思维就发展成熟起来，因而西方的文学理论从柏拉图、亚里士多德开始就走上了一种分析推理的路径，他们把文学看作认识的对象，探究其中的经验和规律，于是，文学理论的研究就要采用高度抽象化的分析推理论证的结构形式，它要求立论明确，逻辑严密，结构完整。话语用理论性的学术话语，力求清楚明白地表达观点和思想。

从发生学上看，理性的思维方式除了西方文明的模式，我们不要忘记，还有其他文明也有自己传统的理性思维模式。古印度的因明学和中国先秦时期的名辩学，以及古希腊亚里士多德的逻辑学并称为世界逻辑学的三大源头。虽然它们产生于不同的文化历史背景、不同的语言环境，具有各自明显的民族传统色彩，但是它们都有自己的特长。

汉族的思维方式在春秋战国时期与古希腊时期是同步的，这个时期也就是雅斯贝尔斯所说的"轴心时代"，汉族的理性思维成长起来了，人们思考问题大多是按照世俗的标准来进行的，这也是一种理性的思考。但是这种理性不是西方那种为知识而知识的纯理性思考方式。这种理性重在讲实用性、功利性，缺少构建形而上理论体系的原动力。孔子关注人际关系的伦理实用性，墨子注重对事物的理解要从思辨理性出发，从实用主义出发，探求行为实践对社会的功效性、利益性、实惠性。这就是李泽厚所说的中国文化具有"实用理性"的特征。李泽厚这样界定实用理性："实用理性正是这种'经验合理性'的哲学概括。中国哲学和文化特征之一，是不承认先验理性，不把理性摆在最高位置。理性只是工具,'实用理性'以服务人类生存为最终目的,它不但没有超越性,而且不脱离经验和历史。"① 这就是说,实用理性具有如下特征:没有超越性、不脱离经验和历史、是一种经验合理性。李泽厚将实用理性和抽象思辨区分开来,他认为,实用理性之所以和抽象思辨不同,是因为抽象思辨是一种先验理性,它具有超越性,脱离经验和历史,这一点是和实用理性截然相反的。

正是由于实用理性思维导致汉族传统文化自觉进行抽象理性思维发展不够,尤其是在哲学思辨中尚未充分自觉地注意并凸显其中抽象的逻辑关系,以至于传统哲学中的理性和理性思维比较多地处于不自觉的潜隐状态。如中国传统哲学的"天人合一"观背后就隐藏着一个内在的理性的逻辑关系:大前提:天道合一,即天道和人道是相合一致的。小前提:天道然,即天道是这样的。结论:人道然,即人道也是这样的。这就是汉族传统哲学的内在逻辑结构关系。在讲述人道应该如何如何,是因为天道也如此,人道要效法天道,这中间就省略了一个大前提:即天人合一。再如"天行健,君子以自强不息"。也是如此,大前提:天人合一(省略),小前提:天行健。结论:君子以自强不息。这中间确实有理性思维的逻辑关系,只不过汉族古代思维并不在乎问题的逻辑关系,而在乎问题本身,往往直接从事物间运动变化的相互关系中"直觉整体体悟地"把握事物。可见,汉族传统哲学的理性和理性思维处于潜隐状态,思维过程一般是在潜逻辑的框架内完成,不必清楚地说出来,而说出来的只是简短的结论。

汉族古代文学理论批评就是汉族这种潜逻辑思维方式的体现,表面看文论观点都是片段零散的,非逻辑的,其实在背后有一个整体的逻辑关系的框架。只是我们还没有很好地厘清这个大的文论体系的逻辑关系,看到的是只言片语式的文字和一鳞半爪的思想火花,往往就会产生一些误会和偏见。再加上汉族文论的范畴多取自人自身以及日常生活经

---

① 李泽厚:《实用理性与乐感文化》,上海三联书店2008年版,第285页。

验，比如风骨、体性、神采、神韵、主脑、气、志、脉、骨等，这些范畴都具有经验性和形象性，这样越发让现代人不好理解，觉得很玄妙。其实这和我们现代接受了西方的这套学术话语有关，我们已经不熟悉古人的思维方法。汉族文论传承了几千年，古人一直在接受使用，并没有什么隔膜感，我们却难以理解，原因在于我们深入了解得还远远不够，遑论继承借鉴呢？

汉族文论体现的不仅是实用理性思维，还是辩证性理性思维。这就是不持一偏之见，不拘一定之见，能看到事物有无相生、相反相成的多种可能性。儒家的"中庸"之道就方法来说即是看待事物要能致其中，不要偏激，"过犹不及"，追求一种中和的理想。表现在诗论上就是文学的审美理想要适度而不过度，和而不同，既包容差异又强调统一。孔子评诗云："《关雎》乐而不淫，哀而不伤。"① 就是说诗要表达快乐的心情但不能过度，表达哀伤的感情而不至于让人伤悲，要体现一种中和之美。司马迁评《离骚》云："国风好色而不淫，小雅怨诽而不乱，若《离骚》者，可谓兼之矣。"② 论诗采用这种相同句式，表现的都是适度恰当的原则。刘勰在《文心雕龙·辨骚》云："若能凭轼以倚雅颂，悬辔以驭楚篇，酌奇而不失其贞，玩华而不坠其实，则顾盼可以驱辞力，咳唾可以穷文致。"刘勰取一种"折中"的态度，强调既要学习传统经典著作的雅正，又要学习楚辞诡奇的艺术手法，以达到"酌奇而不失其贞，玩华而不坠其实"的艺术效果。汉族古代文论还强调在差异或对立之中形成互补或产生新的事物。刘勰在《文心雕龙》云："是以绘事图色，文辞尽情，色糅而犬马殊形，情交而雅俗异势，熔范所拟，各有司匠，虽无严郛，难得逾越。然渊乎文者，并总群势，奇正虽反，必兼解以俱通；刚柔虽殊，必随时而适用。若爱典而恶华，则兼通之理偏，似夏人争弓矢，执一不可以独射也；若雅郑而共篇，则总一之势

---

① 刘宝楠：《论语正义》，中华书局1990年版。
② 司马迁：《史记》，中华书局1959年版。

离，是楚人鬻矛誉楯，誉两难得而俱售也。"① 就是说写作文章要表现思想感情，文章的雅与俗具有不同的体势。精于作文的人，都善于综合各种文章体势。新奇和雅正的体势虽然相反，却能很好地融会贯通，刚健和柔婉的体势虽然不同，却能在适当的时机加以适当使用。倘若只是爱好单一的体势，那就偏离了兼晓并通的道理。汉族古代文论充满了辩证思维，这样的例子不胜枚举。

藏族文论和汉族古代文论一样，在诗性智慧中处处闪耀着理性智慧的光芒，在诗性的言说中潜藏着因明学的逻辑。

因明学是古印度的逻辑学。因明学随着佛教传入我国，我国的佛教分为汉传佛教和藏传佛教。这两个佛教流派都对因明学的传播和发展做出过贡献。因明学的理论和方法为中国学者发扬光大，已经成为中国古代文化的一个组成部分。公元7世纪的唐代，三藏法师玄奘汉译印度陈那论师的《因明正理门论》《观所缘缘论》，并宣讲因明，在文化思想界产生一定影响。唐以后由于法相宗衰落，因明学也随之几近灭绝。后人将这一因明思想称为汉传因明。因明学传入我国藏区的时间比汉族地区晚，但是在藏区的译著和专著的数量非常之多，影响更加深广。藏族对因明学的译介从公元8世纪末开始，公元11世纪，藏族大译师俄·罗丹喜饶等用藏文翻译了印度学者法称的《释量论》《决定量论》等因明论著15部，俄·罗丹喜饶亲自宣讲，弘扬量理学说。后人称这一因明思想为藏传因明。藏族几乎翻译了印度全部重要的因明学著作。据德格版《丹珠尔目录》记载，共有陈那、法称、天王慧、释迦慧、壮严师、胜军、法上、莲花戒等25位印度因明大师的68部因明著作，这些著作都是于5世纪到9世纪产生的名著，一些已经在印度失传的典籍在翻译的藏文版中得到了很好的保存。据不完全统计，从公元11世纪至20世纪，藏族著有因明论著的学者达117人，因明著作达221部。特别是格鲁派创始人宗喀巴和他的弟子对陈那、法称的因明学著作做了详细

---

① 周振甫：《文心雕龙译注》，中华书局1986年版。

的注疏，撰写了数百种因明学的著作，做了许多富有创见的工作，并把因明学作为寺院僧人必修的课程。还设立了专门的辩论课程，让寺院僧人在实践中把学到的因明学知识加以运用。这就推动了因明学得以深入研究，并获得了长足的发展。藏传因明学在一千多年的发展历程中世世代代不断传承，发扬光大[①]。藏族文化的每一学科都或多或少地与藏传因明学有直接或间接的联系，它作为各学科基础和各学科共同应用的工具，已融入藏族文化的各个领域之中，因明学的思维方法潜移默化地渗透在藏族的文化血液中。

  藏族学者对因明学的研究和发展起了重要的作用，从某种程度上说，超过了印度学者的研究。藏族在接受传播和发展印度因明学时拓展了因明学的知识领域，使因明学成为一门融认识论和形式逻辑为一体的学科。藏族学者不仅把因明学看作研究推理方法和规则以及分析推理中的谬误的一门学科，更重要的是把它看作佛教的认识论。藏传因明实际上就是藏传量论。藏传量学侧重研习《释量论》思想，继承了法称的因明学说。宗喀巴认为：量论是破除邪见、宣说四谛正道之理论。在因明经典著作中涉及许多有关理性思维和哲学方面的问题。各派佛学大师所撰因明论著作大多数是法称因明七论的诠释和解说。就以《摄类学》《心明论》《因正理论》等藏传量学教科书来看，都是以《释量论》思想为依据而撰写的[②]。藏族学者使用因明思维规律进行推理分析。他们善于运用归纳分类、重新组合的方法讲解量学理论。恰巴曲桑，又称法狮子（1109—1169），是俄译师（罗丹喜饶）的再传弟子。他撰写了《量论摄义祛蔽论》和自释，把量学理论归纳为18类。此18种归类，每一类为一摄节，每一摄节又以立自宗、破他宗、断除诤论三个部分组成。他以应成驳论式进行辨析论证，这种归类与论证方法独具特色。公元13世纪，西藏萨迦派第四代祖师班智达贡噶江村撰成藏传量学要著

---

① 祁顺来：《藏传因明学通论》，青海民族出版社2006年版。
② 祁顺来：《藏传因明学通论》。

《量理藏论》。《量理藏论》不同于恰巴曲桑的"摄类论证",他打破《释量论》思想体系,把印度量学的全部内容重新组合,将哲学本体论、认识论和逻辑推理有机地结合起来,从而使藏传量论在内容上更加完整,理论上更加系统。藏族历史上有成就的学者都能很好地运用因明学检验前人的学说,找出问题,进行分析研究,提出新的观点。藏族学者不仅撰写了数百种因明论著,提出了一系列独到的见解,还把因明作为僧人的必修课程,注重把学到的知识在实践中灵活运用,经常在寺院举行辩论,进行驳诘的训练。宗喀巴说:严谨周密的逻辑思维、知行结合的求实态度、准确巧妙的文字表达能力为"世间三宝"。这充分表明了历史上藏族学者不仅重视逻辑思维,也重视知行合一和文字的表达能力,而这三者又是高度统一的。他们通过实践不断提高自己的理性思维能力。藏族千百年来修习因明学,逐渐地培养了他们的理性思维能力,增强了他们的理性智慧。他们善于思辨,对问题反复辩诘深入认识,分析问题层层深入周密思考,并且有学以致用的学风。

藏族学者的思维方式受到了因明学的影响,藏族文论也必然受到它的影响。因明学是以立宗、因、喻三支作法为言论之法。例如"声无常(宗),为所作性故(因),如瓶等(喻)。"这是说声音是无常的,音是什么呢?所作性的缘故。若说一个譬喻,犹如瓶等。此三支中,以因支最重要,故云因明。《诗镜》的体例就是运用这种方法展开论述的,是把论述和举例紧密结合的一种方式。一般是先提出概念或定义,然后举出诗例,并说明立此定义的原因。藏族诗学基本上都遵循这样一种阐释程式:先讲各修辞格的定义,再讲其分类,后举例加以说明;在定义和分类中先用韵体的歌诀概述,后用散体作注解阐述,在举例中选取历代经典的诗歌或自拟诗歌。五世达赖阿旺·罗桑嘉措的《妙音欢歌》除了继承了前人的解释,对原著所作的注释以外,还创作了自己的诗例。《妙音欢歌》不包括序言和后记中用格律诗写的议论部分,全书围绕原著的定义而写的诗例合计 425 首。藏族文论不像西方那样在理论上层层推演,多方论证,而是简化了逻辑论证的过程,重在结论的把握。这可以说是一种潜隐逻辑，与汉族文论有异曲同工之妙。

藏族的因明学大力提倡思辨精神，藏族文论多用因明的推理、论证、反驳的形式著书写作。如宗喀巴所言：没有坚实充分的论证做后盾的观点，就像插在泥中的木橛，始终站不稳脚跟。藏族学者的著作有一个共同特点，都强调以立自宗、破他宗和断除诤论三种形式进行论述。破他宗是以量学理论为基础，以"应成"辩论形式反驳他人的错误观点，使他人消除疑惑，获得正理的一种反驳论证方式。如在关于诗的形体论述部分，五世达赖阿旺·罗桑嘉措的《妙音欢歌》继承了《诗镜》中诗的形体的三种划分，即"单纯的韵文体、单纯的散文体和这两者的混合体。"同时，批评了一些学者对诗的形体的理解。如批评嘉木喀、纳塘巴、容巴、巴俄祖拉等人对诗的形体的解释，他们把传说和四大事等说成是诗的形体，有的曲解为意义的形体，有的歪曲为字词的形体。作者明确肯定了所谓诗的形体只能是指韵文体、散文体和混合体三种文体，不能把它们和内容混为一谈。诗的内容就是诗的生命所在①。

从《诗镜》传入藏族地区的 7 个多世纪以来，藏族的学者们在诗学的研究上越来越深入。他们考证态度严肃，言之有理，言之有据，广征博引。如五世达赖阿旺·罗桑嘉措的《诗镜释难妙音欢歌》（以下简称《妙音欢歌》）对《诗镜》原著的补充和完善。原著中对诗的四种写作形式："解""类""库藏"和"集聚"只是一句带过，《妙音欢歌》继承了前人的解释，自己还创作了文词华丽、构思巧妙的诗例，补充完善了这方面的内容，使后人有例可循。1754 年，康珠·丹增却吉尼玛写出了著名的《诗镜》注释《依班禅上师所教而著之修辞学明镜注释妙音语之游戏海格言宝珠之源》（简称《〈诗镜〉注疏·妙音语之游戏海》）。此后又用了 16 年深入钻研，认真地对初稿做了增删和修改，终于在 1770 年完成了全书的写作。此书的德格版共 353 页，是历代诗注中最大的一部著作，史称《康白诗镜广释》。康珠·丹增却吉尼玛在这

---

① 赵康：《论五世达赖的诗学著作诗镜释难妙音欢歌》，《西藏研究》1986 年第 3 期。

部著作中尽力把过去历代藏文《诗镜》注中不准确和曲解的部分加以澄清。如对原著第二章因由修饰的一个诗例的解释，康珠认为过去的注释虽符合原著，但解释得很含混。原诗："说声我要习学傲慢，便将女友当作丈夫，皱起蛾眉撇动嘴唇，张开了睥睨的双目。"康珠认为这是谋得因由修饰，诗例的内容是说有的女子对自己的丈夫从未有过傲慢之心，为了让丈夫理解这一点，女子说我也要学着如何对人傲慢，而且将女友当作丈夫，对女友横眉竖眼，大发脾气，用这样的方法使丈夫闻听后明白自己的心意，永不分离。这种谋得的手段便是诗中的"因"，永不分离便是"果"，这就是谋得因由修饰的特征。康珠通过辩驳把过去解释不清的地方说得非常透彻和明白了。康珠在书中并不限于原著的内容，还介绍了古代印度的一些社会生活、风俗习惯、故事传说、理论著作等方面的情况，使读者更深刻和准确地理解《诗镜》原著诗例中使用过的这方面典故的含义和由来。赵康先生在评价这部著作时说："康珠所写的《〈诗镜〉注疏·妙音语之游戏海》，是一部优秀的《诗镜》注释著作。注释准确、详细、明白，忠于原著，考证有据，内容丰富，材料翔实。写作态度严肃认真，目的明确，思考缜密，视野宽广。在全书中，旁征博引，指摘文字，评论中肯，见地深刻。不少材料知识性、趣味性很强，使人耳目一新。是后人学习、研究《诗镜》原著，丰富和充实自己藏族古典诗学知识的一部难得的珍品。"[①] 藏族不仅是一个充满诗性智慧的民族，也是一个富有理性智慧的民族，在文艺美学思考中就充分地展示了这一特点。正是诗性智慧和理性智慧交相辉映，才造就了藏族的文学理论。

汉藏文论各有自己鲜明的特色，也有更多的共通之处，我们在比较中才能全面地认识汉藏文论的真实面目，才能做出较为公允的评价。如果只看到一面，而忽视更多面，就会产生许多误读，甚至人云亦云，以至于遮蔽了它们博大精深的理论内涵，难以弘扬我们中华民族优秀的传统文论。

---

① 赵康：《康珠·丹增却吉尼玛及其妙音语之游戏海》，《西藏研究》1987年第3期。

第二章 文原于道与神谕迷狂：汉藏文学起源发生论

从发生学角度来解释文学的本源，不仅是探求文学产生的根源，而且能由此阐明文学与社会生活、与各种社会意识形态的关系，正确地认识文学的本质。汉族和藏族是中华民族大家庭的两个主要成员，在文化上有同源性，但在文化的发展中又存在差异。在对待文学的本源认识上，汉族古代文论认为文原于道，藏族文论认为一切艺术源于神灵的启示，是神的赐予。

第一节 文原于道

汉族文学理论批评史上，"原道"思想早在荀子、扬雄的著作中就有表述。荀子提出了"文以明道"的观点，"道"包含了天道和人道，天道就是自然运行规律，人道就是儒家倡导的礼仪规则。先秦时期"文"的概念比较宽泛，指的是所有文化典籍。荀子将"道"与"文"关联，《荀子·正名》云："辩说也者，心之象道也。……道也者，治之经理也。心合于道，说合于心，辞合于说。"① 辩说属于"文"的范畴，道是辩说的本源，那么辩说表现的就是道的内容。扬雄认为道、天

---

① 王先谦：《荀子集解》，中华书局1988年版。

道即圣人之道，而圣人之道即是儒学，他说："或问：道？曰：道也者，通也，无不通也。或曰：可以适它与？曰：适尧、舜、文王者为正道，非尧、舜、文王者为它道。君子正而不它。"① 扬雄认为尊圣人之学就是为道，即以五经为代表的儒学是扬雄认为的道。很明显，他将"道"的内涵缩小而具体化，即圣人之道、儒家经典。但是，他还是认为文原于道，要遵循和体现正道。

刘勰继承了前人的观点，《文心雕龙》第一篇《原道》整篇论述了文之本源，基本观点是文原于道。他说：

> 文之为德也，大矣；与天地并生者，何哉？夫玄黄色杂，方圆体分，日月叠璧，以垂丽天之象；山川焕绮，以铺理地之形。此盖道之文也。仰观吐曜，俯察含章；高卑定位，故两仪既生矣。惟人参之，性灵所钟，是谓三才。为五行之秀，实天地之心。心生而言立，言立而文明，自然之道也。②

"原"是本的意思，"道"是"自然之道"，"原道"就是文本于自然之道。刘勰的"文原于道"中的道侧重强调的是自然之道、天地之道。他认为日月山川、龙凤虎豹、云霞草木，从物到人，都是有其物必有其形，有其形必有其文，这个文就是自然形成的美。这种自然美，刘勰叫作"道之文"。从这种基本认知出发，刘勰主张文学原于道。天地万物都有文，而作为万物之灵的人怎么能没有文？人是和天、地并立的"三才"，与一般的动植物不一样，人之所以为人，就在于人有高级的意识思维能力，有思想情感，有发达的语言。人处在天地之间，与外物不断发生互动，并触动和引发思想情感，然后通过语言表达出来自然就会有文（文章），人的文就是文章、文学。因此，他说："人文之元，

---

① 汪荣宝：《法言义疏》，陈仲夫点校，中华书局1987年版。
② 周振甫：《文心雕龙译注》，中华书局1986年版。

肇自太极。"① 人类文章的开端，起源于道，太极这里指的就是道。文章与天地是并生的，天地万物产生的时候，就已经产生了文。正因为文原于道，历史上从伏羲到孔子都是遵道为文的。

尽管后世对刘勰的"道"的理解众说纷纭，有的认为是儒家的伦理之道，有的认为是道家的自然之道，还有的认为是佛家的神理佛性，但是，我们从本源上看，儒道佛各家都尊奉天道。儒家所讲的社会人伦之道就是源于天道，是自然之道的体现，佛家所说的佛性也是自然之性，道家不用说本身就是自然之道。一般说来，古代的思想家都认为"天道"是天地万物的本体，是天地万物的始原，因此，文学和天地万物一样也是原于道。

文是人之文，人和天地万物一样都有文。那么，人之文何以产生的呢？这就涉及古代思想家对人与自然关系认识的问题。在古代的哲学家看来，人与自然不是主客对立的，而是"天人合一"的。这种观念早在先秦时期孟子的思想中已有之。汉代的儒家代表人物董仲舒提出"以类合之，天人一也"②，又说："天人之际，合而为一。"③ 他认为天与人原属于同类，人本之于天，人的形体结构和天是相合的，人的道德情感也和天是类似的。他通过以人观天，将天人化，从而说明天人相副。儒家的"天人合一"说到了宋代经理学发展为成熟的学说，张载明确地提出了"天人合一"的命题。他综合了儒道学说，为"天人合一"说找到了理论依据，他认为宇宙的本体是气，天地万物都是由气聚合而成，人也是由气聚合的，他说："天地之塞吾其体，天地之帅吾其性。"④ 就是说充塞天地间的气构成了我的身体，作为天地统帅的气之性也就是我的气。这说明人和天地都是气聚而成的，因此，天与人是统一的。张岱年说：

---

① 周振甫：《文心雕龙译注》，中华书局1986年版。
② 董仲舒：《春秋繁露》卷十《阴阳义》，上海古籍出版社1989年版。
③ 董仲舒：《春秋繁露》卷十《深察名号》，上海古籍出版社1989年版。
④ 张载：《张子全书》卷一《西铭》，林乐昌编校，西北大学出版社2015年版。

第二章　文原于道与神谕迷狂：汉藏文学起源发生论

中国哲学有一根本观念，即"天人合一"。认为天人本来合一，而人生最高理想，是自觉的达到天人合一之境界。物我本属一体，内外原无判隔。但为私欲所昏蔽，妄分彼此。应该去此昏蔽，而得到天人一体之自觉。……天人既无二，于是亦不必分别我与非我。我与非我原是一体，不必且不应将我与非我分开。于是内外之对立消弭，而人与自然，融为一片。①

既然天人是统一的，那么，人要获得真知，把握真理，就要去"体"，即"体物""体道"，也就是运用体验的方式。如张岱年所说："体验久久，忽有所悟，以前许多疑难涣然消释，日常的经验乃得到贯通，如此即是有所得。"② 体验，是古代思想家倡导的主要的、最基本的思维方式，是古代哲学、诗学的重要内容。

汉族古代的体验论是由先秦道家提出的。道家认为宇宙的本源是"道"，道存在于万事万物，但它的本质是"无"，是不能直接感知的。《老子》说："道可道，非常道。名可名，非常名。无，名天地之始。有，名万物之母。故常无，欲以观其妙。常有，欲以观其徼。此两者同出而异名，同谓之玄。玄之又玄，众妙之门。"又说："有物混成，先天地生。寂兮寥兮，独立而不改，周行而不殆，可以为天下母。吾不知其名，字之曰道。强为之名曰大。大曰逝，逝曰远，远曰反。故道大、天大、地大、人亦大。域中有四大，而人居其一焉。人法地，地法天，天法道，道法自然。"这说明"道"是玄奥神妙的，是形而上的，它不是凭借眼、耳、鼻、舌、身等感觉器官可以直接感知的具体事物。魏晋时期玄学兴起，王弼在《老子道德经注》中说得很明白，他说："道视之不可见，听之不可闻，搏之不可得，如其知之，不须出户。若其不知，出愈远愈迷也。"也就是说"道"在现实物质世界是不能直接观察

---

① 张岱年：《中国哲学大纲》，江苏教育出版社2005年版，第8页。
② 张岱年：《中国哲学大纲》，第9页。

到的，在物质世界观察可能还会越走越远，更加迷惑，只能靠体验的方式去把握，这就是体道。魏晋时期玄学把"体"作为他们根本的思维活动方式和心理活动方式，把体验论更加深刻化和体系化，正式确立了体验理论。在汉族古代哲学史上，道家、儒家和佛家都非常看重体验。道家最先提出了重视内向心理的体验论；先秦儒家强调自省其身，提出以意逆志等反身求诸己的自我检视的内心体验学说；佛教追求的彼岸世界，也不能在现实中找到，只能通过心理的体验在想象中才能实现。后世的学者讲的体验，常常融合了道、儒、释的思想。玄学以后，宋明理学家深入地做了总结和发展，体验成为汉族哲学的重要理论。

体验理论是汉族古代文论的重要范畴和理论基础。汉族古代文论一般认为文原于道，人在和外物的互动中可以体悟到道，思想情感的产生就来自外物的触动和引发，文学就是在体外物、体自我的体验过程中产生的。文学探寻人生的真谛，探寻宇宙的本源，也就是探寻道，从审美的角度看就是追求其中的"趣"。体的方式就是反身求诸己，返回到内心才能透视现象背后的本质。"体"要"自省明德"，即通过自我省察和自我觉知，以己推知别人和外物，也就可以知天下。这是一种内向的思维方式，重视主体的心灵，重视内向的体验。魏晋南北朝时期的文论家倡导在文学创作中要排除外在干扰，回到内心，也就是说要达到"收视反听"的状态。陆机《文赋》描述创作的最初状态时说："其始也，皆收视反听，耽思傍讯，精骛八极，心游万仞。"刘勰在《文心雕龙·神思》中也有这样的描述，说："古人云：形在江海之上，心存魏阙之下。神思之谓也。"在文学创作中，作家超越眼前的物质世界，集中在内心世界，主动地复现自己心中曾经的审美感受，创造性地构想现实中没有的图景，这就是体道，是一种超验的直觉思维方式。

对于文学创作来说，只是体道显然不是创作的全部内容，还要有形象的描绘和审美感受的传达。后世的哲学家、文论家对体道论做了进一步发展，提出从描述具体的事物开始，进而表现审美感受，而后再达到对宇宙本体道的领悟，这就是所说的"体物"。陶渊明《饮酒》中一首诗就是对"体物"的形象描述：

> 结庐在人境，而无车马喧。
> 问君何能尔？心远地自偏。
> 采菊东篱下，悠然见南山。
> 山气日夕佳，飞鸟相与还。
> 此中有真意，欲辨已忘言。

这首诗写了采菊、见南山、见飞鸟之事，表达了作者从大自然产生的愉悦的心境，并由此体悟到了天地万物背后的真意和诗意，这一切都是内心体验所得。苏轼在《东坡题跋》中评价这首诗说："因采菊而见南山，境与意会，此句最为妙处。"在文论家看来，"体物"不只是看到眼前的外物，还要和创作者的"意"很好地融合起来，也就是通常所说的"情景交融"，这才是体物的最佳境界。

体验理论除了对外物的体验，还有以自我为对象的体验。儒家就是侧重于自我个体的道德省察和觉知，也就是遵循"忠恕"之道。《论语·卫灵公》篇："子贡问曰：'有一言而可以终身行之者乎？'子曰：'其恕乎！己所不欲，勿施于人。'"①《论语·学而》篇载曾子曰："吾日三省吾身，为人谋而不忠乎？与朋友交而不信乎？传不习乎？"②"为人谋而不忠乎"，说的是反省自己替别人谋划是否做到了诚心尽力，是否做到了推己及人。"忠"就是儒家所说的"己欲立而立人，己欲达而达人"。朱熹《论语集注》释"忠恕"云："尽己之谓忠，推己之谓恕。"儒家的"推其所欲以及于人"的思想中也包含着"推其所不欲而勿施于人"的思想。这种方法就是由内向外推知、由己而推知人的体验方法。《韩诗外传》卷三云："昔者不出户而知天下，不窥牖而见天

---

① 刘宝楠：《论语正义》，中华书局1990年版。
② 刘宝楠：《论语正义》。

道者，非目能视乎千里之前，非耳能闻乎千里之外，以己之度度之也，以己之情量之也。"孟子在《孟子·公孙丑上》中也说："以不忍人之心，行不忍人之政，治天下可运之掌上。"以上所说的曾子的"三省吾身"就是自我审视、自我体验、自我认识；朱熹所言"尽己""推己"；《韩诗外传》所说的"以己之度度之也，以己之情量之"；孟子说的"以不忍人之心，行不忍人之政"，说的都是由内在体验去推知外在的思维方式。

儒家讲的"推己及人"首先是自我省察、自我觉知、自我完善，以自我为对象和目标的体验。主体此时将分解为认识的主体和认识的对象，也就是说一个人要体悟天道，认识他人，认识社会，首先应体悟自己，认识自己。这正是现代哲学说的"自我意识"。自我意识主要包括三种心理成分：（1）自我认识。是指主观自我对客观自我的认识与评价。（2）自我体验。是指主体对自身的认识而引发的内心情感体验。（3）自我监控。是指自己对自身行为与思想言语进行的自觉控制。自己剖析自己，发现自己的过失，做出自我评价改正缺点、错误。儒家认为在自我省察过程中可以培养自己的正气、良知，保持与生俱来的善性，感受到自我完善的情感满足，从而很好地调整自己的言行。王先霈说："这是主体独立性最初觉醒的一个标志，也是民族哲学思维以及诗性思维走向成熟的一个重要标志。相对于人类的蒙昧时期和文明初期物我之间和人我之间浑然一体、互渗互融的思维特性，这是一个巨大的变化，从互渗走到既自然地互渗又自觉地相分。"①

对于自我意识的探讨，西方哲学史上，早在古希腊时期苏格拉底就借用了德尔菲神庙墙上的一句名言"认识你自己"，提出了人自身就是认识的对象的观点。不过他所说的主要是从认识论的角度去研究人的自我意识，而儒家主要是从伦理道德上去研究人的自我意识。历代的儒学

---

① 王先霈：《中国古代诗学十五讲》，北京大学出版社2007年版，第29页。

家，尤其是宋明理学反复讨论，使这种自省推知的思维方式不断完善丰富。因而对文学理论批评也产生了极大影响。

在汉族文论史上，"自省"促使了文论家对作家自身精神气质、道德修养的重视，如孟子提出"知言养气"的观点、曹丕的"文气说"等。"推知"的思维方式对于人们了解和掌握艺术思维规律更有启发。文学创作可以看作一个由内向外的过程，作家在外物的触动感发下，自然就会产生种种审美感受，在文学创作中就要把这些曾经的审美体验，甚至是不同时地的审美感受再次回忆、重新加工、整合，提炼出新的意象，这是一个很复杂的内省过程。古今中外，凡是优秀的作家诗人能写出经典的作品，没有不认真自我观照，认真自省的。作家在深入的"内省"之后，由已知的世界去推求未知的世界，因为万物同理、万人同情，世间万物都有共同的本源，人类都有七情六欲，情感都有一致性，因而也能产生共鸣。如明清之际的文学批评家金圣叹在评点《水浒传》时提出一个问题：小说家以一个人而创造出这么众多的人物，有豪杰，有奸雄，有淫妇，有偷儿，怎么可能个个逼真，而且个个不同，互不重复？他认为小说家不必一个个地亲身去体验，也不可能一一去体验，只要他善于"格物"，审视自我，用心体会，然后推知想象各种人物的性格，就可以把各种人物塑造出来，不仅个个逼真，而且可以个个不同。

概而言之，从文学本源上看，汉族古代文论中一般都认为文学起源于道，道是天地万物的本源，也是文学的本源。按照汉族传统哲学观念，这种认识形成的思维路径是，道作为本源，其本质是"无"，是不可直接把握的，但又无处不在，在"有"中体现出来，因而它也可以看作"无"和"有"的统一体。而构成天地万物的基本因子是气，天地万物都是由气聚合而成，气则有阴阳二气，阴阳二气按照道的规则相互交薄，形成万物。《淮南子》中说："天地之和合，阴阳之陶化，万物皆乘一气者也。"世界就是一个庞大的气场，万物浮沉于一气之中。文学原于人，就是原于道。"中国古代的思想家大都认为人即是自然的产物，而且在天地万物这个有机系统中起着主导作用，处于核心地位，因而人心能与天心相统一。"① 因为人是天地的核心，人有心就有文，因此文从根源上说就是原于道的。所以刘熙载在《艺概·诗概》中说："《诗纬·含神雾》曰：'诗者，天地之心。'文中子曰：'诗者，民之性情也。'此可见诗为天人合一。"从文学发生的过程看，汉族古代文论认为文学创作就是"体"的过程，体外物，体自我，在体验之中产生了文学。我们生活在一个气化的世界，生命无不有气充塞其间，生命之间是相通的，世界因气而相互联系。这种气化哲学思想就决定了汉族古代文论独特的文原于道的文学起源论，以及体物体我的生命体验理论。

第二节　神谕迷狂

藏族诗学家认为文学创作不是一般人所具有的能力，只有神灵才有这种奇异的创造力，人只有从神那里获得。艺术家一旦获得这种奇异的力量，在面对大自然时，内心就会产生一种不断扩张的力量，产生神异的感觉，获得那种神一般的欢喜。在面对复杂的人性冲突时，他们能发现在日常清醒理智状态中人们所无法觉察的奥秘。在藏族诗学家看来，这个世界是一个充满了神秘的不可知的世界，许多生命现象是无法用人类一般的逻辑和语言来解释的，生命本身就充满了无限的神圣感和神秘感，我们只能谦卑地去凝视和谛听。如罗丹所言："宗教不等于不清不楚地念些经文。宗教是对世界上一切未曾解释的，而且毫无疑问不能解释的事物的感情。是维护宇宙的法则、保存万物的不可知的力量的崇拜，是对自然中我们的官能不能感觉到的，我们的肉眼甚至灵眼无法得见的广泛事物的疑惑，又是我们心灵的飞跃，向着无限、永恒，向着知识与无尽的爱。"②

---

① 黄霖、吴建民、吴兆路：《原人论》，复旦大学出版社2000年版，第18页。
② 罗丹：《罗丹艺术论》，沈琪译，人民美术出版社1985年版，第93页。

第二章 文原于道与神谕迷狂：汉藏文学起源发生论

千百年以来，代代相传，宗教的品性在藏族的观念和生活中根深蒂固。藏族早期信奉苯教，佛教传入藏族地区以后，吐蕃建立了统一的政权，藏传佛教逐渐渗入吐蕃的文化、经济、政治各个方面。我们从藏族的经典著作和民间文学观念中也能看到这种情形，在藏族的文论中有着强烈的宗教神秘色彩。藏族诗学家认为，一切艺术都源于神灵的启示，都是神的赐予，或者说就是神灵的感应和模仿，艺术家的才能是神授予的。他们认为文学来自"佛法"和"神灵"，没有"佛法"和"神灵"，就没有创作主体的激情，也就没有文学作品的产生。所以他们都会在自己的著作中恭敬地向神表示尊崇和敬仰，乞求神灵赐予智慧和力量。

在十二三世纪，藏传佛教萨迦派的领袖贡嘎坚赞写了《智者入门》，在开头说道：

> 智者入门。恭敬地向上师文殊致敬礼。义妙、佛法、勇敢、释文无瑕疵。了知自他指出断证和厌离，讲述佛法发出狮王声妙德，向您文殊师利怙主致顶礼。①

《智者入门》藏文版原书是用颂偈诗体讲理论，以散文作注。贡嘎坚赞在作注的散文中说得很清楚：在论著之首为什么先要礼赞？这是因为文殊菩萨是三世诸佛的真性本体，专司"智慧"。只要讲一点他的功德，最终都能成佛。礼赞文殊的作用就在于：一是在写作期间，可以排除孽障；二是以他的点滴功德就可以正确无误地通达各种佛教智慧，获得才智和勇气，可以写出伟大的作品。这里所讲的能排除孽障，与道家讲的"虚静""涤除玄览"颇有异曲同工之妙。值得我们注意的是，贡嘎坚赞在论著开头就礼赞文殊，其目的就是祈祷神灵赐予智慧和力量，使自己能够完成著作。

---

① 彭书麟等：《中国少数民族文艺理论集成》，北京大学出版社2005年版，第157页。

五世达赖阿旺·罗桑嘉措的《西藏王臣记》写在篇首的《序诗》的前两首如下：

> 那整齐的花蕊，似青年的智慧，锐如铁钩，刺入美女的心房。
> 自在地洞见诸法的法性，显现在大圆镜上。
> 明效大验，显示出一幅梵净歌舞的景象。
> 能做这样的加被者——文殊师利，愿我庄严的喉舌成为语自在王。

> 乍见美妙喜悦的尊颜，疑是皎洁的月轮出现。
> 你那表示消除一切颠倒与惶惑的标识——
> 是你那如蓝吠玻璃色彩般长悬而下垂的发辫。
> 妙音天女啊！愿我速成语自在王那样的智慧无边。①

第一首诗是原赞词的第三首，赞美文殊，也就是语自在王。大乘菩萨中视文殊师利为智慧之首。要得到这位智慧之首的"加持"，要有语自在王的能耐，才能写出美妙的诗篇和文章，因此他祈求文殊赐予智慧和才能。第二首诗是原赞词的第五首，赞美妙音天女。妙音天女是《金刚乘事续部》中一个万能的艺术女神，藏族作家常常赞美她。作者赞美妙音天女，也是为了获得才艺和智慧来完成《西藏王臣记》的写作。五世达赖阿旺·罗桑嘉措在整个《序诗》中都流露出"智慧"是来自"诸法的法性"的思想。

宗喀巴（1357—1419）是藏传佛教格鲁派（黄教）的创立者、佛教理论家，也是著名的藏族诗人。他热情地赞颂妙音天女：

> 唵！吉祥如意！向妙音天女致礼！

---

① 五世达赖喇嘛：《西藏王臣记》，郭和卿译，中国国际广播出版社2016年版，第2—3页。

第二章 文原于道与神谕迷狂:汉藏文学起源发生论

> 碧若绿玉溶液净湖畔,寒光洒满雪山冈底斯,
> 光泽迷人高耸姿态美,青色琵琶声声真悠扬。
> 发端白色花蔓装饰美,顶上又有月亮寒光照,
> 青青长发分髻披两肩,悦意梵音天女真迷人。
> 天空群星之主多自在,莲花池中天鹅游戏乐,
> 如此广阔清澄意乐园,请赐长住此地之勇气。
> 好似皑皑白雪山顶上,秋季无云夜空月光洒,
> 明净透亮百看而不厌,你的身体洁白似乳海。
> 观仰你时心身得清净,凭借经教明智二翅膀,
> 智慧大鸟空中作翱翔,心思明净纯洁乐融融。
> 极威底斯雪山天堂路,极美高高耸起入云端,
> 极妙琵琶声中斜眼看,极白天女欲同汝一体。①

宗喀巴把妙音天女比作冈底斯雪山,极尽赞美,期望与妙音天女融为一体,凭借着经教才智像智慧大鸟一样在自由的天空翱翔。这说明,在藏族传统观念中写作是一件神圣的事情,是探索人生和宇宙的真谛,是上天选中了作者透露上天的秘密,是神灵赋予了他智慧和能力,所以要对神灵顶礼赞颂。

"神授"这个词来源于藏族古代的"巫术",可能是从苯教中产生的,后来佛教传入藏族地区,藏传佛教也吸收了这种"降神"仪式。据《巴协》中记载:在公元9世纪的吐蕃王朝时期,当年在建造藏族的第一座寺院桑耶寺时,由莲花生大师主持,请佛教的护法神附入人体,预测吉凶。② 后来,在官方还设立了专门的职业降神师,政府每遇重大事务,都要请法师进行降神问卜。在民间也有半职业化的巫师,为民众预测祸福。在降神时,巫师通过一定的仪式,呼唤神灵进入人的意识,

---

① 译自藏文木刻版《宗喀巴全集》kha 函(Tsong kha pa chen povi bkav vbum kha pa),第17页。
② 巴色朗:《巴协》,又名:《桑耶寺广志》,民族出版社1980年藏文版。

使人处在一种迷狂状态,代神说话。格萨尔史诗艺人说唱时的情形也如此,在说唱之前,穿衣着装,祈祷神灵,进入迷狂状态,才开始说唱。

《格萨尔王传》是藏族的口传英雄史诗,也是我国三部伟大史诗之一。目前搜集到的各种版本共计238部,除去重复的,被权威部门认定121部,诗行有100多万,字数在1000多万。是印度史诗《摩诃婆罗多》(25万行)的4倍。古希腊荷马史诗《伊利亚特》和《奥德赛》只有15693行。《格萨尔王传》反映的是人类远古游牧社会史前文化状况。它全面反映了藏民族从部落走向部落联盟王国进程中的重大事件和出现的人物,也是藏民族远古社会的百科全书。《格萨尔王传》产生于何时,目前尚不可确定,但流传了一千多年。它是一种民间文学,最初创作过程具有群体性,是集体创作的产物,是一个族群的民间记忆。在这一千多年的流传过程中,格萨尔史诗的吟诵和说唱主要是一些民间艺人去创造加工,由原来的几部,经不断地吸收整个民族的丰富智慧,推衍成了上百部的宏大作品。

藏族的这些格萨尔史诗艺人的生存,必然与其自身的历史文化传统有着直接的联系。藏族的宗教文化经历了苯教到佛教的转换,两种传统文化的融合是残酷而漫长的,最后佛教占据了上风,形成了我们今天所看到的以佛教文化为核心,苯教和民间文化为基础的藏族传统文化形态。目前多数学者把这些格萨尔艺人分为神授、掘藏、圆光、吟诵等几种类型。不管何种类型的艺人,在藏族民间一般都认为这些艺人是"神授"的艺人。据了解,中国藏族聚居区现有140多名《格萨尔王传》说唱艺人,那些能说唱多部的优秀艺人往往称自己是"神授艺人",他们认为所说唱的故事都是神赐予的。这些"神授说唱艺人"据说大多在童年时做过一些非常奇特的梦,之后就生了一场大病,在梦中曾得到神或格萨尔大王的旨意,病中或病愈后又经僧人念经祈祷,得以开启说唱格萨尔的智门,从此便会说唱了。真正的说唱格萨尔史诗的艺人仅仅在他们处于神灵附身而兴奋狂舞的状态时才会说唱。其他那些在无兴奋狂舞状态下阅读和说唱的人不大受到尊重。在说唱艺人说唱过程中帽子发挥了很大的作用，帽子使他得以在兴奋中演唱和准确地叙述，没有帽子就不会受到神的启示，也无法学会阅读或说唱史诗，也只能产生一些残缺不全的片段。唯有处于兴奋狂舞（神鬼附身）时的说唱方为"真正的"或完整的，而另一种说唱则永远也只能是一种赝品。这些通灵的艺人的兴奋狂舞被称为"处于神意状态的神降到了他身上"①。

法国学者石泰安讲过一个故事："一名原籍为康地洛绒的老喇嘛曾告诉我，他在羌地（北方，那仓，霍尔人地区，申扎县）曾见过一名说唱艺人（专门说唱格萨尔史诗的艺人）的行事方式。只要他没有陷入兴奋狂舞状态，他就丝毫不会说唱。一旦陷入入神（神鬼附身）的状态之后，他就开始说唱史诗中的 18 个地区（也就是所有地区）的'国王'或'城堡'的故事。某人要是怀疑兴奋狂舞的真实性，史诗之天神便会勃然大怒。其结果是，说唱艺人抽出了其刀剑，并以此刺入自己的胸膛，却又不会由此产生任何痛苦。"②

要进入这种兴奋状态，一般情况下都必须向神灵祈求。尤其是在朝圣进香期间最容易进入兴奋状态，当时的兴奋状态是自行、自然和自动出现。说唱艺人就会辨认出格萨尔赫赫战功的地点，开始说唱。说唱艺人能看到他表现的那个人物，听到他的声音，事实上他是在思想中想象"现观"的。说唱艺人陷入神灵附身的兴奋状态，他变颜变色，具有一种痉挛的表情，浑身颤抖，其动作就如同是模仿了射箭或其他符合神通人物的行为。"在这种兴奋狂舞状态期间，说唱艺人边说边唱，当他说唱完毕，兴奋状态也就结束了，'史诗中的神消失了'（如同彩虹一般消逝而去'仲拉隐现'）。"③

由此可见，"神谕""迷狂"是藏族文论中有关文学本源和发生的一种传统观念。这和古希腊时期柏拉图的迷狂论创作观念颇为相似，不

---

① 石泰安：《西藏史诗和说唱艺人》，耿昇译，陈庆英校订，中国藏学出版社 2012 年版，第 373 页。
② 石泰安：《西藏史诗和说唱艺人》，耿昇译，陈庆英校订，第 369 页。
③ 石泰安：《西藏史诗和说唱艺人》，耿昇译，陈庆英校订，第 377 页。

过，藏族文论更多地体现的是对神的尊崇。藏族文化中笼罩着浓郁的宗教色彩，尤其是后来的藏传佛教统一了雪域藏族的思想观念，强烈的宗教神秘观念渗透在社会文化的各个方面。

第三节 生命体验与生命创造

汉藏文论对文学的起源认识存在着较大差异。汉族认为文原于道，道为天地万物的本源，因而必然就是文的本源。藏族认为一切艺术都源于神灵的启示，都是神的赐予，艺术家的才能是神授予的，一旦获得了"神谕"，创作者就会陷于一种"迷狂"状态。对于这两种说法，从生命存在的角度去看，我们认为它们都体现了对生命的关注，彰显了生命精神，具有生命美学价值意义。

汉族古代文论的起源发生论的实质是，文学的生命源于人与宇宙的生命交流与互动，是人的生命精神的升华。这是天人合一哲学观念的体现。"天人合一"是中国传统文化最根本的精神，是把宇宙天地万物和人类社会的一切发展变化，都看作相互联系、相互影响的，从而形成一种和谐、平衡的有序运动的观念。它把天人作为一个有机整体来思考，把宇宙本体与社会人事及人生价值密切相联系。按照传统道气论的理念，天地万物都是由"气"化生的，"气"是构成天地万物最基本的物质元素，或称为"精气""元气"。人也是由气聚合而成，《庄子·知北游》云："人之生，气之聚也。聚则为生，散则为死。"气是生命之本，也是生命力。"气"以运行变化作为自己存在的条件和方式，如若不变动，生命就不复存在了。"气"的运行遵循的是"道"，故"道者，气之君"。两者组合构建了宇宙，包括人类社会。"道"可以指道家所尊奉的自然之道，也可以指儒家所推崇的符合"天道"的"人道"，即人伦道德。按照传统心性论的逻辑，人为自然的精华，同样秉受了"气"与"道"，气有阴阳二气，也有清浊之分，那么人的"性"（天性）自然也有善恶之别。这就是传统的元气生万物的思维逻辑结构。

汉族古代哲学认为天人同源，天地万物包括人的心灵皆由"一气化生"，而"气"的运行变化则造成天人、物物以及心物之间的感应。从本源来说，天地之气与人身之气存在着同源性，生命之间是相通的，世界因气而相互联系。因此，人与宇宙间的其他事物也就存在着交感共振的关系，也就是说人和天地万物是互相作用、互相联系的。它强调以"道"为本，只是说明天地万物具有同一性。人是天地间"气"的一种表现方式，人类的精神意识是天之精气所聚集的精华。《淮南子·精神训》说："夫精神者，所受于天也；而形体者，所禀于地也。"因而，天人之间存在着必然的交感共振。宋代张载《正蒙·乾称》云："天性乾坤阴阳也，二端故有感，本一故能合。天地生万物，所受虽不同，皆无须臾之不感，所谓性即天道也。感者性之神，性者感之体。惟屈伸、动静、终始之能一也，故所以妙万物而谓之神，通万物而谓之道，体万物而谓之性。"①这种认知早在《周易》中就表现得很清楚，八卦的多种变化就是遵循阴阳变化的原理进行的，是一个相生相克、循环往复的过程。在整个宇宙的变化过程中，人与自然也处在一个相互依存、相互制约、相互推动的生生不息的过程中。这个过程首先体现为一种从生命到精神的交感。

依照这一理念，汉族传统哲学对人的存在和价值的思考从两个相反的路径展开：一是从天到人，二是从人到天。从天到人的路径是：天道作为生命存在根源，它经由气聚合分化为万物。万物因此秉道而生，形成各自的存在本性。具体体现为：天（道）—气—性—情（心志）—欲的心性论结构。这种路径论证了人的存在和价值的来源。从人到天的路径是：欲—情（心志）—性—气—天（道）的心性论结构。这种路径强调的是从现实生命体验提升融入天道的过程，达成天人合一的生命理想状态。

汉族古代文论所讲的"体道""体物""自省"包含着天人感应生

---

① 周赟：《正蒙诠译》，知识产权出版社2014年版。

命互振的精神内核。作为人类精神活动显示的文学创作源于"道",不仅在于强调文学创作不能脱离自然与宇宙的本体,也强调文学创作是一种生命的互动与共鸣,否则就会沦为单纯的工艺制作,就会失去生命力。这种观念突出地表现在著名的"物感"说中。所谓物感,就是指自然外物和社会生活对人的心灵所产生的审美体验和情感。它是四时之气与人身之气的互感互动,是对人生命节律与生命精神的激发。钟嵘的《诗品序》说得很明确:"气之动物,物之感人,故摇荡性情,形诸舞咏。"在他看来,宇宙本源的气不断流荡就会造成四时物景变迁,再与人身上的气相感应,就使人性情摇荡,也就是说会把人的生命之情激活,于是就表现在舞蹈和歌咏上。《淮南子·俶真训》中云:"且人之情,耳目应感动,……今万物之来,擢拔吾性,攓取吾情,有若泉源,虽欲勿禀,其可得邪!"[①] 这强调说明自然界万物对于人的性情的感发是自然而然的,不可抗拒的。刘勰《文心雕龙·物色》云:

> 春秋代序,阴阳惨舒,物色之动,心亦摇焉。盖阳气萌而玄驹步,阴律凝而丹鸟羞,微虫犹或入感,四时之动物深矣。若夫珪璋挺其惠心,英华秀其清气,物色相召,人谁获安?是以献岁发春,悦豫之情畅;滔滔孟夏,郁陶之心凝。天高气清,阴沉之志远;霰雪无垠,矜肃之虑深。岁有其物,物有其容;情以物迁,辞以情发。一叶且或迎意,虫声有足引心。况清风与明月同夜,白日与春林共朝哉![②]

刘勰的这段话强调说明了一年四时之自然景物对于人类情感与精神的感应作用。文学创作就是生命节奏与外界之气的互动而引起的一个过程。

---

① 何宁:《淮南子集释》,中华书局1998年版。
② 周振甫:《文心雕龙今译》,中华书局2004年版,第414页。

第二章 文原于道与神谕迷狂:汉藏文学起源发生论

汉族古代文论文原于道的起源发生论,一方面强调宇宙万物对人的感应激发,另一方面更加重视创作主体的参与体验。"体道""体物""自省"就是崇尚生命的体验,突出人的精神的能动作用,主张以心灵去感受与拥抱审美对象,从而达到物我交融的境界,而不是生命和人格缺失下的静观。相反,如果没有深切的生命关怀,没有深入的人生体验,作者是无论如何都不能写出优秀的文学作品的。《文心雕龙》中的《物色篇》对此做过详尽的论述:

是以诗人感物,联类不穷;流连万象之际,沉吟视听之区。写气图貌,既随物以宛转;属采附声,亦与心而徘徊。故"灼灼"状桃花之鲜,"依依"尽杨柳之貌,"杲杲"为出日之容,"瀌瀌"拟雨雪之状,"喈喈"逐黄鸟之声,"喓喓"学草虫之韵。"皎日""嘒星",一言穷理;"参差""沃若",两字连形:并以少总多,情貌无遗矣。虽复思经千载,将何易夺?①

刘勰列举《诗经》中的那些传神之作以强调,诗人必须以生命的体验进入境界,在多种景象中流连观赏,在各种视听中吟味体察,然后融入自己的感情,只有这样才能写出情景交融的优美诗句。

以上都说明汉族古代文论的文学起源发生论体现出的是一种生命美学。它认为文学的本源就是"道",文学创作就是"体"的过程,体外物,体自我,在体验之中产生了文学。这其中"气"便是这种互动共振的中介。"气"就是生命精神,"气"就是生命的形与神二者的结合,生命精神激活了人与物的互动,文学就是生命精神互动的产物。汉族古代文论将生命精神与文学活动相结合,重视生命的体验,从生命精神的维度去倡导文艺精神,这是汉族古代艺术精神的一个重要特点。

我们怎么看待藏族文论的"神谕""迷狂"呢?从宗教的角度看,

---

① 周振甫:《文心雕龙今译》,中华书局2004年版,第415页。

无疑体现了藏族对宗教的虔诚信仰。如果宗教缺乏这种迷狂功能，就很难有感召力。宗教强化神灵无处不在或佛法无边，通过巫师的迷狂体验，产生一种奇异感，使信徒产生皈依与神秘的意向。信徒在虔诚的信仰中也能产生迷狂，有时能神驰于外，体验到神灵赐福的快乐，这就是一种宗教的体验。

  从文艺美学的角度看，藏族文论中的"神谕"和"迷狂"说，也从一定意义上揭示了文学的根源和发生过程。只是藏族文论中没有能够区分宗教的体验和艺术创作体验，常常把这二者混杂在一起。宗教体验和创作体验都是生命的狂喜状态，是生命的直接活动方式。在艺术创作中，进入迷狂状态，人的想象力就会被激活，精神处于一种极度自由之中，创造力会得到最大限度地发挥。创作者达到了审美主体的忘我和超越功利的境界，常常在创作的巅峰中表现出来，是创作和审美中的异常状态和超常状态。这是艺术创作中的一种特殊的心理活动，西方后世文论称之为"灵感"，汉族古代文论中称之为"应感""兴会"。我国魏晋南北朝时期的陆机在《文赋》中也发现这一现象，"若夫应感之会，通塞之纪，来不可遏，去不可止，藏若景灭，行犹响起"。陆机认为创作灵感是存在的，它的到来是人无法控制的，来了挡不住，去了拉不住。藏族文论发现了这种创作活动中的神秘心理，不过，它是包裹在神秘的宗教的外衣下。如果透视这些现象，我们可以看到它的实质是对生命内在力量自由迸发的渴望，是对生命存在的关注，是生命的一种体验形式。

  那么，产生这种迷狂状态的本质力量是什么？藏族为它做出的解释就是源于神力，通过恭敬地向神表示尊崇和敬仰，艺术创作者就能获得这种神赐的智慧和力量。因此，藏族诗学家都会在自己的著作中恭敬地向神礼赞。这一现象在印度诗学中也普遍存在。印度诗学家认为一切艺术都是神的赐予，因此，都会在他们的著作中向神表达尊崇，乞求神灵。不可否认，藏族的诗学较多地受到了印度诗学的影响，但更重要的原因恐怕在于，藏族深厚的宗教传统和较多保留的原始思维使这一观念深深扎根于文艺和审美活动中。审视西方,古希腊时期的柏拉图也是借苏格拉底之口说出"有神力存在"。他认为人力无法达到迷狂状态,只有神力像"磁石"一样传达给人灵感。只有神灵附体,人才能写出优美的诗篇,诗人只是神的代言人。这说明,在人类早期,由于所处的时代环境的限制,由于人类认识水平的局限,人类对生命创造往往会走向神秘化,得出这样的认知是自然合理的。汉族古代人民受儒家功利主义思想的影响,缺乏虔诚的宗教信仰,因此在面对这样的神秘体验时,往往是避而不谈。陆机就感慨道:"吾未识夫开塞之所由也。"他无法解释产生这种神秘创作心理活动的缘由,只是存而不论。

藏族文论中的"神谕"和"迷狂",只要不对它进行神秘主义的解释,把它看作艺术创作的自由表现,还是有一定的合理性的。关于"迷狂"的有关论述已经很多,一般公认这种心理现象在创作中普遍存在。艺术家进入这种状态,才能诞生好的作品。因此在这里就无须再做详细的讨论。至于"神谕"说,今天看来显然是不被认可的。现代科技证明艺术不是来源于神灵,而是一种"人力"。艺术源于主体性的生命创造力和生命表现力。这是一种人的生命的本体力量。艺术创作需要强烈的感情力量,需要强大的创造力,需要敏锐的观察力,需要深邃的感悟力。人在一般的日常生活中,受到各种各样习俗规矩的束缚,缺乏超越庸常生活的力量,往往顺从习俗而丧失审美创造力。而艺术家在创作中就渴望一种超越的力量,能捕捉到瞬间的体验,达到情感的巅峰状态,获得想象力的自由,产生艺术创造的力量。

藏族文论的"神谕"说是具有生命美学积极意义的,它曲折地表达了重视人的生命本体创造力量。人的生命本体力量有两面性,一是积极的神圣的力量,追求道德、善良、和平;二是消极的邪恶的力量,追求邪恶、强权、残忍。这两股力量都可以使人陷入迷狂状态,但是,后果却是截然不同的。藏族文论中把这种人的生命的本体力量导向神灵,归功于佛,就是引导人们追求崇高,使人们臻于至善。它是对自然生命的"神性"进行的想象性解释。佛教的教义讲的就是因果报应、无我执、视众如母、慈悲得众、万物性空、世事贪心、淡化物欲、培养慈悲心、尊敬和热爱众生、保护众生环境、提升人类的精神境界等。当人们在思考宗教时，就会领悟到宗教的神秘，就会获得神性的感动。这种神秘的体验让人的心灵神圣化，并得到无上的喜悦。这是对生命存在的关注。泰戈尔在《人的宗教》中写道："佛陀关于'无限'的观念，并不是关于一种在无垠宇宙中活动的精神的观念，而是关于意义在于善与爱的积极理想的无限观念，这只能与人类有关……这就必然意味着自我在爱的真理中的升华，它将所有我们应当寄予同情并提供服务的人们全都纳入自己的胸中。"[1] 这一点对我们当代文论也是有启发的。我们当代文论接受西方生命美学，张扬感性，的确对人自身的生命力量，特别是对自我生命原欲的过度压抑有矫正的积极作用，但是，不加批判地一味热衷于魔性与罪恶、暴力、苦难、残忍和恐惧这些人性中的阴暗面，这必将是人类的一场灾难。人的感性的极大解放就是人的恶魔性的极大释放。我们需要提倡崇高和良善，敬畏生命的神圣，追求生命的快乐和自由。总之，藏族的各类文学作品及其他的艺术都有着强烈的宗教色彩，藏族的文论也弥漫着浓郁的宗教气氛。宗教从根源上看并不是外在于生命，它是对生命的一种呵护，我们从藏族文论中的宗教精神中也可以看到对生命的关注。

汉藏文论关于文学的起源认识不同，这是由于各自所处的历史文化环境的差异所形成的。但是，我们仍然可以看到中华民族大家庭的两个成员在关注生命，高扬生命精神方面却具有一致性，这正体现了中华民族文化深层次上的统一性。因此，我们不能只是停留在浅表层次的异同的比较上，而是要深入文化的内核层面上，挖掘文学理论的深层的文化基因，为我们创建中国特色文学理论提供了有益的资源和借鉴。当下一些文学艺术作品只是追求满足于人们的表面感官刺激，迷信技术的点

---

[1] 泰戈尔：《人的宗教》（《泰戈尔全集》第20卷），刘建译，河北教育出版社2000年版，第282页。

缀，远离了人的生存现实、忽略人的生命存在，缺乏生命的精神，因而永远无法企及人的心灵深处，无法成为人类灵魂的向导，纯粹成了娱乐游戏的工具和产品，还谈什么价值和意义呢？更为可怕的是人类面对这种状况却沉溺其中，乐此不疲，甚至大加辩护和颂扬，试想一下这种状况长此以往会带来什么后果？我们不能看清当下的文学现实，那就看看文学的历史。历史是一面镜子，成败得失尽在其中。对于传统的中华民族的各种文论思想省察不是为了复古，而是要站在建设新文论的高度去深入地观察与思考，对于其中落后的当然要加以剔除。但是，我们也不能忽视其中合理的直到今天仍然有着重要价值的部分，而应力图将其纳入当代文论的建设中，这才是明智的选择。

第三章　言志抒情与载教颂神：
汉藏文学内容构成论

内容是构成事物内在诸要素的总和，文学作品的内容就是作品所表达的社会生活、情感体验和审美意蕴。具体说，它包括两个方面：一是题材，是作品中表现的社会生活；二是主题，是作家对再现的社会生活的认识评价及由此产生的思想感情。从文学内容的构成上看，汉族文论主要强调言志抒情，而藏族文论主要提倡载教颂神。

第一节　言志抒情

先秦时期出现的"诗言志"命题有着悠久的历史传统，它明确了诗的特性，也规定了诗表达的内容，魏晋南北朝时期又出现了"诗缘情"说，此后言志抒情就构成了汉族传统文论有关文学内容的基本要素，一直影响着后世的文学创作和文学批评鉴赏。

《尚书·尧典》的"诗言志"说，可以说是先秦时期唯一的诗歌定义，意思是说"诗是言诗人之志的"，这个"志"的含义侧重指思想、抱负、志向。朱自清的《诗言志辨》称其为中国诗学的开山纲领。从现存的典籍看，这种说法最早是在《左传·襄公二十七年》记载赵文子对叔向说过"诗以言志"。不过，我们也不可就此认为这就是"诗言志"说的起源，在当时历史环境下这可能是一种共通的认识，后来

"诗言志"的说法就更为普遍。《庄子·天下篇》说:"诗以道志。"《荀子·儒效》篇云:"《诗》言是其志也。"各家所说的"诗言志"含义并不完全一样。《左传》中所谓的"诗以言志"意思是"赋诗言志",指借用或引申《诗经》中的某些篇章来暗示自己的某种政教怀抱。荀子的"《诗》言是其志"是说《诗经》表现了融合了天道与人道的政治伦理理想,"志"和"道"的内涵相近。而庄子"诗以道志"的"志"则是指人的符合天道的思想和志趣。

《礼记·乐记》继承了《尚书·尧典》和荀子的诗学思想,最重要的发展是提出"心"这个概念,说:"乐者,音之所由生也,其本在人心之感于物也。""凡音者,生于人心者也",这是对"言志"说的发展。《礼记·乐记》还提出了"情"这个范畴,说:"凡音者,生人心者也。情动于中,故形于声。声成文,谓之音。""情"的概念的提出,是先秦至汉艺术思想发展的重要环节。如果说《礼记·乐记》中主要是从"乐"的整体来讨论"情"的问题,到了《毛诗序》中,"情"与"志"结合在一起正式进入了诗学。《毛诗序》说:"诗者,志之所之也。在心为志,发言为诗,情动于中而形于言。言之不足,故嗟叹之。嗟叹之不足,故永歌之。永歌之不足,不知手之舞之,足之蹈之也。"[1] 从这一段文字可以看出,对于"诗言志"说的认识在深化,"志"与"心""情""音""乐"诸要素结合起来了。至此,"诗言志"说因补充"情"的内容而得以完整化,同时也保证了其在文学艺术活动中更具有实践性的价值。

"言志"说阐明了《诗》或"诗"的文本的主要功能就是"言志","言志"就是诗的基本内容。"言志"说产生后一直影响着后世,后世不断对"言志"说补充,使之成为汉族古代文论的一个核心范畴,并在创作实践中不断运用和具体化。刘勰《文心雕龙·明诗》云:"大舜云:'诗言志,歌永言。'圣谟所析,义已明矣。是以'在心为志,

---

[1] 赵岐注,孙奭疏:《孟子注疏》,阮元刻《十三经注疏》,中华书局1980年版。

发言为诗'，舒文载实，其在兹乎！诗者，持也，持人情性；三百之蔽，义归'无邪'，持之为训，有符焉尔。"宋代包恢在《答曾子华论诗》云："'在心为志，发言为诗'，今人只容易看过，多不经思。诗自志出者也，不反求于志，而徒外求于诗。犹表邪而求其影之正也，奚可得哉？志之所至，诗亦至焉，岂苟作者哉？"① 南宋著名诗人陆游在《曾裘父诗集序》也说："古之说诗曰言志。夫得志而形于言，如皋陶、周公、召公、吉甫，固所谓志也。若遭变遇谗，流离困悴，自道其不得志，是亦志也。"② 陆游认为"志"包含多方面的内容，不仅是理想抱负，还有遭受打击磨难后郁结的苦闷情绪。叶燮在《原诗》中表达了同样的看法，诗的"志"有高卑、大小、远近之不同，它和作者的才、识、胆、力是相配合的，他说："虞书称'诗言志'。志也者，训诂为'心之所之'，在释氏，所谓'种子'也。志之发端，虽有高卑、大小、远近之不同，然有是志，而以我所云才、胆、识、力四语充之，则其仰观俯察、遇物触景之会，勃然而兴，旁见侧出，才气心思，溢于笔墨之外。志高则其言洁，志大则其辞弘，志远则其旨永。如是者，其诗必传，正不必斤斤争工拙于一字一句之间。"从以上历代主要文论家的论述可以看出，他们都认为"志"是诗所要表达的主要内容。

"情"是创作的心理动力，是伴随艺术创作的重要因素，是艺术意境的重要组成部分。由先秦到魏晋时期，"言志"说始终处于优势地位，得到了许多文论家的肯定。其实"言志"中的"志"也包含情的成分。虽然"志"主要包括志向、思想、意志等内容，但并不排斥"情"的因素。战国时期诗人屈原首先指出作诗就是"抒情"，即用诗表达自己郁结在内心的种种情感。他在《九章·惜诵》中说："惜诵以致愍兮，发愤以抒情。所作忠而言之兮，指苍天以为正。……情沉抑而不达兮，又蔽而莫之白也。心郁邑余侘傺兮，又莫察余之中情。"

---

① 郭绍虞：《中国历代文论选》（2），上海古籍出版社2001年版。
② 陆游：《陆游集》，中华书局1976年版。

到了魏晋时期，人的意识全面觉醒，随之极力张扬人的个性就成为时代风尚。"人的觉醒"必然带来"文的自觉"，陆机终于大胆否定了汉儒关于诗歌的传统观念，勇敢地提出"诗缘情"说，他在《文赋》中说："诗缘情而绮靡，赋体物而浏亮。""缘情"说虽然不能取代"言志"说，但不能不承认"缘情"比"言志"更能概括诗歌的艺术特征。后来，"情"从诗歌内容扩展到文的内容上，南朝齐代萧子显在《南齐书·文学传论》中说："文章者，盖情性之风标，神明之律吕也。"① 刘勰在《文心雕龙》中说："文采所以饰言，而辩丽本于情性。故情者文之经，辞者理之纬；经正而后纬成，理定而后辞畅：此立文之本源也。"② 即把言情看作文最本质的特征。直到唐代，白居易虽然是一个倡导"文章合为时而著，歌诗合为事而作"的诗人，但还是强调诗歌内容的情感本质特征，他在《与元九书》中说："感人心者莫先乎情"，并提出"根情、苗言、华声、实义"，把情作为诗歌的根本。后世对"情"的理解有种种不同，有指男女私情，有指人伦之情，但是都强调文学要表达人的情感。清代袁枚说："且夫诗者由情生者也，有必不可解之情，而后有必不可朽之情。情所最先，莫如男女。"③ 刘熙载在《艺概·词曲概》说："词家先要辨得情字，《诗序》言'发乎情'，《文赋》言'诗缘情'，所贵于情者，为得其正也。"④ 尽管袁枚讲的是男女之情，刘熙载说的"情"指的是忠孝节义之情。但是，我们可以看到汉族古代文论讨论诗歌表达的内容时，"情"也是诗歌内容构成的重要部分。

汉族古典诗歌从《诗经》开始就与言志抒情结下了不解之缘。《诗经》中不少篇目的作者已经自陈作诗的目的。如《魏风·园有桃》云："心之忧矣，我歌且谣。"《大雅·崧高》云："吉甫作颂，其诗孔硕，其

---

① 郭绍虞：《中国历代文论选》（1），上海古籍出版社1988年版，第264页。
② 周振甫：《文心雕龙译注》，中华书局1986年版。
③ 袁枚：《小仓山房文集·答蕺园论诗书》，上海古籍出版社1988年版。
④ 刘熙载：《艺概》，上海古籍出版社1978年版。

风肆好，以赠巷伯。"《小雅·节南山》云："家父作诵，以究王凶，式讹尔心，以畜万邦。"《小雅·巷伯》云："寺人孟子，作为此诗。凡百君子，敬而听之。"《小雅·四月》云："君子作歌，维以告哀。"《魏风·葛屦》云："维是褊心，是以为刺。"《陈风·墓门》云："夫也不良，歌以讯之，讯予不顾，颠倒思予。"《小雅·四牡》云："岂不怀归，是用作歌，将母来谂。"《小雅·何人斯》云："作此好歌，以极反侧。"《小雅·白华》云："啸歌伤怀，念彼硕人。"① 这些诗句明确地表达了作者作诗的目的是讽刺、抒怨，颂赞赠答，即为了言志抒情。后世历代诗歌在不同的时期尽管写作的内容或重"言志"，或重"抒情"，但都以"言志""抒情"作为诗之本。

除了诗歌"言志""抒情"外，其他文体也体现出这一特征。如赋体，元代祝尧在其所编的《古赋辨体》中主张作赋："直教从肺腑中流出，方有高古气味。""本于人情，尽于物理，其词自工，其情自切，使读者莫不感动。"② 戏曲主要是讲述故事表现人物，同样重视情志的表达。明代王骥德在其著名的戏曲论著《曲律》中说："此在高手，恃一'情'字，摸索洗发，方抱之不尽，写之不穷，淋漓渺漫，自有余力。"小说的成功不仅仅在于故事生动感人，也要重视传情达意。明末叶昼在容与堂本《水浒传》评语中说："只为他描写得真情出，所以便可与天地相始终。"③ 由此看来，汉族古代文学就是以"言志""抒情"为主要内容。

值得注意的是，一些学者由于对"志"和"情"理解不同，把"言志"看作表达封建社会的政治道德伦理的思想，而将"缘情"视为抒发个人的感情，甚至是男女私情，以至于常常把二者对立起来。如清代朱彝尊在《与高念祖论诗书》中所说："《书》曰：'诗言志。'《记》曰：'志之所到，古之君子，其欢愉悲愤之思，感于中，发之为诗。……魏晋

---

① 郭绍虞：《中国历代文论选》（1），上海古籍出版社2001年版。
② 祝尧：《古赋辨体》，文渊阁《四库全书》，上海古籍出版社1987年版。
③ 施耐庵、罗贯中：容与堂本《水浒传》（叶昼评语），上海古籍出版社1988年版。

而下，指诗为缘情之作，专以绮靡为事，一出乎闺房儿女之思，而无恭俭好礼、廉静疏达之遗，恶在其为诗也？"①沈德潜在《说诗晬语》中对陆机的"缘情"说就大加指责，说："《文赋》云：'诗缘情而绮靡。'言志章教，惟资涂泽，先失诗人之旨。"②这些学者都是从儒家正统诗学的立场出发，不顾陆机所处的时代所要表达的原意，大肆歪曲发挥，批评抨击讨伐"缘情"说。更为严重的是把南朝齐梁时期流行的宫体诗，历代艳情之作，都归罪于陆机的缘情之说。这种看法是不准确，也不公正的。那么，"缘情"说是否是对"言志"说的颠覆呢？回答是否定的。陆机《文赋》中所说的"诗缘情而绮靡"只是专指诗歌文体的特征而言。《文赋》全篇并没有否定"言志"，其要旨还是倡导"理扶质以立干，文垂条而结繁""亦禁邪而制放，要辞达而理举"，所言的"理"就是"义理"。只不过强调了诗歌的情感特性，对传统儒家的政教功用做了淡化处理，以说明文学创作要"情""理"协调。因此，陆机的"缘情"说在文论史上有重大的理论意义，它第一次明确提出诗歌就是表达人的思想感情，思想情感是文学作品的重要内容。

比较而言，"志"和"情"在内涵上还是有差异的。"志"是一个偏重于理性的概念，它指代的是志向、思想、意志等内容，是主体有明确目标的一种自觉追求，具有一定的功利性。在汉族文论史上它常常和社会政教伦理联系在一起，是符合群体利益的怀抱、理想。而"情"则是指人的喜怒哀乐的种种心理活动和情感体验，甚至被窄化为儿女私情。但是，我们观察发现，在汉族文学理论批评史上"志"和"情"并不是截然相对的，更多的是两者不断混用，最后整合成一个范畴：情志。挚虞在《文章流别论》中说："夫诗虽以情志为本，而以成声为节。"沈约在《宋书谢灵运传论》中说："自兹以降，情志愈广。王褒、刘向、扬、班、崔、蔡之徒，异轨同奔，递相师祖。"刘勰《文心雕

---

① 朱彝尊：《曝书亭集》，商务印书馆1935年版。
② 沈德潜著，王宏林注：《说诗晬语笺注》，人民文学出版社2013年版。

龙·附会》也说："夫才童学文，宜正体制，必以情志为神明，事义为骨髓，辞采为肌肤，宫商为声气，然后品藻玄黄，摛振金玉，献可替否，以裁厥中。斯缀思之恒数也。"① 清代黄子云的《野鸿诗的》说："一曰诗言志，又曰以导性情，则情志者，诗之根柢也。"②

"志"与"情"既有区别，又有联系。它们都是指人与外在世界心物交感过程中所产生的生命体验活动，都有情感性，而文学创作就是表达人的这种生命体验和情感。但是，"志"所具有的情感性，带有普遍性的人生理念，且常常和社会政教、人伦相关联。陈伯海说："'志'的情意指向必然有理性的成分，并对其整个情意活动起着重要的指导与规范作用。但'志'又是'心之所止'，是情意在内心的蕴积，其中自然包含大量的感性因素。内心蕴积的情意经外物的诱导，发而为有指向的情意活动，这便是'志'的发动，其指向虽不能不受理性规范的制约，但作为情意活动本身则仍具有感性的质素。……正确地说，'志'是一种渗透着理性（主要是道德理性）或以理性为导向的情感心理。"③从情感的层面看，"志"关乎政教功用，指向群体生活，表达的是群体的意愿，这和专讲个人情感体验的"情"还是不完全一致。但是，它们的确有相通相融之处，都是人的生命体验，也就共同构成了文学的内容。总之，汉族古代文论认为文学就是言志抒情的，这是文学创作的首要任务。

第二节 载教颂神

藏族文学的主要内容就是载教颂神，文学成了宗教理念的载体，文学是藏族宗教信念的表达和宗教精神的体现。纵观藏族文学发展的历史，可以发现，藏族文学思想在历史的演变中尽管不断丰富和深化，但

---

① 周振甫：《文心雕龙今译》，中华书局2004年版。
② 黄子云：《野鸿诗的》，载丁福保《清诗话》，上海古籍出版社1999年版。
③ 陈伯海：《中国诗学之现代观》，上海古籍出版社2006年版，第32页。

总是和宗教有着密切的关系，尤其是和藏传佛教的关系密不可分。从佛教传入西藏后，所有藏文文献都经历了一个彻底的佛教化过程，藏族的文学艺术作品也不例外，都深深打上了佛教的烙印。我们从藏族传统文学中就能够深切地感受到这一点，宗教信念影响和制约着藏族文学。从一定意义上可以这样说，一部藏族文学史也是一部藏传佛教史。反过来说，如果我们不了解藏族的宗教，尤其是藏传佛教，就无法完全理解藏族文学。藏族文学载教颂神这一标志，成为藏族文学鲜明的特征。

文学要担负起载教颂神的重任，对此藏族学者有着清醒而自觉的认识。五世达赖阿旺·罗桑嘉措在《〈诗镜〉释难》中说："词义表达准确无误的诗学之光，如果不去照亮一直延续到现在的整个轮回界，那么，包括天神、人和龙在内的全部三世间就会被无知的黑暗所遮没。"[①]他指出文学就是用佛的光芒照亮整个世界，文学宣扬佛教教义是义不容辞的使命。他在《西藏王臣记》中说：

> 大地转轮王，敦促我作起史文，
> 如风传来王圣旨，命我圆满此使命。
>
> 众生福德犹如春情绵绵孕育中，
> 出生美满的如意佛子大不同。
> 手持莲花执掌人间政，
> 远处传来圆满安乐的芳香气浓。
>
> 遍及一切境界的善法，
> 犹如洁白的利乐伞，遍插到有顶诸天。
> 十力佛陀的教要广承传，
> 愿这样的众生福田广大无边。

---

① 彭书麟等：《中国少数民族文艺理论集成》，北京大学出版社2005年版，第197页。

他表明自己之所以要写作《西藏王臣记》，就是为了弘扬传播佛陀的教义，是为了"获得圆满吉祥，安乐无疆"。他把这种追求看作遵从佛祖的指示，是佛祖赋予自己的神圣使命。

文学作品是文学观念具体而真实的体现，如罗宗强先生所言："如果离开了当时的创作实际，不惟无法了解其时文学思想发展的真实面貌，即使对于文学理论和文学批评，也很难做出符合历史真实的解释。"① 我们通过藏族文学作品更能清楚地看到藏族文学极为重视载教颂神。藏族文学从原始时期就伴随着社会的发展而发展，历史悠久，品类繁多，内容丰富。藏族文学有民间文学，也有作家文学。下面我们以藏族的各种文学体裁的代表作品为例对此做分析说明。

诗歌是藏族文学中具有丰厚传统的一种文学样式。藏族古典诗歌题材广泛，内容丰富，形式多样，数量众多。在藏族的古典诗坛上，有米拉日巴采用鲁体民歌形式的"道歌体"诗歌、阿旺·罗桑嘉措等的"年阿体"诗歌、仓央嘉措的"四六体"情歌、萨班·贡嘎坚赞的《萨迦格言》等格言体短诗等，这些作品内容涉及藏族社会生活的方方面面。这些诗歌的作者大都是藏传佛教各派高僧学者，宗教的信念已经内化在他们的灵魂深处，因此，藏族的诗歌大都表达了宗教的理念，呈现出一种独特的风貌。我们来分析以下几位著名的藏族诗人的诗作。

米拉日巴（1040—1123）是藏传佛教噶举派第二代祖师，也是一位诗人，他创作了不少证道性的诗歌。这些诗歌被后人搜集整理，编撰成诗歌集，称为《米拉日巴道歌集》，又名《十万道歌集》。这部诗歌集的主旨就是宣讲佛学哲理，宣扬人生苦海、一切皆空、无常、六道轮回等佛教思想。如《道歌》第三十一节中这样写道：

> 证得无知无觉者，体验感觉已忘却，增减之念亦可忘。证得三身本性者，本尊生次已忘却，意想之法亦可忘。证得原本佛果者，

---

① 罗宗强：《魏晋南北朝文学思想史》，中华书局2002年版，第4页。

精进之果已忘却，世俗之法亦可忘。修持耳传密法者，概念言辞已忘却，骄傲之法亦可忘。证得万物空性者，书籍经典已忘却，累赘之法亦可忘。①

米拉日巴在这首诗里讲的是如何去直接地把握"空性"。在他看来，可以忘却宗教体验、修行成果，可以忘却神明本尊、意想之法，甚至可以忘却言辞和书籍经典等。米拉日巴要求门徒超越语言、文字的限制，不用理性思辨的方法，不借助逻辑推理的方式去认识真理，而是通过长期的静默内潜的内心体验去感悟至高的真理，直接把握认识对象。

米拉日巴对佛教"四谛"的"苦谛"是这样咏唱的：

我等众生世间人，生老病死四河深，人人难逃皆有份，轮回苦海不断根。溺于苦海不自知，安乐幸福无一时，怕苦反倒自作苦，祈福却做罪孽事。要想解脱人间苦，恶行罪愆应戒除，死时修法是正途。②

他讲到人生之"苦"，要在苦海中追寻解脱。在《十二瑜伽乐》中他把身外的一切物质财富都看作陷阱、绳索，因此他要逃脱这一切的束缚。他唱道：

现在财物我不要，物质追求我不做，首先没有积财苦，其次没有守财苦，再次没有恋财苦，一切没有才最好！现在亲友我不要，爱恋侍奉我不做，首先没有爱恋苦，其次没有争吵苦，再次没有分别苦，没有爱恋才最好！现在名声我不要，扬名四方我不做，首先没有精进苦，其次没有自责苦，再次没有害怕损害名声之苦，没有

---

① 根据青海民族出版社 Mi la ras pavi rnam mgur 汉译，第674页（页码均指藏文版页码，下同指）。

② 根据青海民族出版社 Mi la ras pavi rnam mgur 汉译，第704页。

好名声最快乐！现在住处我不要，常住一地我不做，首先没有偏爱苦，其次没有思乡苦，再次没有情面苦，没有住处实在好！①

米拉日巴认为放弃财物就没有因财造成的痛苦；放弃了亲友就没有因情造成的痛苦；放弃了名声就没有因名造成的痛苦；放弃了住处就没有因家造成的痛苦。如此种种痛苦，皆为人有太多的欲望造成的，那么放弃一切，才能得到解脱。我们可以看到米拉日巴的诗歌讲的都是佛学哲理，追求的是一种无牵无挂独立自在的人格。

米拉日巴在诗歌中还表现了禅定时将个体融入大自然后澄明清静的境界。如：

> 心往一处禅定时，分别、意念尽消除，此乃寂止初入门，缘此念知作深禅，豁亮透明如灯照，莹澈清澄如鲜花，恰如仰视明净天，了悟空性清又明。明净透亮无分别，实为寂止真体验。②
>
> 守一而坐达到松，空静而坐达到清。安乐而坐达到明，不思而坐达到澄。③

这两首诗是说，开始禅定时要消除意念，当进入深禅状态时，那就像灯光照耀下的豁亮明朗，像鲜花盛开的莹澈清澄，像万里无云的晴天的清明。这是诗境，也是心境，是开悟后一种无思无念、无忧无虑的晶亮透明的愉悦状态。诗中表达的是一种宗教体验，也是一种审美体验。

我们再分析格鲁派创始人宗喀巴的诗歌。他的诗绝大部分是对佛教本尊的颂辞，表达了在追求与神佛同体中获得的快乐。如下面这首赞颂空行④的诗：

---

① 根据青海民族出版社 Mi la ras pa'i rnam mgur 汉译，第444—445页。
② 根据青海民族出版社 Mi la ras pa'i rnam mgur 汉译，第296—297页。
③ 根据青海民族出版社 Mi la ras pa'i rnam mgur 汉译，第535页。
④ 空行是观音菩萨的化身。

吉祥如意！温顺驯服斑鹿花皮从左肩斜披系在腋络上，黑石乌发衬托脸庞如同月光倾泻白烟飘拂。窈窕淑女细腰娜娜微微左倾令人心魂荡漾，莲盘上面右边姿态更是娇媚令人流连忘返。右边玉手胜施妙印普降甘露饿鬼也能如愿，左边玉手胸前持握白莲花茎象征一尘不染。对汝一作见闻忆念便可脱出世间污泥浊水，祈求空行从此与我心意不离永远结为一体。①

作者把化身为空行的观音菩萨，写成美少女。这种美好的意象就是佛教徒追寻的理想化身，他们渴望与这样美的对象结合，是多么的快乐和幸福呵！宗喀巴赞美诗中频频出现这样美丽迷人的美人形象，她就是理想追求的象征。这种美好的意象既表达了诗人的宗教信念，也可以让人获得无限的想象空间，产生无尽的美感。

六世达赖仓央嘉措是西藏历史上著名的人物。我们熟知他优美动人的《仓央嘉措情歌》。在世人眼里，他被称为"世间最美的情郎"，敢于追求真爱。实际上，仓央嘉措的"情诗"由于汉译过程的变异，历来学者有不同看法，他的很多诗歌看似情诗，但又可以解释为"佛法诗"，用美少女象征理想是佛教的一种常见的写作方法，仓央嘉措诗歌中美丽的姑娘的意象也许是一种宗教理想的象征。我们联系仓央嘉措的生平经历和诗歌的内容分析，他的人生是处在一种尖锐的矛盾之中，饱受了人性与佛性对立的煎熬。仓央嘉措并不想完全抛开佛法，他唱道：

若依了情妹的心意，今生就断了法缘；若去那深山修行，又违了姑娘的心愿。

眷恋的意中人儿，若要去学法修行。小伙子我也要走，走向那深山的禅洞。

若能把这份苦心，全用到佛法方面，只有今生此世，要想成佛

---

① 译自木刻版《宗喀巴全集》kha 函（Tsong kha pa chen povi bkav vbum kha pa），第20页。

不难!①

仓央嘉措既想追寻心爱的姑娘，又想成佛。即使为爱情所驱使，他还是不会放弃他的宗教信念。他作为一个宗教领袖，在浓郁的宗教氛围中长大，不管是大环境还是小环境都很难使他彻底摆脱宗教观念的束缚，他也想修禅，也想成佛。他既是一个浪漫的才子，又是一个笃信佛教的信徒，因此，他的诗歌里不断地表达宗教信念是符合他的身份地位和内在追求的。

从以上三位具有代表性的著名藏族诗人的诗作中，我们感受到的是浓浓的宗教意蕴和诗歌中承载的佛教理念。

《格萨尔王传》这部恢宏的史诗是藏民族的根谱，反映了藏民族从野蛮走向文明的史前社会风貌，在千百年的流传过程中不断地体现出藏民族独有的时代精神。它既保留了藏族原始宗教和自然崇拜的内容，又融入了后期形成的苯教和藏传佛教的理念。《格萨尔王传》已在藏族民间以口传心授的形式传唱了一千多年。它结构宏伟、卷帙浩繁、内容丰富、气势磅礴、流传广泛。《格萨尔王传》大约产生于古代藏族氏族社会末期、奴隶制国家政权逐渐形成时期（公元3—6世纪），最初是在民间创作和传播。吐蕃王朝建立之后（公元7—9世纪），随着藏文的创制和普及，一些佛教的僧侣以书面的形式记载和传播《格萨尔王传》，并不断丰富和提高。到了公元11世纪前后，《格萨尔王传》的内容和结构框架基本上成型，在民间广泛流传。《格萨尔王传》体现藏族原始宗教观念的情形随处可见。在藏族先民原始自然崇拜中，对山神的崇拜是特别突出的。藏族先民们认为任何一座山峰，不论其大小都有神灵存在，这些神灵能主宰人们的吉凶祸福。《格萨尔王传》中，就有很多这样的山神，如松巴部落的息玛拉尊山神，米努部落的查索古孜山

---

① 仓央嘉措、阿旺伦珠达吉：《仓央嘉措情歌及秘传》，庄晶译，民族出版社1981年版，第15—18页。

神，以及格萨尔所在的岭部落的古拉格卓山神和阿尔韦青山神。这些山神都是各部落所供奉，不容许其他部落侵犯。在藏族先民心目中，山神的权威是非常高的，它主宰着一切，触犯了山神就会带来灾祸。在《格萨尔王传》中，岭部落以赛马的形式决定部落首领时，就因为触犯了阿尔韦青山神，结果招致天降冰雹的惩罚。藏族先民们在原始宗教观念基础上，又出现了灵魂崇拜、祖先崇拜以及英雄崇拜。史诗的主人公格萨尔，就是一位懂巫术、能与神鬼相通的部落首领。他不仅能用武力征服四魔、战胜了霍尔国的白帐王、姜国的萨丹王、门域的辛赤王、大食的诺尔王、卡切松耳石的赤丹王、祝古的托桂王等，还能用巫术移山倒海、呼风唤雨。《格萨尔王传》中还有大量有关征兆和占卜的描写，我们从中可以明显地看到苯教信仰的影迹。

佛教传入藏区后，《格萨尔王传》也成了传播藏传佛教的载体，口传史诗开始了佛教化的历程。不论是故事内容、情节结构，还是传承方式都逐步佛教化。我们今天所能看到的《格萨尔王传》就是一个佛教化的史诗。史诗各部都把格萨尔说成是"天神之子"，从而给《格萨尔王传》打上了一个特定宗教历史时代的烙印。英雄传说中的格萨尔王变成了莲花生大师的化身，一生戎马，扬善抑恶，弘扬佛法，传播文化。他的降生笼罩着佛教的神秘色彩。他被说成是大慈大悲的观世音菩萨为了普渡众生脱离苦海，向阿弥陀佛请求派天神之子下凡降魔的。当然，《格萨尔王传》也有很多版本的其他说法，有的说格萨尔是莲花生的化身，有的说格萨尔是受莲花生的指示下凡降魔的。因而，格萨尔每当遇到难以化解的困难，莲花生大师就会来指点迷津。总之，佛教神灵莲花生在史诗中活动较多，充当着重要的角色。

《格萨尔王传》宣扬佛法的例子俯拾皆是。如《地狱救妻》讲的是生死无常、因果轮回、十八层地狱等。书中说道：格萨尔王到汉地时对他的妻子阿达拉姆说，这次你去不得，生死无常。格萨尔王走后，阿达拉姆就得了一场重病而死去。后来过了七七四十九天之后，阿达拉姆由狱卒押解到阎罗法王的座前，这时妖魔黑小孩对阎罗法王历数了阿达拉姆在人世间的种种罪过，阎罗法王拿过他的缘孽镜，称了阎罗秤，查了刑事法文，得知了阿达拉姆所有杀害生命的罪恶事实。为此，那九百狱卒，把阿达拉姆带到地狱中。在十八层地狱中的三年里，阿达拉姆受了无数不能忍受的痛苦，肉和骨头也分离开来。格萨尔王从汉地返回后，得知这一消息，便毅然决然地来到地狱界。他历经艰险把阿达拉姆和十八亿亡魂从十八层地狱中全部拯救出来，使他们得到解脱。我们从这个故事中看到，它明确地阐述了佛教的因果报应、生死轮回的思想。

藏戏是藏族文化精神的体现，其内容大都是佛经中劝善惩恶的故事。它是一种戴着面具，载歌载舞表演故事的戏剧形式，是我国难得的艺术发展较为完整的一种少数民族剧种。藏戏的源头可以追溯到公元6世纪的松赞干布时期，形成于公元14世纪中叶。据文献记载，噶举派高僧唐东杰布，为募捐集资，营造铁桥，创建了一个戏剧班子，叫"阿吉拉姆"。据说是由七个美丽的姑娘组成，民间俗称仙女大姐。唐东杰布广泛地吸收了民间的各种艺术形式，形成了集说、唱、表演、跳舞于一体的戏剧形式。藏戏传统剧目总数接近20本，有一些本子现已流散失传，仅存名目。这些传统剧目主要以八大剧目为主，八大剧目分别指《文成公主》《诺桑王子》《卓娃桑姆》《朗萨雯蕃》《白玛文巴》《顿目顿珠》《智美更登》和《苏吉尼玛》。这些剧目都是在表达佛教的理念。

《智美更登》讲述的是：以前有个国家叫自达。国王叫萨炯扎巴，他虽有一千五百名后妃，却不曾有嗣。国王按照占卜师的吩咐，上敬三宝，中供僧人，下施贫困。果然一位妃子怀孕分娩，生下了一个太子。并且刚生下来口中就念念有词"唵嘛呢叭咪吽"。众人惊喜之余就给他取名叫智美更登。这位神童果然不凡，才智过人，并且尤善舍施济贫。但因将该国国宝如意宝施送给敌国，遭奸臣进谗言陷害，国王一怒之下，将他流放到远在六千余里外的魔山上服刑十二年。在流放途中，太子又将珠宝、车马、财物，甚至将自己的眼睛和亲生儿女都舍施给别人。此举感动了上苍湿婆,上苍回赠了他的财物和眼珠,全家得以团圆,并登上了王位。这出戏宣扬的就是佛教思想,要想脱离苦海,就要上供神灵,下施穷人。国王这么做了,就能实现他的愿望,后来等到了一个聪明的太子。太子智美更登这么做了,比老国王做得更好,广泛地舍施济贫,甚至有些不近人情的残酷做法,但是最终是善有善报,得到了一个完满的结局。

八大藏戏的其他剧目无须再做详细的介绍,我们从所有的剧目中都能看到一个鲜明的特征,就是贯穿着强烈的佛教思想。正如藏族学者察仓·尕藏才旦所言:"当时的藏区,掌握文化科学知识的都是高僧大德,他们接受的价值观教育都是佛教理念,佛教理念成为他们灵魂的指导思想之核心。这造成他们编出的剧本必然渗透着佛教的价值观,或者和佛教教义有关系。即使素材来源于历史和现实,也都从佛教理念来筛选、剖析、取舍、统帅内容。诠释的全是佛教的价值观。"①

藏族文学中人物传记类著作占有相当大的比重,更是充满了浓厚的宗教意味。这类作品主要描写藏传佛教高僧的生平事迹,属于传记文学作品,数量非常大,至今尚难统计。藏族高僧大德的传记已被收录的不下千种,其他散布在各个寺院和私家藏书中的高僧传记,其数量应该更多②。在这些传记作品中尤其以《米拉日巴传》最为著名,影响最为深远。在这部传记中,记述了米拉日巴苦难艰辛的一生及其修佛的艰苦道路,告诉人们人生是苦海,只有修佛才是唯一解脱的正道。米拉日巴母子三人,在父亲死后,财产被叔父姑母抢夺,并受尽了他们的折磨和奴役,这就是作者所谓的"体验苦之真谛"。不言而喻这是在宣扬人生苦海的佛教人生观。

由此可见,藏族文学主要是宣扬宗教教义、赞颂神灵。藏族文学把作为偶像的神佛变成生动具体的艺术形象,把宗教深奥的教义演绎为感

---

① 察仓·尕藏才旦:《藏族文艺中蕴含的价值观》,西藏人民出版社 2014 年版,第 162—163 页。

② 陈垣:《中国佛教史籍概论》,中华书局 1962 年版。

人的文学作品,以弘扬藏传佛教经典的思想。它是用艺术的形象来反映宗教精神,宣传宗教思想,强化藏传佛教精神。如果揭开这些神秘的面纱,舍弃糟粕,我们可以发现,藏族文学作品散发出的是浓郁的生活气息,闪烁的是哲理的光辉,表现的是人的情感愿望,揭示的是深刻的人生真谛。正如藏学家王尧先生所说:"从表面上看,似乎吐蕃人是笃信宗教,而沉溺于崇拜仪轨的民族,实际上,他们又是热衷于咏歌吟唱而近于迷恋诗情的民族。"①

第三节 言志抒情传统与雪域宗教文化

汉族和藏族在历史文化上具有同源性,在文化的发展中也有频繁的交流碰撞融合,为什么同是中华民族大家庭的两个成员在对文学内容构成问题的认识上有这样的差异呢?这其中的根本原因就在于文化的不同。文化是一个民族的精神家园,是各个民族相互区别的标志,每个民族都有自己的独特性。任何一种文学现象的产生,并非是孤立和偶然的,而是其独特的文化生态土壤培植造就的。汉族重视言志抒情是由于有着悠久的言志抒情的文学传统。而藏族重视载教颂神是雪域高原的民族文化,其思想根源在于浓厚的宗教信仰。

汉族古代文学传统一向强调"言志"。历来文论家对"言志"观念的发生可追溯到传说中的五帝时代。《尚书·尧典》记载的舜帝与其乐官夔的一段谈话,其中就提到了"言志"。对此有许多学者对《尚书》成书的年代有质疑,但是我们认为《尚书》最晚出现于春秋时期、《左传》之前大抵是不会错的。如果我们将《尚书》成书的年代推至战国时代,那么,"言志"之说就并非《尚书》最早提出,之前的典籍中已经出现。不管怎么说,"言志"说在战国时代已是一种普遍的观念。我们还没有查找到孔子对"诗言志"这个术语的直接引述,但从《论语》

---

① 王尧:《藏族四大诗人合论》,《诗书画》2013年第7期。

中记载的孔子与他的学生讨论诗的情形看,显然是春秋时期士大夫赋诗言志风气的继承和发展,孔子时代的"志"主要是指政治抱负,这从《论语》中孔子要观其弟子之志就可看出。《论语·先进篇》有"子路、曾皙、冉有、公西华侍坐"一段文字,孔子让他的学生各言其志,正来自"言志"的传统。

从词源学的角度考察,"志"的最早含义,与"诗"是相通的。在汉代,人们即多训"诗"为"志",如:许慎《说文解字·言部》:"诗,志也。志发于言,从言,寺声。"郑玄注《尚书·洪范·五行传》:"诗之言,志也。"高诱注《吕氏春秋·慎大览》:"诗,志也。"王逸注《楚辞·九章·悲回风》亦云:"诗,志也。"《诗谱序》孔颖达疏引《春秋说题辞》:"诗之为言志也。"杨树达《释诗》说:"'志',字从'心','止'声,'寺'字亦从'止'声。'止''志''寺',古音盖无二。……其以'止'为'志',或以'寺'为'志',音近假借耳。"他还根据《左传·昭公十六年》韩宣子"赋不出郑志"之语,认为此处的"郑志"即"郑诗",故"古'诗''志'二文同用,故许(慎)径以'志'释'诗'。"①闻一多在《歌与诗》中也同样得出"'诗'与'志'原来是一个字"的结论。闻一多从诗的发展过程来分析,对"志"的含义做了更为深入系统的论述,他说:"志有三个意义:一、记忆,二、记录,三、怀抱。这三个意义正代表诗的发展途径上三个主要阶段。"②朱自清在《诗言志辨》中深入探讨"诗言志"说时接受了闻一多的"志"就是"怀抱"的解释。这种解释从《左传》和《论语》的统计也可以证明。"志"字在《左传》中出现60余次,杨伯峻先生按词义分为6类,其中两类属于书名;有两类动词分别释作"表明、记住","修明、表识";另一类名词,释作"斗志、勇气"。而大量的意思仍是名词"志向,抱负"。"志"字在《论语》中共出现16

---

① 杨树达:《积微居小学金石论丛》,商务印书馆2011年版。
② 闻一多:《歌与诗》,《闻一多全集》(第10册),湖北人民出版社1993年版。

次，依杨伯峻先生的注释，作名词"志向"讲的有 12 次；作动词"有志于"讲的有 4 次。从训诂学上看，"诗"与"志"的意思一致，"诗"最初就是记录"志"的文本，"志"就是"诗"要表达的内容，"志"就是志向、怀抱。

从"诗言志"的发展演变看，"诗"成为一种特定的韵文文体，其主要功能就是"言志"。朱自清曾将"诗言志"的发展分为四个阶段：献诗陈志、赋诗言志、教诗明志和作诗言志。① 虽然不同阶段"言志"的内涵不一样，但都认定"诗"表达的就是"志"。历史上有广泛影响的"献诗""陈诗""采诗"之说，周代公卿列士献诗、陈诗，以颂美或讽谏，是有史籍可考的。《国语·周语上》云："故天子听政，使公卿至于列士献诗，瞽献曲，史献书，师箴，瞍赋，矇诵，百工谏，庶人传语，近臣尽规，亲戚补察，瞽、史教诲，耆、艾修之，而后王斟酌焉。"《国语·晋语》云："吾闻古之王者，政德既成，又听于民，于是乎使工诵谏于朝，在列者献诗使勿兜，听风胪言于市，辩祅祥于谣，考百事于朝，问谤誉于路。"据《礼记·王制》载："天子五年一巡狩，命太师陈诗以观民风。"郑玄注云："陈诗，谓采其诗而视之。"意思就是说采集诗歌给天子看，以便其从中了解民风。《诗经》中不乏这类作品。赋诗是指在交际场合，以诗来表达自己的思想、意志和情意。春秋时期，赋诗被广泛地应用于各种交际场合，人们不仅用来传达己意，还用来考察赋诗者的志意。此即赋诗言志和赋诗观志。这构成了春秋社会生活的一种独特的文化景观。据清人魏源统计，《国语》引诗 31 条，《左传》引诗 217 条，列国宴享赠答 70 余条。班固《汉书·艺文志》记载了先秦时期诸侯大夫交接来往赋诗言志的情形，云："古者诸侯卿大夫交接邻国，以微言相感，当揖让之时，必称诗以谕其志，盖以别贤不肖而观盛衰焉。故孔子曰'不学诗，无以言'也。春秋之后，周道浸坏，聘问歌咏不行于列国，学诗之士逸在布衣，而贤人失

---

① 朱自清：《诗言志辨》，华东师范大学出版社1990年版。

志之赋作矣。"《左传》中记载了两次有名的赋诗盛会:一次是襄公二十七年垂陇之会,另一次是昭公十六年的六卿赋诗。垂陇之会是郑伯享赵孟,郑国的子展、伯有、子西、子产、子太叔、二子石(印段、公孙段)七人相从,赵武令七子赋诗,"武亦观七子之志"。在这次赋诗盛会上,七子分别吟诵了《草虫》《鹑之贲贲》《黍苗》《隰桑》《野有蔓草》《蟋蟀》《桑扈》等诗篇。子展等人赋诗的用意,大都是表达对赵孟的赞美,非常符合当时的场合,因此赵孟或表示辞谢,或给予称美。唯独伯有所赋的《鹑之贲贲》是刺卫宣姜淫乱而作,诗中有"人之无良,我以为君"两句,伯有用来表达对郑伯的不满,所以赵孟当面给予批评。赵孟说"诗以言志""亦以观七子之志",这里的言志和观志是通过赋他人之诗,暗示或隐喻赋诗者的思想感情,听者则在正确把握对方所表达的情意的基础上,进一步探求其赋诗行为背后所隐藏的深层动机。所谓志,即"志向""怀抱"之意。而昭公十六年的郑国六卿赋诗盛会,韩宣子要"以知郑志"。故六卿"赋不出郑志",六卿分别赋的是《野有蔓草》《羔裘》《褰裳》《风雨》《有女同车》和《萚兮》,所歌咏的诗篇均出自《郑风》,大国使者到来,小国贵族请求庇护,用郑国的诗篇把细微的感情准确地表达出来。无论是以诗做外交辞令,还是赋诗言志,赋诗者都可以任意选择所赋之诗表达他们的"志"。朱自清在《诗言志辨·兴义溯源》中曾做过统计:《左传》所记载赋诗,见于今本《诗经》的,共53篇,引诗共84篇。将两项合计,再去其重复的,一共有123篇,占全书的三分之一。春秋以后,赋诗言志的情况不复存在,但在言辞和论著中断章取义地引用"诗三百",却一直延续到战国时期和汉代,赋诗言志是一种普遍的观念。上述所引文献,凡在赋者,是"言志";在他者,听后加以判断,是"观志"。无论是"言志"还是"观志",都是通过"诗"这个载体完成的。先秦时期赋诗、引诗、教诗的活动,是"诗言志"说形成的背景,也奠定了"诗"与"志"的密切关系,形成了中国古代文学的一个传统。

《毛诗序》对"诗言志"在先秦的意义基础上做了新的解释，第一次从理论上明确地将"志"与"情"联系起来，揭示了诗歌抒情与言志相统一的艺术本质。《毛诗序》首先阐明了诗歌创作的本源在于"志"，"志"构成诗的内容，这与先秦时期就已产生的"诗言志"的观点一脉相承。其次，进一步提出"情动于中而形于言"的观点，也就是说，诗是发动于内心的"情"外化于"言"的产物，是通过"吟咏情性"来"言志"的，所谓"言志"即是表情。虽然，这里"志"与"情"的关系与内涵还没有得到明确的说明，但可以看出，《毛诗序》是将言志功能与言情功能从理论上统一了起来。既肯定"诗者，志之所之也"，同时又指出诗是"吟咏情性"的，"情动于中而形于言"。西晋陆机在《文赋》中提出"诗缘情"说开启了一个诗的审美世界，从文体上指出了诗歌的抒情本质特征。他只讲缘情而不讲言志，实际上是起到了使诗歌抒情挣脱"止乎礼义"束缚的巨大作用。从"诗言志"到"诗缘情"，既是"言志"说发展演进的历史之必然，又是人们的诗学观念不断发展成熟的必然趋势。从秦汉的以志为主，情志并举，到魏晋的以情为主，情志并举，中国古代诗学理论对诗歌基本特征的认识逐步加深，在以后的演进中，越来越朝着"情"与"志"的融合之路发展了。明确地把情、志统一起来的是唐代的孔颖达。他对"诗言志"重新解释，说："在己为情，情动为志，情、志一也。"① 孔颖达的解说，一方面强调了诗歌的抒情特性，另一方面强调了外物对人心的感动。孔氏将两个先前相互对立之说融合在一起。

白居易继承并发展了汉代《毛诗序》的阐释，强调诗歌在社会生活中应该发挥"补察时政""泄导人情"的积极作用。而诗歌之所以能发挥这样的作用，是由诗歌的本质决定的。他说："感人心者，莫先乎情，莫始乎言，莫切乎声，莫深乎义。诗者：根情、苗言、华声、实

---

① 左丘明撰，晋杜预注，唐孔颖达疏：《春秋左传正义》卷51，北京大学出版社2000年版。

第三章 言志抒情与载教颂神：汉藏文学内容构成论

义。上自圣贤，下至愚骏，微及豚鱼，幽及鬼神，群分而气同，形异而情一，未有声入而不应，情交而不感者。"① 又说："大凡人之感于事，则必动于情，然后兴于嗟叹，发于吟咏，而形于歌诗矣。故闻《蓼萧》之诗，则知泽及四海也；闻《禾黍》之咏，则知时和岁丰也；闻《北风》之言，则知威虐及人也；闻《硕鼠》之刺，则知重敛于下也；闻'广袖高髻'之谣，则知风俗之奢荡也；闻'谁其获者妇与姑'之言，则知征役之废业也。故国风之盛衰，由斯而见也；王政之得失，由斯而闻也；人情之哀乐，由斯而知也。然后君臣亲览而斟酌焉；政之废者修之，阙者补之；人之忧者乐之，劳者逸之……"② 白居易认为正是诗歌这种抒情言志的本质，决定了它可以普遍地感动人心，同时也决定了通过它可以见国风之盛衰，闻王政之得失，知人情之哀乐，从而收到补察时政、泄导人情、上下交和、内外胥悦的社会效果。

到了宋代，作为理学大师的朱熹，他所提出的"感物道情"实际上是对"情志"并重思想的新发展。"感物道情"之"情"有着极为丰富的内涵，与"性"相对，统一于"心"即"心统性情"。同时"情"又与"意""志""爱""欲"等概念有一定关系。他说："性者，即天理也，万物禀而受之，无一理之不具。心者，一身之主宰；意者，心之所发；情者，心之所动；志者，心之所之，比于情、意尤重；气者，即吾之血气而充乎体者也，比于他，则有形器而较粗者也。"又说："舍心无以见性，舍性无以见心。志是心之所之，一直去底。意又是志之经营往来底，是那志底脚。凡营为、谋度、往来，皆意也。所以横渠云：'志公而意私。'问：情比意如何？曰：情又是意底骨子。志与意都属情，'情'字较大，'性、情'字皆从'心'，所以说'心统性情'。心兼体用而言。性是心之理，情是心之用。"③ 朱熹认为"心""性""情"虽然不同，但都统一于"心"。朱熹认为"性"是"天理"，是

---

① 白居易：《白香山集》卷28《与元九书》，商务印书馆1934年版。
② 白居易：《白香山集》卷48《策林六十九》，商务印书馆1934年版。
③ 朱熹：《朱子语类》第5卷，中华书局1988年版。

万事万物之存在的根本原因,但要借助于"情"来显发。"心"是"一身之主宰","性"是"情"存在的方所。"情"是"性"的运动状态及表现方式。无论是"情"还是"意""志"都属于"心",不是"性"。"性"只是"心之理""心之体""心之未发"。真正显示的"心"即"心之用"、"心之已发"状态是"情"。无论是"性"还是"心"只有真正地"情"化,才具有其真正的现实价值。在朱熹看来,"情"也包含"志",即情志交融。朱熹以"情"来统辖"志",来包容"志",因而大大地提高了"情"的地位,为古典诗学提倡的"言志""抒情"提供了坚实的理论依据。

后世的论诗者大都主张诗是作者主观情志的表现和外化。南宋张戒的《岁寒堂诗话》云:"言志乃诗人之本意,咏物特诗人之余事。古诗苏李曹刘陶阮本不期于咏物,而咏物之工,卓然天成,不可复及。其情真,其味长,其气胜,视《三百篇》几于无愧,凡以得诗人之本意也。潘陆以后,专意咏物,雕镌刻镂之工日以增,而诗人之本旨扫地尽矣。"①钱谦益说:"夫诗者,言其志之所之也。志之所之,盈于情,奋于气,而击发于境风识浪奔昏交凑之时世。于是乎朝庙亦诗,房中亦诗,吉人亦诗,棘人亦诗,燕好亦诗,穷苦亦诗,春衷亦诗,秋悲亦诗,吴咏亦诗,越吟亦诗,劳歌亦诗,相舂亦诗。""诗者,志之所之也,陶冶性灵,流连景物,各言其所欲言者而已。如人之有眉目焉,或清而扬,或深而秀,分寸之间而标致各异。"②他将"志""气""情"并提,特别强调"志盈于情"。尽管各家持论的角度不同,但都肯定"言志""抒情"是作诗之本,是诗的内容。

强调言志与抒情的统一,是汉族古代文论对诗的内容的要求,也是对整个文学的要求。这种认识其实也体现了古代诗歌的基本品格,代表了古代文学的基本价值观念,形成了中国文学的优秀传统。

---

① 张戒著,陈应鸾笺注:《岁寒堂诗话笺注》,四川大学出版社1990年版。
② 钱谦益:《牧斋有学集》,上海古籍出版社1996年版。

再来看看藏族文学内容构成论产生的根源。藏族文化传统呈现出两大特色：一是浓郁的无所不在的宗教气氛，二是雪域高原独特的民族文化。这是藏族以载教颂神为主的文学内容构成论形成的深层根基。

藏族从远古的原始宗教到三千八百年前形成了苯教，后来在吐蕃时期佛教传入，经过了几次苯教和佛教的斗争，最后佛教取得了胜利，藏传佛教吸收融合了苯教，形成了具有雪域特色的藏传佛教。藏传佛教全面地影响了藏族的政治、经济和文化等各个方面。随着时代的发展后来藏传佛教出现了很多派别，从11世纪开始到15世纪初格鲁派的形成，藏传佛教的派别分支最终定型。前期主要有宁玛派、噶当派、萨迦派、噶举派四大派，后期是格鲁派等。从总体上看，尽管苯教在藏区的少部分地区还存在，但是藏传佛教仍是藏族最重要的宗教信仰，直到今天藏族仍然虔诚地信仰它。它对藏民族的影响是巨大的，影响着藏族的民族性格、心理素质和民族精神。藏传佛教哲学对宇宙、人生、社会有着系统化理论化的认识，是一种世界观、方法论，也是一种思维方式。

宗教是什么呢？有多种说法，很难给它下一个放之四海而皆准的定义，就像给文学下一个定义一样艰难。宗教是一个历史概念，不同时代有不同的宗教，不同时代有不同时代的信念，不同民族有不同的宗教，但是，宗教都有一个共同特性，那就是信仰。如张荣明所言："宗教的核心是信仰，信仰的根本特征与人的精神活动有关，无论这种精神活动是信神，还是相信别的什么。总之，没有虔诚的精神活动，便没有宗教信仰。"[①] 宗教和信仰是不可分离的，信仰是主体的自觉的心理精神活动和行动。宗教包括了教义、仪式仪轨和宗教情感诸多方面。信仰是对某种对象的信奉和尊敬，并把它作为自己的行为准则。

藏族信仰的藏传佛教的特征是，大小乘兼学，显密双修，传承各异、仪轨复杂。藏传佛教早期哲学思想体系中，既有大乘空宗理论，又有大乘唯识理论，既有中观应成派理论的观点，又有中观自续派理论的

---

① 张荣明：《中国思想与信仰讲演录》，广西师范大学出版社2008年版，第14页。

观点。到宗喀巴时代，才以空宗理论为其骨干，宗喀巴的理论把藏传佛教哲学推向了一个高峰，构建完成了藏传佛教哲学体系。在14世纪以后形成的格鲁派则全面继承了大乘空宗哲学思想。藏传佛教的各派大多数都是以大乘中观思想作为其哲学基础的。

藏传佛教和其他佛教一样，把客观存在的事物的本质都看作"空"，就是《心经》所说的"色即是空"。其依据在于一切精神现象和物质现象总是处在瞬时即变的状态中，没有恒久的、固有的形态；再者，一切事物都是由因缘和条件和合而成，没有自身的规定性。这种处于不断流动变化没有自身固有本性的存在就是"空"，也就是无常。因此，事物的真实本质或事物存在的真理就是无常，就是空。通常概括为："诸行无常"和"诸法无我"。"行"是指世上的一切物质现象和精神现象。"诸行无常"是说一切事物都是处于不断生成和变化之中的，没有固定的本质和固有的形式，世界上没有永恒的存在。通俗地说，就是世间的万事万物的存在都是"无常"的。"诸法无我"是说一切事物都没有恒定不变的主宰——"我"，只是因缘不断生灭。这不是否定世界上存在客观事物，只是说从本质上它们没有固有的本质（无自性）。事物的存在只是依据不断变化的因缘而临时组合的存在，是不断变化的，飘忽不定的，因此，世上的一切物质现象和精神现象本质都是"空"。

大乘中观应成派哲学思想的核心内容是"缘起性空"论，它是彻底的性空理论。这一理论认为世界上的一切事物都没有实体性，不能从自身内部必然产生出来，而是依靠其他原因和条件因缘和合而生，这说明他们都是相对存在而非真实存在，是"无自性"的"空"。甚至包括佛教的所谓真如、涅槃等，皆依因缘而起而无自性。正如宗喀巴所说："若法依缘起，即说彼为空，若法依缘起，即说无自性。"[①] 他认为一切事物都没有自性，一切事物皆为缘起，本质为空。

---

① 法尊译：《菩提道次第广论》卷17。

第三章 言志抒情与载教颂神:汉藏文学内容构成论

藏传佛教也看到事物的客观存在是无法否定的。为了自圆其说,藏传佛教就把事物的存在解释为由分别心安立的假名,仅是一个概念而已。米拉日巴在写作的道歌中说:"顺汝劣慧想,佛说一切有,若于胜义中,无魔亦无佛,无能修所修,无所行地道,无所证身智,故亦无涅槃,唯名言假立,三界情非情,无生本非有,无体无俱生,无业无异熟,故无轮回名,究意义如是。"① 就是说,一切事物都是依据因缘暂时聚合生成的,而它自身却没有的固定本质(自性),本质是空,但是如果只看到这一面还是不够的,那就会否定了现实世界客观物质的存在,同时也就否定了因果报应、六道轮回等佛教理论,从而否定了佛法与修佛的意义。所以米拉日巴又说:"如无有众生,三世佛何出,离因岂有果,故依世俗谛,佛说染净法,一切皆为有。"② 这就是说,事物虽为假名而存在,但仍属于因缘而成的"有",我们不能否定"有"的现实存在,只不过它是一种转瞬即逝的现象存在,如果不明白这一点,你就会动摇佛教的理论基础。

佛教的理念贯穿在藏族的一切生活之中,全民虔诚信教,因此,藏族在文学中载教颂神就是很自然的事了。当然,文学自身有其审美性,它完全不同于宗教的经本。但是在特殊的时期或者特殊的族群中,宗教可以利用文学作为传播的工具,文学也会把宣扬宗教作为自己的使命。藏族文学的类型多种多样,我们在上面分析了一些具有代表性的文学作品,无一不与宗教紧密关联,尤其是藏传佛教对藏族文学的影响更加深刻而深远。从佛教传入藏区后,藏传佛教的思想观念就全面融入藏族的文学观念和审美理想中,文学成为宗教理念的载体。这一点佟锦华先生做过很合理恰当的说明,他说:"在从 11 世纪到 20 世纪中期的将近一千年的历史过程中,藏传佛教成为藏族社会的主要信仰对象,在意识形态领域占据着统治地位,佛教僧人又是藏族古代作家群体的主要组成部

---

① 土观·罗桑却季尼玛:《土观宗派源流》,西藏人民出版社1985年版,第77页。
② 土观·罗桑却季尼玛:《土观宗派源流》,第77页。

分,他们毕生接受佛教经院的教育,诵读佛学经典,受着佛教思想熏陶,从事佛教活动,形成了一整套系统的佛教世界观和人生观。他们在很多著作中都明确宣称自己是为了宣传佛教教义、劝人出家修佛而写的。由此可见,佛教的人生观和世界观决定着他们的创作思想。不言而喻,这些作品中必然都弥漫着浓郁的佛教思想。"①

除了宗教对藏族文艺观念的广泛而深刻的影响,我们还应看到雪域高原独特的地理环境对藏族文化观念和思维方式的影响。青藏高原的地理环境影响了藏族的文化心理结构的形成。

其一,雪域高原独特的自然环境形成了藏族万物有灵、敬畏天地、珍视自然、注重人与自然和谐共处的观念。藏族千百年以来在这块土地上勇敢地创造着自己的生活,用自己的聪明才智与环境和谐相处。青藏高原号称"世界屋脊",这里地势高耸,气候寒冷,海拔一般都在三四千米以上,境内高山林立,江河纵横,山地多,平原少,氧气稀薄,动植物生长缓慢,生存环境残酷恶劣。藏族生活的地带多为高寒地区,自然条件恶劣。早期藏族生产力水平极其低下,人们生存非常艰难,和严酷的大自然相处是头等大事。他们把这些支配日常生活的自然力和自然物,当成了超自然的、超人间的,创造了许许多多的神灵,这些神灵成为他们信仰和崇拜的对象,并且通过祭祀膜拜和奉献等各种方式,以达到天人和睦相处。他们崇拜大自然中一切和人类有关系的事物,将某种神性赋予了自然物体或把自然物体人格化为神灵。诸如天有天神、地有地神、水有水神、树有树神、石有石神……,还有太阳崇拜、生殖崇拜、狗崇拜、马崇拜、神山崇拜、花草崇拜等②。他们还创造和设计了各种各样取悦神灵、人神沟通的节日仪式活动。如新年的驱鬼仪式、春播祭祀仪式、祭祀保护神的插箭节、祈求丰收的血祭节、期望布谷鸟到来的迎鸟节、祭山节、祭龙、祭海节等。还有各种舞蹈、赛牦牛、赛马

---

① 佟锦华:《藏族古代作家作品与藏传佛教的关系》,《中国藏学》1990年第2期。
② 苏发祥:《中国藏族》,宁夏人民出版社2012年版,第147—163页。

等活动。这些活动都表达了藏族驱魔镇邪、祈祷平安的愿望，也是藏族文化心理的外在呈现方式。这些文化观念也更多地集中呈现在神话、传说、卜辞、故事、史诗和创始歌等艺术作品之中。①

其二，雪域高原独特的自然环境形成了藏族注重内省、追求内心宁静的意识。相对贫乏的自然生活资源，限制了人向自然不断拓展和索取的欲望，由此形成的藏族思维方式是：既注重现实生活的具体物象，又追求精神的超脱。由于西藏主要是粮食农业生产和饲养畜牧生产的经济结构，藏族就形成了定居生活和迁徙生活并存的状况。这样的生活方式培育了藏族勤劳勇敢、坚韧不拔、乐观向上、含蓄深沉、崇尚自由等民族精神气质，也形成了一种重视经验的思维方式。这种思维方式肯定现实生活中丰富的事物和现象的价值，注重思维主体对思维对象的直观认识，推崇来源于现实的知识和经验。事物具体的表象，既是经验思维的对象，也是经验思维展开的基础。并且事物的表象特征与人的感受、情感以及意志统一。实际上，这种经验思维就是诗性思维发展的一种形态。这种思维方式在古代藏民族中逐步形成，不断完善，从而成为藏族处理人与自然关系的基本思维模式，并且一直发挥着重要的作用。它已经完全内化在藏族人的意识观念之中，成为藏民族的深层集体无意识。正是由于藏族这种文化心理的作用，藏族在文学中载教颂神就是表达渴望实现天人和睦相处的美好理想。他们崇拜大自然中一切和人类有关系的事物，创造了许许多多的神灵，在信仰和崇拜中协调天人关系。同时，通过文学宣扬宗教教义，赞美神灵，以此遏制人欲望的泛滥，使人们在有限的资源面前容易满足，并能得到心灵的宁静。

藏族热爱艺术，有着种类繁多的艺术形式，诸如文学、音乐、舞蹈、唐卡、建筑、服饰等。他们通过艺术表达了自己的理想信念和情感追求，具有很高的水平，文学尤其是诗歌就是一种重要的艺术表现形式。藏族人祖祖辈辈生活在生存条件极其残酷恶劣的青藏高原上，面临

---

① 察藏·尕藏才旦：《藏族文艺中蕴含的价值观》，西藏人民出版社2014年版，第14—15页。

着比其他民族更多的生存挑战，他们一次次克服气候与环境的变化，战胜了天寒地冻、厉风缺氧的自然环境，披荆斩棘，创造和延续着自己的文明，因此，藏族人的生存体验和经历的人生的艰难困苦要更加深刻和丰富，精神世界更需要一种强大的力量。他们更要表达出不屈不挠的意志，唱出生活的痛苦和欢乐，追寻美好的理想世界。藏族人喜欢把自己称为"雪域民族"正是这个道理。同时，青藏高原多元的自然之物和强烈丰富的色彩给予藏族审美的灵感，培育了他们极强的审美能力。他们在文学创作上通过载教颂神传达出他们深沉而丰富的心声，建构起超越现实的理想世界，从而获得一种战胜困难的巨大精神力量。

第四章　因用释体与以形为体：
汉藏文学文体论

文体论是文学理论研究的一个重要组成部分。文体既是指文章按照一定的规则和规范组成的一定的形体，表现为不同的外在形式，又指文章内在结构的组合原则，这些特定的组合原则，是形成文章不同体式的内在依据。文体的外在形式和内在的组合原则两者是相互依存，难以分离的。文体论就是对文体分类、文体演变、文体规范等问题的研究。研究一个民族对文体的认识，可以窥见其文学观念和审美趣味，也可以了解他们的文化特色。汉藏两个民族在文学发展史上都建立了各具特色的文体理论，在比较的视野下，我们看到，汉族和藏族在文体理论上确实有许多相同或相通的地方，但是，也存在着诸多差异，其中最为明显的差异是：汉族文体论侧重于从功用上去界定论说文体，藏族文体论侧重于从形式上去把握规范文体。

第一节　因用释体

汉族古代文体论发端于先秦两汉时期，成熟于魏晋南北朝，发展于唐宋时期，总结于明清时期。在历史发展中，汉族的文体论不论在文体分类、还是文体演变和文体规范的探讨方面都总结出了许多理论和方法，诸如释名定义、推源溯流、类聚区分、敷理举统等。这些理论方法都依托一个重要的思维方法，就是文体研究往往是因用释体，也就是说，汉族古代文体论一般是从功用出发去界定、规范、研究各种文体的。

《诗经》是我国第一部诗歌总集，它收入了自西周初至春秋中叶大约五百年的诗歌。《诗经》把诗区分为风、雅、颂三体。《毛诗序》认为这三体的划分就在于其有不同的功用，说："是以一国之事，系一人之本，谓之风；言天下之事，形四方之风，谓之雅。雅者，正也，言王政之所由废兴也。政有大小，故有小雅焉，有大雅焉。颂者，美盛德之形容，以其成功告于神明者也。"①《尚书》把文章分为典、谟、训、诰、誓、命等类。《左传》中引录当时流行和使用的许多文体，宋代陈骙在他所著的《文则》中做了统计，说："春秋之时，王道虽微，文风未殄，森罗词翰，备括规模，考诸《左氏》，摘其英华，别为八体，各系本文：一曰命，婉而当；二曰誓，谨而严；三曰盟，约而信；四曰祷，切而悫；五曰谏，和而直；六曰让，辩而正；七曰书，达而法；八曰对，美而敏。作者观之，庶知古人之大全也。"陈骙列举出《左传》中录存的文体有八种：命、誓、盟、祷、谏、让、书、对。这些文体分类大都着眼于实际功用，以至于对文体的认识也是从功用上去解说。《左传·襄公十九年》载臧武仲论"铭"曰："夫铭，天子令德，诸侯言时计功，大夫称伐。……且夫大伐小，取其所得，以作彝器，铭其功烈，以示子孙，昭明德而惩无礼也。"② 这里指出"铭"文的功用是，记述先祖的业绩，传于后世，昭明洪德而惩戒恶行。这种解说体现出的是以文体之用去规范文体的思维方法。

汉代政治统一，朝章礼制逐渐完备，刺激了各类文章写作的兴盛，产生了许多新文体。大多数文体的格式、规范都在汉代确立下来。如《史记》这种纪传文体，为我国以后叙事文学的发展奠定了基础。五言诗产生并走向成熟，七言诗开始萌芽，赋是汉代的代表文学。还有一些

---

① 郭绍虞：《中国历代文论选》（1），上海古籍出版社2001年版。
② 阮元刻本《十三经注疏》，中华书局1980年版。

作品本身就很有特色且影响极大，于是仿者众多，这些作品的种种特点就成为这类作品共同的规范，逐渐地形成了新的文体。刘师培在《中国中古文学史讲义》第三课中说："文章各体，至东汉而大备。汉魏之际，文家承其体式，故辨别文体，其说不淆。"可见，东汉时期许多文体已经形成，人们对各种文体的体式特点都有了比较清晰的认识。《三国志》中所著录文体就有十二种之多。统计《后汉书》著录的文体，大致有诗、赋、铭、诔、颂、书、论、奏、议、碑、箴、记、赞、檄、连珠、吊、章表、说、嘲、策、教、七、九、哀辞、祝文、难、答、辩、荐、笺三十种。从现存资料来看，有关文体研究的论著，当以蔡邕的《独断》为最早，这部书对朝廷的八种文体从语用规范的角度做了介绍，对每一种文体的用途和写作要求都做了具体说明。赋这种文体在汉代非常兴盛，汉代人在解说"赋"体时往往从目的和功用上立论。班固《两都赋序》说："或曰：赋者古诗之流也。"李善注引《毛诗序》"《诗》有六义焉，二曰赋"，意思是说汉赋这种文体来源于《诗经》"风、赋、比、兴、雅、颂"之"赋"，故以赋为《诗》之流。班固讲"赋者古诗之流"时，不以文体特征来解说赋体，他认为赋能像《诗经》一样"或以抒下情而通讽喻，或以宣上德而尽忠孝"，所以"抑亦《雅》《颂》之亚也""炳焉与三代同风"。班固在这里把汉赋与《诗经》连在一起，与其说是因为《诗经》有"六义"之"赋"字，不如说是因为汉赋和《诗经》都有共同的政治功用：以礼制、"法度"为基础，以讽喻为基本手法，"因时而建德"。王充的看法与班固基本相同，认为赋体功用在政治讽喻。他在《论衡·谴告》中批评司马相如、扬雄赋"令两帝惑而不悟也"；在《论衡·定贤》中更明确地指出"竞为侈丽闳衍之词"的赋，"虽文如锦绣，深如河汉，民不觉知是非之分，无益于弥为崇实之化"。由此看来，以"讽喻"的功用来论说赋体，在汉代以至于后世是非常普遍的。

由建安而魏晋，是中国文学自觉时代的开始。文学观念自觉之后，文人"体"的意识就更为鲜明，在理论上开始论说文体。曹丕的《典论·论文》说:"夫文本同而末异,盖奏议宜雅,书论宜理,铭诔尚实,诗赋欲丽。"① 曹丕将当时八种常用的文体归纳为四科,用"雅""理""实""丽"来概括各体的体貌特征,这在文体学发展史上是首创。《典论·论文》划分文体类别,是以文体的体貌为主要依据,虽然没有直接涉及各种文体具体的语体特征,但是文体的语言特征实际上和语用功能是密切联系的。奏议宜雅,雅就要求语言不能太浅俗,语气要庄重,体式要符合规范,这是朝廷这种特殊庄严场合所要求的。书论宜理,理就是说理透彻、条例清晰,这是因为论著论文主要功用在于讲明道理。铭诔尚实,实就是以真实为贵,避免虚假,这是因为铭文诔文的主要用途在于记事。诗赋欲丽,丽就是要文采华美,讲究辞藻,这是因为诗赋作品的娱悦目的所决定的。由此我们可以看到,曹丕以文体的体貌特征讨论文体,从深层次上看,也是从功用上加以区分的。其后陆机的《文赋》在曹丕八体的基础上,进而分成十体,即:诗、赋、碑、诔、铭、箴、颂、论、奏、说。陆机揭示文体特征比曹丕更贴切、精当,对文体风格的把握更为准确。"诗缘情而绮靡,赋体物而浏亮。""缘情"是说诗就是表达情意的,这是对诗的性质的认识,也是对诗的功用的阐述。"体物"是赋的特点,就是要详尽地描述外物,其根由在于赋是为了润色鸿业而创作的,故赋要写得铺张扬厉。挚虞的《文章流别论》是中国文学批评史上第一个明确地以"流别"为题,探讨研究文体发展演变的著作。从其片断佚文中可以看出,他对各种文体都注重研探它的渊源流别,对魏晋之前尤其是汉代"文章"各种文体做了"类聚区分"②。现在保存的片段中论述的文体有颂、赋、诗、七、箴、铭、诔、哀辞、哀策、对问、图谶十一种文体,并对各种文体有或详或略的解说。如说"颂":"颂,诗之美者也。古者圣帝明王,功成治定而颂声兴。于是史录其篇,工歌其章,以奏于宗庙,告于鬼神。故颂之所美

---

① 郭绍虞:《中国历代文论选》(1),上海古籍出版社2001年版。
② 房玄龄:《晋书·挚虞传》,中华书局1982年版。

者，圣王之德也，则以为律吕。或以颂形，或以颂声，其细已甚，非古颂之意。"①挚虞解说"颂"体先给文体下定义，再述渊源，然后分说这种文体的流变。挚虞指出颂体文的性质就是为帝王"功成治定"歌功颂德的，用途是"奏于宗庙，告于鬼神"，本是庙堂之作。《文章流别论》还考察了各种文体的形成，说："王泽流而诗作，成功臻而颂兴，德勋立而铭著，嘉美终而诔集，祝史陈辞，官箴王阙。"②挚虞认为由于君王的恩泽教化推行才产生了诗，取得了盛大业绩从而产生了赋，有了美好功德事迹才产生了铭，赞美生前令人称道的德行才产生了诔。他明确地指出各种文体的产生都是源于社会生活的需要，起于现实的功用。

刘勰的《文心雕龙》是文体学的集大成之作，系统而全面地论述了当时通行的几十种文体特性、源流、写作方法和要领，把文体理论的研究推向了一个新阶段。《文心雕龙》专论各种文体的有二十篇，占了整部书的五分之二。《文心雕龙》共收录三十四大类文体：骚、诗、乐府、赋、颂、赞、祝、盟、铭、箴、诔、碑、哀、吊、杂文、谐隐、史传、诸子、论、说、诏、策、檄、章、表、奏、启、移、封禅、议、对、书、笺记等。刘勰对每一种文体进行历史考察，都是以其功用为出发点，并以此来确立各种文体的写作规范与风格特点。《文心雕龙·定势》说："是以括囊杂体，功在铨别，宫商朱紫，随势各配。章表奏议，则准的乎典雅；赋颂歌诗，则羽仪乎清丽；符檄书移，则楷式于明断；史论序注，则师范于核要；箴铭碑诔，则体制于宏深；连珠七辞，则从事于巧艳。此循体而成势，随变而立功者也。虽复契会相参，节文互杂，譬五色之锦，各以本采为地矣。"③不同的文体要求不同的体势，因此，"即体成势""循体而成势"。势就是文体的实际功用，不同的文体有不同的功用，要仔细权衡辨别。章、表、奏、议这些文体，要

---

① 李昉：《太平御览》卷596，中华书局1960年版。
② 李昉：《太平御览》卷596。
③ 周振甫：《文心雕龙译注》，中华书局1986年版。

以典雅为标准；赋、颂、诗、歌这些文体，要以清丽为目标；符、檄、书、移这些文体，要以明确果断为楷模；史、论、序、注这些文体，要以简明扼要为榜样；箴、铭、碑、诔这些文体，要求以宏大深刻为体征，连珠、七辞这些文体，要以巧妙华艳为特色。总之，由于各种文体实际的功用、功效不同，因而就决定了各种文体的写作规范与风格特点各异。《文心雕龙·明诗》是刘勰文体论方面的重要篇章之一，主要讲述四言诗和五言诗的发展历史及其写作特点。刘勰将四言诗的特点概括为"雅润"，五言诗的特点总结为"清丽"，和曹丕《典论·论文》中讲诗的特点只是一个"丽"字，陆机《文赋》讲诗的特点是"绮靡"相比，明显地有了很大发展。不仅如此，刘勰论述诗的形式特点时还强调了诗歌"持人情性"和"顺美匡恶"的教育功用，这是对晋宋以后诗歌创作中盛行的形式主义诗风的批评和不满。他说："大舜云：'诗言志，歌永言。'圣谟所析，义已明矣。是以'在心为志，发言为诗'。舒文载实，其在兹乎？诗者，持也，持人情性。三百之蔽，义归'无邪'。持之为训，有符焉尔。"① 这说明诗这种文体就是通过文辞来表达情志的，诗就是用来扶持人的情性的，这是诗之所以为诗的根本。如果偏离了这个功用，那么诗就会走向歧途。南朝宋以来的诗坛，如刘勰所言："俪采百字之偶，争价一句之奇；情必极貌以写物，辞必穷力而追新。"诗人们努力在对偶工整中炫耀文采，在每一句的新奇上显露才华；描绘出景物力求逼真地呈现形貌，文辞方面极力追求新异。这样的诗风就是刘勰所说的"讹滥"，因为它完全抛弃了"顺美匡恶"之功，也背离了"感物吟志"之用。刘勰在论述各种文体时都以用释体，如《文心雕龙·祝盟》讲到祝、盟两体时说："天地定位，祀遍群神。六宗既禋，三望咸秩，甘雨和风，是生黍稷，兆民所仰，美报兴焉。牺盛惟馨，本于明德，

---

① 周振甫：《文心雕龙译注》，中华书局1986年版。

祝史陈信，资乎文辞。"① 这说的是祝体文是祭祀神灵的，是为了报答诸神降福于人。掌管祭祀的祭官向鬼神陈述虔诚的信念和愿望，就要以文辞为凭据。"凡群言发华，而降神务实，修辞立诚，在于无愧。祈祷之式，必诚以敬；祭奠之楷，宜恭且哀；此其大较也。"② 这说的是一般文章都要体现出一定的华丽文采，但是祈求祷告神灵的祝辞则要朴实无华，祝辞写作一定要虔诚恭敬，要无愧于内心。祈祷的文辞，一定要诚恳和肃敬；祭奠文应当写得恭敬而且哀痛。盟与祝类似，祝是取信于鬼神之用，而盟是取信于人之用。这二者在取信之用上是相通的，故写作风格也相近。"夫盟之大体，必序危机，奖忠孝，共存亡，戮心力，祈幽灵以取鉴，指九天以为正，感激以立诚，切至以敷辞，此其所同也。然非辞之难，处辞为难。后之君子，宜存殷鉴。忠信可矣，无恃神焉。"③ 盟这种文体首先要讲述现实情况的危机，再讲双方要约定共生共死，同心协力，并且请求上天神灵来监督作证，还要用感情激动的言辞来立下彼此忠诚的心意，用恳切的语言来陈述盟誓。从上面的论述可以看出，刘勰的文体论就是以功用来解释文体的特点，并以此规范各体的写作风格。

到了唐宋时期，古典诗文的各种体类趋于成熟并得到了全面发展，人们对"文体"的认识总体上是在魏晋南北朝时期认识的基础上的深入。魏晋南北朝时期对文体的认识界定主要包括三方面的内容：体类、语体和体貌。唐宋时期对"文体"的研究大体上都是在这三个层面展开。他们研究各种文体的基本结构样式，研究各种文体的语言特征和做法，研究各种文体所具有的整体风貌，也就是文体的风格。这三个方面都是以文体的功用为基础来展开探讨的，最具有代表性的就是对"词"的讨论。关于词的起源诸家说法不一，但是，词是伴随着燕乐而产生的这一点是得到学界的共同认可的。唐中期以后，在酒席宴会上通常让歌

---

① 周振甫：《文心雕龙译注》，中华书局1986年版。
② 周振甫：《文心雕龙译注》。
③ 周振甫：《文心雕龙译注》。

女吟唱一些情意缠绵、花前月下、男欢女爱的艳曲，为朋友聚会娱乐之用。如清代谢章铤所言："夫词多发于临远送归，故不胜其缠绵恻悱。即当歌对酒，而乐极哀来，扪心渺渺，阁泪盈盈，其情最真，其体亦最正矣。"① 正是有这样的功用，词与诗在内容和形式上不完全相同，词多言情事，要合乐演唱，风格婉约柔美。五代欧阳炯在《花间集序》中描述词的特征说："唱云谣则金母词清，挹霞醴则穆王心醉。名高白雪，声声而自合銮歌；响遏行云，字字而偏谐凤律。"这就从创作方法、内容、格调及声律上阐明了作词的审美要求。词，要像西王母唱的《白云谣》那样悠远清丽，像周穆王饮仙酒那样令人心醉，其高雅胜过阳春白雪，并字字句句都合韵律。词发展到苏轼，凡可以入诗的内容都可以写进词中，也就是后世所谓的"以诗为词"的豪放派的创作风格。李清照对此颇为不满，她批评苏轼的词是"句读不葺之诗"。李清照在其所作的《词论》中从词的功用上指出词"别是一家"。李清照认为词和诗的根本区别就在于，诗对声律要求比较简单，而词则特别讲究音律、乐律之规则。她反对用写诗的格律来写词，这是破坏词之音乐美，因为词之"用"不同于诗，只是"小歌词"。南宋前期由于受苏轼豪放派词风的影响，以诗为词的"雅词"颇为流行，一些词论家对李清照的词"别是一家"说多持反对态度，他们立论的基点也往往从功用出发，最有代表性的人物是王灼。他在《碧鸡漫志》中说："故有心则有诗，有诗则有歌，有歌则有声律，有声律则有乐歌。永言即诗也，非于诗外求歌也。今先定音节，乃制词从之，倒置甚矣。而士大夫又分诗与乐府作两科。古诗或名曰乐府，谓诗之可歌也。故乐府中有歌有谣，有吟有引，有行有曲。今人于古乐府，特指为诗之流，而以词就音，始名乐府，非古也。舜命夔教胄子，诗歌声律，率有次第。又语禹曰：'予欲闻六律、五声、八音，在治忽，以出纳五言。'其君臣赓歌《九功》《南风》《卿云》之歌，必声律随具。古者采诗，命太师为乐章，祭祀、

---

① 唐圭璋：《词话丛编》，载谢章铤《赌棋山庄词话》卷10，中华书局1986年版。

宴射、乡饮皆用之。故曰正得失，动天地，感鬼神，莫近于诗。先王以是经夫妇，成孝敬，厚人伦，美教化，移风俗。诗至于动天地，感鬼神，移风俗，何也。正谓播诸乐歌，有此效耳。"① 王灼指出词是"诗之流"，其功用和诗一样，就在于"经夫妇，成孝敬，厚人伦，美教化，移风俗"，不要"诗外求歌"，不能"先定音节，乃制词从之"，否则就是严重的本末倒置。我们看到，王灼竭力反对李清照重视音律的词"别是一家"说，倡导词的教化功能，观点与李清照的大为不同。但是，从思维方法上看，他们对词体的认识和界定都是从功用上立论的。

明清时期，戏剧、小说兴盛，人们开始注重探讨戏剧和小说。明朝徐渭的《南词叙录》对南戏的源流、发展、声律、风格、作家作品评论及术语、方言考释等，都做了详尽的论述。他提出南戏应邀循"顺口可歌"的原则，使观者意悦情动，有强烈的艺术感染力。他反对穷究宫调、讲求声韵，时文入曲；反对引用经、子古书，宾白用文言；追求具有"领解妙语，未可言传"的境界。徐渭认为戏剧除了发挥畅情和娱乐的功能外，还要担当起劝善惩恶的任务，他从戏剧的功用效果出发提出了"本色"论。他评《西厢记》说："世事莫不有本色，有相色。本色犹俗言正身也，相色替身也。替身者，即书评中婢作夫人终觉羞涩之谓也。"本色就是正身，就是真我面目，相色就是替身，就是婢作夫人终觉羞涩。他看重本色而贱相色，可见他追求戏剧的自然纯朴、性情率真之美。徐渭认为南戏的优良传统就在于"句句是本色语，无今人时文气"。他主张语言的"家常自然"，主张"与其文而晦，易若俗而鄙之易晓也"。所谓"俗而鄙之易晓"就是要求通俗易懂，易于为一般人所接受，即使奴婢、儿童、妇女都能听得明白，通晓其义。由此可见，徐渭对戏剧特点和规范要求的论述，对戏剧体式风格的界定，都是从功用效果的角度去立论的。后来的王骥德更是"本色"论的积极倡导支持者。他主张以自然真性为本，但又不反对适当的藻饰。他认为

---

① 王灼著，岳珍校：《碧鸡漫志校正》，人民文学出版社2015年版。

本色就是要求戏剧自然晓畅，主要是因为戏剧表演的需要，戏剧作为舞台艺术，如果语言深奥、用事怪僻，往往令人难以理解接受。王骥德提出了"可演可传"的观点，他在《曲律·论剧戏》中说："其词格俱妙，大雅与当行参间，可演可传，上之上也。"又云："词藻工，句意妙，如不谐里耳，为案头之书，已落第二义。"[①] 王骥德从戏剧的功用上对戏剧的基本特征做了准确的概括。戏剧的最高境界就是"可演可传"，如果忽视了戏剧的表演性，就会成为文人案头欣赏阅读的书本，那就失去了戏剧最为重要的目的，也就没能把握住戏剧体式的最基本特征。清代李渔的《闲情偶寄》从戏曲体制本身去探讨编剧与演剧理论，其中多有创见。他明确提出了戏剧"贵浅不贵深"的观点，他说："诗文之词采贵典雅而贱粗俗，宜蕴藉而忌分明；词曲不然，话则本之街谈巷议，事则取其直说明言。凡读传奇而有令人费解，或初阅不见其佳，深思而后得其意之所在者，便非绝妙好词；不问而知，为今曲，非元曲也。""传奇不比做文章，文章作与读书人看，故不怪其深；戏文做与读书人与不读书人同看，又与不读书之妇人小儿同看，故贵浅不贵深。"[②] 李渔这两段话说明：诗文与戏剧分属不同的艺术门类，不能一概而论；戏剧贵直说明言，不同于诗文的含蓄蕴藉；戏剧和诗文拥有不同的欣赏对象，诗文多为读书人而作，而戏剧则作与读书人、不读书人，以及妇人小儿同看，所以不能过深，而应浅显俗畅。由此可见，明清时期徐渭、王骥德和李渔等著名的戏剧家往往都从戏剧的观赏之用的角度去界定戏剧的体式特征。这是一种较为普遍的文体研究方法，也是汉族古代文论的传统思维方法。

小说这种文体在明清之前不受人们重视，虽有文论家几曾提及，但对小说本身的特殊性还缺乏准确的把握。明清时期的文论家开始深入地探讨小说的特性，他们往往也是从小说之用去界定阐释小说之体。小说

---

① 陈多、叶长海注释：《王骥德曲律》，湖南人民出版社1983年版。
② 李渔：《闲情偶寄》，中华书局2011年版。

不同于以往的经史诗文，它的功用主要在于娱悦听众或读者，要能引人入胜。因而，小说要有生动感人的人物形象，曲折动人的故事情节。小说的这些体式特征都取决于小说的功用。清代罗浮居士在《蜃楼志序》中说："小说者何？别乎大言言之也。一言乎小，则凡天经地义、治国化民，与夫汉儒之羽翼经传、宋儒之正诚心意，概勿讲焉。"[1] 罗浮居士对"小说"概念的界定分析也从小说的功用出发，他从比较的视角分析了小说与经、史、辞赋、诗文在内容、形制、体裁上都有不同，小说的内容特点、文体性质就是非关大道的"琐屑之言"。所写之事是"家人父子日用饮食、往来酬酢"的小事，所用语言是浅显明白的"一方一隅、男女琐碎之闲谈"的语言。这篇序文从小说之用的视角较为准确地把握住了小说文体的基本特性，也反映出清代文人对小说的认知达到了一个较高的水平。晚清时期，在梁启超等人的大力倡导下，小说的地位大大提高，成为文坛最为重要的文体，随之而来，人们对小说的体式的认识也更为深入。梁启超的《论小说与群治之关系》就从小说的功用角度论述小说的体式。梁启超将小说作用于人的途径细分为"熏""浸""刺""提"四种，他认为小说之力如此之大，"用之于善"，固然可以"福亿兆人"；如果"用之于恶"，"则可以毒千万载"。正是基于这一点，梁启超认为要实现"改良群治"和"新民"的功用目标，首先必须提倡"新小说"。也正是因为小说具有这四种艺术感染力量，因而小说的艺术特点就是"浅而易解""乐而多趣"。这一时期从功用的角度讨论小说体式特点的文论家颇多，不再一一赘述。

汉族古代文体论在历史上不断发展，早期主要关注的是诗文各体，宋元时期以后，尤其是明清时期，戏剧小说兴起，这些俗文学的各种文体得到文论家的关注。这样一来，文体论研究的内容逐步扩大，研究的方法不断多样，理论上更加深入和丰富。但是，纵观汉族整个文体学的发展，我们可以清楚地看出，以用释体的方法是其最为突出的特征。

---

[1] 庾岭劳人：《蜃楼志全传》，宇文校点，百花文艺出版社1987年版。

第二节 以形为体

藏族文体论滥觞于12世纪，藏传佛教萨迦派的领袖贡嘎坚赞有很高的梵文学识，他学习了梵文《诗镜》后写出了自己的心得，在1205年之前写成了《智者入门》一书，结合藏族诗歌的特点谈到了文体分类、文体的体式特点和写作方法。在此之前，虽然藏族民间文艺的口传诗学中对文体有一定的认识，但毕竟没有形成理论形态，只是一种朦胧的经验传承和认知，尚不具备理论的价值。13世纪末印度《诗镜》被翻译成藏文后，许多藏族学者注解阐释《诗镜》，并以此为底本逐步地建立了藏族的文体论。藏族的文体论在本民族文化传统基础上，多方吸收外来的文论资源，建构起了具有民族特色的文体论。藏族的文体论最鲜明的特征是以形为体，侧重于从文体的形式方面去探讨研究、规范文体。我们从藏族文体论发展的历史就能明显地看出这一点。

贡嘎坚赞在《智者入门》一书中用偈颂诗体讲理论，以散文作注。首先，他把文体分为三大类。他说：

> 作论［文体］分诗散，
> 诗散相间三种体。
> 作论文体分颂偈（诗）和散文以及诗散相间三种。诗散相间截断其语流者属于诗的范围；不断其语流，连绵不断，不分行者，则同于散文。
> 颂偈分经教颂偈，
> 和韵文颂偈两种。
> 经教颂偈是世尊传下来的，韵文颂偈是诗人传下来的。[①]

---

① 彭书麟等编：《中国少数民族文艺理论集成》，北京大学出版社2005年版，第167页。

第四章 因用释体与以形为体:汉藏文学文体论

贡嘎坚赞借鉴了印度诗学的文体分类方法,把文体分为诗、散文和诗散结合的三种文体,同时,他又把诗分为经教颂偈和韵文颂偈两类。可以看出,他已经区分出文体的两个层次,诗、散文和诗散结合的"三分法"借用印度的有韵和无韵分类方法,诗的"两分法"则是按作者类型来分类,这是贡嘎坚赞自己的独到见解,在《诗镜》中还没有这样的论述。

其次,他讲述了各体的体式特点。他说:

> 据说经教的颂偈,
> 两行开始到六行。

世尊的经教和世人的论著的根本颂是两行偈句、三行、四行、五行和六行。七行以上的则没有。

> 韵律诗歌是四行,
> 以"久"和"惹"分为二。

诗人的诗(韵律诗——译者)是四行。"久"是计字,"惹"是计本。

> 据说诗歌概括为:
> 形体和饰两部分。

诗歌概括为体和饰两部分。体是完成欲叙的内容,饰是具有特点的加上美的词和喻等的结合。诗以其叙述情况分为:

> 一首能将所述义,
> 圆满表出是自解。

在一首诗中，能完整地表达出当时所要叙述的意思者，叫自解。

> 从其相聚的诗中，
> 理解其意是联类。

各诗彼此无动词汇集起来，后用一个动词以表其义者谓之联类。

> 不同对象和事物，
> 同时表出叫库藏。

在同一时间，同时表达出不同对象不同事物者叫库藏诗。

> 许多动词共同颂，
> 一个对象叫集聚。

对一个对象，用许多动词共同赞颂者，叫集聚。

> 词义圆满无缺点，
> 智者心里便喜欢。
> 虽述功德不齐全，
> 也不认作毛病诗。

若是词义圆满，写法和喻饰等方面均无缺点，就是所叙述的功德方面有些未述齐全，也不认为是有毛病之诗。[①]

贡嘎坚赞先讲了经教颂偈和韵文颂偈各自不同的行数，再讲了诗歌的结构包括体和饰两部分，接着又根据诗歌所表现的内容具体地阐述了

---

① 彭书麟等：《中国少数民族文艺理论集成》，北京大学出版社2005年版，第167—168页。

"自解""联类""库藏"和"集聚"四种诗体所用的表现方式。之前印度诗学家檀丁的《诗镜》虽然提到了这四种方式，但语焉不详。贡嘎坚赞结合藏文的特点对此做了较为详尽的阐释。

最后，他论述了写作方法。他说：

> 主要先讲其本领，
> 后讲制伏了对手，
> 这种叙述的手法，
> 是为诗人所公认。

首先讲颂扬对象之本领和缺点，后讲制伏了对手，或是写出对手的赞扬。这都是诗人所公认的写作手法。

> 族属传承智慧等，
> 先颂敌人的功德，
> 后却将他来制伏，
> 讲其功过智者喜。

先讲敌人的功过，但后来却被降服。以此种方式贬低敌人，颂扬自己。这就是一些智者所追求的"十分善的"写法。[①]

贡嘎坚赞在这里讲了两种写作方法：一是诗人常用的正面描写的方法，先写出叙述对象本领高强，从而能够战胜对手，取得胜利；二是特殊的写作方法，就是反面衬托的方法，先写对手的强大，后写叙述对象能够战胜对手，显示出他更加厉害，以此来达到突出人物形象高大的艺术效果。

到了17世纪中叶以后，藏族地区的诗学研究达到了一个新的高峰。

[①] 彭书麟等：《中国少数民族文艺理论集成》，北京大学出版社2005年版，第168页。

这个时期的主要代表人物是五世达赖阿旺·罗桑嘉措，在他的著作《诗镜释难妙音欢歌》中论述诗的形体部分，他继承了《诗镜》中诗的形体的三分法，并明确解释说："诗的形体就是作者按照诗学的规则表达自己意愿的名、词、字三者组合起来的连缀。……诗的形体有三种：单纯的韵文体、单纯的散文体和这二者的混合体。"① 同时，他批评了一些学者在对诗的形体的理解上的偏差。他说："嘉木喀、纳塘巴、容巴等许多学者以及巴俄祖拉等恃才傲物的人在这个问题上陷入了混乱，他们把传说和四大事等说成是诗的形体，有的说是意义的形体，有的说是字词的形体，都是对原著的曲解，只不过是一种期望芭蕉结果的想法。"② 罗桑嘉措批评了嘉木喀、纳塘巴、容巴、巴俄祖拉等人对诗的形体的解释是歪曲了原著，还对印度学者婆摩诃对散文体的小说和故事所下的定义做了纠正。他说："你说的这些不见得确切，因为小说除了国王自己叙述，也还有别人叙述的，二者在叙述这一点上是一样的。把他人叙述叫作故事，把自己叙述叫作小说，这样的划分有什么必要呢？"他还指出混合体不仅是用于戏剧，还有一种韵文散文混合体，那就是"占布"。占布是一种讲究辞藻、有诗有文的梵文混合文体。从罗桑嘉措的论述我们可以看出，他明确肯定了所谓诗的形体，也就是我们所说的文体类型，只能是韵文体、散文体和混合体三种文体，不能把文体类型和文章的内容、字词混为一谈。他坚持从形式上对诗的形体去划分类型，并且坚持认为依据诗的形体去划分文体才是恰当而正确的方法。

《妙音欢歌》继承了前人对诗的四种形式"解""类""库藏""集聚"的认识，并从形式上做了更为清楚的解释。罗桑嘉措指出："解"就是一首诗能完整地表达出任何一个意思；"类"就是对赞颂的某一对象要用多首诗来描述，而且用一个动词点明全诗的中心思想；"库藏"就是有各种不同的停顿，而且诗的节数、动词多少等不固定，内容繁

---

① 彭书麟等编：《中国少数民族文艺理论集成》，北京大学出版社2005年版，第196页。
② 彭书麟等编：《中国少数民族文艺理论集成》，第198页。

多;"集聚"就是用多首诗讲一个中心内容,要用许多动词。罗桑嘉措为了让读者更清晰地明了各种体式,自己还创作了许多诗例,以实例加以说明。他说:

为了便于初学者的理解,我略尽心意写了以下的诗例:
"解"的诗例:
在洁白和盛开的莲花中央,
现出梵天姑娘的迷人倩影,
伴着弦音唱起了动人歌曲,
向如意牛般的心之春致敬!

"类"的诗例:
将柔嫩而洁白的莲花的,
全部美姿尽都夺去的,
这面庞的一弯新月,
像是牵扯人心的弯钩;
长眼象骤起的彩虹,
眼角送出阵阵秋波,
这忌妒成性的女贼,
窃去青莲耳饰的碧色;
像昙花一般的笑脸上,
发笑的齿蕊排列成行,
身上散发着白檀香气,
见美女不由得恋情增强。
以上说的内容只集中地赞美了漂亮姑娘的脸庞,最后用了恋情"增强"这样一个动词点明全诗的中心思想。

"库藏"的诗例:

没有污垢，一身洁白，
能夺走有情者的忧伤。
集一切美姿于一身的姑娘，
眼角里射出了阵阵凉光，
照得心之君陀（比喻心窝）喜若狂。
口中浸出香津的月晶石，
将兴奋的双唇滋润。
青春旺盛时期的诱人姿相，
黑眼女子表演得淋漓尽致，
这意悦女天神的姑娘！

"集聚"的诗例：
像是美丽的兽眼女子，
用她柔软细嫩的双手，
一旦触及初绽的花瓣，
立刻便征服了莲花一样；
当有着美妙触感的手掌，
触及迷醉于爱欲的人时，
身心便得到从未有过的，
像尝到甘露般的快活舒畅。
瞻部河的纯金打做的指环上，
各种珠宝闪闪发光，
看去令人大饱眼福，
是创世主大梵天所创。①

在藏族文论史上还有一位对文体理论做出贡献的藏族学者是嘉木样

---

① 彭书麟等：《中国少数民族文艺理论集成》，北京大学出版社2005年版，第196—197页。

协贝多吉，他是藏传佛教格鲁派的转世活佛之一，1648年生于甘肃夏河，是甘肃甘南拉卜楞寺的最高座主。他对诗学有精深的研究，他于1684年写成的《妙音语教十万太阳之光华》（下简称《妙音语教》）是一部别具风格的诗学研究著作，在藏族诗学发展史上与同时期的罗桑嘉措的诗学著作处于同等重要地位。在文体分类问题上，他坚决地赞成五世达赖阿旺·罗桑嘉措所肯定的观点，写道：

> 往世的传说及四大事等等，
> 所说的内容即是诗的生命，
> 因此将形体分为词、义都是错误的。
> 内容是生命，韵体散体混合体是形体，
> 意义字音隐语等是美化诗的修饰，
> 这种说法我认为是殊胜的格言。①

五世达赖阿旺·罗桑嘉措在《妙音欢歌》中批评了一些学者在诗的文体分类问题上的错误论点，嘉木样协贝多吉支持赞同这种看法，指出诗的形体只能是韵文体、散文体和混合体，将形体再分出词、义体的论点都是错误的。和历代藏族著名学者一样，他敢于在学术研究中展开批评，甚至对萨迦派大师贡嘎坚赞的个别论点，也提出了尖锐批评。萨班·贡嘎坚赞在《智者入门》中从韵文体中另分出一类就是连续，对此，嘉木样协贝多吉在《妙音语教》中指出这种说法是非常错误的。他认为所谓连续，按声律专著的解释是韵文体一个输洛迦中每一诗句超过二十七字以上的称为连续，是一种截断为四句的格律诗中出现的现象，他指出萨班·贡嘎坚赞在《智者入门》中说的"不截断连续与连续格律类似"与他本人在《声律花束》中说的"格律上要截断为诗句"

---

① 彭书麟等：《中国少数民族文艺理论集成》，北京大学出版社2005年版，第199页。

的说法相互矛盾。①《妙音语教》在讲解《诗镜》时和一般藏族学者不一样,它摆脱了藏族传统为《诗镜》做注释依照原著框架的模式,他大胆地对《诗镜》的基本原理加以概括,重新组合,并加上自己的论述和评说,因此,《妙音语教》在藏族诗学领域里占有重要地位。当然,在文体理论做出的贡献也是不容忽视的。

18世纪,藏族诗学研究有了很大发展,各种文体的作品大量出现。出现了许多著名诗人和诗学理论家,他们在各种文体的撰写中留下了宝贵的实践经验。这些文体有寺院志、王统世志、家族史、传记、文集等著作。如崩热巴·才旺般巴写的《诗镜》注《甘庶树》(1766年)、土观·桑却吉尼玛(1737—1802)的《佑宁寺志》、贡塘·丹白准美(1762—1823)所著的《敏竹林寺志》、阿芒·班智达著的《拉卜楞寺志》(成书于1709年)、洛桑格登所著《郭玛尔寺志》、仓央嘉措著的《天祝铁东寺志》(成书于1737年)、钦则旺波所著的《卫藏道场胜迹志》、章嘉·若贝多杰所著的《圣地清凉山志》、觉乃·洛桑丹珠等著的《安多古刹禅定寺》、松巴·益西班觉(1704—1788)所著之《青海史》等。藏族传记著作极为丰富,就目前所接触到的资料看,这类史籍就有1000多种,可谓是藏族典籍文献的一大特色。这些诗人和诗学家在他们的创作实践和理论阐释中都或多或少地触及了文体问题,尚待深入挖掘。

19世纪藏传佛教嘎举派的高僧学者工珠·云丹嘉措在《知识总汇》一书中在解说《诗镜》时对文体做了更为详细的论述,他说:

> 诗的形体,诗、散与相间,
> 诗有"解""类""库藏"与"集聚",
> 每颂四行又分"觉"与"当",

---

① 赵康:《嘉木样协贝多吉的诗学著作——妙音语教十万太阳之光华简析》,《西藏研究》1990年第3期。

第四章 因用释体与以形为体:汉藏文学文体论

相间体分主体与一般。

……

体,按《诗镜》所讲:"体是欲写的意义所用词语的连缀。"诗人们解释说:"诗的体即欲叙或所想之意义,用确定意义的词,善妙地连接起来,按所愿望的意义以别于其他。"其体有三:即分行者为诗,不分行者为散文,以及二者相间的三种。分开者的每一诗行内有七个音节或九个音节等。按诗的结构情况分为"解""类""库藏"和"集聚"四种。一首诗中,独立完整地表示出一个意义者为"解";对所要叙述的意义用多个薛洛嘎在一起,最后用一个动词点明者为"类";断句及动词多种多样,薛洛嘎的数字无一定,如库房里的财宝般相聚者为"库藏";"集聚"是对于一个所要叙述的意义,具有许多薛洛嘎和动词。用多个诗段或诗节、诗章者,也叫作"萨嘎",或称作"大诗"。①

工珠·云丹嘉措先引用《诗镜》和诗人们对"体"的解释,对"体"的概念做了界定,他认为诗的体就是描述对象表达思想情感的词语的组合。接着区分了三种不同的文体大类,并以分行和不分行来确定是不是诗、散,或是混合体,又按诗的结构分别解释了"解""类""库藏"和"集聚"四种体式。

工珠·云丹嘉措结合藏文和梵文的不同特点对文体做了探讨,他说:

对于诗,在《大乘阿毗达摩集论》中虽然讲到每一首诗有从一行到六行的,但诗人们的规矩,每首都只有四行。对于散文虽有"小说"和"故事"两个名称,但阿阇黎檀丁认为此二者是一个意思。而班智达热切嘉措认为:"小说的定义:凡是散文都不是引从前出现的传说。故事的定义:凡是散文都是根据从前的传说而写

---

① 彭书麟等编:《中国少数民族文艺理论集成》,北京大学出版社2005年版,第209页。

的。不过小说是多数。"历代诸多贤者皆说:"《诗镜》中也有'依据古代的传说,或当今美好的事物'而写之论,此乃与之相合,故而为善。"至于散、韵相间体,分为主体和一般两类。"前者"是既具备四种语言,又具备诗歌、散文与诗散相间体裁者,如戏剧即是。"后者"是依据任何一个语种,凡是诗歌、散文相混合者皆是,称为"占布"。另外,从所用语言分为:雅语、俗语、土语以及杂语四种。①

以上他讲到几个问题:一、梵文诗与藏文诗的诗行不同。梵文的诗每首有从一行到六行的,但是藏族诗人们的规矩是每首都只有四行。二、散文中"小说"和"故事"两个名称的理解,藏族学者与印度学者的观点有差异:檀丁认为此二者是一个意思,而班智达热切嘉措认为小说不是引从前出现的传说,故事是根据从前的传说而写的。三、混合体分为主体和一般两类。主体是指应具备雅语、俗语、土语以及杂语四种语言,如戏剧。一般是指依据任何一个语种写成,称为"占布"。

现代以来,藏族学者在继承传统藏族文体理论上又有了进一步的发展,出现了一些重要的著作。如东噶·洛桑赤列的《藏族诗学修辞指南》、才旦夏茸的《藏族诗学概论》、赛仓·罗桑华丹的《藏族诗学入门》等。《藏族诗学概论》是一部理论性、实践性和实用性都很强的藏文修辞理论著作。才旦夏茸在书中讲到修辞学的本体就是文体,可分为偈颂体、散文体和颂散混合体三种。这是对藏族传统文体划分方法的继承,但在具体论述中他强调了偈颂体诗歌藏文与梵文在用韵和音节上的不同,他举例阐释了偈颂体诗歌全解式、通类式、仓储式和集聚式四种类型,并比较了这四种方式的共同点和不同点。《藏族诗学入门》是一部基础性的著作,在讲解藏族诗学时把五明的修习与之紧密结合,在文体的分类上也采用的是诗、散和混合三种文体分类方法。下面我们就以

---

① 彭书麟等编:《中国少数民族文艺理论集成》,北京大学出版社2005年版,第209页。

东噶·洛桑赤列的《藏族诗学修辞指南》为代表分析藏族文体论现当代的发展状况。

东噶·洛桑赤列的《藏族诗学修辞指南》（写于1962年，1980年修订）是对印度《诗镜》一书的注释，但在文体论上增添了自己的见解，并自创部分诗例和选入了历代经典的诗例加以示范。他继承了传统的三分法，并做了新的阐释。他说：

> 歌诀：体分绝句与散文，以及间杂共三事。
> 诗学之本体从诗句的形式上可分为：每首诗中每行的音节多少完全一致的绝句（藏文中叫偈颂体，为适应汉文读者的习惯，此后全译成"绝句"——译者注）、诗行间音节多少不一致的散文和绝句与散文体混合运用的间杂体三种。①

他从形式上根据每首诗每行音节的多少去给诗分类，完全一致的就是偈颂体（译者贺文宣在翻译时称之为"绝句"，下文都用"绝句"），不一致的就是散文。诗的形体分为绝句、散文和韵散混合体三种。他继承《诗镜》把绝句诗从结构上划分出四种诗体的方法，并且说明了各体的自性，补充了诗例，还对四种不同的诗体进行了比较。他说：

> 歌诀：从结构上分自解、通类、仓储、集聚四式。
> 从结构上划分，诗歌可分为自解式、通类式、仓储式和集聚式四种类型。在《诗镜》原文中，对此四种写法，只有诗论的部分内容稍有提及，而对其各个的自性和实例并未详列。
> 第一类　自解式
> 歌诀：绝句一首将内容，能表尽自解式。

---

① 东噶·洛桑赤列：《藏族诗学修辞指南》，贺文宣译，中国藏学出版社2016年版，第15页。

所要讲述的内容，只需用一首绝句诗歌就能完整表达的这种结构叫作自解式。

第二类　通类式

歌诀：若干首诗相匹配，末尾用一动词缀；

　　　完整表达一内容，这种结构称通类。

所要表达的某一内容，要用若干首互有关联的绝句诗组合在一起，并在这个组合体的最后用一个动词，就能将该内容表达清楚的一种写诗格式称作通类式。

第三类　仓储式

歌诀：不论句读和偈数，动词多少聚一起；

　　　若干内容贯其中，这种结构称仓储。

意思是说不论在诗行的最后是否该停顿，不论该用几首诗歌，也不论有没有该用几个动词的具体规定，所表内容也不一定是一个，而是几个，这样的诗歌结构形式称作仓储式。

第四类　集聚式

歌诀：内容仅一偈颂数，以及动词均非一，

　　　能将所诠表清楚，这种格式称集聚。

这是说所诠内容只是一个，而能诠的绝句诗和动词都需数个才能将所诠内容表达清楚的一种结构形式称作集聚式。

上述四种结构形式的同、异点是：自解式无须动词和断句；通类式和集聚式二者的共同点是都需要若干首诗，而同类式在最后则须有一动词结尾，集聚式则需要若干个动词；仓储式和集聚式二者的相同点是都需要若干动词，而仓储式却不一定需要若干首诗，所诠内容也没有需要有几个的要求；而集聚式却有须用若干首诗共同讲述一个内容的要求。[①]

[①] 东噶·洛桑赤列：《藏族诗学修辞指南》，贺文宣译，中国藏学出版社2016年版，第22—27页。

第四章 因用释体与以形为体:汉藏文学文体论

值得注意的是,东噶·洛桑赤列不仅论述了自解、通类、仓储、集聚四种诗体的特性,还对其进行比较,更加明确了四种诗体的差异,便于读者学习和掌握。

东噶·洛桑赤列在讲述文体写法时不拘于梵文格律的束缚,结合藏文的特点灵活运用。如讲到绝句时,他认为梵文诗歌绝句的写法在《韵律学》中已经讲得十分清楚,因此没有必要再讲,而是重点讲述藏文绝句的写法。他说:

歌诀:梵语绝句之写法,韵律学中讲得明;
　　　藏语绝句每四行,行行音节皆相同;
每一行中音节数,从五直至卅三终。①

他认为藏语绝句首先要弄懂绝句的韵律运用规则,然后再精通具有诗歌风格的绝句的写法。他认为藏文绝句的写法要注意四个问题。第一,绝句的诗行多少的问题。藏文绝句的诗行每首要够四行,这四行每行的音节必须一致。假若一首之内,各行的音节失衡,多少互不一致,那就叫诗律缺损过。绝句诗内每行音节数的多少,没有一个固定的标准和统一的要求,而每行少则五个音节,最多可达三十三个音节。前一首绝句诗的各行若是七音节者,此首之后则可分别递增成八、九、十等音节者;前一首每行若为十三音节者,此首之后各首则可分别递减成十一、九、七、六、五等音节者,并无固定要求。前若干首绝句诗的音节若少一些,后若干首的音节数亦可多一些。第二,撰写绝句诗歌时,各行的单音节和双音节停顿之处,要互相一致,这样朗读起来就顺口悦耳,若互不一致,则就既不顺口亦不悦耳了。所谓"双音节"者,指的是两个音节必须连在一起朗读;所谓"单音节"者,指的是该音节不和别的音节连在一起而必须单独读。第三,绝句诗中每行音节多少不

---

① 东噶·洛桑赤列:《藏族诗学修辞指南》,贺文宣译,中国藏学出版社2016年版,第15页。

同的种类甚多，当前常见的有10种。第四，绝句诗歌各有不同的写法，各有各的自性。他举了34个诗例加以说明。

东噶·洛桑赤列为了更好地阐释各种诗体，他选用藏族经典的诗文作为例子，并自拟新诗。在讲到诗歌主体18种大的内容时，他多处以居·米旁南杰和班禅旦贝旺修的诗句为例。如讲到歌颂远行方面的内容，引用了居·米旁南杰所撰的一首诗：

> 备有珠宝鞍辔之骏马，
> 行速快如风吹骑胯下；
> 为去视察各地之风情，
> 加鞭急策处处皆抵达。①

他还自拟了一首新诗：

> 为看祖国建设新奇迹，
> 一省接着一省都要去；
> 所见各个兄弟民族间，
> 呈现团结景象极亲密。②

通观藏族文体理论的产生和发展，与汉族文体论比较，我们可以清楚地看到，藏族文体论的一个显著特点就是以形为体，侧重于从文体的形式方面去探讨研究规范文体。藏族文体论在文体分类上坚持从外在形式上划分文体的类型。文体分类的方法是多种多样的，主要有两种，一是依据文体的内容和题材来划分，二是依据形式来划分。韦勒克和沃伦说："我们认为文学类型应视为一种对文学作品的分类编组，在理论

---

① 东噶·洛桑赤列：《藏族诗学修辞指南》，贺文宣译，中国藏学出版社2016年版，第35页。
② 东噶·洛桑赤列：《藏族诗学修辞指南》，贺文宣译，第35页。

上，这种编组是建立在两个根据之上的：一个是外在形式（如特殊的格律或结构等），另一个是内在形式（如态度、情调、目的以及较为粗糙的题材和读者观众范围等）。"① 藏族文体论在文体分类上依据的就是形式，根据诗歌的音节和韵律把诗分为诗体、散体和诗散混合体三种文体。每首诗每行音节完全一致的就是诗体，不一致的就是散文，诗、散结合的就是混合体，如戏剧。藏族文体论在区分了三大文体的基础上，又从结构上对自解式、通类式、仓储式和集聚式四种类型做了详尽的阐述。自解式就是只需用一首诗就能完整表达所要讲述的内容的这种结构。通类式就是要用若干首互有关联的绝句诗组合在一起表达某一内容，并在这个组合体的最后用一个动词，就能将该内容表达清楚的一种写诗格式。仓储式就是说不论在诗行的最后是否该停顿，不论该用几首诗歌，也不论有没有该用几个动词的具体规定，所表达内容也不一定是一个，而是几个这样的诗歌结构形式。集聚式就是所表达的内容只有一个，而所用的诗和动词都需数个才能将内容表达清楚的一种结构形式。这是文体的第二个层面的分类，也可以说是文体总系统下的子系统。文体的总系统只决定一个时期文体的主要特征，它不是简单地等于子系统之和；每个子系统都有自己的独立性，都有总系统无法涵盖的全部内容。藏族文体分类也正是认识到了文体类型的这种特殊性，建立了文体的层次分类系统。

  不管是以音节韵律去划分，还是以结构去划分，藏族文体分类始终以形式为依据划分文体的类型。在藏族文体理论发展史上，有一些藏族学者试图以其他的依据去为文体分类，但是都遭到了著名学者的批评和反对。嘉木喀、纳塘巴、容巴等许多学者以及巴俄祖拉等他们把传说和四大事等说成是诗的形体，提出可以分出意义形体、字词形体。罗桑嘉措嘲讽他们是"期望芭蕉结果的想法"，并明确指出诗的形体只能是指韵文体、散文体和混合体三种文体，不能以内容和字词作为划分文体的

---

① 韦勒克·沃伦：《文学理论》，刘向愚等译，文化艺术出版社2010年版，第266页。

依据。这种观点是藏族学者一以贯之的传统观念。

　　藏族是一个善于学习的民族，他们吸收借鉴了印度诗学的文体理论，尤其是《诗镜》传入藏族地区，其内容很快为藏族所接受，在长期的文学实践中不断创新和发展。藏族先辈学者以本民族文学口传形态的特性为基础，在翻译、注释、研究、应用和充实《诗镜》中，不断和藏族的文化相融合，逐步建立了具有藏民族文化特色的文体理论。我们从藏族学者对文体的解说和运用大量藏族文学的实例就可以看出。藏族学者在注解《诗镜》所言的三大文体时根据藏族的语言和文字做出新的阐释，甚至还补充了原作悬而未论的问题。藏族学者在注解时大多是举出藏族文学的例子，甚至是自拟的诗例，体现的是藏族文学的特色。如东噶·洛桑赤列在讲到散文诗的写作方法时，特别提到藏文的散文诗讲究委婉含蓄、辞藻华美。他举了五世达赖所著的《西藏王臣记》中萨迦世系前言的一段：

> 那样披上崇高的精神坚甲，用那锋利无比的武器，向那魔军心上造成超越能忍痛苦的发起者拉隆拜吉多结，将那具有花箭才（欲神）的百瓣（莲花）盛开的花蕊（核心）朗达玛乌东赞逐进太阳之子（阎罗王）的如同新断裂出的雪柱串珠般的獠牙（城垛）之城池（口腔）以后，君民间之次第彻底泯灭，过了三百余年之时，文殊大皇帝宝座上的天命皇帝霍尔国王之圣旨即已颁发。①

　　这段话讲的是，朗达玛乌东赞被拉隆拜吉多结杀死后，社会秩序混乱，过了三百年，霍尔国王才重新掌握了政权。这段文字语言优美，用了很多形象化的比喻，具有很强的艺术感染力，这也体现了藏族文体理论重视形式的特点。

---

① 东噶·洛桑赤列：《藏族诗学修辞指南》，贺文宣译，中国藏学出版社2016年版，第42页。

第三节　体用不二的思维与口传文学的传播

汉藏的文体理论有许多相同和相似之处，如都强调文体理论的实践指导意义。但是，由于社会历史、文化背景的差异，汉藏文体论关注的侧重点有所不同。汉族侧重于从文体功用的角度界定规范文体，藏族侧重于从文体的外在形式上解说辨析文体。汉藏文论之所以有这样的差异，是多种因素造成的。我们这里只选取各自的一个最为重要的因素做比较分析，意在能从一个层面更深入地认识中华传统文论多元丰富的真实面目。汉族文体论的成因主要在于汉族传统的体用不二的思维方式，体现了强烈的实用精神。藏族文体论的形成固然受到了印度文论的启发和影响，但主要在于藏族文学保留了浓厚的口传文学的特征，口耳相传的传播方式必然会引起人们极为重视语言的运用。藏族文体论就是依据语言的特性规律，从文学的外在形式上去把握文体的。

汉族文体论因用释体的特征体现出的是体用不二的思维方式。"体"与"用"是一对构成相反相成关系的哲学范畴。"体"的本初含义是指人的身体，在抽象意义上其含义是指事物的本体。"用"的意思是指事物的功用、作用、用途等。体与用是哲学上两个不同的方面，但是又是相互密切联系的概念。"体"是根本、本质，"用"是"体"的派生物，其与"体"始终是相对的。对事物的认识必然要涉及体与用两个方面，西方人的思维习惯总是先讲明本体，然后再说明功能用途。而中国人认为本体与现象不可分割，体用不二，如无本体，现象无从显现，如无现象，本体将不复存在，因此，汉族文体论在论述解说文体时总是因其用推其本。

熊十力认为"体用不二"最能体现中国传统的思维方式。他说："余少时好探穷宇宙论，求之宋明儒无所得；求之道论（老、庄），喜其旷远，而于思辨术，殊少引发；求之'六经'当时未能辨正窜乱，略览《大易》爻象复莫达神旨。余乃专治佛家大乘，旷观空有……余从宇宙论之观点，审核大空、大有，良久而莫能契。终乃近取诸身，远取诸物，忽而悟得体用不二。回忆《大易》乾坤之义，益叹先圣创明在昔，予初弗省。若非殚精空、有，疑而后通，困而后获，何由达圣意乎！"① 熊十力全面地探求了传统的儒道之学，以及外来的印度佛教，终觉未能契合，终于从《大易》悟得"体用不二"才是传统思维方式的精髓。何谓体用？熊十力说："体者，宇宙本体之省称。用者，则是实体变成功用。功用则有翕辟两方面，变化无穷，而恒率循相反相成之法则，是名功用。"② 他认为本体即实体，实体是变动不居、生生不竭的，从其变动与生生来说，是为实体的功用。

这种思维方式是中国传统文化最根本的认识方法，也就是"道体"与"器用"的问题。《易传》说："形而上者谓之道，形而下者谓之器"，"形而上者"的"道"就是本体，它的本质属性是"无"；"形而下者"就是万物、器用，它的存在形态就是"有"。老子认为"道"不可言说，无色无味、无形无状，但又无处不在，无时不在。道的本质是"无"，在万物的"有"得以显现出来，因此，有无相生。有和无的关系，就是道和万物、体和用的关系。道是本体，道的作用是主宰器。器的作用就是"载道"。可以这么说：器为载道之用，道为载器之主。器是用来载道的，实际上也是道存在的基本形式，"道"的存在形式都在万物之中，这就是常说的"大道寓于万物之中"。因此，道和器、体和用可以区分，但是不能分割，认识大道不能离开对器、万物的观察，认识事物的本体离不开对它的功用的考量。唐代崔憬在《周易探元》中说："凡天地万物，皆有形质，就形质之中，有体有用。体者，即形质也。用者，即形质上之妙用也。"③ 崔憬认为万物都有形质，形质中体用虽为二但具有同一性，体即是实际的形质，用即是形质

---

① 熊十力：《体用论》，《熊十力全集》第7卷，湖北教育出版社2001年版，第73页。
② 熊十力：《体用论》，《熊十力全集》第7卷，第35页。
③ （唐）崔憬：《周易探元》，清光绪十年（1884）楚南书局刻本。

所有的作用。清王夫之说:"天下之用,皆其有者也,吾从其用而知其体之有,岂待疑哉!"① 他明确地指出体与用不仅相互依存,而且体寓于用之中,可以从其用以知其体。

体用不二的思维方式对汉族传统文体论影响很大。汉族古代对文体的认识一般都是从功能上加以界定,体现出一种尚用的观念。汉族早期的诗论就已经清楚地表现出来。孔子在论及"诗"时说:"诗三百,一言以蔽之,曰思无邪。"② 孔子认为《诗经》中三百多首诗,用一句话来概括,就是思想不邪曲。从思想上说,"思无邪"就是要归于正诚,也就是说要"修辞立其诚",要求诗人有真性情,表现真性情,要符合孔子提倡的"仁"的标准,在客观效果上达到"乐而不淫,哀而不伤"③。这是从诗的社会属性界定诗的。孔子又说:"诗可以兴、可以观,可以群,可以怨。"④ 这句话是说诗可以用来培养审美、感兴、联想力,可以用来考察社会政治得失以提高观察力,可以用来培养人的合群性以便很好地与他人交流沟通,可以用来抒发内心怨愤并学习讽喻劝诫的方法。这些都是从诗的作用功能上来界定诗的,均没有直接从本体上去说明。

古代文论家对诗的本体性的认知总是和诗的功能作用联系在一起。《尚书·尧典》中记载尧的话说:"诗言志,歌永言,声依永,律和声。"这里讲诗的特性是因为诗有着重要的作用,是用诗来教育自己的家族子弟,培养他们理想的人格:"直而温,宽而栗,刚而无虐,简而无傲。"先秦时期各家论诗都不是为了专门说明诗的特性的,而是在强调诗的作用和功能时一并提出的。到汉代,人们对诗歌的本质特征的认识逐渐地明确化。《毛诗序》中情志并提,以志为主。情志统一说也是在强调诗歌为政教服务的社会作用时提出的。

---

① 王夫之:《周易外传》,中华书局1977年版,第37页。
② 刘宝楠:《论语正义》,中华书局1990年版。
③ 刘宝楠:《论语正义》。
④ 刘宝楠:《论语正义》。

由于"志"的丰富性和多义性，导致了后世诗论出现了"言志"和"缘情"两派。陆机的"缘情"说不同于传统从政教之用界定诗歌特性的"言志"说，但从诗歌功能看只是换了一个新的角度，"缘情"是一种新的"用"，即诗的作用就在于表现作者的"文情"，于是他把"缘情"与"绮靡"相联系。如陈良运所言："陆机的贡献不在于他以'绮靡'发挥曹丕之'丽'，更重要的是在于他第一次明确提出了'缘情'而'丽'。"又指出："终于从文体自身确认了主观情感与'丽'的美学联系，主观情感是'丽'的内在依据，'丽'是主观情感的外在表现。"① 诗歌是表达情感的，因此就要追求"绮靡"，这是一种新的文学之用，可见陆机的"缘情"说也是从功能作用上来界定诗歌特性的，不是为了探讨诗之为诗的根本属性。

汉族古代的文体论很发达，对文体的论述大都是从用出发，推定其体。如赋，刘熙《释名》说："赋，敷也，敷布其义谓之赋。"刘勰《文心雕龙·诠赋》云："赋者铺也，铺采摛文，体物写志。"这就是说赋的特点就是描摹外物形状，铺陈意义。他们都是从赋的特点和功用上去把握赋这种文体的本质。班固在《汉书·艺文志》云："传曰：'不歌而诵谓之赋，登高能赋，可以为大夫。'言感物造端，材知深美，可与图事，故可以为列大夫也。"这是从赋的目的和作用加以界定的。皇甫谧《三都赋序》云："然则赋也者，所以因物造端，敷弘体理，欲人不能加也。引而申之，故文必极美，触类而长之，故辞必尽丽。然则美丽之文，赋之作也。"这是从赋的颂美作用说明赋的文体特点。挚虞《文章流别论》云："赋者敷陈之称，古诗之流也。古之作诗者发乎情，止乎礼义。情之发，因辞以形之；礼义之旨，须事以明之。故有赋焉，所以假象尽辞，敷陈其志。"挚虞认为赋是诗的一个分支，就应该继承诗的讽喻功能，因而就要"假象尽辞，敷陈其志"。从以上的论述可以看出，汉族文体论在探讨研究文体特性时离不开其作用和功能，以文体的实际应用

---

① 陈良运：《中国诗学体系论》，中国社会科学出版社1992年版，第153页。

确立各类文体的规范，体现的是以用致体、体用为一的思维方法。

藏族文体论侧重于从文体的外在形式上解说辨析文体，其成因是多方面的，既有外部的影响，也有内部的深层原因。在这些因素中最为突出的是，藏族文学长期口耳相传的传播形式形成了人们对语言韵律节奏诸形式要素的高度重视，从而在文体论上也就特别重视文体的外在形式。

藏族文学整个发展轨迹包括口传文学和书面文学两大体系。如果以公元 7 世纪松赞干布时期藏文字的出现为分界线，那么，之前口传的藏族经历的 31 代国王都是在无文字中生活的，传说有近 8000 年。在这个漫长时期产生的神话、传说、史诗、民间传说、歌谣等都是以口耳相传的方式传承下来的。口传时代藏族文学的三大派别是苯波、仲和德乌。苯波就是苯教，是藏族的原始宗教信仰，它是古代藏族人对人生、社会、自然界认知的表达。苯是藏语古词，用现代的话来说就是重诵的意思。苯教文化开拓并形成了源远流长的藏族传统文化。德乌是对事物之间关系认识的象征性的表现方式，如隐语、谜语、谶语等。仲是古代藏民族讲述的祖先事迹，以及关于宇宙和人生的传说。这三者构成了早期藏族口传文学的基本样式。后来藏族受到中原文化的影响，同时受到以佛教为主的印度文化的影响，形成了以佛教文化为代表的作家书面文学和以史诗《格萨尔王传》为代表的民间口传文学。一千多年来，藏族文学在中印文化汇流与冲突中不断发展，立足本民族文化的土壤，大胆地消化和吸收了外来文化，再生出新的独具特色的新文学。

藏族文字发明的历史不算太长，书面文学创作的历史只有一千多年。关于藏族文字由来的记载，西藏历史文学著作《西藏王统记》对藏文的产生有这样一段描述："松赞干布要制定国法，由于藏地没有文字，于是派遣大臣吞米桑布扎带着黄金，到印度去学习文字。"吞米·桑布扎完成学业返回藏土，向松赞干布呈献文字新样并说：

> 吞米我呀是有大功之臣,
> 到印度的道路那样艰险,
> 身冒寒暑一路备尝辛苦。
> 找到贤哲婆罗门李敬,
> 恭恭敬敬向他行礼请求,
> 献上黄金财宝各种礼品。
> 他给我指教了种种文字,
> 消除了我心中层层疑虑。
> 印度文字有五十个字母,
> 我制定藏文字母仅三十。
> 学习它就会有智者聪慧,
> 所有功德都能立刻得到。①

吞米·桑布扎在印度拜阿黎拉日巴生格和婆罗门李敬为师,系统学习了梵文、声明学和佛教经典等知识。吞米·桑布扎学成返回吐蕃,参照梵文字母造出藏文字母,创制拼音文字,推广使用,后又几经修订,遂成今天的藏文。藏文究竟是谁创造的?在此姑且不论,但是从《西藏王统记》中的记述可以说明,藏文的发明是在7世纪,而且藏文的起源与印度梵文有着密不可分的渊源关系,它是在梵文的基础上创制而成的。藏文发明后,藏族作家才创作出了大量书面文字的文学作品,但是,藏族文学仍然较多地保留了传统口传文学的特征。

口传文学是口耳相传的民间文学,为了便于记诵和传播,必然会重视语言的音节韵律和结构,这也是符合世界上许多民族早期文学的实际状况的。口传文学的创作不同于书面文学。口传文学的传承主要有讲述、歌唱和诵唱三种形式。它是讲唱者在即兴讲唱时既高度依赖于传统的表达套路方式,又有一定创新自由度,介于创造与编排之间的一种状

---

① 索南坚赞:《西藏王统记》,刘立千译注,西藏人民出版社1987年版,第42页。

第四章 因用释体与以形为体:汉藏文学文体论

态;讲唱者的创作主要体现在对传统套式恰如其分的运用上。口头民间文学的散文故事、叙事诗等大都有人物、情节,长诗、短谣以及部分谚语、谜语,大都有一定的句式和韵律,小戏有故事情节与对唱形式等。这些不同体裁的口传文学都是很看重韵律、音节节奏和结构的。正如维柯所言:"各原始民族用英雄诗律来说话,这也是自然本性的必然结果。这里我们也应赞赏天意安排,在共同的书写文字还未发明之前,就安排好各族人民用诗律来说话,使他们的记忆借音步和节奏的帮助能较容易地把他们的家族和城市的历史保存下来。"[1] 人类早期用有韵律的语言来表达情感,交流思想。口传文学正是依据与人们声音关联的口耳,它才传播开来并传承下去。传播传递者只有运用好语言的韵律节奏,方可使接受者便于诵唱吟咏。传播传递者只有合理安排好语言的组织结构,方可使接受者便于记忆传承。因此,语言的韵律节奏和结构就是区分不同话语的标志,语言的运用就成为人们关注的重点。藏族口传文学有着久远的历史和传统,口传文学的特性决定了藏族文体论把语言的音节韵律和结构放在重要的位置,并以此作为文体研究的基本依据和出发点。

考察整个藏族文学发展的历史,我们可以清楚地看到,中原汉族文化和南亚印度文化都深刻地影响了她的成长。正如有的学者所指出:"纵观藏族文学的发展史,无论是文学的体裁,无论是文学的内容,无论是文学的篇章结构,无论是文学的写作技巧,总是在自己原有的基础上,不断地从汉族文学和其他民族文学以及古印度文学中学习一些新东西。"[2] 藏族文学受印度文学的影响较大。吐蕃时期,随着佛教的传入,大批印度文学的著作被译成藏文,这些翻译的印度古书,绝大多数都与宣传佛教有关。从印度传入西藏的这类文学作品被收录在藏文《大藏经》里。《大藏经》是在14世纪中叶编纂而成的。分《甘珠尔》和《丹珠尔》两部分。《甘珠尔》意为佛语部,即佛说的经典,包括显密

---

[1] 维柯:《新科学》,朱光潜译,人民文学出版社2008年版,第403页。
[2] 中央民族学院编著:《藏族文学史》,四川民族出版社1985年版,第17页。

经律，有 1108 种。《丹珠尔》意为论部，即佛教徒对佛经的注疏论著，包括经律的阐明和注释、密宗仪轨和五明杂著等，有 3461 种。在《丹珠尔》里有很多既有佛教思想又具文学趣味的佛经文学。从体裁上看有寓言、故事、叙事诗、格言诗、戏剧、历史传说等。佛经文学的传入，既宣传了印度的佛教思想，又给了藏族僧侣以很大启发，他们也纷纷效仿印度僧人的做法，利用浅显易懂的、生动有趣的故事形式，或者将民间原有的故事改头换面，掺入佛教的思想，用以讲述深奥、玄妙的佛教教义。藏族佛教僧人创作的这类文学作品非常多，这一现象构成了藏族文学的一大特点。从体裁上看，凡是印度佛经文学具备的表现形式，在藏族的这类文学作品中皆可找到。如寓言小说《莲苑歌舞》，书面故事《喻法宝聚》《甘丹格言注释》，格言诗《萨迦格言》《水树格言》《格丹格言》，戏剧《索白旺曲》《日琼巴》，历史文学《贤者喜宴》等。正是印度文学的影响，《诗镜》作为一部文学理论和诗歌修辞理论著作，经过了与藏族文学的融合改造，也成为藏族最重要的文学理论著作，并被许多作家奉为创作的圭臬。《诗镜》中把诗体分为"韵文体、散文体、混合体"三种形式，藏族学者诗人遵循这个规定，创作了大量论著、传记、宗教史、尺牍、道歌、格言和"鲁""谐"体民歌等作品。"诗镜"是从梵文意译的，藏文读作"年阿买隆"。"年阿"意为"雅语"或"美语"，既可用于修辞，又可用来作诗，以此为例所写的诗，被称为"年阿体"。14 世纪的蔡巴·贡噶多吉、宗喀巴及其弟子、17 世纪的五世达赖阿旺·罗桑嘉措等都是擅长用"年阿体"写诗的文人。

藏族文体论借鉴印度文体论的一个重要原因是，印度文化与藏族文化主要都是口传文化，具有一定的相似性。口传文化形成了印度文化重口传不重文字的特色。印度学者帕德玛·苏蒂说："往昔的印度是通过其祖先的口头传授知识的，因此这种方法被称作是印度的浮动文化。"[①]

[①] 帕德玛·苏蒂：《印度美学理论》，欧建平译，中国人民大学出版社 1992 年版，第 1 页。

由于印度文化长期处于口传的浮动状态,传播的主要形式是口耳相传,因此,印度文论就极其重视语言的音节韵律等问题,从而形成的文体论根据诗歌的音节和韵律辨识文体,把诗分为诗体、散体和诗散混合体三种文体,并以此为基础开展文体研究。藏族文体论借鉴吸收了印度文体论的传统,不是简单地生搬硬套,而是适应于藏族文学悠久的口传文学的文化土壤,批判地加以吸收,使之和藏族文学的传统相融合,形成了具有鲜明民族特色的藏族文体理论。如藏文的古体诗没有套用印度诗的格律,而是坚持本民族早有的颂体诗的格律,即每首诗分为四句,每句最常见的是七个或九个音节,只计节数,不计音量,长短音的位置也不固定,还允许句尾动作的停顿转移到下一个诗句。可见,藏文的古体诗比印度和汉文的格律要自由得多,在语言习惯上遵从藏语的语言规则,与藏族母语文化密切联系,彰显了藏族的文化特色。

如何看待汉藏文体理论的差异呢?实际上,从文体分类的层面看,世界各个民族文体分类的情况是五彩纷呈的,没有一个固定统一的标准。西方传统把语言艺术作品归并为三大类:叙事类、戏剧类、抒情类。这种观念早在古希腊思想家的论述中就已初具轮廓。柏拉图在《理想国》中借用苏格拉底的谈论做过论述,后来亚里士多德在《诗学》中又做了进一步的阐释。他说:"人们可用同一种媒介的不同表现形式摹仿同一个对象,既可凭叙述——或进入角色,此乃荷马的做法,或以本人的口吻讲述,不改变身份——也可以通过扮演,表现行动和活动中的每一个人物。"[①] 亚里士多德从媒介的不同表现形式上加以区分,抒情类作品是作者以自己的身份说话,叙述类作品是把作者叙述者的话语与出场人物的他人话语结合起来,戏剧类作品是作者的话语不出现,以主人公之间的话语相互交换构建作品。文艺复兴以后,西方的学者试图对三大类的划分加以论证,分别从文学的起源、语言学、心理学和作品表达的思想情感等层面论证三大类划分的合理性。因

[①] 亚里士多德:《诗学》,陈中梅译注,商务印书馆1996年版,第42页。

而，三分法在西方的文学理论中占有重要的权威地位。汉族的文体理论虽然对文体有多种多样的划分形式，有的从内容题材上分，有的从韵律形式上分，有的从时代上分，有的从风格上分，等等，但是，总体上看汉族的文体分类更多地是从功用上去划分的，这体现了汉族体用不二的传统思维方式。藏族文体分类依据的是外在形式，根据诗歌的音节和韵律把诗分为诗体、散体和诗散混合体三种文体。这种分类法自有其产生和存在的合理性，应该得到充分的肯定。文学的类型非常复杂，要清晰地区分自然是困难的，但从形式上去把握往往更能体现文学作品类型的特性。韦勒克说过："我们的类型概念应该倾向于形式主义一边，也就是说，倾向于把胡底柏拉斯式八音节或十四行体诗划为类型，而不是把政治小说或关于工厂工人的小说划为类型，因为我们谈的是'文学的'种类，而不是那些同样可以运用到非文学上的题材分类法。"[①] 当然，韦勒克也指出，文学的分类有两个依据：外在形式和内在形式。单单依靠外在形式是不够的，"关键性的问题是接着去找寻'另外一个'根据，以便从外在与内在两个方面确定文学类型"[②]。汉藏文体论各自有其产生的历史文化背景，不管是强调功能作用，还是重视外在形式，都值得我们去深入探讨。

---

① 韦勒克·沃伦：《文学理论》，刘向愚等译，文化艺术出版社2010年版，第268页。
② 韦勒克·沃伦：《文学理论》，刘向愚等译，第266页。

第五章 赋比兴与修饰(庄严):
汉藏文学表现方法论

作诗有法,但无定法。一般说来,文学创作包括了艺术体验、艺术构思和艺术传达三个过程。艺术传达就是指在前两者的基础上,创作者借助艺术语言并运用艺术方法和艺术技巧,将构思成熟的艺术形象转化为具体的艺术作品。当然,在创作过程中,这三个阶段不是截然清晰地分步完成的,而是常常交织在一起,融为一体。就艺术传达阶段来说,可以采用的表现方法和技巧是多种多样的。创作者运用这些方法技巧既遵从共同性的原则,又充分呈现出各自的差异性。在不同文化语境下,各个民族审美情趣不同,他们各自关注的艺术传达的层面和重点就不一样。汉族传统文论提倡的主要文学表现方法是赋、比、兴,藏族文论重视的主要文学表现方法是修饰(庄严)。

第一节 赋比兴

赋、比、兴是汉代学者在研究《诗经》时总结出的三种主要表现手法,也是对古代诗歌表现方法的总结归纳。这种说法最早的来历,载于《周礼·春官》:"大师……教六诗:曰风,曰赋,曰比,曰兴,曰雅,曰颂;以六德为之本,以六律为之音";而"瞽矇掌《九德》、六诗之歌,以役大师"。这里的"赋比兴"应该是和"风雅颂"相并列的几种"诗"的类型，也就是说是一种诗歌的题材。后来，《毛诗序》又将"六诗"称为"六义"："故诗有六义焉：一曰风、二曰赋、三曰比、四曰兴、五曰雅、六曰颂。"唐代孔颖达在《毛诗正义》中做过这样的解释，说："风，雅，颂者，《诗》篇之异体；赋、比、兴者，《诗》文之异辞耳。赋、比、兴是《诗》之所用，风、雅、颂是《诗》之成形。用彼三事，成此三事，是故同称为义。"① 从有关资料看，孔颖达把赋比兴解释为作诗的艺术表现手法是合理的。赋就是铺陈直叙，即把人的思想感情及其有关的事物平铺直叙地表达出来。赋的方法是将与内容紧密关联的景观物象、事态现象、人物形象、性格行为和思想情感，细致而全面地叙述描写出来。赋是最基本的表现手法，赋中往往也会融入比兴，或者起兴后再用赋。赋这种文体，尤其是富丽华美的汉大赋，广泛地采用赋的写作手法，成为一种文体标志。比就是以彼物比此物。即诗人借生动具体、鲜明的事物做类比表达思想和情感，以引起人们的联想和想象。兴，即先言他物以引起所咏之词。兴分为两种：直接起兴和兴中含比（兴而比）。兴的运用有篇头起兴和兴起兴结两种形式。用兴的手法是为了激发读者的审美情趣，增强诗的幽远意味。

"赋、比、兴"之说提出后，从汉代开始历代都有许多学者对此加以解说论述。汉代郑众和郑玄解释的"赋、比、兴"对后世的影响较大。郑众说："比者，比方于物……兴者，托事于物。"② 他认为"比"是以一物来比另一物的比喻手法，而"兴"的最初含义是"起也"，也就是托物寄意的一种手法。这种解释比较准确地揭示了"比兴"是一种艺术思维和表现手法的特点。而郑玄的解释则不同，他认为："赋之言铺，直铺陈今之政教善恶。比，见今之失，不敢斥言，取比类以言之。兴，见今之美，嫌于媚谀，取善事以喻劝之，以为后世法。"③ 可见，郑玄解释"赋、比、兴"是与美刺讽谏、政治教化联系起来，他

---

① 《十三经注疏》（上）《毛诗正义》，上海古籍出版社1997年版。
② 《十三经注疏》（上）《毛诗正义》。
③ 《十三经注疏》（上）《毛诗正义》。

以诗对政治教化不同的作用作为依据。赋是或褒或贬为政的善恶，比是委婉讽喻为政的过失，兴是含蓄地歌颂善政。他完全是从政治角度出发，把一定的表现手法看作某一特定文体的特征。郑众和郑玄两家的说法影响了后世对"赋、比、兴"的理解，或从表现手法去解释，或从政教功用去解释。

到了魏晋南北朝时期，解说"赋、比、兴"的主要人物有挚虞、刘勰和钟嵘。挚虞沿用了郑众的观点，说："赋者，敷陈之称也；比者，喻类之言也；兴者，有感之辞也。"① 就是说"赋"的表现手法是直接描写事物，叙述事件，其特点是注重文辞之美，极力排比铺陈。这种方法在汉赋的创作实践中得到了广泛的运用和发展，以致形成一种独特的文体。刘勰在《文心雕龙·诠赋》中也指出："赋者，铺也，体物写志也。"这就明确说明汉赋就是主要采用"赋"的手法写成的，这种写作手法就是铺陈描写物象。他对"比兴"的论述，继承的是郑众的说法，并向前发展了一步，说："比者，附也；兴者，起也。附理者切类以指事，起情者依微以拟议。起情故兴体以立，附理故比例以生。"② 这就是说，比就是比附，兴就是起兴。比附事理就要用打比方，托物起兴就是依照隐微的事物来寄托情意。触物生情就有了"兴"的手法，比附事理就要用"比"的手法。他又认为"比"的要求是"写物以附意，飏言以切事"。他强调比喻是用事物表达情意，应该明白而确切地说。这就较为准确地指出了"比兴"是艺术思维，也是表现手法。之后，钟嵘在《诗品序》中对"赋、比、兴"的论述又有了更多的新内涵。他说："故诗有三义焉，一曰兴，二曰比，三曰赋。文已尽而意有余，兴也；因物喻志，比也；直书其事，寓言写物，赋也。宏斯三义，酌而用之，干之以风力，润之以丹彩，使味之者无极，闻之者动心，是诗之至也。"③ 钟嵘强调"兴"的特点是"文已尽而意有余"，就是有诗味

---

① 欧阳询：《艺文类聚》卷56，汪绍楹校注，上海古籍出版社1998年版。
② 周振甫：《文心雕龙译注》，中华书局1986年版。
③ 郭绍虞：《中国历代文论选》（1），上海古籍出版社2001年版。

或"滋味"。这明显与之前把"兴"当作表现方法的说法不同,他把诗文的美感当作"兴"的特征。钟嵘还特别指出"赋、比、兴"这"三义"各有所长,要综合地加以运用,不能只单独重视其中一个。

唐代评论家对"赋、比、兴"通常更多地强调"比兴",在论述中又增添了新的内容。他们不仅仅把"赋、比、兴"看作表现手法,而是赋予了美刺讽喻的内容要求,这是对郑玄说法的继承。如陈子昂批评齐梁诗风"采丽竞繁,而兴寄都绝"①,这里所说的"兴寄",是从"比兴"发展而来的。陈子昂又说:"夫诗可以比兴也,不言曷著?"②殷璠在批评齐梁诗风时说:"理则不足,言常有余,都无比兴,但贵轻艳。"③ 他所说的"比兴",也就是"兴寄"的另一种说法而已。柳冕说得更明确:"逮德下衰,风雅不作,形似艳丽之文兴,而雅颂比兴之义废。"柳宗元也说:"作于圣,故曰经;述于才,故曰文。文有二道:辞令褒贬,本乎著述者也;导扬讽喻,本乎比兴者也。"④ 这是说褒扬和讽刺的本源就是比喻和起兴。可见,唐人论"比兴",大都是从美刺讽喻着眼的。他们标举"兴寄"或"比兴",就是强调诗歌要有社会内容,要发挥社会作用。

宋代学者对"赋、比、兴"做了比较深入的研究。特别值得注意的是李仲蒙和朱熹。胡寅《斐然集》卷一八《致李叔易书》载李仲蒙语:"叙物以言情谓之赋,情物尽者也;索物以托情谓之比,情附物者也;触物以起情谓之兴,物动情者也。"⑤ 钱锺书对此说评价颇高,说道:"……李仲蒙语:'索物以托情,谓之比;触物以起情,谓之兴;叙物以言情,谓之赋。'颇具胜义。"⑥ 李仲蒙对"赋、比、兴"的解说,都和"情"联系起来。赋"叙物"是为了"言情",真切生动地描

---

① 陈子昂:《陈伯玉文集·与东方左史虬修竹篇序》,据四部丛刊本。
② 陈子昂:《陈伯玉文集卷七·嘉马参军相遇醉歌序》,据四部丛刊本。
③ 殷璠:《河岳英灵集》,上海古籍出版社1978年版。
④ 柳宗元:《唐柳先生文集·杨评事文集后序》,据四部丛刊本。
⑤ 胡寅撰,容肇祖点校:《崇正辩斐然集》,中华书局1993年版。
⑥ 钱锺书:《管锥编》第1册,中华书局1986年版。

写物象，以便把情感淋漓尽致地表现出来。比是作者为了寄托某种情怀，着意寻找特定的物象打比方，使情感表达更加委婉、更加形象、更加生动、更加突出。兴是作者目遇身边的外物，不期然而然地激起某种情思。显然，李仲蒙对"赋、比、兴"的解说阐释，与以前相比，增添了新的内容。而朱熹《诗集传》中的解释更为大家所熟知，他说："赋者，敷陈其事而直言之者也"；"比者，以彼物比此物也"；"兴者，先言他物以引起所咏之词也"。朱熹虽然比较准确地说明了"赋、比、兴"作为表现手法的基本特征，但与李仲蒙的说法相比，他没有对文学创作发生机制做解释，还是略显遗憾。

明清时期关于"赋、比、兴"的研究，又有了进一步的拓展。明代前七子的代表人物李梦阳虽然提倡复古，但是他还是强调比兴，认为写诗要有真情实感。他指出真诗乃在民间，"比兴"出自真情，主张正统诗文应该向民歌学习。清代的王夫之认为"比兴"的运用应当自然浑成，不要刻意雕琢。"比兴"关乎情和景，情和景虽有"在心"和"在物"之分，但作为诗歌意象的构成要素，就好像琥珀经过摩擦吸引草芥子一样是密不可分的。景生情，情生景，哀乐之感触，兴衰之遭际，"互藏其宅"，原是蕴藉一体的。因此，审美意象中的情景交融，就是内在情意与外在物象的自然应合。王夫之把"比兴"和艺术描写中的情与景结合起来讨论是很有见地的。

"赋、比、兴"是汉族文学实践长期研究和探讨总结出的艺术表现方法。整体上看，它呈现如下特点：

其一，和政治教化内容密切关联。汉代郑玄的"比刺兴美"说就是汉儒经学的一种解释，总是和政治教化内容密切联系。郑玄用政教美刺去牵强附会地解释"比兴"的本义和《诗经》的篇章。《毛传》《郑笺》中对于《诗经》的解释，常常离开诗歌所表达的情感和所描绘的形象去寻求有关君臣父子的"微言大义"，如把《关雎》说成表现"后妃悦乐君子之德"等。这种经学家的政治解释方法，在古代产生了很大的影响。刘勰《文心雕龙·比兴》也说："诗刺道丧，故兴义销亡。"

"关雎有别，故后妃方德；尸鸠贞一，故夫人象义。"说的是关雎鸟有雌雄之别，以此来比喻后妃明白坚守妇道。诗人用来表现夫人专一用心的美德。钟嵘《诗品》中说"兴托不奇""托谕清远"等也是这个意思。这种读诗的方法明显地是继承郑玄的政治解释方法。唐代孔颖达发展了郑玄的见解，并且进一步解释说："'赋'云'铺陈今之政教善恶'，其言通正、变，兼美、刺也。'比'云'见今之失，取比类以言之'，谓刺诗之比也。'兴'云'见今之美，取善事以劝之'，谓美诗之兴也。其实美刺俱有比、兴者也。……'赋'者，直陈其事，无所避讳，故得失俱言。'比'者，比托于物，不敢正言，似有所畏惧，故云'见今之失，取比类以言之'。'兴'者，兴起志意赞扬之辞，故云'见今之美以喻劝之'。"① 在郑玄的基础上，孔颖达指出郑玄的比就是刺、兴就是美说法的不足，特别强调"美刺俱有比兴"，并进一步将"赋比兴"和政治教化结合起来。

清代孙诒让在解说赋比兴时也继承了郑玄这种政治教化说法，并列举一系列材料加以佐证。他说："云'赋之言铺，直铺陈今之政教善恶'者，《楚辞·悲回风》王（逸）注云：'赋，铺也。'铺陈今之政教，对风说圣贤治道之遗化，为陈古事也。《释名·释典艺》云：'敷布其义，谓之赋。'《毛诗指说》云：'赋者敷也，指事而陈布之也。'义并略同。云'比见今之失，不敢斥言，取比类以言之'者，《鬼谷子·反应篇》云：'比者，比其辞也。'陶弘景注云：'比谓比类也。'《释名·释典艺》云：'事类相似谓之比。'《毛诗指说》云：'物类相从，善恶殊态，以恶类恶，谓之为比。墙有茨，比方是子者也。'云'兴见今之美，嫌于媚谀，取善事以喻劝之'者，《毛诗指说》云：'以美喻比，谓之为兴，叹咏尽韵，善之深也。听关雎声和，知后妃能谐和众妾，在河洲之阔远，喻门壶之幽深；鸳鸯于飞，陈万化所得，此之类

---

① 郑玄笺，孔颖达正义：《十三经注疏·毛诗正义》，上海古籍出版社2007年版。

也.'"① 孙诒让列举了《楚辞·悲回风》王注、《释名·释典艺》《毛诗指说》来佐证郑玄关于"赋"的解说；列举了《鬼谷子·反应篇》陶弘景注、《释名·释典艺》《毛诗指说》来佐证关于"比"的解说；列举了《毛诗指说》来佐证关于"兴"的解说。

这种从政治教化的角度去解说赋比兴的方法，明显地带有意识形态的观念，以政治遮蔽了文学自身的特性。文学固然与政治关系密切，但文学有自身的独立性，一味从政治出发去理解文学，尤其是去解说文学的表现方法，自然会产生令人难以接受的偏颇和荒谬之论。当然，我们也看到古人似乎想从一个更高的思维方式的层面去理解文学的表现手法，而不是只把它们当作一种写作方法。

其二，从情意与形象的关系解说。"赋比兴"是诗歌的三种表现方式，实质上就是诗歌中情意与形象之间如何很好地结合的三种不同的情形。历代评论家都有从这个角度去论述的。南北朝钟嵘《诗品序》云："文已尽而意有余，兴也；因物喻志，比也；直书其事，寓言写物，赋也。"唐皎然《诗议》云："赋者，布也。匠事布文，以写情也。""比者，全取外象以兴之，西北有浮云之类是也。""兴者，立象于前，后以人事谕之，《关雎》之类是也。"唐王昌龄《诗格》云："赋者，错杂万物，谓之赋也。""比者，直比其身，如'关关雎鸠'之类是也。""兴者，指物及比其身说之为兴，盖托谕谓之兴也"。宋人李仲蒙的解说最为清楚，他分别从"叙物""索物""触物"的角度来解释"赋、比、兴"。在他看来，"赋"的特点是"情物尽也"；"比"的特点是"情附物者也"；"兴"的特点是"物动情者也"。李仲蒙对"赋、比、兴"的论述，都归结到"情"上面，显然，这种解说更符合文学的审美特征。

叶嘉莹先生对此总结得很到位，她认为，"赋"就是铺陈的意思，是对要叙写的事物直接叙述的一种表达方法；"比"就是拟喻的意思，

---

① 孙诒让：《周礼正义》卷45，中华书局2016年版。

是对要叙写的事物借用另一事物来叙述的一种表达方法;"兴"就是感发兴起的意思,是先对触发情感的一个事物叙述而引出所主要叙写的事物的一种表达方法。所以,"赋比兴"就是三种表现手法,它们通过不同呈现而叙述的三种形象,就对应着三种不同的情感。"赋比兴"实质上是"意"和"象"之间的不同关系的概括,因此它们就是三种构造"意象"的具体手法。叶嘉莹从"心"与"物"的关系,也就是从情意与形象的关系来解说赋比兴,她认为"赋"的特点是"即物即心","比"的特点是"心在物先","兴"的特点是"物在心先"。因此可以说,汉族传统的"赋比兴"论的确是文艺理论史上的一项重大的贡献。叶朗先生对此评价是:赋比兴"实际上也就是在审美领域把《易传》提出的'立象以尽意'这个命题加以进一步展开。'立象以尽意',仅仅是把'象'和'意'联系在一起,而'赋''比''兴'这组范畴则涉及诗歌艺术中,'意'和'象'之间以何种方式互相引发,并互相结合成统一的审美意象,而这种审美意象又以何种方式感发读者。也就是说,它们涉及审美意象产生的方式与结构的特点。'赋''比''兴'这组范畴对于'立象以尽意'这个命题来说,是一个重大发展,因为它在理论上深入了一个层次。"①

其三,把修辞技法和思想情感结合解说。如果只是以修辞手段、写作方法来看待"赋比兴",那就只是三种不同等级的修辞手段。但是古代的文论家往往不是单纯地讲修辞,而是以修辞手段、写作方法为起点,和思想情感联系起来。晋挚虞在《文章流别论》中论及"六义"时,论及赋比兴时说:"赋者,敷陈之称也;比者,喻类之言也;兴者,有感之辞也。"这是从修辞技巧解说的,但是我们不能忽略了他在下文对"赋"的论述:"赋者,敷陈之称,古诗之流也。"他明确地指出"赋"是"诗"派生出来的,因此都要强调感发情性、"敷陈其志"。可见,挚虞并不仅仅把"赋"看作一种单纯的修辞手段。刘勰也没有把

---

① 叶朗:《中国美学史大纲》,上海人民出版社1985年版,第89页。

"赋"完全纳入修辞的层次，而是从心物的关系上来把握"赋"的艺术特点。刘勰在《文心雕龙·诠赋》中说得非常明白，"赋"不仅仅是"铺采摛文"，而且也要"体物写志"。所谓"体物写志"，与叶嘉莹先生所说的"即物即心"意思是完全一致的。那么，如何能达到"体物写志"呢？刘勰认为要"睹物兴情"，就是说创作主体在受到外在事物的感发触动后，就会产生出一定的思想感情，激发起创作的冲动。同时还要"物以情观"，就是说外在事物要经过创作主体的情化、心化的处理后才能得以表现。可见，刘勰认为"赋"绝不是简单的"铺采摛文"的一般修辞技巧。

宋代朱熹在《诗集传》中解释"赋比兴"说："赋者，敷陈其事而直言之者也"；"比者，以彼物比此物也"；"兴者，先言他物以引起所咏之词也"。又说："赋者，直陈其事；比者，以彼状此；兴者，托物兴词。"又说："比者，但比之以他物，而不说其事如何；兴，则引物以发其意，而终说破其事也。"朱熹对"赋比兴"的解释常常会引起人们的误解，有人认为这只是一个修辞技法的定义，实际上我们观察朱熹在《诗集传》中"分章系以赋比兴之名"共标示诗1141章，以及《诗集传序》中关于诗的论述，就可以看出，他所谓的赋比兴的定义绝不仅仅是一个修辞技法的问题，而是对诗的整章语脉的解读。他所言的"比"，"比之以他物，而不说其事如何"就是我们现在所说的诗歌就是隐喻；他所言的"兴，则引物以发其意，而终说破其事"就是说诗歌借物象以表达思想情感，而终不直接说出来。他的解诗有新见，但还是承继了汉代经学家的旧说，立足思想情感的角度去解说赋比兴的。可以说，是把修辞技法和思想情感结合去解说。总之，"赋、比、兴"是汉族在长期的文学实践中总结出的艺术表现方法。这些表现方法在文学创作中不断地得到运用和提高，因而在理论上人们对"赋、比、兴"的艺术思维和表现方法的认识也日趋深刻和完善，这大大丰富了中国古代的文学理论，成为富有民族特色的艺术表现方法。

第二节 修饰(庄严)

藏族文论有着悠久丰厚的历史传统。尽管藏族诗学理论形态是在印度诗学著作《诗镜》传入后不断发展起来的，但是我们更应该注意的是，藏族诗学是藏族人民自己创立的诗学，而不是一味模仿复制的诗学。据史书记载，早在公元7世纪初的松赞干布时期，藏文的创造者吞米·桑布扎就根据藏文的特点向松赞干布献上两首赞颂的诗歌，两首偈颂体诗歌有许多辞格的运用，尤其是难作体的修辞法。还有在《敦煌本藏文文献》中南日松赞王的传记里，记载了两位大臣琼保绷赛苏栽和芒保杰享囊和国王对歌的歌词，诗歌大量运用否定修饰法、比喻修饰法和暗示修饰法等修辞格。另外，在藏族民歌中运用诗学修辞格的现象比比皆是，广泛运用拟人修辞法、形象化修辞法、比喻修辞法、浪漫修辞法、暗示修辞法、类聚修辞法等多种修辞法。这说明在《诗镜》传入前，藏族就有自己民族的潜诗学，他们在文学实践活动中总结出了一套文学表现的方法，从而也体现出他们的文学思想和美学追求。

藏族文学表现方法论主要讲的是文学语言的锤炼和美化，藏族学者通常把这些修辞称为"修饰"，也称为庄严，这是藏族诗学的主要内容。工珠·云丹嘉措说："正如《诗镜》讲：ّ美化诗的诸手段，就被称为修饰。'这如同在人身上戴上项链和肩饰等使其美一样，在诗的体上也加上一些有意义的修饰使其美化。这些有意义的修饰词语就称为'饰'。"[①] 藏族学者很看重善用修辞、文辞华美的作品，鄙视那些缺乏修辞、文辞直白的作品。藏族诗学的主要内容讲的就是语言修饰问题。

藏族诗学既不同于我们现在一般所说的诗学，也不完全同于印度的古典诗学。我们现在一般所说的诗学概念更多的是来源西方。亚里士多德在《诗学》中所说的诗不是狭义的诗歌，而是包括了史诗、悲剧、

---

① 彭书麟等：《中国少数民族文艺理论集成》，北京大学出版社2005年版，第210页。

喜剧以及即兴的故事演唱等多种类型的文学作品。他不是就作品只谈技艺问题，而是提出和分析了许多重要的理论问题。诗学的概念基本上等同于我们所说的文学理论或文艺理论。不过，诗学还有两层含义：一个是更为微观的含义，指的是对诗歌的写作技巧的研究。在欧洲中世纪就曾把诗学限定在修辞学范围，诗学主要讨论词语的搭配、节奏、韵律等问题。我国古代汉族文论没有"诗学"这个概念，所说的"诗学"曾经指的是研究《诗经》的学问，不过现当代的学者也有把研究诗歌技巧的学问称为诗学的。另一个是更加宏观的含义，指的是人类对精神家园的寻求，是诗意的、诗化的哲学。海德格尔说过："诗是对存在和万物之本质的创建性的命名。"[1] 在这个意义上讲诗学，其实指的是探讨人诗意栖居的哲学。

印度古典诗学所说的"诗"是文学的通称，包括了戏剧、叙事诗、抒情诗、小诗等。戏剧在印度古代相当发达，它的主体形式是诗，实际上就是诗剧。诗又有大小之分，大诗一般都题材重大，篇幅浩繁，取材于史诗、往世书。小诗是对伟大人物或特殊人物生平事迹中的一件或几件事记述的韵文。"诗学"在印度有多个词语表述，主要有"创作的法典""诗学问""文学学问""文学学"等[2]。公元前后出现的《舞论》标志着印度诗学发展的高度。这是一部诗体著作，用梵文写成，共分为37章。书中主要论述戏剧的理论和实践，提出"味"是诗的灵魂。但在9世纪"韵"论出现后，"韵"被认为是诗的更重要的因素，"味"论则降为文艺理论中的派别。古代印度有着发达的语言学，诗学的诞生和发展借助于语言学取得了很大的成就，公元7世纪开始，庄严论的大批著作诞生。庄严论就是探讨诗的形体和文辞修饰的理论。这类代表性著作有婆摩诃的《诗庄严论》、檀丁的《诗镜》、伐摩那的《诗庄严经》、优婆托《摄庄严论》、楼陀罗咤《诗庄严论》等。这些理论总结了当时的文

---

[1] 海德格尔：《荷尔德林和诗的本质》，孙周兴译，商务印书馆2002年版，第46—47页。
[2] 郁龙余：《中国印度诗学比较》，昆仑出版社2006年版，第27—28页。

学技巧，并认识到诗歌语言和日常语言的区别，确立了文学的独立性。庄严论与风格论、味论和韵论共同构成了印度文论体系。

印度诗学是一个包括味论、庄严论、风格论和韵论的庞大体系，庄严论是其中具有基础意义的一个重要部分。著名的学者黄保生这样评价庄严，他说："庄严论作为最早出现的梵语诗学体系，在自觉地探索文学的特性和语言艺术的奥秘方面起了先驱作用。庄严派对庄严和诗病做了深入细致的分析。与庄严论同时发展的风格论以及后来的味论和韵论都吸收了这方面的成果。"[①] 藏族诗学在接受印度诗学时主要借鉴和吸收了庄严论，重点讨论诗的形体、意义修饰和字音修饰。《诗镜》传入西藏后，藏族学者不断注解阐释，并以此作为理论范式展开论述，在此基础上建立了自己民族的诗学。藏族诗学有着广泛的用途，不仅应用在文学创作活动中，也会应用在日常生活的话题讨论、谈经论道、传经授业、辩驳争论、讽刺嘲笑等诸多方面。藏族的诗学是作为藏族传统文化大五明中语言学的一个分支，属于语言学的一个范畴。大五明的语言学各个分支就称为小五明，包括诗学、辞藻学、韵律学、戏剧学和星象学。语言学是藏族极其看重的学科，藏族非常重视语言的锤炼和美化，多种修辞格的运用就是为了达到语言的美化，追求美的艺术形式。

藏族诗学是一个以修辞学为主体的宏大的体系，内容极其繁复和庞杂。藏族诗学强调不论是写散文体、韵文体或是韵散混合体的著作，都应特别注意不能违背诗学的要求，不论运用何种表现方法，都要根据词语的特性正确地使用和表达。要抛弃那些不堪入耳的、混乱模糊的词语，要运用精炼紧凑的词语，注意前后的妥帖搭配，还要运用因明学的宗、因、喻等推理方法层层展开，这样才是产生优美词汇的正确方法。藏族诗学的修饰就是诗学的辞格修饰法。在辞格修饰法方面，依据印度诗学分为南方派学者和东方派学者各自主张的非共同修饰法和

[①] 黄宝生：《印度古典诗学》，北京大学出版社2000年版，第292—293页。

共同修饰法两种①。

《诗镜》第一章中讲的以字音为主的共同修饰法共 10 种，其中除对个别的修饰法观点相同外，南、东两派对其修饰法的观点多数是不同或相反的，称为"南、东方非共同修饰法"。《诗镜》第二章和第三章中讲的是以意义为主的修饰法，因双方对其认识基点相同、观点一致，称为"南、东方共同修饰法"。

《诗镜》第一章所说的 10 种非共同修饰法是：1. 双关修饰法；2. 极明修饰法；3. 平等修饰法；4. 悦耳修饰法；5. 极柔修饰法；6. 义明修饰法；7. 宏壮修饰法；8. 显赫修饰法；9. 美妙修饰法；10. 等持修饰法。这 10 种修饰法各自具体的内容如下：

1. 双关修饰法。南方派诗学家认为诗句中多为轻唇音字，亦可混杂少部分重唇音字的修饰法则谓双关修饰法。而东方派则认为诗句中根本不用重唇音字而只用轻唇音字，同时这些轻唇音字都是字形相同、反复连续出现的文字所构成的修饰法。

2. 极明修饰法。南方派认为，诗歌所描写的内容和用词两者均为世人皆知，而且描写得通俗易懂，这样的修饰法叫作极明修饰法。东方派则认为，诗歌中所表达的该事物、内容，即使人们以前都不知道，若以解释性的词语给予解释说明，人们就会明白此事物、内容的修饰法，才叫极明修饰法。

3. 平等修饰法。南方派认为，任何一首诗中的用字轻唇音字母和重唇音字母对等，没有谁多谁少的区别，或者要么纯用轻唇音字母就是轻唇音字母平等，要么纯用重唇音字母就是重唇音字母平等，或者使用轻、重两种唇音字母，就是两种混合字母平等，这样就叫平等修饰法。东方派则认为，一首诗歌（四行）中的前两行是轻唇音字母，后两行是重唇音字母，构成前后不平等，或者一首四行诗中，一行是重唇音字

---

① 以下关于修饰部分内容主要参考才旦夏茸《诗学概论》，贺文宣译，《西北民族大学学报》（哲学社会科学版）2012 年第 9 期。

母,其余三行用的是轻唇音字母构成的不平等形式,才叫平等修饰法。

4. 悦耳修饰法。南方派认为,诗歌中的诗行或词语中的文字、发音部位和上下加字等的所有读音相同,具有其可听性的修饰法谓之悦耳修饰法。东方派则认为不仅上述三种情况(即文字、发音部位和上下加字)相同,而且这三种相同的文字、发音部位和上下加字等都应是相连出现的,这样的修饰法才叫悦耳修饰法。

5. 极柔修饰法。南方派认为,诗歌中使用的轻唇音文字成分多,读起来能轻巧地脱口而出的修饰法谓之极柔修饰法。东方派则认为,除此之外,重唇音文字的数量也多,读起来比较费力的修饰法才叫极柔修饰法。

6. 义明修饰法。南方派和东方派都认为,不论所讲是何内容,人们一听其能诠之词,凭借该词的读音或内容就不需要认真分析马上就能理解所诠事物的修饰法叫义明修饰法。

7. 宏壮修饰法。只要讲出诗歌中一些赞许之词,就能间接了解到此事物具有优于其他事物的特点的修饰法叫作宏壮修饰法,这是南方派和东方派共同认可的一种修饰法。

8. 显扬修饰法。南方派认为诗句中轻唇音字和重唇音字对等,主动格和属格等关联词语省略得多显得文字简练者,谓之显扬修饰法。而东方派则认为诗句中关联词语须多省略这一点与南方派观点相同,但是,轻唇音字和重唇音字并不要求对等者则谓显扬修饰法。

9. 美丽修饰法。南方派认为诗中所讲内容是人人喜闻的,讲述也毫不夸大合乎实情的修饰法谓之美丽修饰法。而东方派则认为夸大其词、尽情渲染超越实际的夸张修饰法谓之美丽修饰法。

10. 等持修饰法。诗歌中描写时将其他事物的某一特点原原本本地运用在亦具有此特点的另一假设物上的一种修饰法叫作等持修饰法,这是南方派和东方派共同认可的又一种修饰法。

共同修饰法讲的是以意义为主的修饰法,又分为意义修饰法、字音修饰法和隐语修饰法三种。由于内容繁多,这里不再一一详细介绍,仅列举主要条目。

意义修饰法。分为35种：（1）直接本性修饰法；（2）比喻修饰法；（3）形象化修饰法；（4）点睛修饰法；（5）反复修饰法；（6）否定修饰法；（7）叙因修饰法；（8）翻案修饰法；（9）存在修饰法；（10）暗示修饰法；（11）夸饰修饰法；（12）浪漫修饰法；（13）因由修饰法；（14）隐微修饰法；（15）片面修饰法；（16）依次修饰法；（17）喜悦修饰法；（18）表情修饰法；（19）威武修饰法；（20）托词修饰法；（21）良缘修饰法；（22）恢宏修饰法；（23）矫饰修饰法；（24）双关修饰法；（25）特写修饰法；（26）类聚修饰法；（27）矛盾修饰法；（28）非宜赞扬修饰法；（29）隐赞修饰法；（30）树标修饰法；（31）并具修饰法；（32）互换修饰法；（33）祈愿修饰法；（34）混合修饰法；（35）己意修饰法。

字音修饰法。分为3种：词语重叠之叠字修饰法、特殊难作体修饰法和固定元音等难作体修饰法。

隐语修饰法。分为16种：（1）断句隐语修饰法；（2）两可隐语修饰法；（3）无序隐语修饰法；（4）嬗替隐语修饰法；（5）同形隐语修饰法；（6）艰涩隐语修饰法；（7）数字隐语修饰法；（8）穿凿隐语修饰法；（9）兼名隐语修饰法；（10）藏名隐语修饰法；（11）同名隐语修饰法；（12）迷惑隐语修饰法；（13）顶针隐语修饰法；（14）单避隐语修饰法；（15）双避隐语修饰法；（16）混杂隐语修饰法。

除了以上多种修饰方法外，藏族诗学理论还提出写诗时诗人必须抛弃的弊过，也就是诗病。共有10种：1.语义含混过；2.语义相违过；3.语义单一过；4.语义犹疑过；5.语序混乱过；6.字音乖谬过；7.句读失当过；8.音节不齐过；9.关联错乱过；10.六项相违过。这10种诗病的具体内容如下：

1.语义含混过。描写任何一个事物时使用词语虽然很多，但在前后内容若互无关联者就叫语义含混过。

2.语义相违过。诗歌中词语出现前后内容互相矛盾者叫作语义相违过。但是若对夸饰修饰法和矛盾修饰法精通的话，即或表面看来也有这种现象，因为那是那两种辞格的特殊要求，所以也就不会构成语义矛盾的弊过，属特殊例。

3. 语义单一过。并非必要而属多余的词语和内容，或是前面已讲过后面再讲的就是语义同一过。但是，像在喜悦修饰法和表情修饰法等辞格中，若出现这种情况，由于这是该辞格性质的要求，那就不算诗歌的弊过了，属特殊例。

4. 语义犹疑过。能诠之词所表实际内容不仅没有决疑，反而还会产生怀疑的病句具有语义犹疑过。但在表示喻体喻依相同的类聚修饰法和浪漫修饰法中，即或用有疑虑性的词语，那属该修辞格的自身要求，就不属于语义犹疑过了，这属特殊情况。

5. 语序混乱过。诗歌中若按总说的语序那样在详论中就没有按原语序那样准确地表述时，就成了语序混乱过。但因特殊需要时用不同的说法予以说明者，在总说和详论二者中的语序即或不同，亦不能算是语序混乱过了。

6. 字音乖谬过。诗歌中出现任何一个能诠之实词、语法虚词等不符合正字法、藏语语法三十颂和添性所规定的用法和表义规律的都属字音乖谬过。但因特殊需要有时出现语法虚词等却使用了其他用法，这种情况却不属于字音乖谬之弊过了。

7. 句读失当过。在偈颂体诗歌中的句读，诗行前后须要停顿的地方不作停顿却前后相连，而不该停顿的地方譬如在一个实词中间，或实词与虚词中间却予以停顿的都属句读失当过。但在动词和能作者事之间即或停顿把句子断开也不算是句读失当过，属特殊例。

8. 音节不齐过。按藏族诗学理论的要求偈颂体诗属于绝句，在每首四行每行的音节数必须是一样多的，若是有多或有少，都会损害诗的韵律，是这种诗体的一大弊过，故称损诗律过，或称音节不齐过。因属写诗大忌，所以没有能允许的特殊诗例。

9. 关联错乱过。若按梵文的特点，在任何诗句中词的关联、声母的关联、韵母的关联、体的关联和格的关联五种应关联的关系，在没有其他原因而未能关联者是谓关联错乱过。若按藏文的特点，在诗句之内除判位词以外的虚词的使用若不符合藏语语法学、正字学要求的亦属关联错乱过。此过也是撰写诗歌中应该避免的一大弊过，故无特殊可言。

10. 六项相违过。这种诗病包括了6种情况：

第一种，与境相违过。诗歌中描写的山岳、森林等外境事物并非客观外界的真实情景，而属作者随心臆造者谓之与境相违过。但在诗中表明了由于某种特殊作用，或在某种条件或环境下的此种外境却不属与境相违过。

第二种，与时相违过。诗歌中所描写的昼夜等时间若与真实时间不同，而是随心臆造者，即是与时相违过。但在诗中说的确是有时也会出现的与正常时间不同的个别内容时，那就不是与时相违过了。

第三种，与技艺相违过。诗歌中所描写的身、语、意等凡与身、语、意应表现出的六十四种表情或心情即六十四种技艺不相同的表现，属于与技艺相违过。但是，所描写的某些特殊事物，由于其自身内部的某些差别，其外部可能会产生某些不符常规的表现的，则不算是与技艺相违过，而是正常现象了。

第四种，与现实相违过。诗歌中所描写的事物若不符合客观存在的真实现象，是谓与现实相违过。但若描写的某些事物，由于其自身的某些特殊因素而产生了与客观现实不符的某些现象却属正常现象而非与现实相违之过。

第五种，与因理相违过。诗歌中所描写的事物内容若与其他共许的事因之理不同者，谓之与因理相违过。但所描写的某些特殊事物，由于其自身的条件要求，所表另有所指，貌似与因理相违，此情却不属与因理相违过。

第六种，与成说相违过。诗歌中所描写的事物若与约定俗成的现有成说的文字不同而属作者随心臆造之词是谓与成说相违过。但有些事物由于其自身的某些条件要求，即或出现似与成说相违现象，但也不属与成说相违之过。

藏族在吸收借鉴印度庄严论时注意结合本民族语言的实际，以自己本民族的文学实践为基础，不断地丰富和完善，实现了外来理论的本土化和民族化。如在比喻修饰法中，那雪巴增添了不一致喻，素喀瓦·洛卓杰波增添了前无喻；在形体化修饰法中，仁崩巴增添了可怖形体化；在点睛修饰法中，《诗镜》原著只分为12类，一些藏族学者增加到16类，素喀瓦·洛卓杰波还增加了比喻点睛；在否定修饰法中，素喀瓦·洛卓杰波还增加了确定否定和不确定否定等。藏族修饰论基本上都遵循这样一种阐释程式：先讲各修辞格的定义，再讲其分类，后举例加以说明；在定义和分类中先用韵体的歌诀概述，后用散体作注解阐述，在举例中选取历代经典的诗歌或自拟诗歌。如五世达赖阿旺·罗桑嘉措的《妙音欢歌》继承了前人的解释，对原著做了注释，还创作了自己的诗例。《妙音欢歌》在阐释《诗镜》原著时自己写的诗例合计425首之多。

现代著名的藏族诗学家东噶·洛桑赤列在《藏族诗学修辞指南》中也是采用这种程式撰写的。如讲比喻修饰法的第一种法同喻修饰法时这样描写：

歌诀：喻体喻依相同法，置于最后谓法同。

其定义之含义是：在诗的前半部分先写出喻体和喻依二者的名称，然后用上喻词，最后写出喻体和喻依二者相同的特点，以表示从特点上是相同的一种修饰法。其标准范例，现举原文中之一例：

美女你的手掌色，莲花一样红而润。

诗的含义是：喂，美女啊，你手掌的颜色，如同莲花一样白里透红。

本诗写法是按其定义表达了美女之手掌颜色和莲花一样具有白里透红的共同特点。

符合此定义的实例，现举弥旁·格列朗杰所撰之一例：

第五章 赋比兴与修饰（庄严）：汉藏文学表现方法论

草坪青如拭光玉曼遮，花朵美鬘星群样灿烂；
蜜蜂歌声琵琶样悦耳，春季此时仙境般烂漫。
自仿之实例：
祖国亿万人民一条心，好似金线圆球缠一起；
四现代化伟大之建设，如同夏海涨潮向上溢。①

东噶·洛桑赤列先用韵体的歌诀概述、散体作注解提出概念或定义，然后举出诗例，在举例中选取历代经典的诗歌或自拟诗歌，并说明立此定义的原因。这种分析与举例相结合的方式，便于初学者很快地掌握其基本规则和要领，这体现了藏族修饰论注重实际操作和运用的特征。

藏族学者不仅对以《诗镜》为代表的印度庄严论的基本原理进一步深化，还打破了印度诗所规定的格律要求，以本民族的诗例彰显修饰论的民族特色。五世达赖阿旺·罗桑嘉措《妙音欢歌》的诗例内容广泛，文辞华丽，想象丰富，用喻巧妙，诗味浓厚。

东噶·洛桑赤列在《藏族诗学修辞指南》中举出了很多这样的例子。如在讲到过修饰法时，他选择的范例是弥旁·格列朗杰所撰的一首诗：

扇动白衣翅膀之突钦，
并非一次飞过藏上空。
此一极广清净之景象，
超过密严刹土优越性。

他还自拟一首诗：

---

① 东噶·洛桑赤列：《藏族诗学修辞指南》，贺文宣译，中国藏学出版社2016年版，第92—93页。

全民族之优秀文化宝,
向那西藏大地一库中;
善聚集者松赞干布王,
美誉乐音至今仍传颂。①

  这两首诗写的内容都和西藏有关,都用的是夸张的手法,也就是藏族修辞学中的过分修饰法。前者写出了藏地天空的高远,后者赞美了松赞干布对民族文化做出的重大贡献。

  藏族学者一方面强调忠实于《诗镜》原著,同时又注意结合本民族语言的实际。18世纪的康珠·丹增却吉尼玛就是一个代表。他在注释《诗镜》的《妙音语之游戏海》中就指出,藏文诗中难以体现梵文诗中使用字组重叠,读时具有动听的韵味的字音修饰特点。还有许多难做体用的藏文根本就无法写作,如果勉强写出来,那也是缺乏内容、似是而非的诗,所以,没有必要死守规则。因此在保持和不损害完美内容和华丽辞藻的基础上,藏文诗中可视情况而定,不必拘泥梵文诗的规则。在第三章论述十种"诗的过失"中,康珠结合藏文的特点明确指出,这十种诗的过失,大多数适用于藏文诗。但是,过失中的文法不当、失去停顿、韵律失调和缺乏连声等四种,一般地说来只出现在梵文诗中,很少出现在藏族的语言中,切忌生搬硬套。

  藏族在注释、解说、发挥印度庄严论的过程中,逐步地建构起了一个类属分明、系统庞大的藏族修饰论体系。藏族修饰论系统是一个多级的类属体系,甚至少部分辞格分出的层次下又分出五级、六级、七级。

  第一层次,根据印度诗人南方派和东方派的分歧分为非共同修饰法和共同修饰法两大类。一般说来,南方派重视思想感情的表达,文辞流畅易懂,而东方派重视语言辞藻的华丽,文辞艰涩难懂。它们在藏族作家文学作品中都有所体现。

---

① 东噶·洛桑赤列:《藏族诗学修辞指南》,贺文宣译,中国藏学出版社2016年版,第79页。

第二层次，把非共同修饰法又分为10种，把共同修饰法分为意义修饰法、字音修饰法和隐语修饰法3种，在除过中又分出了10种诗病。

第三层次，共同修饰法又分别讲南方派和东方派的不同理解和运用，意义修饰法又分为35种，字音修饰法分为3种，隐语修饰法分为16种。

第四层次，在一些子子类又分出若干个种类。如在共同修饰法中的意义修饰法的比喻修饰法里，从宗和喻的组合划分出的种类多达32种，即：（1）法同喻；（2）物同喻；（3）颠倒喻；（4）相互喻；（5）唯一喻；（6）非一喻；（7）复合喻；（8）维妙喻；（9）虚构喻；（10）奇特喻；（11）迷惘喻；（12）犹疑喻；（13）理断喻；（14）双关喻；（15）平等喻；（16）贬抑喻；（17）褒扬喻；（18）欲言喻；（19）矛盾喻；（20）否定喻；（21）美谀喻；（22）真相喻；（23）不共喻；（24）前无喻；（25）决无喻；（26）多方喻；（27）外形喻；（28）连珠喻；（29）语义喻；（30）衬托喻；（31）牵强喻；（32）原因喻。如此种种，形象化修饰法中又分为20种；直接本性修饰法分为4种；点睛修饰法12种；反复修饰法3种；否定修饰法23种；叙因修饰法8种；翻案修饰法10种；存在修饰法3种；暗示修饰法4种；夸饰修饰法4种；浪漫修饰法3种；因由修饰法3种；隐微修饰法2种；片面修饰法4种；依次修饰法1种；喜悦修饰法2种；表情修饰法8种；威武修饰法1种；托词修饰法1种；良缘修饰法1种；恢宏修饰法2种；矫饰修饰法3种；双关修饰法9种；特写修饰法5种；类聚修饰法2种；矛盾修饰法6种；非宜赞扬修饰法1种；隐赞修饰法3种；树标修饰法2种；并具修饰法3种；互换修饰法1种；祈愿修饰法1种；混合修饰法3种；己意修饰法1种。

还有更多的层级，有些修辞格在第四层次下又进一步分出了五级、六级、七级类别。如因由修饰法分为3大类：实有因、实无因和奇妙因。接着又往下分，第一类，实有因又分为作者因和能知因2种。作者因中又分为能立因和业因2种。能立因中又分为能生因和减损因2种。

业因中又分为变态因和所获因 2 种。能知因中又分为知外时因和知内心因 2 种。第二类，实无因中又分的无真因生真有果之能作因和无真因生无真果之能作因 2 种。无真因生真有果之能作因中又分为前无能作因、毁无能作因、互无能作因、摈无能作因 4 种。无真因生无真果之能作因仅有 1 种。第三类，奇妙因中又分为远果能生因、因果同时因、先果因、不应理因和应理因 5 种。①

藏族的修饰论分出的大小类别的修辞格多达 300 种，其中意义修饰法就达 203 种，字音修饰法 78 种，这是一个多层次、多角度、多序列的系统。藏族的修辞系统比我们现在所讲的修辞方法要繁复得多，这体现出藏族非常重视语言的美化，运用文学语言的精深水平。藏族修饰论体系的优点是便于学习和掌握，但是由于分类过细，不免在逻辑上会出现一些交叉和混乱。不管怎么说，藏族的修饰论的价值是不容忽视的，它是我们中华传统文论的一个值得深入挖掘的重要组成部分。

从藏族文学创作也能看出对修饰的高度重视。藏族不论是早期的藏族古歌，还是后来藏族诗人的诗作都大量采用修饰性的语言，以及运用比喻、暗喻、夸张、曲折表达等手法，产生了强烈的审美效果。王尧先生在评价藏族古代诗歌时就指出了其特点，说："若综览一下吐蕃人的诗歌（都是以无名氏的古代民歌形式出现），可以看出其特点：一是寓意深刻；二是比喻生动；三是语言简练；四是古朴纯真，在诗句之外韵味无穷。古人所谓'荡元气于笔端，寄妙理于言外'，大概就是这样吧！它真正做到了以寥寥数语，而能把所要表达的中心思想感情和境界传达给读者（听众）。"② 藏族早期的古歌在《敦煌藏文写卷》中有一首占卜文书所录的诗谶式的诗句：

野鸭如金似玉，

---

① 东噶·洛桑赤列：《藏族诗学修辞指南》，贺文宣译，中国藏学出版社 2016 年版。
② 王尧：《藏族四大诗人合论》，《诗书画》2013 年第 7 期。

第五章 赋比兴与修饰(庄严):汉藏文学表现方法论

蓝蓝清波美饰;
诃拉鲜花开放,
青青草原美饰;
邦金光彩炽眼,
甘美能健人体;
瑰丽艳美照人,
芬芳香气鼻喜。[1]

这首诗给我们描绘了一幅美妙的高原图景:如金似玉的野鸭子在碧波荡漾的湖面上自在地徜徉,美丽的鲜花在草地上怒放,阵阵的香气扑鼻而来,艳丽的色彩熠熠生辉,充满着美满和谐之感。这和下文占卜诸事皆为大吉大利所表达的意思是一致的,但这种用优美的文辞写出的诗句更具韵味。《敦煌藏文写卷》保留了7世纪至9世纪的卜辞,完整的有30段。每段卜辞都有两部分,一部分是诗歌体的卜辞正文,语言优美;另一部分是散文体写的应验什么事情,文字简洁。这些卜辞从格律上看都是六音节句子,结构整齐,艺术手法高超,行文善用比喻。

米拉日巴是藏族文学史上一位哲学诗人,米拉日巴的《道歌》的出现,使藏族抒情文学再次出现高峰。《十二瑜伽乐》表现的就是他的高尚人格,用了大量的比喻把家业财产、物质追求看作陷阱、绳索,他要逃出陷阱、挣脱缰绳。诗中说:

如同逃脱恶陷阱,背离家乡瑜伽乐。如同骏马脱缰绳,脱离二取瑜伽乐。如同野兽遭伤残,独自安住瑜伽乐。如同雄鹰击长空,观察透远瑜伽乐。如同凉风穿虚空,毫无遮阻瑜伽乐。如同牧童牧羊群,牧守空净瑜伽乐。如同须弥福寿山,永不变迁瑜伽乐。如同

---

[1] 王尧、陈践践:《吐蕃时期的占卜研究——敦煌藏文写卷译释》,(香港)香港中文大学出版社1987年版。

大河水长流，禅意绵绵瑜伽乐。如同寒林一死尸，抛舍万物瑜伽乐。如同巨石掷海中，有去无回瑜伽乐。如同虚空升太阳，光芒普照瑜伽乐。如同多罗树叶被剪断，永无转生瑜伽乐！①

米拉日巴特别注重语言的音乐美，巧妙地在每句句末都用了同音词，造成一种音乐美，这种音乐美无法通过译文来表达。如：

红岩玛瑙大鹏堡，上有云霞绕又绕，下有净水弯又弯，中有雄鹰飞又飞，各种花草摆又摆，树木起舞摇又摇，蜜蜂歌唱响咿咿，花香袭人芳菲菲，百鸟鸣啭声啾啾。

萨迦班智达创立了"格言诗"这一新的诗歌体裁，为藏语文学找到了一种新的表现形式。藏族格言诗在藏语中叫"勒协"，意思是优美的语言。他的《萨迦格言》为广大藏族民众所喜闻乐见。萨迦班智达创立了"格言诗"以后，文人骚士竞相撰写格言，蔚为风尚，经久不衰。

宗喀巴不仅是一位宗教领袖，而且是一位成就卓著的诗人。13世纪开始，"年阿体"在西藏逐渐兴盛，宗喀巴也喜欢此体，掌握运用娴熟，创作了大量的此体诗作，他的《诗文散集》有120篇，绝大部分是对佛教本尊的颂辞。"宗喀巴的文学成就不仅表现在对诗律的熟练掌握与运用上，他对比喻的运用也极为精到。他灵活运用比喻来说理劝化，尤其善于运用大自然的景色做比喻来描写所咏对象。在宗喀巴大师的笔下，即使那些玄奥精深的佛教思想，读起来也通俗易懂。宗喀巴的诗，既有诗律'错彩镂金'的修辞美，又有借物抒怀的清高淡雅。"②如一首赞颂妙音天女的长诗（共74行）中的几段：

---

① 转引自王尧《藏族四大诗人合论》，《诗书画》2013年第7期。本节《道歌》，王尧根据青海民族出版社 Mi la ras pavi rnam mgur 汉译，第674页（页码均指藏文版页码）。翻译时曾参考张澄基的英文译本（Gama C. C. Chang: Songs of Milarepa，纽约，1962年版）。
② 诺布旺丹：《西藏文学》，五洲传播出版社2017年版，第98页。

第五章 赋比兴与修饰(庄严):汉藏文学表现方法论

> 唵！吉祥如意！向妙音天女致礼！
>
> 碧若绿玉溶液净湖畔，寒光洒满雪山冈底斯，
> 光泽迷人高耸姿态美，青色琵琶声声真悠扬。
> 发端白色花蔓装饰美，顶上又有月亮寒光照，
> 青青长发分髻披两肩，悦意梵音天女真迷人。
> 天空群星之主多自在，莲花池中天鹅游戏乐，
> 如此广阔清澄意乐园，请赐长住此地之勇气。
> 好似皑皑白雪山顶上，秋季无云夜空月光洒，
> 明净透亮百看而不厌，你的身体洁白似乳海。
> 观仰你时心身得清净，凭借经教明智二翅膀，
> 智慧大鸟空中作翱翔，心思明净纯洁乐融融。
> 极威底斯雪山天堂路，极美高高耸起入云端，
> 极妙琵琶声中斜眼看，极白天女欲同汝一体。[1]

宗喀巴把妙音天女比作冈底斯雪山，用白色象征她的纯洁。诗中用很多诗行以及优美的语言对妙音天女做了描绘。诗歌语言大量运用比喻、象征、夸张等修辞手法，诗中的形象具有更为耐久深长的韵味。

《西藏王臣记》是五世达赖阿旺·罗桑嘉措写成的，成书于1643年。该书详细记载了上自松赞干布下至固始汗期间的事迹，注重事件的故事性。该书不仅是一部经典史学著作，还是一部出色的文学著作。全书通篇采用偈颂的体式，并与散文相结合，行文古典简洁，用词典雅华丽。

从以上大量的材料可以清楚地看出，不仅藏族文论特别重视修饰（庄严）的文学表现方法，而且藏族作家在文学创作中也非常注重语言的锤炼和美化。从文论的角度看，锤炼和美化语言，不仅仅只是对语言的装饰和雕琢，实际上是对文学语言的独特性的强调。文学语言不同于

---

[1] 转引自王尧《藏族四大诗人合论》《诗书画》2103年第7期。本节宗喀巴诗，王尧译自木刻版《宗喀巴全集》kha 函（Tsong kha pa chen povi bkav vbum kha pa），第17页。

其他语言，它超越了应用性和社会工具性特征。日常语言是我们日常生活需要的直接表达，具有极强的工具性，语言的交往具有应用性。文学语言更重要的是情感性和娱乐性，它不是为了满足吃喝等日常生活的需要，而是为了表达情感，超越具体的实用性需要，从而获得生命的自由表现，是生命的自由表达。"诗歌只能够在生活个别时刻和精神个别状态之下萌生，散文则时时处处陪伴着人，在人的精神活动的所有表现形式中出现。散文与每个思想、每一感觉相维系。"① 说到底，文学语言就是诗性语言，必定关联着神奇的生命现实，必定联系着难以忘怀的生命经历。藏族文论对文学语言独特性的认识是非常清醒和深刻的，这为我们中华文论中有关语言自身问题的思考增添了更为全面的内容。

第三节 以意为主与语言崇拜

从前面的分析可以看出，汉族文论重视赋、比、兴的表现方法，藏族文论强调语言修饰的方法。它们的共同之处就在于，都对文学表现方法高度重视。但是，汉藏两个民族由于文化的差异，尤其是言意观的不同，在文学表现手法上关注的重点不一样。汉族在文学创作中更关注"意"的传达，赋、比、兴手法不仅仅当作修辞技法，而更多的是和所要表达的内容相联系，实质上是当作思维方法。藏族有语言崇拜的文化传统，他们认为语言具有神奇的力量，甚至可以通过语言感神动鬼。因此，藏族文论特别重视"言"的锤炼和美化，即语言的修饰，也称之为庄严。藏族学者特别看重善用修辞、文辞华美的作品，并给予其很高的地位。当然，我们这里主要讨论汉藏的言意观，并不是说汉藏文学表现方法论的差异的根源就只是言意观的差异，这涉及多种文化因素和文化传统，不在这里一一列举。但是，不可否认，言意观的差异是影响汉

---

① 洪堡特：《论人类语言结构的差异及其对人类精神发展的影响》，姚小平译，商务印书馆1999年版，第237页。

第五章 赋比兴与修饰(庄严):汉藏文学表现方法论

藏文论关注文学表现方法侧重点不同的一个极其关键的因素。

文学是一种语言的艺术,因为语言是文学作品的基本材料。文学通过语言来表达思想情感,没有语言也就没有文学。因而,语言与思维的关系问题一直以来是哲学家、心理学家、语言学家探讨的核心问题之一。迄今为止,二者的关系从来就没有获得过一种圆满、充足的解释。自然,这一问题长期以来也被文学理论界所关注,也就是通常所讨论的"言"与"意"的关系。在文学中,言能不能尽意?这关乎我们对作为文学载体的语言功能的认识,甚至会影响到文学内容和形式等一系列问题。汉藏文论中对表现方法关注的侧重点不同,其依托的一个主要观念就是不同的言意观。因此,我们下面分别来加以分析。

汉族的"言意"理论是古代文学理论中一个十分重要的问题,早在先秦时期的《易传》和《庄子》等著作中,就深刻认识到"书不尽言,言不尽意"。这一理论问题在中古时期得到了充分发展,形成了全面系统的理论体系。言意理论涉及文学意象的表达方式,影响文学作品的最终形成。

在言意关系上先秦时期的儒家与道家的思想是明显不同的。儒家的主张是"言尽意",但"言"要"尽意"就要通过"象"的中介。《周易·系辞》认为虽然孔子说言不能尽意,但圣人之意还是可见的,那就是圣人通过"立象"的方式来尽意。当然这里所谓的"象"就是《周易》中的"卦象",是圣人对天地万物进行了仰观俯察多方面考察后总结形成的一套图像体系,圣人将"意"潜藏在"象"之中,因而,通过"象",就可以把握圣人之意。"象"又必须通过"言"去解说,所以《系辞》云"系辞焉以尽言",《周易》中的卦爻辞就是对卦的图象的具体解说。从而"象"就是"意"与"言"的中介。正是因为有了"象"的中介,"意"与"言"之间就构成了一种表达与被表达的关系。由此,儒家"言尽意"论提出了"意—象—言"的表达模式。

道家在言意关系上则主张"言不尽意"。在庄子看来,"道"是深微不可见的,"意"只能在一定程度上表现"道"。但"意"与"言"

177

之间可以相互沟通,这样一来,"意"和"言"都不能完全表现"道"。庄子还认为,"言"是外在的要素,"道"是内在的"彼之情",它们是两种完全不同性质的事物,因此,它们之间不能完全形成直接的表达关系。这里,庄子提出了"道—意—言"的表达模式。为了进一步说明这个问题,庄子又在《天道》篇中举"轮扁斫轮"的故事加以说明。庄子以老木匠轮扁不能把高超的制作车轮的技艺口传给儿子的事例说明,言不能把"道"完全地表现出来,所以,能用语言记载下来的书籍也不是古人的精华,不过是"糟粕"而已。因而,如何处理意与言的关系?庄子提出了一个解决的方法,即"得意忘言"。也就是说,言对于意来说,只是一种表达的工具和手段,而意才是表达的真正目的,目的达到了,工具和手段并不那么重要,所以"得意"必"忘言"。

魏晋时期"言"与"意"的关系问题更加引起了人们的注意,形成了"言不尽意"与"言尽意"两派。"言不尽意"派的主要代表人物是王弼和荀粲,"言尽意"派的主要代表人物是欧阳建和荀粲的哥哥荀俣。王弼吸收融合了儒道两家的言意思想,从玄学的角度提出了他的著名的言意论。王弼认为"言"与"意"之间并不是直接的关系,而是间接的关系,"象"能够表现"意","言"只能表现描述"象","言"只有通过"象"才能与"意"形成关系。这一思想明显地是来源于儒家,但同时,王弼又吸收融合了庄子"得意忘言"的思想,把它发展为"得象而忘言""得意而忘象"。晋代欧阳建是"言尽意"论的主要代表,他撰写了题为《言尽意论》的文章来论述这个问题,他认为"言"与"理"的关系如同"名"与"实"的关系一样,存在于心中之理,没有语言就无法表达出来。

总体上看,魏晋时期哲学上言意之辩的主导倾向是"言不尽意"论,玄学家融合了儒家和道家的思想,在言和意的关系上找到了儒道两家思想上的一致性。这种一致性对当时的文学言意理论的形成乃至对后世都产生了巨大的影响。汉族古代言意理论明显起源于传统哲学的

"言意"论，也就是直接借鉴了哲学"意—象—言"的模式。一方面"言"与"意"之间是一种间接的表达与被表达的关系，另一方面"言"又不能完全尽"意"。文学上的言意理论探讨也是如此，既要努力地通过语言去表达思想情感，但语言又不能完全表达思想情感，因此，更重要的是超越语言，追求言外之意。

刘勰的文学言意理论可以说在古代文论史上具有代表性。刘勰依据传统哲学的思维模式明确提出了"思—意—言"的理论模式。刘勰《文心雕龙·神思》中明确地指出了"意"和"言"是构成作品的两个主要部分，还深刻指出"意"与"言"是两种性质不同的事物。"意翻空而易奇"，说的是"意"是人大脑的一种意识活动，作家可以充分地联想和想象。而语言是具体而又实在的事物，运用起来还是很难的，当然是"言征实而难巧"。这是因为思想化为文思，文思化为语言，有一个转化过程。"意"与"言"贴切时像天衣无缝，疏漏时便相差千里。刘勰认识到语言的实在性，思想的非实在性，因此在文学创作中才会出现"暨乎篇成，半折心始"的情况。怎样解决这个问题呢？刘勰提出了"思—意—言"的理论模式。这个模式表明：艺术思维形成文意，依据文意形成语言，也就是说艺术思维和思想情感才是文学作品最重要的因素，语言的修饰修辞最终要服从思想内容，否则，可能就会出现"疏则千里"的问题。当然，刘勰也认识到"言不尽意"的问题，他又在《文心雕龙·神思》中说道，至于文思之外的细微旨意，文思之外的曲折情趣，语言是难以表达的。就像"伊挚不能言鼎，轮扁不能语斤"一样，是无法用语言直接表达出来的。因此，面对这些只可意会不可言传的"纤旨""曲致"，就只能"笔固知止"，不说之说可能是最有趣味的，艺术作品就是要有言外之意、韵外之至，这样才能给读者更加丰富的审美感受。

后世的评论家多是继承了这种"言意"观，如唐代杜牧也持这样的"言意"论，他在《答庄充书》中说："凡为文以意为主，以气为辅，以辞彩章句为之兵卫。未有主强盛而辅不飘逸者，兵卫不华赫而庄整者。四者高下，圆折步骤，随主所指，如鸟随凤，鱼随龙，师众随汤、武，腾天潜泉，横裂天下，无不如意。苟意不先立，止以文彩辞句，绕前捧后，是言愈多而理愈乱，如入阛阓，纷纷然莫知其谁，暮散而已。是以意全胜者，辞愈朴而文愈高；意不胜者，辞愈华而文愈鄙。是意能遣辞，辞不能成意，大抵为文之旨如此。"① 清代章学诚也如此说："文辞，犹舟车也；文辞，志识，其乘者也。轮欲其固，帆欲其捷，凡用舟车，莫不然也；东西南北，存乎其乘者矣。知此义者，可以以我用文，而不致以文役我者矣。"② 历代这样的论述不胜枚举，无须一一列举。

综上所述，我们可以清楚地看到，汉族古代的言意观有着全面系统的理论。古代的文论家认为"意"和"言"是两个性质完全不同的事物，它们之间有表达和被表达的关系，但这种关系不是直接的。"意"决定着"言"的运用，"言"也不能够完全"尽意"，因此，文学创作中任何语言的运用都不能离开思想感情的统领，否则，就会陷于缺乏内容、片面追求华丽辞藻的泥淖。在这种强大的言意观念的支配下，汉族古代讲"赋比兴"的表达方法从来就不是简单地把它当作语言文辞的修饰技法，而是看作"三种不同的心物交互作用的方式，也就是'心化'过程中三种不同的艺术思维，'赋'的特点是在整个看来客观的描述中不露痕迹地渗透着创作主体的性和情；'比'的特点是明显地根据创作主体情性的变化和发展去描写和组织笔下的事物；'兴'的特点则是由客观的事物启引创作主体沿着某一思路去不断生发。毫无疑问，'赋''比''兴'应该是文学创作中的三种最基本的形象思维和表现方式"③。

当然，我们也要注意到，汉族古代文论并不是不重视语言的修饰，而是强调"质"重于"文"，"文""质"统一。苏轼在《答谢民师书》中说："孔子曰：'言之不文，行而不远。'又曰：'辞达而已矣。'夫言

---

① 何锡光：《樊川文集校注》，巴蜀书社2007年版。
② 章学诚：《文史通义·说林》，据2014年版中华书局叶瑛文史通义校注本。
③ 黄霖等：《原人论》，复旦大学出版社2000年版，第105页。

止于达意,即疑若不文,是大不然。求物之妙,如系风捕影,能使是物了然于心者,盖千万人而不一遇也,而况能使了然于口与手者乎?是之谓'辞达'。辞至于能达,则文不可胜用矣。"① 苏轼对"辞达"就是不重视"文"的看法做了纠正,他认为能达到"辞达"是文章的至高境界,"辞达"就是言与意的完美统一。汉族文论中也有大量探讨语言修辞技法的著作,如宋代陈骙的《文则》就是一部中国最早的修辞学专著,论及了语法、句法、辞格等多方面内容,其中譬喻这种方法就列举了直喻、隐喻、类喻、诘喻、对喻、博喻、简喻、详喻、引喻、虚喻10种。元代陈绎曾的《文说》列举了多种"造语法":正语、拗语、反语、累语、联语、歇后语、答问语、省语、变语、助语、实语、对语、隐语、婉语等。不过,从总体上看,与藏族文论的语言修辞技法著作相比,汉族的分量不算多。

藏族文论特别重视语言的修饰,这其中的重要根源就在于藏族不同于汉族的言意观。藏族崇拜语言,他们认为语言具有神秘的力量,这体现了原始思维(诗性思维)的特性。如法国学者列维·布留尔在《原始思维》一书中所说:"对于他们(原始人)来说,没有哪种知觉不包含在神秘的复合中,没有哪个现象只是现象,没有哪个符号只是符号;那么词又怎么能够简单地是词呢?任何物体的形状,任何塑像,任何图画,都有自己的神秘力量;作为声音图画的口头表现也必然拥有这种力量。"② 这种情形在人类早期应该是普遍存在的现象。原始初民还没有认识到语言的起因,他们认为语言有着神奇的力量,有着诱人的魔力和强大的威力,可以在不同的场合中让它发挥特殊的作用。藏族文化中正是很好地保留着这种语言崇拜的观念,他们认为语言不仅能够指称一切事物,也能描述一切事物,而且还具有非常神奇的力量,语言的功能被神化。如藏族族名的起源,有人提出族名的发音是"当气",即"以肖

---

① 郭绍虞:《中国历代文论选》(2),上海古籍出版社2001年版。
② 列维·布留尔:《原始思维》,丁由译,商务印书馆1987年版,第17页。

气",意为"呼喊",也就是说藏族是"呼喊"的民族。① 而"呼喊"又以语言为前提,可见,藏族对语言是多么的崇拜。早期的人类就是通过语言呼喊以传递信息,与野兽搏斗时又可以呼喊壮胆。藏族生活在高山峻岭密布的青藏高原上,更加相信语言的神秘力量就不足为奇了。

在古代,藏族盟誓之风盛行,《敦煌吐蕃历史文书》就记录了140余次的王廷盟誓活动。在这些盟誓中,必须以神灵作证。把相信盟誓时所说的语词提高到与神同等地位,这也说明藏族对语言魔力的崇拜以及对语言威力的敬畏。他们相信有种种超自然的力量制约着人们的行动,其中语言的约束力是非常突出的。在古代西藏,各种咒语巫术盛行。它不仅被广大下层民众所相信,连上层的达官显贵也不怀疑咒语的神奇威力。在西藏的噶厦政府中设有三名专职的咒师来控制天气,三名天气咒师分别保护布达拉宫、大昭寺和罗布林卡。藏族防止冰雹雨的简单方法是重复念咒语七遍或二十一遍,还通过念咒语,同时给厉鬼八部供奉供品或者焚烧芍子的方式来加强咒语的力量。他们相信这种使用语言的威力强大的咒语,可以呼风唤雨,驾驭鬼神。直到现在,藏族人们在说话时也会尽量小心,如果不便直说,就要委婉含蓄,忌讳说不吉利的话等。在宗教活动中,藏族人们通过念诵经语以达到和神灵的沟通,保佑平安,修行成佛。总之,藏族崇拜语言,迷信语言的魔力,主要是因为藏族早期不能理解语言与外在客观事物的关系,于是幻想出语言具有一种不可见的超自然力量,他们运用一定的方式和方法,试图通过语言改变自然状态。

正是由于语言崇拜的文化传统,藏族形成了重视语言的言意观。在这种思想观念的影响下,藏族文论就特别重视语言的修饰,重视语言表达方式上的修辞技法。当然,这与印度文化的影响有关。印度诗学就非常重视语言修饰,因为印度文化的主要传承方式是口传,为了避免经典在传承过程中的歪曲和错漏,就特别强调语言的神圣性。

---

① 普日科:《蕃——呼喊的民族》,《西藏研究》1989 年第 2 期。

第五章 赋比兴与修饰(庄严):汉藏文学表现方法论

藏族崇拜语言的言意观体现在文学表现方法上就形成了修饰论,看重辞藻的华美。他们认为要很好地传达思想情感就要通过语言的美化才能实现,这种观念在文论上明显地体现在以下三个方面:

一是强调用丰富多彩的词语装饰诗歌,以达到赏心悦目的艺术效果。藏族的修辞理论不厌其详地讲了 300 多种修辞格,就是为了实现语言的美化。五世达赖阿旺·罗桑嘉措在《妙音欢歌》中说:"精通诗学理论的学者所写的优秀篇章,由于文辞华丽,寓意无穷,可以说他就像如意神牛;而与此相反,作品粗制滥造,它只能为人们所唾弃,而且作者还会被人喻为蠢牛。"① 东噶·洛桑赤列对诗学的诠释是,"所谓'诗歌',指的是悦耳动听的词语。关于诗学著作,分为表达诗歌定义的理论著作和按照诗学理论撰写的诗体著作两种"②。这就是说,精通了诗学,就能写出动人的语言,诗歌就是通过华美的语言去表达思想内容。"即可运用前后连贯、词无语病、不分智愚之人一听即懂,不夹杂在众人面前不便启齿的淫词秽语等的文学语言。如能具备上述那些纯洁语言的特点,就会体现出诗学的语言风格。"③ 可见,藏族文论清楚地认识到文学语言与日常生活语言或其他应用性语言是有区别的,文学语言讲究悦耳动听、纯洁华美。写诗应追求十种诗德:"文字结合紧密的'和谐',为世人熟知的'显豁',刚柔字结合的'同一',具有浓厚诗味的'典雅',多为柔音字的'十分柔和',不费思索的'易解',善表辞令的'高尚',多省略字、轻重字音匀称的'壮丽',不过分夸张、合乎世间常情的'美好',将有知物的情态加之于无知物的'比拟'等十种诗德。"④

二是写诗时要避免不懂修辞手法而造成诗歌的种种缺陷。东噶·洛桑赤列说:"若不学习诗学,自己就不知道论著等的写作该用怎样的修

---

① 彭书麟等:《中国少数民族文艺理论集成》,北京大学出版社 2005 年版,第 195 页。
② 东噶·洛桑赤列:《藏族诗学修辞指南》,贺文宣译,中国藏学出版社 2016 年版,第 14 页。
③ 东噶·洛桑赤列:《藏族诗学修辞指南》,贺文宣译,第 12 页。
④ 五世达赖阿旺·罗桑嘉措:《诗镜释难》(节选),载彭书麟等《中国少数民族文艺理论集成》,北京大学出版社 2005 年版,第 199 页。

辞格，倘若自己撰写，由于不了解辞格的修辞手法，就根本体现不出完整的诗歌的修辞本性，不仅不会解释他人撰写典籍运用修辞格的词义，弄不好还会把词义都解释错了，误了别人也误了自己。另外，没有辞格运用而仅是低俗俚语的著作，即使能整部整部地撰写，对这种作品，别说是智者，就连普通的明眼人谁都不会喜欢它的。"① 藏族诗学特别要求写诗时避免文辞语序出现的弊病和过失，认为如果不符合语法规律，就不能形成诗歌优美的构词。写诗应戒除十种诗病。"诗如人，身体虽然美丽，但只要某一部分有一点毛病。如衣服不美，或者遇上一点恶运，都不美。这里主要讲的是十种诗病，所以其中只要有任何一种小毛病，都不应该放过，而应戒除。"② 藏族文学理论从正反两个方面反复强调诗歌语言美化的重要性和必要性，锤炼文学语言成为藏族文学追求的美学目标。

三是写诗时要恰当地运用语言。贡嘎坚赞在《智者入门》中讲到诗歌创作中遣词造句要注意的问题。第一，不能随便生造词语。"语言中的原始词，除了大事需要外，后人不能随便造，如是乱造则不解。"③ 随便生造词语会造成不能理解、错误理解或疑惑难解的后果。第二，用词要区分场合。"用词区分在场合，他处不用此处用，不想场合误以为：别处可用就能用。"④ 如对佛祖的赞词要用纯正的词语写正理（净词）对权威的礼赞和颂扬只叙述大的，不能有矛盾。对词语的选择找寻要有狮子一样敏锐的眼光。第三，懂得了词语搭配后再讲词语的修饰。"对其本性、特征和动作，叙述褒贬本体的情况，分为直接叙述和侧陈，通过直接喻和间接喻，造成文词意义的修饰，联系九态之味去写。"⑤ 也就是说，先搞清楚词语的基本义，并能恰当地运用词语，再

---

① 东嘎·洛桑赤列：《藏族诗学修辞指南》，贺文宣译，中国藏学出版社2016年版，第13页。
② 第司·桑结嘉措：《白琉璃论献疑·除锈复原》，转自彭书麟等《中国少数民族文艺理论集成》，北京大学出版社2005年版，第203页。
③ 彭书麟等：《中国少数民族文艺理论集成》，北京大学出版社2005年版，第160页。
④ 彭书麟等：《中国少数民族文艺理论集成》，第160页。
⑤ 彭书麟等：《中国少数民族文艺理论集成》，第160—161页。

通过各种修饰手法就能写出很美的诗歌。

　　藏族修饰论的理论价值是多方面的。我们深入去挖掘，不仅能够丰富扩充中华民族传统修辞学和传统文学理论，还可以为创建新文论提供非常有用的资源。这些姑且先不谈，我们就学科研究的路径上来说，它为文学批评、文学理论的研究提供了很好的启示。长期以来，虽然语言学和文学理论的学者都关注文学作品的语言，但是，语言学者首先关心的是它如何作为语言运用的形式，而文学理论学者更多的关注的是语言运用所产生的审美效果，因而，语言解释与语言学之间缺乏深刻的联系，或者说，文学研究没有很好地吸收语言学的分析方法，大多数文学阐释者走的是模糊化的路子。藏族重视语言美化的修饰论给了我们启示，这就是文学的阐释很有必要借鉴修辞学的方法，这样才能够更好地揭示文学创作的秘密，增强文学批评在阐释文学作品时的确定性和理性化成分。如韦勒克所言："语言是文学艺术的材料。我们可以说，每一件文学作品都只是一种特定语言中文字语汇的选择，正如一件雕塑是一块削去了某些部分的大理石一样。"[①] 语言的研究对文学的研究具有特别重要的意义。我们说语言的本质在于表情达意，一般日常交往中的语言或其他应用性语言看重的是语言的表意性，而文学语言不仅重视表意性，更强调它的表情性。表意的语言追求确定性、具象性和应用性，表情的语言追求的是模糊性、夸张性和情感性。文学语言与其他语言的最大的不同就在于语言的形象唤醒力。每个词都能唤醒读者的记忆和形象，哪个句子都能给读者营造出一种生活的情景氛围，最大限度地调动读者的情感，使之产生形象化的力量和情感性的力量。"发音器官发出的声音恰似有生命体的呼气，从人的胸中流出，即使在未使用语言的情况下，声音也可以传达痛苦、欢乐、厌恶和渴望，这意味着，声音源自生命，并且也把生命注入了接收声音的感官；就像语言本身一样，语音不仅指称事物，而且复现了事物所引起的感觉，通过不断重复的行为把

---

① 韦勒克·沃伦：《文学理论》，刘向愚等译，文化艺术出版社2010年版，第188页。

世界与人统一起来。"① 文学语言的独特性就是通过优美的语言来表达人的情感和生命体验。当然，文学研究并不完全依赖语言学，还有更深更高的内蕴需要开掘。汉藏文论在文学表现方法上各自关注的侧重点不同，汉族文论立足语言，又超越语言，关注文学深层次的价值和意义；藏族重点关注语言中运用各种修辞格所产生的审美效果。这两方面都是文学理论研究的重要问题，对我们创建具有中国特色的文学理论都有积极的借鉴和启发意义。

---

① 洪堡特：《论人类语言结构的差异及其对人类精神发展的影响》，姚小平译，商务印书馆1999年版，第66页。

第六章 伦理道德与宗教道德：汉藏文学道德教化论

汉藏文论对文学功用的认识是多方面的，这里我们主要从道德教化的角度加以考察，我们看到汉藏文论都非常重视强调文学的道德教化功用。对于这一点，我们不能完全用审美主义的原则去加以评判，因为艺术是审美与道德的结合体，尽管审美处于优先地位，但艺术不是纯粹的私人生命体验事件，艺术必须担负起参与社会实践与变革的使命和责任，艺术具有强大的提升生命、强化生命的净化功能。虽然汉藏文论都强调文学与道德的关联，但展开的层面是有差异的。汉族文论的道德教化观念较少宗教文化背景，而伦理学的背景则相对更为突出。藏族文论却和宗教密切相关。

第一节 伦理道德教化

汉族传统文化极其重视"生生原则"，关注生命存在、生命体验和生命提升。理解生命的方式，不是从解放人的"原欲"开始，而是从理性的尊严入手，因而，生命必然向轻视欲望重视德性的生命理性方向发展，向着生命的伦理化方向发展。这种对生命的规定和要求，总是要提升人的生命境界，从而相对压抑了人的生命欲望。这样一种理念，反映在文学理论上就是极力推崇人伦教化。

汉藏文论比较

汉族古代文论从其产生之日起,便把文学的道德教化功能提出来了。这一传统在后世的发展中不断地得到强化,成为古代文论的一个重要内容。这一点迥异于西方文论,西方虽然也关注文学的道德教化功用,但没有像汉族那样每朝每代都把它作为一个重要的价值尺度大加提倡。在汉族文论史上,最早提出这一命题的论著是《尚书·尧典》,云:"帝曰:'夔!命女典乐,教胄子:直而温,宽而栗,刚而无虐,简而无傲。诗言志,歌永言,声依永,律和声,八音克谐,无相夺伦,神人以和。'夔曰:'於!予击石拊石,百兽率舞。'"舜帝命令乐官夔掌管乐,用诗乐教育宫廷子弟,要培养他们具有正直而温和、宽宏而庄严、刚毅而不苛刻、简易而不傲慢的理想人格。可见,诗和乐是被当作教育培养人的一种重要的工具。因此,"诗言志"的"志"就是要符合统治者的政治道德规范。这段话说明诗可以教化人,而且必须是有一定的政治道德内容的诗才可以教化人。反之,诗抒发的"志"必须符合一定的社会道德才有价值和意义。

在古代,儒家的思想作为封建统治阶级的正统理论,把"礼义"作为人的一切行动与活动的规范,儒家把文学视为伦理、道德教化的工具。孔子完成了儒家诗论的基本构架,孔子论诗非常重视诗歌的道德教化功用,并对以后两千多年的诗歌批评产生影响。孔子认为诗具有道德教化的作用,能够把人培养成符合儒家伦理道德的人,能够塑造完善的人格。他说:"兴于诗,立于礼,成于乐。"[①]"不学礼,无以立。"[②] 这是说诗与礼乃通向道德的路径,先学文,学礼,而后进入道德境界,孔子认为文学与道德关系密切。孔子之所以强调学诗、学文,目的是提高道德修养,是为了仁。孔子始终把仁等道德因素放在首位。

到了汉代,儒家的诗论得以进一步发展,《诗大序》把儒家的"诗

[①] 刘宝楠:《论语正义》,中华书局1990年版。
[②] 刘宝楠:《论语正义》。

教"思想更加地明确化、系统化。《诗大序》云:"《关雎》,后妃之德也,风之始也,所以风天下而正夫妇也。故用之乡人焉,用之邦国焉。风,风也,教也;风以动之,教以化之。……情发于声,声成文谓之音。是故治世之音安以乐,其政和;乱世之音怨以怒,其政乖;亡国之音哀以思,其民困。故正得失,动天地,感鬼神,莫近于诗。先王以是经夫妇,成孝敬,厚人伦,美教化,移风俗。"这段话明确提出了诗的功用就是"经夫妇,成孝敬,厚人伦,美教化,移风俗"。魏晋南北朝时期儒学衰微,玄学兴起,但儒家传统诗论仍然得以坚持,陆机《文赋》是一篇专论文学创作过程的文章,但是同样关注文学的道德教化功用,他认为文学能够"济文武于将坠,宣风声于不泯"。刘勰在《文心雕龙·原道》中论述了从伏羲到孔子都是根据道的精神来创作典训的,也都是钻研精深的道理来设置教化的。他们观察天文以穷究各种变化,学习过去的典籍来完成教化。由此得知,道虽然幽深难言,但圣人可以通过文章著作表现出来,圣人用文章著作来阐明大道,道是无处不在、无处不有,畅行而无所阻碍,天天都可以运用也不会减少匮乏的。可见,刘勰的"道沿圣以垂文,圣因文而明道"以及"光采玄圣,炳耀仁孝"的观点就是儒家"诗教"的继承。刘勰的"明道"说为后世倡导的"文以明道""文以载道"以用来实现道德教化的理论奠定了思想基础。

从唐代开始,一些著名的诗人仍然坚持儒家的"诗教"观,杜甫的"致君尧舜上,再使风俗淳"的观点,白居易的"文章合为时而著,歌诗合为事而作"以及"上可裨教化""下可理性情"的观点都是儒家重视道德教化思想的体现。尤其是韩愈、柳宗元倡导的古文运动,他们都倡导"文以明道"。韩愈重在提倡"古道",以恢复自魏晋以后中断了的儒家道统。韩愈作为古文运动的领袖,并未在文章中正式提出"文以明道"的口号,是他的门人李汉在《昌黎先生集序》中概括文与道的关系说:"文者,贯道之器也。"这里说的"文以贯道",实即"文以载道"。韩愈说:"愈之志在古道,又甚好其言辞。"①"愈之所志于古者,不惟其辞之好,好其道焉。"② 韩愈把自己看作儒家"道统"的继承者,他所要尊崇的"古道"就是尧、舜、禹、汤、周公、孔、孟之道。韩愈认为文学应该担负起"明道""载道"的伟大使命,以实现教化的目标。柳宗元比较注重治世之道,从社会需要出发,重在经世致用。他认为文学的根本任务,是"明道"。他说:"始吾幼且少,为文章以辞为工。及长,乃知文者以明道,是固不苟为炳炳烺烺,务色彩、夸声音而以为能也。"③"圣人之言,期以明道,学者务求诸道而遗其辞。辞之传于世者,必由于书。道假辞而明,辞假书而传。要之之道而已耳。斯取道之内者也。今世因贵辞而矜书,粉泽以为工,遒密以为能,不亦外乎?"④ 他认为文章的根本任务在于"明道","期以明道",要求取道之本,而反对舍道求末,反对"务色彩、夸声音",反对"贵辞而矜书,粉泽以为工"。这就是柳宗元关于文学的社会作用的根本看法。

北宋时期,以欧阳修为代表的一大批文人,极力推崇韩愈、柳宗元,再次掀起了一场诗文革新运动。欧阳修沿着韩愈的方向又向前发展了一大步。欧阳修所谓"道"和韩愈也不尽相同,他反对"舍近取远,骛高言而鲜事实",主张从日常百事着眼。他认为"道"不仅指儒家道统及其道德伦理观念,而且认为儒家之道是与现实生活密切相关的。他在《答李诩第二书》中说:"六经之所载,皆人事之切于世者。"他强调应当"文与道俱",反对因重道而轻文。北宋的理学家周敦颐是第一个明确标榜"文以载道"的人,但他所说的"文以载道",与唐宋古文家不同。理学家所说的"道"杂有心性义理之学的内容。南宋理学家朱熹则认为"道者文之根本,文者道之枝叶"。"道外无物",文统一于道,文是道的表现形式或反映。程颐、朱熹之后,理学成了儒家的正

---

① 朱文公校:《韩昌黎先生全集》卷16《答陈生书》,商务印书馆2017年复本。
② 朱文公校:《韩昌黎先生全集》卷16《答李秀才书》,商务印书馆2017年复本。
③ 《柳宗元集》三十四《答韦中立论师道书》,中华书局1979年版。
④ 《柳宗元集》三十四《报崔黯秀才书》,中华书局1979年版。

统。明清时期，反理学的斗争十分激烈，李贽对"假道学"给予猛烈的抨击，在当时曾产生了重大影响。明末清初时期，黄宗羲、顾炎武等人大力反对追求形式美的文风，主张明道致用。他们所说的"道"，与理学家所谓的脱离实际、空谈心性的"道"是不同的。顾炎武提出文学的根本任务就在于"明道""纪政事""察民隐""乐道人之善"。他在《日知录·廉耻》中说："教化者，朝廷之先务；廉耻者，士人之关节；……朝廷有教化，则士人有廉耻；士人有廉耻，则天下有风俗。"在《亭林文集·华阴王氏宗祠记》中说："夫子所以教人者，无非以立天下之人伦。……是故有人伦，然后有风俗；有风俗，然后有政事；有政事，然后有国家。"

以上我们从历史发展的角度梳理了汉族文论重视道德教化的事实，可以看出，儒家思想长期作为中国封建社会的主流意识形态，上层统治者提倡和实行的是伦理中心主义，"君君、臣臣、父父、子子"等信念成为人人必须遵守的生活准则。这种伦理中心主义就会渗透到社会生活的各个领域，作为意识形态之一的文学更担负着"教化"功能，文学必须宣扬传播伦理教化的内容，这构成汉族古代文学观念的重要特色。

第二节 宗教道德教化

藏族的文学艺术和宗教有着密切的关系，藏族的文学艺术是宗教理念的载体，表达的是藏族的宗教信念和宗教精神。这正是藏族文学区别于汉族文学的地方。藏族文论所谓道德教化就是指藏族的文学艺术担负着倡导藏族的道德价值观，以规范和协调人和人、人和自然之间的各种关系的任务。藏族的价值观是历史的产物，通过千百年的实践经验的积累，并吸收了其他民族和异域的先进文化，逐渐形成了以佛教道德伦理观为核心的道德规范，建立了扬善除恶、因果报应、天人合一、宽厚、博爱等价值观念，藏族文学就是这些价值观念最好的注脚和生动形象的阐释。文以载教表达的宗教信念是人的精神的欲求，而重视道德教化又是关注现实中人的关系，体现的是宗教的价值观，这两者是紧密联系相互渗透的。说到底，它们都是关注人的生存，都是为了人这个目的。

佛教哲学研究的中心问题是人的存在的问题。它从现实人生出发，认识到人生的本质就是苦，生存就是苦，人生不仅要经历生老病死肉体之苦，还要忍受由人性的贪欲所导致的精神之苦，诸如怨憎爱恨等。所以佛教提出了"四谛"理论，即苦谛、集谛、灭谛、道谛，来说明人生的本质，探寻人生的意义和价值，以及追求最终的解脱。人生的本质是苦，那么，人生之苦的根源何在？"集谛"就解释了无量诸苦的直接根源是人性的恶。所谓"集"就是聚集的意思，就是说万物的生成和存在都是各种因缘条件聚集所致，因此，人的生命和人生之苦都是自身的各种条件聚集共生的。一切事物的生起都是相对的，互为条件，互为因果关系。既然知道人生之苦的根源，那么要消除人生之苦就要从消除无明开始，无明就是认识上把虚幻的现实当真实的愚昧，这就是"灭谛"。"道谛"中的"道"是指道路、方法、途径，道谛就是如何解脱人生苦难，到达涅槃的方法。

藏传佛教的缘起性空理论把大乘中观各派的哲学思想融会贯通，并结合本民族生活的实际予以发展，形成了藏传佛教的价值观，构建了藏族的宗教信仰和道德规范。多识活佛在《藏族道德》一书的前言中做了准确的描述："公元7世纪初在印度和中原两股佛教文化的大气对流中形成了雪域高原的新文明，这种文明的主干和基石是大乘佛教。大乘佛教在藏族地区的传播、扎根、发育、成长过程中，在藏民族的意识深层形成了独具特色的世界观、人生观和思想伦理道德。千百年来扎根在人性深处的哲学思想和伦理道德，便成了这个民族的精神支柱和做人的根本。如因果报应、无我执、视众如母、慈悲得众、万物性空、世事贪心、淡化物欲、培养慈悲心、尊敬和热爱众生、保护众生生存环境、提升人类的精神境界等各方面起到了积极有效的作用。"①

---

① 苏发祥：《中国藏族》，宁夏人民出版社2012年版，第168页。

藏传佛教所提倡和宣扬的道德价值观，渗透到藏区社会生活的方方面面，逐渐成为藏区僧俗群众的基本道德原则，并付诸实际行动。如佛法宣扬的"诸行无常""诸法无我"，一切事物存在都是有条件因缘的，互为条件互相影响，互为因果关系互相联系。用通常的话讲就是因果报应，生死轮回。这就告诉我们一个道理：万物变迁，世事无常。既然一切事物的存在都是相对的，那么，人们就不要有贪欲之心，憎恨之心、痴心，应该断除欲望，抛弃烦恼，以免陷于因果轮回之中善恶相报，不能达到完全超脱的"涅槃"之境。藏传佛教的价值观深深扎根于藏族人的心中，成为他们价值观的核心要素。藏族在实践中奉行的就是慈悲对人、利益他人、去恶扬善，信奉因果报应，开掘自己的佛性，控制人的欲望，追求人和人、人和自然和谐相处等价值观。藏传佛教的价值观对藏民族的影响是深远的。

藏族特别重视文学的道德教化功能，这是它的一个重要而鲜明的特色。这一点和前面所说的藏族文学宣扬宗教教义有着紧密的联系，但又有着一定的区别。宣传宗教教义主要是通过文学艺术图解宗教的哲学内涵，使广大的信徒领悟宗教的玄妙境界，具有形而上的意味。而重视道德教化功能则更多是关注形而下的问题，把宗教的教条和人们的日常生活相联系，落实到人们的具体行动中。

要理解这一点，首先，我们需要理清文学的审美性与道德性的关系。文学的主要特征是审美性，但是审美性和道德性不是完全分立的，我们所追求的艺术理想境界就是尽善尽美。尽管有时候存在着不一致，美的不一定是善的，善的不一定是美的，但是，它们二者常常联系在一起，艺术可以通过独有的方式引导我们使用自己的道德知识和情感来深化我们的道德理解。其次，要了解藏族价值观与藏传佛教价值观的关系。藏族的价值观的核心元素就是藏传佛教的价值观。藏族的价值观是在历史发展中逐步建立起来的，既有坚实的本土基础，又融合了外来的价值观，尤其是佛教价值观的全面渗透，形成了藏族鲜明的以佛教价值观为核心的价值观体系。基于这两点认识，我们再来审视藏族的文学实践，可以看出藏族文学主要表现的就是以藏传佛教价值观为基础的日常道德，藏族文学通过诗歌、传说、格言、故事、谚语等形式不断地表现这一价值取向，不断地强化这一价值取向。从历史上看，藏族是一个富有道德传统的民族，尽管随着时代的发展道德不断在变化，但是直到今天藏族的核心价值观仍然得到了很好的继承和发扬。

　　藏族的文明道德价值观的完善成型是在吐蕃时期。那时王权代替了神权，佛教成为主流的意识形态，藏传佛教为藏民族提供了一套基本的世界观、价值观和道德观，比先前的野蛮时代前进了一大步。特别是松赞干布为藏族新的道德规范的建立做出了重大贡献。五世达赖阿旺·罗桑嘉措在《西藏王臣记》中这样描述："松赞王凭借着那写作俱便的善轨文字的方便，在十善法戒的基础上，制定出敬奉三宝、修行正法、孝敬父母、恭敬有德、尊高敬老、诚爱亲友、利济乡人、心须正直、效法上流、善用财食、有恩当报、斗称无欺、心平无嫉、不听妇言、和言善语、任重量宽等十六条正净的做人法规。"①"十善法戒"来源于松赞干布时期大臣吞米·桑布扎翻译的一部名为《十善经》的佛经。主要讲解佛教"十戒"（或称"十善法"）。"十戒"的内容包括："身三善"，即不杀、不盗、不淫；"口四善"，即不两舌、不恶口、不妄言、不绮语；"意三善"，即不贪、不嗔、不痴。身、口、意代表了行为、语言和思想。"十善法戒"的要旨即以不净观离贪欲，以慈悲观离嗔恚，以因缘观离愚痴，以诚实语离妄语，以和合语离两舌，以爱语离恶口，以质直语离绮语，以救生离杀生，以布施离偷盗，以净行离邪淫。"十善法戒"是佛教伦理道德的基础。佛教"三宝"是指佛宝、法宝、僧宝。皈依三宝就表示自己从此信奉佛教。从《西藏王臣记》的这段话的描述中我们可以看出，松赞干布以法律的形式、以佛教道德伦理观为基础对藏族的伦理道德观做了进一步的明确，确立了藏族伦理道德观的核心就是藏传佛教的道德文化。这种独特的伦理道德观逐渐渗透在藏族社会

---

① 五世达赖喇嘛：《西藏王臣记》，郭和卿译，中国国际广播出版社2016年版，第27页。

生活的方方面面，从而成为藏族道德和行为的规范。

藏族各种体裁的文学作品中都表现出对道德教化功能的宣传。藏传佛教萨迦派第四代祖师萨班·贡嘎坚赞的《萨迦格言》在藏族文学史上开创了格言诗的体裁典范。他的格言诗笔调清新、通俗易懂，深受藏族广大民众的喜爱，成为藏族伦理道德的生活教科书。《萨迦格言》全书共有九章，包含了457首格言。这部著作主要讲如何认识分辨不同的人，如何判定行为的善恶，如何为人处世。如：

> 聪明的人学习所有的知识，精通一门就能知晓天下事；
> 傻瓜虽然见识广，却像星星发不出大的光芒。

> 经常乐善好施的人，名声像风一样四处传扬；
> 就像穷苦乞丐聚集，愿意馈赠的人就会更多。

> 圣人无论怎样困苦，也不会吃罪恶的食物；
> 狮子宁可饿着肚子，也不吃恶心的东西。

> 恶人把自己的过失，总往别人身上推诿；
> 乌鸦把吃过脏东西的嘴，总是往干净处使劲磨蹭。

> 智者懂得独立思考，傻瓜总是随声附和；
> 当外面一有骚动，老狗就跟着到处乱跑。
> ……

这些简短的格言告诉人们要向圣人和智者学习，具有高尚的品德、博学的知识、仁慈善良的心地，做一个完美高尚的人。同时也要分清是非，辨识恶人愚行。

在《萨迦格言》的影响下，后世的藏族学者纷纷著述，写下不少格言诗,继承了《萨迦格言》的形式和艺术手法,并有所发展和创造。如《甘丹格言》《水树格言》《国王修身论》等。它们从不同的层面告诫人们要培养高尚的道德情操,谨防现实生活中的坏人坏事。

《米拉日巴道歌》是藏族书面文学中一部颇有影响的传记小说,采用诗歌与故事、散文与韵文交织的形式,记述了噶举派大师米拉日巴曲折艰难的人生经历。它告诉世人:人生虽然坎坷艰难,但人要有博大仁爱的胸怀,以德报德,以德化怨;还要有锲而不舍、坚忍不拔的毅力,才能实现自己的理想。

浏览一下藏族的文学,我们看到在其他体裁的文学作品中都具有这一种鲜明的特质,强调道德教化是各类文学作品永恒的主题。不论是藏族口传文学的史诗、谚语,书面文学的佛经文学、历史文学、传记文学、伏藏文学、诗歌、小说、书信集等,还是介于口头与书面之间的道歌、藏戏、格言、民谣、训诫等皆如此。藏族特别重视文学道德教化功能,通过文学建构起了藏民族的价值体系,净化人的心灵,引导人们走向文明进步,摆脱愚昧野蛮。正如藏学家王尧先生所言:"令人感兴趣的正是吐蕃人在那古老的年代里把'诗'和'哲学'高度结合起来,将深邃的哲理写成完美的诗篇。头顶上悠悠奥秘的苍穹,四周浩渺广袤的宇宙,都能与自身心底升起的玄理和道德追求共同融合在一起,从中可以看出古代藏民族的幽默、达观和乐天知命的性格。"[①] 藏族的文学艺术是宗教理念的载体,表达的是藏族的宗教信念和宗教精神。藏族的文学艺术担负着倡导藏族的道德价值观,以规范和协调人和人、人和自然之间的各种关系的任务。总之,藏族文论的文化精神就是关注人的生存状况,是为实现人的生命活动的良性展开这个目的服务的。

第三节 宗法制度与宗教统治

汉藏文论都重视文学的道德教化功用,倡导文学要表现善,以增强

[①] 王尧:《藏族四大诗人合论》,《诗书画》2013年第7期。

第六章 伦理道德与宗教道德:汉藏文学道德教化论

人们生活的信念,使人们坚信美好的生活理想,趋向美好的人生。这一点汉藏文论是一致的,但是我们考察这种观念生成的社会文化背景却是有差异的。汉族文论强调人伦道德是缘于维护古代的宗法制度而产生的宗法观念,以及士人阶层为实现自身的存在价值而做出的自觉行为;藏族文论强调的宗教道德是缘于藏民族迈向文明的选择,是为了维护藏族宗教统治的社会秩序。

汉族文论强调人伦道德是缘于维护古代的宗法制度而产生的宗法观念。宗法制度最鲜明的结构特征是家国同一的结构,这种制度在漫长的古代社会起着维护政治等级制度和稳定社会秩序的重要作用。与之相伴随的宗法观念就是随着宗法制度的萌芽、发展和确立而产生的观念。在这种观念的直接影响下,就必然强调文学艺术承载起政治教化功能,甚至成为载道工具。

在先秦时期,社会的结构是宗法血亲礼制,在这样的历史文化背景下,儒学首先确立了"血亲情理"的基本精神。儒学在其原生阶段,就重视人伦和人的实践智慧,追求理想的社会和谐秩序。孔子提出"仁""礼"结合,"孝、悌"为本的伦理原则,就是宗法制度和其所产生的宗法观念的具体表现。儒家所谓"观乎天文,以察时变,观乎人文,以化成天下",就是强调文治教化的作用。由于儒学思想体系在后世不断吸收各家学说理论,因而具有较大的包容性,因此,在历史上得以长期居于统摄的正宗地位。从文学理论批评史来看,儒家文论思想长期处于正统地位,它最根本的一个目的就是把文学看作培养人格的一种工具,最终指向就是人格修养。孔子论诗是与礼乐教化联系在一起的。《论语》中记载的孔子与学生讨论诗的两个事例就是明证:"子贡曰:'贫而无谄,富而无骄,何如?'子曰:'可也;未若贫而乐,富而好礼者也。'子贡曰:诗云:'如切如磋,如琢如磨。其斯之谓与?'子曰:'赐也,始可与言诗已矣。告诸往。而知来者。'"[①] "子夏问曰:'巧笑

---

① 刘宝楠:《论语正义》,中华书局1990年版。

倩兮,美目盼兮,素以为绚兮。'何谓也?子曰:'绘事后素。'曰:'礼后乎?'子曰:'起予者商也,始可与言诗已矣。'"① 前者孔子用玉石的打磨说明人格培养的过程,后者用美人的漂亮需要先天的容姿和后天的修饰结合说明在人格培养上要先仁后礼。孔子认为,像子夏、子贡这样能够明白学《诗》是为了修炼道德、推行教化道理的学生,才可以讨论诗,是他认为的优秀学生。孔子把《诗经》当作一部培养人道德情操的教科书,当然也包括了审美教育。儒学虽然后世有过衰落,但是经过两汉经学推崇,宋明理学的发展,儒学一直是历代文论家信奉的学说,儒家提出的文学要担负道德教化重任的理念也就被不断地继承发展下来,这种思想观念对后世的影响极其深远,甚至延续至今。

汉族文论强调人伦道德也是士人阶层为实现自身的存在价值而做出的自觉行为。士、士人是古代社会的特殊群体,古代的"士""士人",简言之即知识分子、知识阶层。他们坚守维护社会基本价值、基本准则,以天下为己任,扮演着那种自命的或是他封的"王者师"的角色,是一批具有自觉使命感、责任感的人。孔子和原始儒家对士的根本要求是终身成为道的坚守、维护、弘扬者。《论语·述而》云:"志于道",《论语·卫灵公》云:"人能弘道。""士志于道"就是说士人应终身不懈地向往、追求、维护道;"人能弘道"是说士人应该还是道的弘扬者。所谓"道",简言之即社会的基本价值、基本准则。自然,孔子所说的道乃是那时社会的基本价值、准则。孔子和原始儒家推崇的理想士人就是要有使命感、责任感,勇于承担责任。儒家认为士首先应该成为一个道德高尚的人。儒家倡导"修己以安人""修己以安百姓"②。就是说士人要想治国平天下,前提首先是修身,搞好自身的道德修养,使自己成为有德之人。但作为士还应具备更高的道德

---

① 刘宝楠:《论语正义》,中华书局1990年版。
② 刘宝楠:《论语正义》。

水准，比如"见危致命""临难毋苟免"①，在"天下无道"时能"以身殉道"②。还要能够为守道、行道忍耐各种艰难困苦，以苦为乐。《荀子·修身》云："士君子不为贫穷怠乎道。"孔子说："君子忧道不忧贫。"③ 可见，孔子和原始儒家既赋予士人弘道的责任使命，自然对他们有着不同于一般人的道德要求，要塑造他们高尚的道德品质、理想的人格，让他们成为甘于担当社会重任的人。"曾子曰：'士不可以不弘毅，任重而道远。仁以为己任，不亦重乎？死而后已，不亦远乎？'"④ 孟子曾说："如欲平治天下，当今之世，舍我其谁也？"⑤ 从"舍我其谁"一类话中我们可以看到他们对责任、使命的高度自觉认同，看到他们为实现自身价值的自信。为求"道"的实现，古代士人自觉从事道德建设，承担道德教化的使命，以此来体现士人自身存在的价值。中国自古就非常重视对民众的教化，以致从中央到地方均有专人掌管这项工作。担负这项工作的主要力量就是士人。优秀士人既是帝王师也是庶民师，他们在这方面所做的工作是多方面的。其中通过文学进行道德教化就是一个主要手段。诗人作家写诗写文多追求一种高尚的道德境界，并以之陶冶人们的情操、怡情养性。

　　藏族文论强调的宗教道德是缘于藏民族迈向文明的选择。藏族古代的历史可以分为史前社会时期野蛮阶段、吐蕃时期进入文明阶段、藏传佛教普及阶段和西藏"甘丹颇章"政教合一阶段。从藏族的历史进程看，宗教对推动藏族社会的发展起了重大的作用，从原始的苯教到佛教的引入普及，都对藏民族道德的建立、形成、发展有着重要的影响，尤其是佛教的价值观直接引导藏民族从野蛮状态进入了文明阶段。如察仓·尕藏才旦所言："佛教价值观的弥漫笼罩，使藏民族的精神境界从野蛮跨进文明，从兽性升华为理性，从桀骜不驯到文质彬彬，从尚武崇力变

---

① 《礼记·曲礼上》，阮元刻《十三经注疏》，中华书局1980年版。
② 赵岐注，孙奭疏：《孟子注疏》，阮元刻《十三经注疏》，中华书局1980年版。
③ 刘宝楠：《论语正义》，中华书局1990年版。
④ 刘宝楠：《论语正义》。
⑤ 赵岐注，孙奭疏：《孟子注疏》，阮元刻《十三经注疏》，中华书局1980年版。

为善良仁慈,在价值观领域遥遥领先,跻身世界先进文明的民族之林。"① 宗教的价值观、宗教的道德教化往往都是通过艺术的手段来实施完成的。"那色彩斑斓、形象生动、形式多姿、内容精美的唐卡佛像、石雕泥塑、音乐歌舞、绘画故事、说唱长诗、各种文学体裁、藏戏等艺术的强力熏陶沐浴,藏民族不能不五体投地、心悦诚服地拜倒在佛教价值观膝下,把佛教的价值观化为自己的价值观,自觉奉行,成为最终追求,最圆满的价值观。"② 由此可见,藏族文论强调宗教道德教化是社会历史条件下的必然选择。

众多学科的大量研究成果表明:汉族和藏族出于共同的远祖。据汉文史籍记载,藏族属于西羌人的一支。藏族具有悠久的历史,最早起源于雅鲁藏布江流域中部地区的一个农业部落。到公元6世纪时,西藏先民的部落经过数千年的分化组合,在西藏地区形成所谓的"四十小邦",由四十小邦又合并为"十二小邦"。后来,雅隆悉补野部落首领做了部落联盟的领袖,号称王(藏语称为"赞普")。此时已进入奴隶制社会。公元7世纪初,松赞干布兼并10余个部落和部族,在西藏高原实现统一,正式建立了吐蕃王朝。松赞干布在位期间,派遣贵族子弟去内地与印度学习先进文化,佛教在这一时期正式传入西藏。佛教传入西藏之前,雪域高原的古代藏族人民信奉"苯教",苯教信仰"万物有灵",崇拜天地、山水等自然神灵,重视祭祀、跳神、占卜、禳解等活动,主要以牺牲各类动物来举行宗教仪式。在这种宗教理念的指导下,史前时期的藏族人崇尚武力和掠夺,这也是人类野蛮时期的共同特征,以掠夺其他部落的财富为荣耀,因而给当时的周边民族地区造成一种战争的恐怖气氛。佛教传入西藏形成了独具特色的藏传佛教。藏族逐步改变了生活方式,开始把慈悲、施舍、忍让等藏传佛教伦理道德作为最高追求。如察仓·尕藏才旦所言:"藏传佛教的价值

---

① 察仓·尕藏才旦:《藏族文艺中蕴含的价值观》,西藏人民出版社2014年版,第29页。
② 察仓·尕藏才旦:《藏族文艺中蕴含的价值观》,第29页。

观就是佛教的价值观,佛教的价值观就是与万千众生有关联的价值观,是大慈大悲,普渡众生,救苦救难,把人从'人'的境界提升到佛的境界,把世界转变为平等、自由、博爱、和谐、繁荣、诚信、幸福的大同世界。"① 藏传佛教不断地塑造着藏族民众的精神面貌、文化观念和生活态度。因而,藏族文学不仅要担负宣传宗教教义的重任,也担负着以宗教道德来教化民众的职责。

藏族文论强调宗教道德也是为了维护藏族宗教统治的社会秩序。藏传佛教与西藏政权之间的关系可以追溯到吐蕃时期。当时,松赞干布为了维护自己的统治,推行佛教,遭到了代表苯教势力的王族反对,各自为了利益相互争斗。赤松德赞时期,赞普为巩固王位,任用佛教僧人担任"却论",掌管朝政,其政治制度实际上已是政教结合的雏形。吐蕃王朝崩溃后,西藏地区陷入分裂状态,地方贵族势力变成新兴封建领主。这些领主支持佛教,使得藏传佛教东山再起。到 10 世纪,藏传佛教出现了教派。政教合一的雏形已在西藏部分地区出现。每个教派控制范围下的地区,都存在着大小不等的近似政教合一性质的地方政权。最主要的教派有萨迦派、噶举派和格鲁派。1751 年,清中央政府恢复和加强了达赖系统在政府中的地位,七世达赖格桑嘉措以西藏地方政府最高首领的身份,集政、教大权于一身。从此西藏地方政府最高权力由世俗贵族手中转移到达赖手中,实行政教合一的制度。西藏历史上的主要政治制度是政教合一,为了维护这种宗教与政治统一的专制制度,就必然需要为之服务的意识形态,以确立它自身的合法性。作为维护统治的工具,藏传佛教以及所提倡的道德就自然成为藏族统治者的不二选择。藏族统治者以强制的与通俗的方式把它灌输给整个社会,使之成为全社会的一种共识,以利于巩固人们的宗教感情,强化人们的宗教心理和宗教认同感。

再者,青藏高原的自然地理环境比较特殊,高原居民形成不同的生

---

① 察仓·尕藏才旦:《藏族文艺中蕴含的价值观》,西藏人民出版社 2014 年版,第 24 页。

活方式和精神面貌，需要统一的道德观念。高原居民生活在不同的区域，有的生活在高原草地从事纯牧业，有的居住在各个大江大河的两岸从事农业，或以农业为主同时兼有林牧业等。早期藏族地区部落众多，各个部落都有自己的一套行为规范和道德标准，对内讲道德，对外毫无道德可言，普遍存在着恃强凌弱、以大欺小的野蛮时期的风尚习俗。从11世纪开始的佛教上弘运动和下弘运动，经过了近两个世纪的持续普及，佛教逐渐取代了苯教，成为藏地全民的价值取向，成为藏地的主流意识形态。从维护政教合一的制度说，藏传佛教的价值观控制了全藏的思想舆论，也成为人们的道德规范和行为准则。也就是说，藏族全民都以佛教的精神要义和思维模式来观察评判一切社会现象和自然现象，以佛教道德、佛教原则作为绝对的价值尺度和行为准绳。这些宗教信念逐渐地在藏族人民的思想中生根发芽结果，指导藏族人民的日常行为。因此说，宗教道德的理念适应了藏族宗教统治的需要，维护了藏族社会日常秩序的运行。当然，我们还应看到，藏传佛教不仅仅只是宗教道德观念，还融合吸收了大量世俗道德和价值观念。这些并不是佛教原有的内容，而是藏民族在社会历史中积累总结的世俗观念。为了维护政教合一社会的运行，藏传佛教不得不最大限度地使宗教文化世俗化，以更好地发挥宗教道德的社会功能。

从文学上看，由于藏族的作家诗人和学者都虔诚地信奉藏传佛教，有些人本身就是具有很深佛学素养的高僧，在他们的文学创作中表现宗教信念和道德观念是再自然不过的事情，在文学理论批评中要竭力倡导宗教道德，并以此去教化民众。

通过上面的论述，我们看到汉藏文论都特别重视文学的道德教化功用，如何看待这个问题？这涉及文学理论的一个重要命题：美和善的统一，即文学的审美性和道德性如何和谐。传统理论认为，文学的审美想象和创造必须受到时尚道德律或习俗道德律的约束，也就是"道德优先"的创作律。对此，有人提出批评，他们认为这不符合艺术自身的特性，这样一来创作者的感性想象与自由表现的种种可能被限制和削弱。他们极端地认为文学就是"我想写什么就写什么，不应该受到任何禁忌和限制"。他们的理由是，艺术本身就是要充分展示自由感知与自由想象，不应设限而使艺术的自由感知受限，而应充分展示人类生存境遇的无限复杂性和无限可能性。对这一无限开放的原则，我们也要辩证分析。无限开放本身可能导致的结果也是双向的：即感性的无限开放既可能使人类的正价值得以张扬提升，也可能使人类的负价值充分表现，诱导人们走向堕落。因此，好的文学作品必须善于探究道德生活的可能性，创造鲜明生动的艺术形象，引导人们走向美好理想生活，也就是孔子所提倡的"尽善尽美"。而且文学表现出了人类生命本原性道德也容易被人们接受认可。道德是一个民族或一个文化团体共同维系的价值事实，也是价值准则，它在人类社会生活中起着十分关键的作用，因而，文学不能也不可能完全逃离道德。同时，我们也要注意到，文学过分强调道德时，文学的生命表现就会减弱，也就失去了生活本身的感情力量。文学创作是感觉的思想活动，也是生命的自由认知、体验和还原，它不是为了观念而创作，而是为了表达自由的生命情感、生命理解和生命信念而创作。因此，在文学的审美性和道德性二者之间的关系上，我们还是坚持审美原则优先，在强调审美性为第一性的基础上寻求与道德性的和谐统一。汉藏文论史上有关文学与道德问题探讨的历史值得我们好好地考察和思考。

第七章　象、境与情、味：汉藏文学审美创造论

　　各个民族的文学观念不同，其文学的美学风貌和审美价值取向就各具风韵。从创作者的角度看，文论是对创作主体的生存体验和诗意化人生的阐释；从接受者的角度看，文论是对文学艺术作品呈现出来的美感的自由解释和体悟；从文本的角度看，文论是对文学艺术创作法则和规律的发现和总结。总之，文学源自心灵的想象和情感，文学理论就是要揭示文学艺术创作的心灵秘密。这让我们更清楚地认识到，文论的研究不仅是知识性的价值形态，更重要的是生命性的价值形态，因此，我们要把知识性的立场和生命性的立场高度统一起来。也就是说，我们既要研究文学艺术的规律和价值，更要关注其所蕴含的美学思想和观念。从美学的层面看，文学的审美创造就是人的心灵与外部世界相互作用下所产生的心灵影像，是创作者创造一个虚灵生命世界的过程。每个人都有自己的心灵世界，每个人都会按照自己的审美眼光形成自我的审美境界。汉藏文论由于文化背景的差异，各自对审美创造的认知是有差异的。汉族文论主张文学创作中"象"与"境"的统一，藏族主张文学创作中"情"与"味"的密切联系。

第一节　象、境

审美创造的重点在于通过艺术自身去还原和重建美妙的生命情景，而不是美的观念的抽象诉说。汉族文论依据传统哲学观念，总结了文学实践活动的经验，提出了文学的审美创造就是要创造出一个象与境统一的生命世界。它首先发现了"象"这个概念，并提出"意象"说，进而又追求通过"意象"去创造出有"意境"的情意浓郁的境界。下面我们从象与意象、境与意境以及意象与意境的关系诸方面做具体分析。

一　象与意象

汉代的王充首次将"意"与"象"作为一个完整概念来使用，他在《论衡·乱龙》中说："夫画布为熊麋之象，名布为侯，礼贵意象，示义取名也。"[1] 在画布上画上熊、麋、虎、豹等兽类的像，让天子去射熊、诸侯射麋、卿大夫射虎豹、士们去射鹿和猪。把布称为侯，人们的礼制在画布上的图像中表现出来，都是按照礼制来给画布命名的。这里所言"意象"是指古代箭靶上所画的动物图案。按照礼制，不同等级的射者，箭靶上的图案就不同，从图案差异上可以看出射者的地位和身份，即"示义取名"。可见，这里的"意象"还不具有审美的意义，只是说明不同的"象"代表着不同的"意"。

"意象"从哲学人文领域转入审美领域当是在魏晋时期。西晋的挚虞在《文章流别论》中说："文章者，所以宣上下之象，明人伦之叙，穷理尽性，以究万物之宜者也。"[2] "古之作诗者，发乎情，止乎礼义。情之发，因辞以形之；礼义之旨，须事以明之。故有赋焉，所以假象尽辞，敷陈其志。"[3] 这说明文章如周易的卦象，是"象其物宜"的工具。

---

[1] 胡经之：《中国古代文艺学丛编》（二），北京大学出版社2001年版，第75页。
[2] 欧阳询：《艺文类聚》卷56，上海古籍出版社1999年版。
[3] 欧阳询：《艺文类聚》卷56。

"假象尽辞，敷陈其志"指的是赋这种文体的特点就在于通过铺陈物象表达情志。挚虞将意象的概念引入文学文体的分析中具有开创意义。而刘勰的《文心雕龙》的《神思》篇正式标志着审美意象观念的形成，说："独照之匠，窥意象而运斤：此盖驭文之首术，谋篇之大端。"刘勰在讨论文学创作构思和想象时，明确地把"意象"提出来，并作为文学创作最为重要的内容。"意象"就是"意"中之"象"，非外界实物的物象。它是"神与物游"所产生的一种带有情意的审美具象。"它明确地指出了作家在心物感应之后言辞表述之前，在内心形成了一种有意的具象，这就是'意象'。'意象'比之单举一个'象'字，显然更加突出了此'象'乃是意中之象、有意之象和意创之象。由于'意象'这一概念正确地揭示了文学创作过程中特定环节上的奥秘，因而具有巨大的生命力。"①

刘勰的《文心雕龙》在文学创作构思想象中推出"意象"以后，对后世文论产生了重大的影响，历代文论家对"意象"的认识不断深入。唐代王昌龄讲到诗歌创作构思的三种方法，其一就是"生思"。"未契意象"就是说还没有找到意和象的契合途径。唐代司空图在《诗品·缜密》中说："意象欲生，造化已奇。"明代何景明在《与李空同论诗书》中曰："夫意象应曰合，意象乖曰离。"②说的是在文学创作中意与象要很好地结合。明代胡应麟在《诗薮》中也说："古诗之妙，专求意象。"可见，诗歌作品的特质或根本是作品中的"意象"，是情景交融的"意象"。因此，清代王夫之说："不能作景语，又何能作情语邪？古人绝唱句多景语，如'高台多悲风'，'蝴蝶飞南园'，'池塘生春草'，'亭皋木叶下'，'芙蓉露下落'，皆是也，而情寓其中矣。以写景之心理言情，则身心中独喻之微，轻安拈出。"③王夫之提出要"以写景之心理言情"，意思是说，诗歌作品的根本是情，但情不能直露喊

---

① 黄霖等：《原人论》，复旦大学出版社2000年版，第111—112页。
② 胡经之：《中国古代文艺学丛编》（二），北京大学出版社2001年版，第87页。
③ 王夫之著，夷之校点：《姜斋诗话》，人民文学出版社1961年版，第154页。

出来，要通过"景语"以达情，合成"意象"。清代另一文论家叶燮说："诗之至处，妙在含蓄无垠，思致微渺，其寄托在可言不可言之间，其指归在可解不可解之会，言在此而意在彼，泯端倪而离形象，绝议论而穷思维，引人于冥漠恍惚之境，所以为至也。"①"可言之理，人人能言之，又安在诗人之言！可征之事，人人能述之，又安在诗人之述之！必有不可言之理，不可述之事，遇之于默会意象之表，而理与事无不灿然于前者也。"② 叶燮的这些话明确指出文学的特异之处。诗要写理，但非"可言之理"，诗要写事，但非"可征之事"。诗就是要有审美"意象"，它的特点是"言在此而意在彼，泯端倪而离形象，绝议论而穷思维"，是一种不可穷尽的朦胧之境。

由此可见，汉族文论认为文学的审美创造就是通过意与象的互动，是意与象有机融合的一个整体。如张少康所说："我国古代用'意象'而不用别的概念来说明艺术形象，正是为了强调艺术形象中既有主观的'意'，又有客观的'象'，它既有主观性又有客观性，是二者的结合。"③ 意象理论之所以有着重要的价值，就在于它很好地表现了文学的审美特征和艺术特征，体现了艺术和审美创造活动的本质规律，集中表现出文论的民族特色和民族文化传统精神。

二 境与意境

唐代王昌龄在其《诗格》中区分出了文学创作的三种"境"。这三境皆为诗歌的审美境界，但其侧重却有不同。"物境"侧重于"物"，即客观景物或境遇。创作的关键在于创作主体以客观外界事物作为审美对象，将自己放入所取的"境"中，做到将物象"神之于心"，故而达到"形似"之审美特征。"情境"侧重于"情"，即"娱乐愁怨"，就是人的喜怒哀乐情感。创作的关键在于将创作主体的人生体验和生活感

---

① 叶燮：《原诗·内篇》，见《清诗话》下册，上海古籍出版社 1982 年版，第 584 页。
② 叶燮：《原诗·内篇》，见《清诗话》下册，第 584 页。
③ 张少康：《中国古代文学创作论》，北京大学出版社 1983 年版。

受作为审美对象，以主体的情感为主展开艺术创造。"情境"偏重主体，"物境"则偏重客体。"情境"的审美特征为"深得其情"。所谓"意境"，是一种抽象之"境"。其创作的关键在于创作主体以思想经验为审美对象，并借外物描写传达出来。其审美特征为"得其真"。王昌龄区分了诗的"三境"，实质上，不论是"物境""情境"，还是"意境"，都是诗人主客观交流互动后创造出来的生命世界。概言之，它们都是意中之境。

尽管王昌龄的"诗有三境说"提到了"意境"，但是跟后来文论中一般所说的"意境"含义有很大的不同。后来文论中"意境"的概念主要指创作主体的思想情感与所描绘的客观画面如何很好地结合为一体的问题，它指涉的是主观和客观二者的关系，以及两者结合的方式。不过，这个问题在《诗格》中也有触及。如说："凡诗，物色兼意下为好，若有物色无意兴，虽巧亦无处用之。"[①] 王昌龄认为诗应该有意也有境，描写自然物色要写出诗人的主观感受。但是他将"意"和"境"分开来讲，还没有特别强调物色和情思融合的问题。

中唐以后，许多文论家开始关注"意"与"境"相济相融的问题。中唐时期权德舆提出了"意与境会"的诗学命题。他在《左武卫胄曹许君集序》中说："凡所赋诗，皆意与境会。"[②] 旨在强调诗人情意与表现对象的有机结合。唐末司空图的《与王驾评诗书》也说："思与境偕，乃诗家之所尚者。"同时，文论家还注意到"意"与"境"另外一个问题，那就是中唐时期刘禹锡在《董氏武陵集记》中提出的："境生于象外。"司空图在《与李生论诗书》中主张诗要有"味外之旨"，就是"近而不浮，远而不尽，然后可以言韵外之致。"近而不浮，指诗描绘的物象近在眼前，但又不流于浮浅。远而不尽，指诗的意蕴要深远，不是句中词句所能完全表达的。韵外之致，指在语言文字之外，别有余

[①] 张伯伟：《全唐五代诗格校考》，陕西人民教育出版社1996年版。
[②] 董皓：《全唐文》卷493，1983年中华书局影印嘉庆本。

味。这段话的意思是说诗的意境极为深远,超越语言之外。真正提出具有文论普遍概括意义"意境"的当算明代的朱承爵,他说:"作诗之妙,全在意境融彻,出音声之外,乃得真味。"① 他总结了前人观点,明确地指出"意境"内涵的两个特征:一是"意境"的"融彻",也就是"意"和"境"的深度融合。二是要"出音声之外",也就是唐人所说的诗要有"味外之旨""韵外之致"。这种整体的意境观形成后,在清代广为流传。

"意境"说发展到王国维的《人间词话》,得到了进一步的总结倡导。王国维在论述中有时用"境界"有时用"意境",两者的含义基本一致。《人间词话》开篇就标举"境界",他说:"词以境界为最上。有境界则自成高格,自有名句。五代北宋之词所以独绝者在此。"他认为的"境界"用他的话说,就是"境非独谓景物也,喜、怒、哀、乐,亦人心中之一境。故能写真景物、真感情者,谓之有境界。否则谓之无境界"。对此,王国维颇为自负,觉得高于前人,他认为"境界"二字最能体现诗歌审美创造的本质特征,是"探其本"。他在其他地方又用"意境",而不用"境界"。他曾托名山阴樊志厚在其《人间词乙稿序》中说:"文学之事,其内足以摅己,而外足以感人者,意与境二者而已。上焉者意与境浑,其次或以境胜,或以意胜,苟缺其一,不足以言文学。原夫文学之所以有意境者,以其能观也。出于观我者,意余于境;而出于观物者,境多于意。然非物无以见我,而观我之时,又自有我在。故二者常互相错综,能有所偏重,而不能有所偏废也。文学之工与不工,亦视其意境之有无,与其深浅而已。"②《宋元戏曲考》评元杂剧说:"元剧之最佳之处,不在其思想结构,而在其文章。其文章之妙,亦一言以蔽之,曰:有意境而已矣。何以谓之有意境?曰:写情则沁人心脾,写景则在人耳目,述事则如其

---

① 胡经之:《中国古代文艺学丛编》(二),北京大学出版社2001年版,第100页。
② 王国维:《人间词话》,人民文学出版社1982年版,第256页。

口出是也。古诗词之佳者，无不如是。"① 从上面的这些话我们可以看出，王国维的意境说是继承了前人的"意与境会""思与境偕"的观点。他强调了情与景的统一，意与境的"融彻"。他指出文章既要有"真景物、真感情"，还要能写出这真景物、真感情。值得注意的是，王国维借鉴了西方叔本华等人的思想对意境论做了发展。如他区分出了"观我""观物"两种审美观照方式，其"观我"的特点是"观我之时，又自有我在"。这里把"我"分成了两个：一个是"观我"之"我"，另一个是"自有我在"的"我"。前者的"我"是被观照的对象，后者的"我"是审美主体的"我"。这些都是对意境理论的独特贡献。但是，王国维却未能论及"意境"理论另外一个重要内涵，那就是"境生象外""景外之景"。

我们现在一般所说的意境，应该包含两方面的内容：一是"意与境会""思与境偕"，也就是思想情感和外在物象交流互动中达到高度的融合；二是"境生象外""景外之景"，也就是文学作品所描绘的艺术世界应是具有无穷想象力的一种情意空间。我们从这两方面来分析"意境"的内涵。

第一，"意与境会"。这是中唐时期权德舆提出来的。其实，如前文所述，这种观念在盛唐时期王昌龄的《诗格》中就注意到了。他说："夫作文章，但多立意。令左川右穴，苦心竭智，必须忘身，不可拘束。思若不来，即须放情却宽之，令境生。然后以境照之，思则便来，来即作文。如其境思不来，不可作也。"② 王昌龄认为一首好诗要景与意相兼，"若一向言意，诗中不妙及无味"。中晚唐时期，文学革新思潮兴起，文学迎来了第二次繁荣，诗歌重视表现主观情感，诗论也在进一步讨论"意"和"境"更好融合的问题。晚唐时期司空图提出"思与境偕"，与权德舆的"意与境会"的观念是一致的。可见，"意境"就是

---

① 王国维：《王国维戏曲论文集》，中国戏剧出版社1957年版，第106页。
② 张伯伟：《全唐五代诗格汇考》，江苏古籍出版社2002年版，第169页。

指创作主体和外在客体交互融合后创造出来的艺术境界。后来的诗论家多从"情"与"景"的结合上去解说"意境",尽管有一定的道理,但是,情景交融不能简单等同于意境,它只是诗歌表现的方式,而意境体现的是主体与客体交流互动的关系。

第二,"境生象外"。这是刘禹锡提出来的。他说:"诗者,其文章之蕴耶!义得而言丧,故微而难能;境生于象外,故精而寡和。"① 这段话表明了刘禹锡对诗歌意境的认识,"义得而言丧""境生于象外",说的是诗的意境就在"境生于象外",即"境"对"象"的超越。刘禹锡在中国文学理论史上首次明确地把意境与"象外"联系起来,具有开拓意义。后来进一步展开此观点的是唐末的司空图。他着重探讨了诗歌的"象外之象,景外之景",以及"韵外之致"和"味外之旨"。他认为诗歌创作不能仅仅停留在实象、实景的描写上,还要由实在之物象导向虚拟之象和想象之象。也就是说,要能开拓出更多的想象空间,蕴含更加丰富和深刻的内容。"韵外之致"和"味外之旨"就是通过对具体形象的描绘反映出对生命的体验和对天地宇宙的感悟。由此看来,诗歌的意境是一种多层的结构,即由象内的感知跃进到对生命的情趣和意蕴的深刻领悟。朱良志认为意境应当"具有三个规定性,一是有内容,二是有智慧,三是有意思"②。有内容就是强调象外之象、景外之景、言外之意、韵外之致,要含不尽之意在言外。有智慧就是超越有限的具体事物和场景上升到整个人生、历史、宇宙的哲理性的感悟。有意思就是强调诗要有韵味,让人产生无穷无尽回味的美感。朱良志这样的概括总结较为详细,特意强调了哲理性。总之,意境不论是分为两个方面还是三个方面,都应该具有内容的包孕性,思致的深刻性,美感的无穷性。这从文学的本体意义上明确了意境应当呈现一种充满情意的令人回味无穷的生命世界。

---

① 胡经之:《中国古代文艺学丛编》(二),北京大学出版社2001年版,第80页。
② 朱良志:《中国美学十五讲》,北京大学出版社2006年版,第293页。

三　从意象到意境

意象与意境这两个概念常常被混用。其实这两个概念既有联系，也有区别。我们以历史的眼光来看待这个问题就容易理解，从意象到意境是一个历史的演进过程。这个过程大体上可以分为三个阶段：意象、兴象、意境。这三个阶段不是截然分明的，从唐代开始这三个概念往往会被文论家交错使用，情况比较复杂。但是，从产生的时间看还是存在着先后相续的关系。

"意象"概念的提出，具有一定的历史背景。它是魏晋南北朝时期挚虞、刘勰在总结了文学审美创造的经验，借用了传统哲学观念后形成的概念范畴。文论史上"意象"概念何以能出现在这个时期呢？看看古代诗歌的发展史，我们就可以理解。它是文学自觉时代对审美创造机理清醒认识的产物。先秦时期的诗歌以《诗经》和《楚辞》为代表，《诗经》中的作品大都是民歌和一些士大夫的抒怀之作，这些作品真切表现了他们的所思、所感、所见，"意"和"象"自然地融合在一起。《楚辞》是以屈原为代表的文人生命体验的传达，以抒情见长，情感寄托于外物，"意"和"象"二者结合得巧妙诡奇。到了汉代，汉乐府民歌在我国诗歌史上是继《诗经》《楚辞》之后出现的第三个重要发展阶段的代表。汉乐府民歌的产生，依班固《汉书·艺文志》所言："自孝武立乐府而采歌谣，于是有代赵之讴，秦楚之风，皆感于哀乐，缘事而发。""感于哀乐，缘事而发"说的是，乐府民歌是作者所表现出来的喜怒哀乐的情感。实际上，它也是"意"和"象"自然融合的产物。汉末建安时期，以"三曹""七子"为代表的一批诗人继承了传统文学审美创造的精神，诗作中情感充沛，物象逼真，思想情感和外在物象高度融合。刘勰《文心雕龙·时序》说："观其时文，雅好慷慨，良由世积乱离，风衰俗怨，并志深而笔长，故梗概而多气也。"总而言之，先秦到建安时期的这些优秀的诗篇都是在不自觉的状态下实现了主体与客体的交流与融合，达到了"意"和"象"的完美统一。

第七章 象、境与情、味:汉藏文学审美创造论

魏晋南北朝开始,文学进入一个自觉的时代,人们开始探讨诗歌的特性以及诗歌创作的内在结构,诗歌的"意"和"象"自然就成为讨论的重要话题。诗歌创作重在"意"还是重在"物"?二者如何很好地统一?这些问题引起了创作者的关注,他们首先在文学创作实践上做出了探索。东晋时期,由于玄学的影响,诗歌中开始表现老、庄的人生境界,尤其是玄言诗表现为甚。诗歌重视"意"的传达,充满了玄理,忽视诗歌"象"的描写,以至于美感全无,味同嚼蜡。刘勰《文心雕龙·时序》说:"自中朝贵玄,江左称盛,因谈余气,流成文体。是以世极迍邅,而辞意夷泰,诗必柱下之旨归,赋乃漆园之义疏。"南朝时期,诗歌创作追求写物图貌,刘勰在《文心雕龙·物色》中概括得很准确,自从晋、宋以来,作品描写事物重在逼真巧妙,功夫全在于紧密贴切。以至于看到诗中的语言描述就像看到了具体的景物一样,就其字辞而知道当时的时令景色。山水诗就是代表,极为重视对"物"和"象"的细致描写。这固然没什么不好,但许多作品缺情寡意。刘勰正是看到了文学史上或重写意或重写物的偏颇,才提出诗歌创作关键在"意象"的审美创造。这个"象"并非只是外界实在物象的描绘,而是"意"中之"象",是"神与物游"所产生的一种带有情意的审美具象。

到了初唐时期,意象理论并没有得到自觉的继承和发展,但文论特别强调诗歌"兴"的特性。这是因为,初唐人对南朝齐梁诗风不满。南朝时期的诗歌或抒发一些个人的单薄的情思,或单纯的体物写景,或一味地追求形式辞藻的华丽,可是忽略了诗歌意蕴的表达。王勃、骆宾王、陈子昂屡次倡导诗歌要重视"兴",以纠正之前的不良诗风。在此基础上,盛唐时期殷璠在《河岳英灵集》中明确提出"兴象"的诗学命题,把"兴象"作为诗歌的艺术特质。他在序中批评南朝诗风:"理则不足,言常有余,都无兴象,但贵轻艳。"[①] 殷璠又以"兴象"作为审美标准来评价诗人、诗作的优劣高低。"兴象"主要强调以"兴"为特征的

---

① 王克让:《河岳英灵集注》,巴蜀书社2006年版。

"象",也就是主观的情感、精神同客观物象达到高度的和谐统一,诗应具有"兴"的托物言志作用,蕴含更为深远的意旨,引发无尽的审美享受。"兴象"之"兴",主要指情感、意兴、玄思、妙理等主体要素,而"象"则是指描绘的人事风物等。所谓的"兴象",就是指情景交融的审美特征。"兴象"论是对"意象"论的进一步拓展,为"意境"论的出场做了理论上的积累和准备。后世宋人论诗少用"兴象",而发展到明清时代,则广为运用,不断强化和丰富"兴象"的内涵,有时常和"意象""意境"混用。

"意境"说的建构在唐代已初步形成,唐代以后不断得到深化和发展。从"意象"说经由"兴象"说的拓展,再发展到"意境"说是一个历史的过程。这标志着汉族诗学观念的全面成熟,也体现了汉族文论所具有的独特精神风貌。"意象"与"意境"有区别更密切联系。意象是表达思想和情感的表意之象,具有可感知的实在性,偏重外在感知。意境是文学艺术作品通过意象表现出来的境界和审美想象空间,是通过心灵构造出的一个虚拟的广大世界,偏重内在感悟。"意象"可以生成"意境",单个意象可以构成意境,多个意象也可以构成意境。境离不开象,无象则无以出境,这就是所说的"境生象外";而"意境"则拓展了"意象"的审美空间。

第二节 情、味

藏族的文论受印度文论的影响较大,尤其是檀丁所著的《诗镜》传入藏地后影响更加深广。许多藏族译师、学者都对《诗镜》原文进行过仔细注释,在注释过程中也引入了印度诗学的重要概念术语和美学范畴,并结合具有民族风格的藏文诗例对原作进行增补、阐释、改造、创新和发展,形成了独具特色的藏族审美创造论。"情味"论就是藏族文论所追求的文学审美创造理论。

"情"和"味"本是印度诗学的一个中心论题和重要范畴。"味"在

第七章 象、境与情、味:汉藏文学审美创造论

印度原始的意义指植物的汁和水,是物质的东西,后来用于诗学。在诗学中,"味"指文学作品中潜藏的某种人类共有的审美感受。"情"指人们日常情感中具有本原性的常情。"味"和"情"是一组相互关联的概念范畴,"味"产生于"情","情"表现"味"。也就是说,"情"一旦被艺术家表演出来,或在艺术作品中表现出来,就能产生引起人们感情共鸣的审美快感,那就是"味"。藏族文论借鉴吸收了印度的情味论,通过不断本土化,使之成为本民族文论的一个重要内容。于乃昌在《中国少数民族文艺理论集成》的前言中讲到"在藏族文艺学中,最高的审美范畴是'味',而'味'的含义,最本质的规定是生命意识的感性体验"[①]。

　　藏族的情味论是以印度的情味论作为理论基础的。印度婆罗多在《舞论》中把情区分为不变的情(常情)、变化的情(不定情)以及情态(随情)、情由(别情)等49种情。常情又称为"情""固定的情""稳定的情",是人类共有的基本情感。它包含了7种先验存在的、原生态的人类基本情感类型:欢乐、笑、悲、愤怒、勇、恐惧、厌、惊诧。常情不能直接表现,它是通过情由、情态、不定情才能表现出来,也就是说,常情必须在现实中通过具体的情感和情感状态才能让人感受到。不定情指人们在日常生活中随着不同的时间场合而不断变化的情感,它是常情的具体化的表现形式。不定情包括忧郁、虚弱、疑虑、妒忌等33种感情,这些情感的变化会同时伴随着特定的身姿、动作、手势、面部表情、眼神等,这些表现出来的形态就是情态。观众通过表演者这些特定的形体姿态、动作、眼神等生理反应,就能感受到他们的情绪特征。情态有瘫软、出汗、汗毛竖起、颤抖、变声、流泪、昏厥8种真情,从情态表现出来的情感的原因,这就是情由。任何情感的产生和变化必定有外在的根源,不是毫无根据的。藏族的情味论借鉴吸收了印度美学、印度诗学理论,同样认为"味"产生于"情","情"能通过不定情、情态、情由等表现出来,从而产生"味"。藏族的情味论基于藏族文学的实践,又做出

[①] 彭书麟等:《中国少数民族文艺理论集成》,北京大学出版社2005年版,第10页。

了自己的阐释，赋予了它不同的内涵，体现出新的特征。

贡嘎坚赞是藏族历史上第一位获得"格西"学位称号的人，他具有宗教家、政治家、艺术家、文学家等多重身份，是体现藏族文化的突出代表人物。他在《智者入门》一书中阐述语言运用、语言修饰后就能写出"情"的状态，从而产生9种美的诗态，即诗的9种"味"。他把印度的八种诗态扩大改变为九种，即艳美、英勇、丑态、滑稽、凶猛、恐怖、悲悯、希冀、和善。他说：

> 艳美、英勇和丑态，
> 滑稽、凶猛及恐怖，
> 悲悯、希冀和善为九态。
> 《不死藏》中归纳成八种。
> 先将它们的定义和区别分述于后：
> 艳美是身语、装扮，
> 外境等美的区别。
> ……
> 英勇是无畏禁行者，
> 布施戒律等无畏，
> 是属正法的英勇，
> 战场降敌等无畏，
> 则是世俗的英勇。
> ……
> 丑态是美的反面，
> 它可分为身体、
> 语言、装束、地方等四种。
> ……
> 滑稽使之能发笑，
> 通过身、语、装束、姿态、

第七章 象、境与情、味:汉藏文学审美创造论

行为、本领与过失，
显示给人使发笑。
……
凶猛是粗暴的行为，
对于二障和习气，
奋力降伏是法猛；
用身语意的特性，
镇服对方来害者，
这是世俗的凶猛。
……
恐怖是使畏缩状，
身语姿态去感化，
施行布施等困难，
除此之外是俗人。
……
悲悯即是同情心，
见到弱者便发出，
如佛慈悲的超人，
听到心就特难忍。
……
希冀是胜心过人
俗人的荣华兴盛，
贤人的功德圆满，
以其声威镇对方。
……
和善是已除骄矜，

正同希冀恰相反。①

贡嘎坚赞分别用散文体文字解释了这9种诗态，并为之分出了不同的表现形式。如在解释"艳美"时说："艳美是既美又动人的装扮。如果分，还可分为内美和外美。内美是身体、语言具有美丽姿态的特殊者；外美是从地方等出现的。即农村、园林……；花朵、果实、云水、山间、草原、飞鸟、野兽，还包括饰品、衣服、药等带给人的享受，以及自然风光使人感到的精神愉悦。"② 在解释"丑"时又分为身体丑、语言丑、装束丑和地方不美等。"滑稽"又分为使人发笑的语言和身体的行为两种。"希冀"又分为俗人的希冀和贤人的希冀两种。贡嘎坚赞认为无论是哪一种"诗态"，都是通过事物的自然属性与诗的情态相一致表现出来，并借助与其相符的词语和手法修饰而表现出来的。

后来的藏族学者不断阐释情味理论，使印度的情味理论逐步适用于藏族的文学实际，成为藏族文学理论的重要内容。18世纪的康珠·丹增却吉尼玛的《诗镜》注《妙音语之游戏海》中也介绍和讨论了情味。康珠结合《诗镜》第二章姿态修饰进行讲解时指出《诗镜》把《舞论》中表演艺术的8种味移植到诗歌写作中来，丰富了诗的表现手段。康珠非常重视情味理论，在注释《诗镜》姿态修饰一节中，他特意翻译了梵文《舞论》的一些片断用来说明"味"在文学审美创造中的重要性。以不同佐料烹调食物可以产生美味来比喻诗"味"，说明诗"味"是通过语言描写表情和内心情感的"情"而产生的。

当代著名藏族学者东噶·洛桑赤列对"情"做过详细论述，他在《藏族诗学修辞指南》一书中具体阐释了与八种诗"味"相对的八种"表情修饰法"。他所说的表情，实际上指的是产生表情的内部心情。兹引录如下：

---

① 彭书麟等：《中国少数民族文艺理论集成》，北京大学出版社2005年版，第161—163页。
② 彭书麟等：《中国少数民族文艺理论集成》，第161—163页。

歌诀：表情修饰分八种，妩媚威猛和豪迈；

  怜悯可厌与可笑，奇异以及恐惧态。

1. 八种表情修饰法中之第一种妩媚表情修饰法。

歌诀：讲说妩媚表情者，称作妩媚表情修饰。

其含义是因为自己具有优于他人之功德等原因，心中产生的喜悦心情流露于外的妩媚情态的一种修饰法叫作妩媚表情修饰法。

妩媚表情修饰法，在表达妩媚表情内容上还派生出多种差别：区别人的身、语美丽内心差别的叫作内妩媚；区别城市、苑林、花朵、果实、山岳、河流、森林等美丽而可意的环境差别的叫作外妩媚；区别衣着、饰品、宫殿、王妃和饮食等差别的叫作受用妩媚；区别苦行、戒律、多闻、施舍、怜悯等差别的叫作佛法妩媚。如此等等可扩大的描写内容十分广泛。本修饰法的原文举例内容属妻室受用妩媚表情的范围。

2. 八种表情修饰法中之第二种威猛表情修饰法。

歌诀：忿怒心情表示外，显威猛相威猛饰。

其含义是对所忿怒的任一对象怀有忿怒心情，外表上显露出了威猛表情的一种修饰法叫作威猛表情修饰法。

威猛表情修饰法中又可派生出几种表达忿怒心情的不同表情，即扩大的描写内容，从世俗方面来说，有似英雄赴战场忿怒敌军的表情怒目相视；怒眉紧缩；杀声大作；有对自己身边之人或保护自己生命之人，也拟刀茅相见或拟以鞭棍抽打的表情；从宗教方面来说，有似佛陀降魔和金刚手降伏自在天时的忿怒表情那样，在自己思想上怒气冲冠的外部象征使身语表情完全显露。

3. 八种表情修饰法中之第三种豪迈表情修饰法。

歌诀：比具圆满功德者，还自满姿豪迈饰。

其含义是：自己虽然没有某种圆满功德，却表现出比自己具有此种圆满功德的人豪气还要十足的表情的一种修饰法叫作豪迈表情修饰法。

豪迈表情修饰法中又派生出表达豪迈表情的几个小类：表示毫不畏惧地放弃自己的所有财物，甚至包括放弃自己的身躯和生命的表情叫作施舍豪迈表情，表示毫不畏惧并愿守法、苦行和勤奋精进的表情，叫作佛法豪迈表情；表示毫不畏惧赴前作战，猛兽的威胁、自然灾害等，且愿奋起斗争的表情，属于世俗豪迈。须知以此类推还可衍生出更多的豪迈小类。

4. 八种表情修饰法中之第四种怜悯表情修饰法。

歌诀：见人承受苦因果，出恻隐言怜悯饰。

其含义是：见到他人承受痛苦之因，即做积累罪过之事，以及承受痛苦之果即己所不欲的各种痛苦之事，在思想深处则产生了难以忍受的恻隐之心，口中便说出了同情之语的一种修饰法，叫作怜悯表情修饰法。

怜悯表情修饰法的派生情况即可扩大描写的内容：以忍受着痛苦之因和痛苦之果等为主的怜悯对象的分类：从世俗的角度划分有违背地方法规或脱离地域实际、未做应做之事等，这是痛苦之因；触犯刑律、遇敌、离亲、重疾缠身、肢体受残等，这是真正之痛苦，另有受到栽赃陷害、好心办了背道而驰的错事等，落在自己头上时自己无法忍受之事若落在他人头上就成了产生同情和怜悯的对象等。

5. 八种表情修饰法中之第五种可厌表情修饰法。

歌诀：不称心之丑恶物，使生厌恶可厌饰。

其含义是：由于所描写的事物之外形十分丑恶甚不尽如人意，使人生厌，从而表露出厌恶表情的一种修饰法叫作可厌表情修饰法。

可厌表情修饰法派生情况，即可扩大范围描写的可厌事物种类还有：身之可厌如驼背、跛脚、双目失明、颈瘿患者等；语之可厌者如结巴、喉嘶哑者、神志不清者、当众讲说不堪入耳之污秽语者等；地域之可厌者如崎岖不平、断头枯树、荆棘林、沼泽地等。总之，令人见闻之后自然而然就会出现使人掩鼻或责骂等表情的事物，都是本修饰法应扩大描写的对象。

6. 八种表情修饰法中之第六种可笑表情修饰法。

歌诀：所出之言能引起，闻者发笑可笑饰。

其含义是：运用所说的言词，能引起闻者发笑的修饰法叫作可笑表情修饰法。

可笑表情修饰法内部能引起发笑内容的种类有：所讲的词语本身就有能使发笑作用者，一般情况是譬如不知羞耻的愚蠢之人的言行和一般表情。此外，由于某些客观因素，自己或他人的言行中亦有能引人发笑的作用。另外，诗人、戏剧家、滑稽大师等运用他们的聪明才智创作出的艺术形象，亦具有能使人大笑、微笑、拍手叫好等发笑表情的作用。本诗中应该理解为属于艺术创作类的可笑表情。

7. 八种表情修饰法中之第七种奇异表情修饰法。

歌诀：前无优异之功德，使生奇感奇异饰。

其含义是：通过讲述世上从未发生或从未有过的优异功德，能使人产生奇异感情的修饰法叫作奇异表情修饰法。

可描写的表达奇异表情的事物内容还有：从世俗方面来说譬如门第高贵、相貌漂亮、富贵双全、国政强大等方面的奇异。再如智慧、艺术、魔术、胆识、精神、才识、德行和心术等功德方面的奇异表情属于佛法和世俗的共同功德。同理，从仅在佛法方面的功德等角度，通过讲说类似不可比拟的优异特点，自己就能那样产生积极性，产生目瞪口呆地毛发上竖，对别人反复讲述和高声喧哗等奇异心情。

8. 八种表情修饰法中之第八种恐惧表情修饰法。

歌诀：由于某种可怖因，显恐惧相恐惧饰。

其含义是：由于任何一种目不忍睹，令人生畏之因能产生各种恐惧表情的修饰法，叫作恐惧表情修饰法。

在此能体现恐惧表情的因缘有多种：罗刹和魔鬼等相似的或虚

构的，狮子虎豹等猛兽、悬崖、深谷、广袤的密林、波浪滚滚的大江河、面广且火势冲天的大火、山体崩裂或搅动寰宇的狂风、汹涌的翻江倒海的狂潮、山崩地裂的地震、深邃而黑暗，并设有各种刑具的地牢等这是属于世俗方面的恐惧景象。

施舍头颅和四肢、他人难以忍受的苦行、研习佛法、为了学习，一人单独行走在布满盗匪虎豹等数里之遥的空旷、危险道路之间等，这是在佛法方面使产生恐惧表情之因。此等之因使之产生恐惧表情，一听一见这些恐怖景象，就能使人产生手脚全身发抖，面容变色、心跳不止，唇舌喉间干燥，全身毛发上竖，手套也不由人地丢落等表情来。①

这里详尽地阐明了表现妩媚、威猛、豪迈、怜悯、可厌、可笑、奇异、恐惧八种"味"的表"情"方法，又在各种表情修饰法中做了更细致的分类，介绍了相关的派生方法。由此可见，藏族的情味论认为诗只有对人的外在言行和内心情感做细致入微的描写，才能打动读者或观赏者的心灵，使他们产生审美体验和感受，也就是由"情"进而生发出"味"来。

藏族文论不仅在理论上对"情"和"味"做阐释分析，更重视在写作实践中的灵活运用。这一点与汉族文论颇为相似，与西方纯理论研究大不相同。藏族学者讨论"情味"这样的理论话题总是联系在实际操作中如何很好地加以运用。贡嘎坚赞在讲了9种味以后，接着就讲怎样在写作中很好地将词语搭配修饰，并注意避免由于搭配不当而造成对作品整体美感的破坏。也就是如何以更优美的词语和修饰方法去写出"情"的状况，从而更好地表现诗的"味"。他分别讲了各种可以搭配和不能搭配的方法。

---

① 东噶·洛桑赤列：《藏族诗学修辞指南》，贺文宣译，中国藏学出版社2016年版，第238—246页。

可以搭配：

艳美可以加悲悯、希冀、和善

英勇可以加凶猛、恐怖、希冀

丑态有时可加凶猛、恐怖

悲悯也可加和善

滑稽可以加艳美、英勇、丑态、希冀

凶猛、恐怖可以加英勇、丑态、希冀

英勇、凶猛、恐怖要用粗暴词语

不能搭配：

艳美不能加丑态、凶猛、希冀

英勇不能加滑稽、悲悯、和善

丑态不能加艳美、悲悯、和善

滑稽不能加凶猛、恐怖、悲悯、和善

凶猛、恐怖不能加悲悯、和善

悲悯、和善不能加艳美、英勇、滑稽、凶猛、恐怖

希冀不能加悲悯、和善

贡嘎坚赞在偈颂诗体中列举了种种修饰搭配组合的原则，也就是他说的9种诗态的搭配。这主要是从创作主体的角度谈的，审美创造的生成应充分地考虑审美效应。接着他在各种诗味（诗态）的散体文字注解中，主要从欣赏者的审美心理角度分析了各种诗味组合会产生的审美效果。既有基本原则的陈述，又有原因分析，这样的论述是非常适合指导初学者的写作练习和创作实践的。藏族诗学谈情味是非常重视实践环节的，这体现了藏族诗学重实用的鲜明特色。藏族诗学谈情味引用大量的诗例加以说明，常选用中外历代诗人的优秀诗作，甚至还自创诗文，让读者去揣摩体悟。真正的有"味"的美是生命的歌唱与表演，是无法用观念进行抽象的，所以，欣赏者最好进入美的事物和生命的创作过程中去体验，以领悟那种妙不可言的美的境界。

藏族学者不仅在文学上讲情味，还将其推广到舞蹈、绘画和雕塑等

其他艺术中。17世纪第司·桑结嘉措在《白琉璃论献疑·除锈复原》中说："杂羌姆和珠羌姆等等所有的舞蹈均须具有艳美、英勇、丑态、凶猛、滑稽、恐怖、悲悯、希冀、和善等九种舞姿。"① 可见，藏族情味论具有广泛的影响力。虽然是借鉴吸收了印度的美学思想和美学范畴，但是它结合藏民族的文学实践，建构起了具有本民族特色的情味理论。

第三节 内生创造与借鉴发展

从审美创造的层面看，汉族文论重点在创造出一个"象"与"境"统一的生命世界，从而建构起了"意象"论和"意境"论。而藏族文论的重点则是营造出"情"与"味"紧密联系的艺术世界，从而确立了"情"论和"味"论。汉族文论尽管也有着历史悠久的"味"论，但它更多地是就读者的审美体验而言，往往和"意境"论联系在一起，有意境的作品就有"滋味""韵味"。故而，在文学审美创造这个角度，最能体现理论特色的就是意象论和意境论。汉藏文论关于审美创造的理论有许多共同之处，如都重视文学中情感的因素，汉族文论的"象"和"境"都是被创作者的情思所渗透浸染的一种情景，藏族文论认为通过描写外在表情以显示出内在的"情"，文学作品才有"味"；汉藏文论都认为文学创作应当有无穷回味的美感，汉族文论的"意境"就是要创造出这样的审美效果，这也是藏族"情""味"论关注的主要话题，藏族文论更是深入地分析出了八九种诗态，详细地论述了各种诗"味"的不同审美感受。但是，我们也看到汉藏文学审美创造理论在生成方式上存在差异，汉族的文学审美创造理论是内生创造的，藏族的文学审美创造理论是借鉴发展的。

汉族的"意象"论和"意境"论是建基在《周易》、道家的"象"论之上，并且吸收了佛教"境"的观念而形成的。它是在传统文化中

---

① 彭书麟等：《中国少数民族文艺理论集成》，北京大学出版社2005年版，第206页。

孕育内生，并整合了外部文化而产生的。

"象"最初的含义就是指大象这类动物，后来语义和语用不断扩大，泛指各类物象、虚拟的图像。最早"象"指的就是作为野兽的大象。后来由于气候和环境的变化，大象这种令人敬畏的庞然大物在北方消失，人们没有见过活象只能按照死象之骨去臆想，这个臆想的"象"的具体形象是一种无物之象，因而，"象"这个词就具有了意想和想象的含义。也就是说"象"这个词和表意的功能联系起来了，在"象"中寓含了"意"。先秦时期，周朝人已开始用《周易》的卦象作为表意的工具，《周易·系辞》已有"观物取象""立象以尽意"之说。《周易·系辞上》这样解释："圣人有以见天下之赜，而拟诸其形容，象其物宜，是故谓之象。"周易的卦象是圣人考察了天地的实情，模拟天地的情状，通过比拟、象征的手段以显示万事万物之理，而制作出来的"象"。这个"象"就代表了天意，是"观物"后的"取象"。圣人就是"立象以尽意"。后来魏晋时期的王弼说得更清楚，云："夫象者，出意者也。言者，明象者也。尽意莫若象，尽象莫若言。言生于象，故可寻言以观象；象生于意，故可寻象以观意。意以象尽，象以言著。故言者所以明象，得象而忘言；象者所以存意，得意而忘象。犹蹄者所以在兔，得兔而忘蹄；筌者所以在鱼，得鱼而忘筌也。"① 这说明象可以表意，意寄寓象中，"象"与"意"之间是互渗、互补有机融合的关系。

老子在《道德经》中描绘过"道"之"象"。老子描述"道"虚无缥缈，不可感知，看不见，听不到，摸不着，它无边无际无古无今地存在着，时隐时现，难以命名。然而又是确实存在的，是所谓"无状之状，无物之象"。超脱于具体事物之上的"道"，与现实世界的万事万物有着根本的不同。《道德经》第二十一章云："道之为物，惟恍惟惚。惚兮恍兮，其中有象；恍兮惚兮，其中有物。窈兮冥兮，其中有精，其精甚真，其中有信。"这里说的是"道"这种东西，总是恍恍惚

---

① 王弼：《周易略例·明象》，《王弼集校释》（下册），中华书局1980年版。

惚。惚惚恍恍中却有形象，恍恍惚惚中却有实物。深远暗昧中确有精微之气；精微之气极为实在，其中竟有可靠验证。《道德经》第四十一章："大白若辱，大方无隅，大器晚成，大音希声，大象无形。道隐无名。夫唯道，善贷且成。"这段话是说最洁白的东西，反而含有污垢；最方正的东西，反而没有棱角；最大的声响，反而听来无声无息；最大的形象，反而没有形状。道幽隐而没有名称，无名无声。只有"道"，才能使万物善始善终。在以上几个《道德经》章节里，我们看到，老子认为道不仅是存在的，而且是有象的。只不过这个象，是听不见、看不见和摸不到的。那就是说"象"和一般所说的"形"的概念是不一样的，"形"是真实可感的，可以听得见、看得见和摸得着的，而"象"则是"观物"后经过抽象的一种东西，它不同于具体的客观物象。

庄子继承并发挥了老子的思想，《庄子·天地》中讲了一个黄帝游赤水的寓言故事。黄帝在赤水北岸游玩，登上昆仑山朝南观望，返回后发现丢失了玄珠。派才智出众的知去找，没找到，派善于明察的离朱去找，没找到，派善于闻声辨音的喫诟去找，也没找到。最后是象罔找到了玄珠。这个寓言故事的"玄珠"指的就是"道"，"知"指的是理智、智慧，"离朱"指的是视觉，"喫诟"指的是言辞辩说，"象罔"指的是有形和无形、虚与实的结合。这个故事告诉我们，要想把握大道，靠人的理智智慧、敏锐的视觉、言辞辩说都是做不到的，只能靠一种"象罔"的方法，那就是有形和无形、虚与实的结合。宗白华从艺术创造上做了这样的解释："非无非有，不皦不昧，这正是艺术形象的象征作用。'象'是境相，'罔'是虚幻，艺术家创造虚幻的境相以象征宇宙人生的真际。真理闪耀于艺术形相里，玄珠的㸌于象罔里。"① 但是，"象"又必然是来源于客观物象，为了有所区别，于是就有了后来的"象外"之说。三国时期的荀粲说："盖理之微者，非物象之所举也。

---

① 宗白华：《美学散步》，上海人民出版社1981年版，第68页。

今称立象以尽意,此非通于意外者也;系辞焉以尽言,此非言乎系表者也。斯则象外之意,系表之言,固蕴而不出矣。"① 在荀粲看来,卦象所表达的意义并非圣人之意的全部,而只是圣人之意的一部分。荀粲的"象外之意"说所强调的,是卦象表达意义的功能和文字传达语言的功能都是非常有限的。荀粲的观点实际上是对庄子"言不尽意""得意忘言"思想的继承。由此可见,道家的这些思想是汉族传统文论"意象"论和"意境"论的源头。

"境"的本字为"竟"。《说文解字》释云:"乐曲尽为竟。"原指乐曲终了,引申为事情的终结和土地的边界,后来"竟"字演化为"境",字义也由原来的实指地域疆界扩展到虚指的生活领域和精神领域。《庄子·逍遥游》说:"定乎内外之分,辨乎荣辱之境。"后来佛教传入后,"境"又指人所感受到外物的内心精神活动范围,故有"心之所游履攀援者,谓之境"② 的说法。佛经翻译常常用"境界"一词,与"境"意思大体相同。如南朝宋求那跋陀罗译《楞伽经》说:"第一义者,圣智自觉所得,非言说妄想觉境界。"③ 南朝梁僧伽婆罗等译有《度一切诸佛境界智严经》④。宋僧道原《景德传灯录》说:"问:'若为得证法身?'师曰:'越卢之境界。'"⑤ 可见,佛经翻译中的"境"已从原来的地域疆界的含义提升到精神的层面。佛教所言的"境"给了文论以启发,于是诗人将自己在审美活动中所体验感受到的并表现出来的生命世界也称为"境"或"境界"。

总之,汉族的"意象"论和"意境"论是从本民族的传统文化中孕育生长起来的。文论家借用了《周易》"立象以尽意"的原则来讨论

---

① 陈寿著,裴松之注:《三国志·魏志·荀彧传》注引何劭《荀粲传》,天津古籍出版社2009年版。
② 丁福保:《佛学大辞典》,中国书店2011年版。
③ 影印宋《碛砂藏经》148册,上海影印宋版藏经会1936年版。
④ 影印宋《碛砂藏经》148册。
⑤ 《道原:景德传灯录》,影印常熟瞿氏铁琴铜剑楼藏宋刻本,四部丛刊三编,上海涵芬楼1935年版,第22页。

诗歌的"意象"问题，但诗中之"象"已不是卦象，不是抽象的符号，而是具体可感的物象。道家对"道之象"的论述给文论深刻启示：文学中的形象应是有形和无形、虚和实结合的"象"，也就是后来文论中所言的"意象"。佛教是外来文化，经历了不断本土化后，形成了中国的佛教。它关于"境""境界"的学说也被整合到了汉族的"意境"论之中，巧妙地与汉族的传统文论融为一体。因此，我们说，汉族的"意象"论和"意境"论是内生整合而创造出来的。

藏族"情、味"论是结合藏民族的文学实践，借鉴吸收了印度的美学思想和美学范畴建构起来的具有本民族特色的理论，渗透着浓郁的藏传佛教观念。

"味"和"情"在印度古老的典籍《梨俱吠陀》中有这样的记载："那时，善男信女用味（植物汁液）作为祭品，向至高无上的、养育众生的神明上供……"① 到了吠陀时代后期，《医学经》还把"味"指向了水银、血肉、精液等。味被引入了医学，也被用于宗教的体验之中，成为早期婆罗门教和后来的印度教所追求的"梵我合一"的欢乐体验。"味"的意义不断扩大，从物质形态走向精神形态。进入史诗时代，"味"进入文学领域，具有比喻意义，指在文学作品中潜藏着某种人类共有的审美感受。在《罗摩衍那》中"味"就有了雏形："请朗诵这部史诗，诗篇洋溢着种种味：艳情、怜悯、滑稽、暴戾、恐怖、英勇、厌恶。"② 但是成熟的理论阐述是在公元纪年前后婆罗多的《舞论》中。婆罗多指出："正如味产生于一切不同的佐料、蔬菜〔其他〕物品结合，正如由于糖、〔其他〕物品、佐料、蔬菜而出现六味，同样，有一些不同的情相伴随的常情（固定的情或稳定的情）就达到了（具备了）味的境地（性质）。"③ 婆罗多明确地指出"味产生于情"。也就是说那

---

① 郁龙余：《中国印度诗学比较》，昆仑出版社2006年版，第244页。
② 郁龙余：《中国印度诗学比较》，第244页。
③ 婆罗多：《舞论》第六章，金克木译，载曹顺庆主编《东方文论选》，四川人民出版社1996年版，第83页。

些潜藏在人们日常情感中具有本原性的常情,一旦被艺术家表演出来,或在艺术作品中表现出来,能引起人们的感情共鸣的审美快感就是味。《舞论》认为"离开了味,任何意义都不起作用"①。"味"是印度诗学思想的核心范畴。论味必须要谈情,味和情是一对相生共存的美学范畴。"各种情的结合产生味……常情和各种情结合产生味";"思想正常的观众看到具有语言、形体和真情的各种情的表演,品尝到了常情,感到非常满意"②。味是建立在情之上的,就是一种审美情感体验。

婆罗多认为,常情可以展现为49种,但在艺术中能够产生味的只有8种常情。就是说,人人都有的共同的情感(常情)在艺术中呈现出来,才能让观众产生共鸣,生成审美快感,就是味。味与情(常情)相互依存,存在四种关系。第一,味产生于情(常情),情具有味的生成功能。情能通过不定情、情态、情由等激活欣赏者潜藏的常情,从而使他产生味的感受。第二,沟通情和味的"条件是诗人、批评家和观众具有想象的天才"③。想象力的强弱影响到体验到的味的强弱,每个人在审美体验过程中多少存在着差异。第三,诗人通过自己的想象将常情渗透到艺术作品中,并通过暗示性的形式表现出来,使作品有味。第四,欣赏者通过表现形式体验到味(艺术快感),也就是感受到其中永恒的常情,从而产生情感的共鸣。可见,味是由艺术表现出来的常情,是情的精华。味不能被直接感知,只能通过具体的形象和表情来认知。婆罗多说:"正如有正常心情的人们吃着由一些不同佐料所烹调的食物,就尝到一些味,而且获得快乐等等,同样,有正常心情的观众尝到一些不同情的表演所显现的,具备语言、形体和内心(的表演)的常情,就获得了快乐等。"④

婆罗多在《舞论》中总结出8种味,分别对应8种常情,又与色

---

① 婆罗多:《舞论》,载黄宝生《印度古典诗学》,北京大学出版社2000年版,第41页。
② 婆罗多:《舞论》,载黄宝生《印度古典诗学》,第42页。
③ 黄宝生:《印度古典诗学》,北京大学出版社2000年版,第50页。
④ 婆罗多:《舞论》第六章,金克木译,载曹顺庆主编《东方文论选》,四川人民出版社1996年版,第84页。

彩、诸神相对应。对应关系如下：

常情：欢乐　笑　悲　愤怒　勇　恐惧　厌　惊诧

味：艳情　滑稽　暴戾　悲悯　英勇　恐惧　厌恶　奇异

色彩：绿色　白色　灰色　红色　橙色　黑色　蓝色　黄色

神：毗湿奴　婆罗摩他　楼陀罗　阎魔　因陀罗　伽罗　湿婆　梵天

婆罗多认为这八种味中的艳情、暴戾、英勇、厌恶是四种基本味。8世纪的诗学家优婆托《摄庄严论》中又加上"平静味"，成为9种味。10世纪的新护在《舞论注》中也认同这一点，把味的概念上升到理论的层面，从而确立了印度美学的情味理论。

印度古典主义美学思想的宗教哲学基础，是由婆罗门教发展而来的印度教哲学。印度教是印度文化的核心，是印度文化的代表。"印度美学思想体系是以追求表现'超验存在'的象征和意象为目的的美学体系。它力图描述不能描述的东西，表现不能表现的东西，这神秘的终极存在就是无限，就是宇宙的本体、实在或叫作'终极真理'的梵。"①印度美学的逻辑原点就是梵。梵不仅是万物发生和存在的终极原因，也是人类的共同审美心理结构、个人美感机制的建构者。梵创造了人类共同的审美心理结构模式和个人先天的审美心理机制。因此，人类才拥有共同的审美感受。印度美学总是力求寻找那个普遍本质的东西，力求描述那个共同的普遍的心理和情感，因此，印度美学家把人类情感分为永恒的常情和变化的感情。常情总是通过种种原因引起不同的情状而表现出来，这就是婆罗多在《舞论》中区分的不变的情（常情）、变化的情（不定情）以及情态（随情）、情由（别情）。常情是人类的天性，即原本的存在。艺术活动就是表现情感的活动，艺术家通过艺术手段把人类的常情显现出来，以激发欣赏者的天性情感，以引起情感的共鸣。欣赏者强烈地感受到这种共同的、普遍的常情，与之发生共鸣，从而产生审美快感，这就是"味"。

---

① 邱紫华：《印度古典美学》，华中师范大学出版社2006年版，第237页。

藏族诗学借鉴了古印度诗学思想和美学思想，但是，由于藏传佛教对藏民族文化和民族审美心理的深刻影响，藏族的情味理论呈现出浓厚的藏传佛教的色彩，这一点明显地与印度情味论不同。

藏族的情味论在借鉴印度情味理论体系和学说时，大量地掺入了藏传佛教的思想。佛教哲学研究的中心问题，是寻求人生的意义、人生的本质，以及追求最终的解脱。通常概括为"诸行无常""诸法无我""涅槃寂静"。"诸行无常"是指一切精神现象和物质现象都是处于不断生成和变化之中的，因此难以把握。"诸法无我"是指一切事物之所以存在，都是依据不断变化的各种条件而临时组合而成的，它们自身没有固定的本质，也没有固有的形式。这就是佛教讲的"色即是空"。"涅槃寂静"是指人的身心摆脱了外在事物的束缚，思想摆脱了外在的思虑和欲望的诱惑，达到了精神上心如明镜、无拘无束的自由境界。这些观念表现在藏族情味论中：一是对佛境中味的推崇。最大的美，或者说最大的味、最高的味，只能存在于主体和客体相互作用时主体的能动精神中，是由精神所构建起来的超越现实世界之外的、彼岸的佛土世界。二是对现实世界俗世欲念的鄙弃。佛教认为人生的本质就是苦，生存就是苦，更为严重的则是由人性的贪欲导致的精神之苦。一切欲念的根源在于爱，肉体的贪欲、爱欲、企求导致人们不断追求肉体的享受和满足，无明之人只能在现实的苦海中挣扎，在生死轮回中沉浮。从审美观念上看，佛教认为最高的美就是涅槃之美，诗的最好的味就是佛境中的味。

贡嘎坚赞在阐释9种诗味时明显体现出上述两方面的特征。他在阐释艳美味中抛弃了印度诗学中艳美的关于爱欲情欲的成分。印度艳情味泛指欢乐美好的情感，主要指男女爱恋的欢乐美妙的情感。具体指两性在爱恋过程中性爱的美妙、相思的甜蜜和惆怅等。佛教对色欲世界尤其是两性爱恋是持坚决否定的态度的。《楞严经》中记载，佛陀的弟子阿难在城中偶遇妓女钵吉蒂，她用魅力迷住了阿难。阿难在色欲的控制下难以自拔，最后在佛陀的帮助下才摆脱了男女的欲爱，超越了艳情。这说明佛教审美思想中对男女之间的艳情是排斥的。贡嘎坚赞作为佛教的领袖，深受佛教思想的影响，否定了男欢女爱的艳情是很自然的事。他在阐释艳情味的内涵时做了新的界定，只肯定了自然形式之美和自然生命之美。如莲花、菩提树、纯净的水、洁净的天空、清新的空气、美妙的花朵、晶莹剔透的宝石等景象，这些美丽的自然万物都可以用"艳"来表示，这同佛教中的"净"的美学观念相近。这说明了藏族与印度人的文化心理与审美取向上存在差异。

贡嘎坚赞在阐释各种味时更推崇的是体现了佛法的味。他把味分为体现佛法的味和世俗的味，在注解"英勇"的文字中说："英勇是无畏的特殊者。如果分，则分为：对布施、戒律……能无畏地进行者，是正法的英勇；在战场上对敌人、猛兽、夜叉……无畏者是世俗的英勇。"①在谈论"恐怖"时说："救度一切施了儿子和女儿"，"西比白王布施了自己的眼睛，强白多布施了自身的肉身，月光王布施了自身的头"，等等。"其他到彼岸的持戒度等，均是他人难以实行，出乎常人意料，令人惊骇。这是一切法的恐怖。除此之外是世俗的恐怖。"从这些阐述可以看出，贡嘎坚赞对各种味的具体表现做了更详尽的说明，每一种味中能体现佛法的味都是处于上位的，是首要被重视和推崇的。贡嘎坚赞对味的阐释体现出他的佛教美学思想，是对美的崇高性的关注。佛教突出宣扬佛陀及菩萨人格力量的伟大超常，这种伟大超常的人格力量就是精神的崇高。具体体现为博大的仁慈胸怀，牺牲奉献的精神，超常的忍辱退让的处世态度，承受苦难坚忍不拔的品质，勇敢进取锲而不舍的勇气，慷慨施舍助人为乐的德行。这种崇高的精神境界和伟大的人格力量正是符合了佛众的审美心理需要，无疑具有巨大的感召力和迷人的魅力。这也提醒我们，不能简单地抛弃这种带有宗教色彩的理论，它可能有其合理的价值。

藏族的"情味"论是借鉴吸收了印度情味理论学说建构起来的，

---

① 彭书麟等：《中国少数民族文艺理论集成》，北京大学出版社2005年版，第206页。

但是，藏族不是完全照搬模仿，而是批判地吸收其与本民族文学实际相符合的内容，并且做了进一步的发展，并在"情味"论中大量地掺入了藏传佛教思想，形成了独具特色的理论。总体看来，汉藏文论各自建构起了不同的文学审美创造理论，尽管生成的方式和路径不同，但都给我们提供了一个历史的经验：文论创新既要立足本民族的文化传统，也要大胆借鉴吸收先进的外来文化。尤其值得注意的是，借鉴吸收不是照单全收，不是"食洋不化"，不是盲目崇拜，而是要以世界的眼光总览各种文化，树立起民族文化的自信心，创造出有特色的文化。

第八章　和谐与圆满：汉藏文学审美理想论

如果说文学的审美创造论是从文学的本体意义上规定了文学生成的特性，那么，文学的审美理想则是从文学的目标功能上概括出文学最高的要求和愿望，是人们在审美感受基础上形成的对美的一种完善理想状态的向往，是一种指向未来的创造性想象的成果。审美理想一经形成，便会对处在一定时空中人们对美的欣赏和创造起着能动的指导作用和规范作用。由于是历史和生存环境构建了一个族群的生活方式，因而各个民族的审美理想存在着或多或少的差异，从而形成了一个民族共有的而区别于别的民族的鲜明的民族风格、特色。但同时由于人类的共通性，各民族的审美理想又不可避免地有着客观的共同的要求，具有全人类的共同内容。从文学理论批评看，汉藏所提倡的审美理想有所不同，汉族倡导的是和谐，藏族追求的是圆满。虽然说法不同，但是在内在实质上却基本是一致的。

第一节　和谐

和谐是人生存的一种理想状态。人在世界中是一种关系性的存在，必然会面对四种关系：一是人与神的关系，就是人要面对一种神秘的不可解释的超自然的力量，也可以叫作命运。二是人与自然的关系，就是人必然处在一定的自然环境中，每时每刻都要和阳光空气、大地的一草一木等发生着关系。三是个体的人与社会群体的关系,因为人是群体动物。四是我与自身的关系,每个个体人的内心都充满了种种矛盾,理性的我与感性的我、当下的我与经验的我、欲望的我与约束的我等。怎样去平衡协调这些关系?中国传统哲学提出了和谐的思想,分别是:神人以和、天人以和、人人以和与自我之和。"和谐"是一种世界观与方法论,也是一种辩证思维方式和思想观念,是中华文化精神的一个重要内容。汉族古代文论的很多范畴、命题及基本原理,都包含着非常浓郁的和谐思想。如虚实、文质、形神、情景、意境、意象、动静、奇正、法度、情理、刚柔、言意、真幻、美刺、通变等这些核心范畴,都体现着和谐的思想精神,都是在和谐的原则下生成的。因此,"和谐"美的价值取向是汉族文论关于文学审美的最高理想目标。

汉族文论的和谐观念萌芽于先秦时期,在历史的发展中逐渐形成了儒、道、禅各家的和谐思想,它们相互补充完善,共同构建了中国传统的和谐理论,从而也衍生出古代汉族文论文学审美的和谐理论。

《尚书》被认为是中国现存最早的史书,其中记载舜帝的一段话中说到"律和声""八音克谐""神人以和",讲述的是祭祀仪式中诗乐舞和谐的状况,这是目前能看到的最早的人们关于和谐美最初认识的文字记载。春秋时期鲁国史官左丘明所撰《左传》,其中就有诗乐舞等文艺审美状况的记载,并且提出了"和如羹"说。晏子以调味到调乐为比喻,通过辨析"和与同异"而提出"和如羹"观点,阐明了相反相成、相辅相成、有无相生、相济相补的辩证思维是实现和谐的途径,只有"君子和而不同"最终才能实现"平其心,成其政""心平德和"的政治目的。《国语》也有类似的说法:"殆于必弊者也,……去和而取同。夫和实生物,同则不继。以他平他谓之和,故能丰长而物归之。若以同裨同,尽乃弃矣。……声一无听,物一无文,味一无果,物一不讲。"[①]

[①] 胡经之:《中国古代文艺学丛编》(二),北京大学出版社2001年版,第318—319页。

这是对和生关系的阐述，古人在感性经验的基础上认识到没有和谐，就没有生命。大自然因和谐而生生不已，而人只有"和"才能契合自然之性。"和""和谐"是诸多因素的有机统一，不是单一的整齐一律。《周易》立足宇宙天地的宏大视野去认知人与自然、人与社会、人与神、人与自我的关系，进而提出了实现和谐理想的种种范畴，如宇宙、天地、乾坤、阴阳、刚柔、尊卑、变通等，并阐发了对立统一的规律以及朴素辩证法思想。《周易》从哲学的层面阐发天人和谐的道理，人文的创造源于天文，由此提出人文必须与天文和谐一致。这为"和谐"的理论学说奠定了哲学基础。《礼记·乐记》是讨论有关音乐的古代文献，它以周代礼乐制度构成中的"礼"与"乐"的关系来论述阐发和谐思想。礼乐能够翼教成德，就在于乐之"和"与礼之"谐"，两者都遵循天人合一的"和谐"之道。这是从礼乐文化制度建立与建设的视角阐明了和谐的价值。

可以看出，先秦时期的文化元典已从哲学、政治、文化、艺术诸多方面论述了和谐的价值和功能，奠定了中国古代文论和谐审美理想的思想和理论基础。

一　儒家和谐思想与文论

儒家强调的和谐，主要是人与人、人与社会群体关系的和谐，主张通过中和原则建立一个和谐的社会秩序。他们所要建立的这种社会秩序，又往往从人与宇宙天地的和谐关系中找到一种相符相称的合法性依据。他们以人的心灵和谐为起点，以宇宙和谐为目的。正是这种思维推演方式的扩展，先秦儒家基于"礼乐"和谐关系建构了"中和之美"文艺观。作为儒家思想组成部分的"中和"思想包蕴两层含义：一是因中致和。只有在"中"的前提下，才能实现"和"，这体现的是中节合度的适度原则。二是和而不同。这强调的是对立物的协调统一，是兼容并包的协调的原则。儒家和谐美两方面内容都体现在文论上，对后世产生了很大的影响。

（一）适度原则

孔子论《诗》处处体现出中和之美的思想。《论语·为政》："《诗》三百首，一言以蔽之，曰：'思无邪'。"说的是《诗经》的所有诗篇都是雅正的，没有邪曲。《论语·八佾》："《关雎》乐而不淫，哀而不伤。"说的是《关雎》表达快乐情感不过度，表达哀伤情感不悲伤。旨在说明宣泄情感应有节制，而不要把感情表达得过分强烈。"八佾舞于庭，是可忍，孰不可忍也！"说的是鲁国的大夫季平子在家中行了八佾舞，这是僭越天子的乐舞体制，孔子非常愤怒，认为这种行为违反了适度的原则。"子谓《韶》：'尽美矣，又尽善也。'谓《武》：'尽美矣，未尽善也'。"孔子认为艺术应当尽善尽美，不可偏废。《雍也》："质胜文则野，文胜质则史。文质彬彬，然后君子。"虽然说的是成为理想君子的标准，但"文质彬彬"的思想同样可以用于强调文艺内容与形式的完美统一。可见，儒家以"和谐"为核心价值观构建中和之美的文艺审美价值取向，中国文学整体上呈现出一种中和之美正是在儒家的这种传统思想影响下形成的。在中国古代文学史上很少有表达激烈情绪的作品，多数作品总是温婉曲折，寻找适度的表现方式含蓄深沉地表现情感。

这种适度和谐的原则对后世的影响是深刻的。如《毛诗序》"主文而谲谏"的观点、"发乎情止乎礼义"的观点，就是对孔子为代表的儒家思想的继承和发展。后世许多评论家论述艺术都遵从了适度和谐的原则。《吕氏春秋》在论音乐之美时则主张："声出于和，和出于适"，"太巨则志荡，以荡听巨，则耳不容，不容则横塞，横塞则振；太小则志嫌，以嫌听小，则耳不充，不充则不詹，不詹则窕；太清则志危，以危听清，则耳溪极，溪极则不鉴，不鉴则竭；太浊则志下，以下听浊，则耳不收，不收则不抟，不抟则怒。故太巨、太小、太清、太浊，皆非适也"，"何为适？衷音之适也。何谓衷？大不出钧，重不过石，小大、轻重之衷也。黄钟之宫，音之本也，清浊之衷也。衷也者适也。以适听适则和矣"[①]。

[①] 吕不韦：《吕氏春秋》，高诱注，毕沅校，上海古籍出版社1996年版。

兼容两极，适度而不走极端，便会取得中和的审美效果。阮籍《乐论》：
"《雅》《颂》有分，故人神不杂；节会有数，故曲折不乱；周旋有度，
故俯仰不惑；歌咏有主，故言语不悖。导之以善，绥之以和，守之以衷，
持之以久；散其群，比其文，扶其天，助其寿，使去风能之偏习，归圣
王之大化。先王之为乐也，将以定万物之情，一天下之意也。故使其声
平，其容和。"① 阮籍认为音乐应当"节会有数""周旋有度"，中节合度
的音乐才能导引人心向善、志气和平。沈约《谢灵运传论》："夫五色相
宜，八音协畅，由乎玄黄律吕，各适物宜。欲使宫羽相变，低昂互节，
若前有浮声，则后须切响。一简之内，音韵尽殊；两句之中，轻重悉异，
妙达此旨，始可言文。"这段话讨论文学的音律问题，他以青、黄、赤、
白、黑五色相乎映衬，金、石、丝、竹、匏、土、革、木八类乐器的声
律协调，来阐述文章的音律要五音交错，高音与低音互相节制。若是前
面有浮泛的声音，后面便需要有低沉的声音。五言诗的一句之内，音韵
是全然不同的，两句之内，轻声与重声悉数不同。这也是说中节合度的
适度和谐美的问题。唐代书法家孙过庭的《书谱》说："至如初学分布，
但求平正；既知平正，务追险绝；既能险绝，复归平正。初谓未及，中
则过之，后乃通会。通会之际，人书俱老。"他讲学习书法经历的三个阶
段也是体现了过犹不及的原则。初学者应当追求平正，不要过度追求险
绝。清代王善在《治心斋琴学练要》中讨论学琴时说："和：《易》曰
'保合太和'。《诗》曰'神听和平'，琴之所首重者，和也。然必弦与指
合，指与音合，音与意合，而和乃得也。和也者，天下之达道也。"② 琴
最高境界就是追求"和"。由此看来，儒家所主张的因中致和的适度原则，
无论是在古代文论中还是在艺术论中已成为一条自觉遵从的基本原则。

（二）协调原则

儒家的和谐美学理论的另外一种表现形式就是提倡异质相济。不同

---

① 胡经之：《中国古代文艺学丛编》（二），北京大学出版社 2001 年版，第 326 页。
② 胡经之：《中国古代文艺学丛编》（二），第 330 页。

事物虽然相互区分对立，但是这些异质的事物可以相互补充、相互沟通，在协调中可以产生一种和谐美，也就是儒家所言"和而不同"。孔子继承并发展了尚"和"弃"同"的思想，他说："君子和而不同，小人同而不和。"①"君子周而不比，小人比而不周。"② 君子以和与人相处，赞同或憎恶皆出于公心；小人则是结党营私、党同伐异，赞同或反对都是出自自己的私心。据此，孔子认为君子修养的标准就是"文质彬彬"。孔子将"文质彬彬"的道德修养标准运用于诗歌的评论，便有了"《关雎》乐而不淫，哀而不伤"中和之美的观念。"淫"者，乐之太过则失其正；"伤"者，哀之太过则害于和。由于孔子将"礼"作为协调社会关系的重要内容，因此，礼之和是诗乐美的最高境界。当然，在文质彬彬尽善尽美的论述中仍然重视文学艺术不同要素、不同艺术风格的互济相成。

《礼记》是儒家的经典著作，发挥了先秦儒家的"中和"思想。直接将"中和"与情感相联系，感情因素进一步突出，为"中和"由政治哲学、伦理道德范畴向诗乐审美范畴的转变奠定了基础。本来，礼所体现的是一种等级的区分，而乐所表现的却是一种感情，怎么才能做到相辅相成呢？《乐记》认为，一个和谐有序的社会，既来之于礼的别异，又来之于乐的统和。"乐者为同，礼者为异。同则相亲，异则相敬。"别异者，上、下、长、幼、尊、卑之序定，统和者，和、敬、亲、爱、喜、怒之情分。一个社会不可能无序，无序就要乱；也不可能无乐，无乐则使人心理上由于礼义区分等次难以产生内在情感的认同，导致内心的不和谐。"礼义立，则贵贱等矣；乐文同，则上下和矣。"《乐记》认为礼仪规则只有得到情感的内在认同以后才能很好地执行，而乐正具备调和情感的功能，这就是乐能辅礼。另外，乐是表达人的内在情感的，只有在礼的制衡导引之下，才可能适度、雅正，这就是礼能辅

---

① 刘宝楠：《论语正义》，中华书局1990年版。
② 刘宝楠：《论语正义》。

乐。因此，礼乐相成以致中和。荀子更进一步提出诗乐应具"中和"之美。他在《荀子·乐论》中指出乐本于人心，因而，"入人也，深；其化人也速"。他明确提出"乐和同，礼别异"的命题。一方面强调音乐具有协调人际关系的社会功能；另一方面，又指出乐要中正平和，因而就要以礼节之。荀子将"中和"从政治道德的范畴引入诗乐审美范畴，并且更加完善了异质相济的美学思想，给后世诗学以极大影响。

中和之美的协调原则在后世文论中不断继承发展。刘勰《文心雕龙·熔裁》："情理设位，文采行乎其中。刚柔以立本，变通以趋时。立本有体，意或偏长；趋时无方，辞或繁杂。蹊要所司，职在熔裁，櫽括情理，矫揉文采也。"这是说要根据文章的内容来谋篇布局，按照刚健或柔婉的不同风格体势来确立创作的立足点，还要适应时代的变化来求变通。如果观点偏颇片面、文字冗长、语言没有标准，就会繁芜而杂乱。因此，关键在于做好熔意裁辞的工作，使整篇文章内容协调统一。《文心雕龙·熔裁》又做了更具体的论述：绘画要讲究色彩，调配颜色，画的狗和马的形状才有区别。写文章要有雅与俗，具有不同的体势。新奇与和雅，刚健和婉柔虽然相对，但可以灵活加以运用。倘若只是爱好典雅而厌恶华丽，那就偏离了兼晓并通的道理。但是，在写作中还要注意典雅和淫靡不能并存于文章中，那就破坏了统一的体势。因此，写文章要协调平衡好各种风格，不可偏废。明代王鏊《震泽长语》中评价杜甫的诗作是多种风格的统一，不是以单一而取胜，说："子美之作，有绮丽秾郁者，有平澹蕴藉者，有高壮浑涵者，有感慨沉郁者，后世有作，不可及矣。"[①] 明代谢榛《四溟诗话》："作诗贵古淡，而富丽不可无。譬如松篁之于桃李，布帛之于锦绣。"[②] 松篁桃李、各有其美；布帛锦绣，各有其用；古淡富丽，各有其味，增一不为多，缺一则为憾。这体现了谢榛重视多样性统一的诗学思想。清代姚鼐《海愚诗

---

① 胡经之：《中国古代文艺学丛编》（二），北京大学出版社2001年版，第342页。
② 胡经之：《中国古代文艺学丛编》（二），第342页。

抄序》:"吾尝以谓文章之原,本乎天地。天地之道,阴阳刚柔而已。苟有得乎阴阳刚柔之精,皆可以为文章之美。阴阳刚柔并行而不容偏废,有其一端而绝亡其一,刚者至于偾强而拂戾,柔者至于颓废而阘幽,则必无与于文者矣。"① 姚鼐认为,文章写作都遵循着"协和以为体,奇出以为用"的"天地之道"。任何文体都是阴与阳、刚与柔等相反相成的统一体,如若偏废都不成其为文体。

中和论是儒家和谐思想的核心,中和之美也是中国古代最高的美学理想。中和论既重视和谐又不取消矛盾,也就是说,一方面要执中守一、中节合度。这种中和不是简单的在二物相对时取其中的做法,而是扣其两端,不过也不及。这就是儒家中庸之道强调的中和、时中、中等、中正等范畴;另一方面,也不回避矛盾冲突,要兼容并包不同事物的异质特性。各种事物不失其个性,在协调的原则下化解冲突,在异类中求得和谐。这种和谐才具有更高的价值。不和之和,是中国艺术的最高境界。

二 道家的和谐思想与文论

道家思想也是中国传统文化的重要组成部分,其和谐思想和儒家关注群体、强调道德和谐的"人和"不同。道家的和谐强调的是自然无为、任运物化的"天和"原则。"天和"追求的是自然的和谐,齐物的和谐,平灭一切分别的和谐。道家和谐思想的基本观点是崇尚自然、尊重天地、无以人灭天,它表达了中国哲人天人合一的理想追求。道家和谐思想体现在文论中就是崇尚自然,推崇心灵自由的"游"和"化"。

(一)崇尚自然

在道家看来"道"是宇宙万物生成发展的本源。"自然"是道的最高属性。《老子》第五十一章中说:"道之尊,得之贵,夫莫之命而常自然。"其所说的"常自然"并不是一个居于道之上的客观存在,而是

---

① 胡经之:《中国古代文艺学丛编》(二),北京大学出版社2001年版,第344页。

道，道就是自然、本然。"道"的基本运行原则是"道法自然"。道家崇尚自然，敬畏天地。《庄子·天道》说："夫天地者，古之所大也，而黄帝尧舜之所共美也。"道家主张人们师法自然。《老子》第二十五章说："人法地，地法天，天法道，道法自然。"老子认为人道的法则效法天地运行之道，天地之道的法则是自然的，所以人道也是自然而然的。人效法地，地效法天，天效法道，道则效法自然。从人到自然的整个过程就是一个完整的和谐过程，"道法自然"则是最高层次状态。"道法自然"的观念，从本质上讲，就是阐发一种和谐的思想。体现在文论上就是对自然的崇尚，以自然为美。

老子根据他的"复归于朴"的基本思想，提倡返璞归真的自然之美。反对违背本真的虚饰之美。庄子继承和发挥了老子的观点，崇尚天然之美、反对人为，据此提出他的审美标准和艺术创造原则。庄子认为最高最美的艺术，是完全不依赖人力的天然的艺术。《庄子·齐物论》："'闻人籁，而未闻地籁，女闻地籁而未闻天籁夫！'……'地籁则众窍是已，人籁则比竹是已，敢问天籁。'子綦曰：'夫吹万不同，而使其自己也，咸其自取，怒者其谁邪？'""籁"的本义是古代一种三孔的管乐器，在《齐物论》中特指从孔穴中发出的声音。庄子把声音分为"人籁、地籁、天籁"三种不同的层次，人籁为丝竹之声；地籁为万物附和之声；天籁为万物自然而然的声音。庄子以天籁为比喻，表达了宇宙万物真实自然的声音才是最美妙的，也是最为和谐的。庄子认为人为创作的艺术，不是真正的"大美"，反而还会妨害人们去认识和体会天然艺术之美。《庄子·秋水》："牛马四足，是谓天；落马首，穿牛鼻，是谓人。"牛马生有四足，可以自由自在地行走，而人却要勒马首，穿牛鼻，控制其活动，这不仅破坏了牛马的自然本性，也破坏了美。庄子崇尚自然美，推崇天然美，反对一切虚伪矫饰的人工美，追求无限的"大美"。庄子认为自然界中有真正的大美，不用言语去表达，四时运行具有自身的规律，无法加以评议，万物的变化具有自己的原理，用不着加以谈论。道家这种以自然为最高美的观点对中国古代美学和艺术的发展都起到了积极作用。

南北朝时期出现了两种不同的美学观:"芙蓉出水"与"错彩镂金",即自然之美与雕饰之美,前者崇尚合乎天然造化,后者则推崇人为加工。南朝文艺思想主要重视的是自然之美。魏晋以后,由于儒家思想走向式微,玄学老庄思想逐渐占据主要地位,这种崇尚自然之美的思想得到了极大发展。刘勰在《文心雕龙》中屡次言及自然,以自然美为最高原则。在大多数情况下,刘勰所说的自然是用其"本来如此""不知所以然而必然如此"的含义。如论诗歌的产生,说"感物吟志,莫非自然";论作家的情性、个性,言"自然之恒姿";在《丽辞》篇中曰:"造物赋形,支体必双。……高下相须,自然成对。"更以造化、神理为依据,论证运用对偶手法的必然性、合理性。这体现其注重文辞,可以说是时代的使然。这表现了刘勰以自然为美,又不废弃人为加工的基本美学思想原则。钟嵘反对运用排比、典故,批评由此造成的"文多拘忌,伤其真美"的状况,提倡"自然英旨",要求以"直寻"为原则,也就是主张诗歌创作以自然为最高美学原则。"自然英旨"即主张诗人应以当下的审美体验为主,不过分运用典故,音韵自然和谐,实际就是强调真实地抒发个性情感,提倡自然真美。

苏轼的"得自然之数"和"随物赋形"的美学观也是继承和发展了老、庄崇尚自然的审美观。苏轼极为重视自然真实,强调艺术创作要"得自然之数",即适合自然的本来面目,以达到"文理自然,姿态横生"的目的。苏轼在《书吴道子画后》中提出了"自然之数""逆来顺往"的观念,以此来探究吴道子极尽法度之中,又能超然入神的艺术奥秘。其文曰:"诗至于杜子美,文至于韩退之,书至于颜鲁公,画至于吴道子,而古今之变,天下之能事毕矣。道子画人物,如以灯取影,逆来顺往,旁见侧出,横斜平直,各相乘除,得自然之数,不差毫末,出新意于法度之中,寄妙理于豪放之外,所谓游刃余地,运斤成风,盖古今一人而已。"苏轼赞扬了吴道子作画不受法度的束缚,能自由灵活地加以发挥。不重形似而追求神似,开创了一代画风,生动豪放中很好地体现了自然之理。苏轼还提出了"随物赋形"的艺术方法，即强调按事物自然的不同样态去形象生动地描绘事物。苏轼在《自评文》中说："吾文如万斛泉源，不择地皆可出。在平地滔滔汩汩，虽一日千里无难。及其与山石曲折，随物赋形，而不可知也。所可知者，常行于所当行，常止于不可不止，如是而已矣。"① 这段话恰好也是"随物赋形"自然美学观的印证。自然既是道的本性，也是大自然和人类社会一种理想的和谐的生存状态。人们对生活状态"自然"美的追求也逐渐转化为文学批评中的重要概念。王国维在《元剧之文章》中说："古今之大文学，无不以自然胜。"

（二）推崇"游"和"化"

庄子反对人为自然立法的做法，因为这合于"人"理，并不合于"天"理。自然本身就是和谐完美的，人只有顺应自然。那么，要创造一种合于自然的美，创造者就必须有一种不同于凡俗的心灵，这种心灵，就是我们所说的自由的心灵。庄子用了许多术语来描述这种心灵，后世的学者都把它概括为"游心"。"游心"重点在"游"，是将人从知性中解放出来，自己主宰自己的权利，释放人的生命价值，追求真正的意义世界。《庄子·逍遥游》："若夫乘天地之正，而御六气之辩，以游无穷者，彼且恶乎待哉？"这是精神自由的心灵体验，是一个纯粹的体验过程。庄子对此有很多论述：《应帝王》："汝游心于淡，合气于漠，顺物自然而无容私焉。"《则阳》："游心于无穷，而反在通达之国，若存若亡。"《外物》："人有能游，且得不游乎？人而不能游，且得游乎？……胞有重阆，心有天游。室无空虚，则妇姑勃豀；心无天游，则六凿相攘。大林丘山之善于人也；亦神者不胜。"② 这段话说的是人若能随心而游，哪还有什么不自适自乐吗？人假如不能随心而游，难道还能够自适自乐吗？内心不能虚空而且游心于自然，那么六种官能就会出

---

① 胡经之：《中国古代文艺学丛编》（三），北京大学出版社2001年版，第280页。
② 《庄子集解》，王先谦注，中华书局1957年版。

现纷扰。《人间世》:"乘物以游心,托不得已以养中。"① 旨在说明抛开一切俗务、杂念,使自己的心灵游于八极之外,不染纤尘,不为俗累,自由自在。这样,才能实现精神的自由和解放,达到超凡脱俗的状态和境界。

从审美的视角看,庄子讲的"游""游心""天游"指的是审美主体达到的"天人合一"的和谐境界。"游"是审美主体的心灵的自由与审美的愉悦,其核心在于超越、超脱一切有限,而达到超越现实的无穷、无限。庄子非常形象生动地打了个比喻,腹腔有空因而能孕育胎儿,内心虚空便能顺应自然而游乐。屋里没有虚空感,婆媳之间就会因此而争吵不休,故心无天游,则六窍不和。大林丘山之自然,其所以有益于人,以其虚也。所以要游于虚。人的心灵在自由和谐的状态中,就会发出自然的智慧之光,人便自显其为人,物便自显其为物,人与物都自由自在地存在。如《庄子·庚桑楚》所云:"宇泰定者,发乎天光。发乎天光者,人见其人,物见其物。"庄子认为人有了自由和谐的审美的"游"心,就会有会通万物的思维,也就是庄子所说的"物化"的纯粹体验境界。"物化"的概念是从《齐物论》中庄周梦蝶的故事引出的。这个故事不是说庄子梦醒之后蠢到了分不清蝴蝶和庄周,而是一种与万物相融相即的心理状态,是一种诗意的情怀。"我"与世界融为一体,是从生命的眼光看世界。在庄子看来,忘己忘物就能合于天,融于物,也就能获得"游鱼之乐"。

庄子推崇的"游"和"化"虽然是哲学话题,但是对古代文论的启发和影响是深远的。它开启了对审美主体心理活动的关注和探索,发现了不同于知性思维的诗意的艺术思维方式。主体只有实现审美的超越,排除外在功利的束缚,沉潜到物象中去,才是创作的妙境,才具有创造性。李白诗句"相看两不厌,唯有敬亭山";杜甫诗句"感时花溅泪,恨别鸟惊心"和"水流心不竞,云在意俱迟";李清照词句"水光

---

① 以上皆引自王先谦注《庄子集解》,中华书局1957年版。

山色与人亲";刘长卿诗"一路经行处,莓苔见履痕。白云依静渚,春草闭闲门。过雨看松色,随山到水源。溪花与禅意,相对亦忘言。"如此种种,这些诗句都是对庄子"游"和"化"和谐状态的很好注脚,人融于物,没有了对象化的世界,人与物二者会通合一,审美创作主客体浑然一体。

陆机从文学创作的角度讨论了这一问题,创作构思的想象的过程就是一个"游"和"化"的过程。《文赋》描述开始创作文章时,神飞八极之外,心游万仞高空,就能够自由驰骋想象,忽而漂浮天池之上,忽而潜入地泉之中。刘勰进一步深化了这一问题。他在《文心雕龙·神思》中以生动的比喻,描述了艺术想象的自由性及其超时空的特点,"寂然凝虑,思接千载",讲的是超越任何时间的差距;"悄焉动容,视通万里",讲的是超越任何空间的差距;"神与物游""登山则情满于山,观海则意溢于海"等,讲的是艺术思维、想象的特点,实际上也是庄子所说的"游"和"化"的境界。

苏轼在评价文与可画竹时说"与可画竹时,见竹不见人。岂独不见人,嗒然遗其身。其身与竹化,无穷出清新。庄周世无有,谁知此凝神"。这种"见竹不见人"的境界就是一种人融于物的"游"和"化"的境界。明清时期文论家对此理论的完善更加成熟,许多文论家都论述了这方面的问题。清王又华《古今词论》说:"韩干画马而身作马形,凝思之极,理或然也,作诗文亦必如此始工。如史邦卿咏燕,几于形神俱似。姜白石咏蟋蟀,蟋蟀无可言,而言听蟋蟀者。正姚铉所谓赋水不当仅言水,而言水之前后左右。"① 清代郑板桥《郑板桥集·题画》说:"江馆清秋,晨起看竹,烟光日影露气,皆浮动于疏枝密叶之间。胸中勃勃遂有画意。其中胸中之竹,并不是眼中之竹。因而磨墨展纸,落笔倏作变相,手中之竹又不是胸中之竹也。总之,意在笔先

---

① 胡经之:《中国古代文艺学丛编》(一),北京大学出版社2001年版,第206页。

者，定则也。趣在法外者，化机也。"① 这就是主客观融合的过程，眼中之竹成为胸中之竹，胸中之竹才能变成手中之竹。清代徐增《而庵诗话》说；"无事在身，并非无事在心，水边林下，悠然忘我，诗从此境中流出，那得不佳？"② 总之，这方面的论述颇多，不再赘述。

汉族古代的和谐理论内容是非常丰富博大的，不仅仅是儒、道两家的和谐理论，还有中古以后出现的佛禅和谐理论，禅宗对唐代以后文论的影响深远。禅宗提倡一种无冲突的和谐，认为一切冲突都是由人的内心冲突引起的，强调回到自己的本心，在无冲突中展现自己的真性。禅心是一种不争之心，皆适之心，无所求，无所得，达到一种平和的和谐状态。禅宗在艺术上创造出一个澄明的世界，一个自在显现的世界，这个世界无我、无人、无冲突。禅宗并不厌弃现实世界，它的世界不是死寂空无的世界，而是一个充满活气的生命世界，这是一种理想的和谐状态。宗白华说："禅是动中的极静，也是静中的极动，寂而常照，照而常寂，动静不二，直探生命的本原。禅是中国人接触佛教大乘义后体认到自己心灵的深处而灿烂地发挥到哲学境界与艺术境界。静穆的观照和飞跃的生命构成艺术的两元，也是构成禅的心灵状态。"③ 唐代僧人皎然认为诗歌艺术的理想便是"但见性情，不睹文字"，提出和强调诗应有多重意蕴和文外之旨，追求诗的至深、至远、至静的审美境界。他在《诗式》中说："两重意已上，皆文外之旨。若遇高手，如康乐公，览而察之，但见情性，不睹文字，盖诣道之极也。向使此道，尊之于儒，则冠六经之首。贵之于道，则居众妙之门；精之于释，则彻空王之奥。"④ "两重意已上，皆文外之旨"就是作品应意蕴深远，它是心灵之远、境界之远。"但见情性"就是本来面目的真实呈现。总之，禅宗的和谐体现在文学艺术中就是在寻常中追求淡远的境界。综上所述，我们

---

① 胡经之：《中国古代文艺学丛编》（一），北京大学出版社2001年版，第205页。
② 胡经之：《中国古代文艺学丛编》（一），第209页。
③ 宗白华：《美学散步》，上海人民出版社1981年版，第65页。
④ 皎然著，李壮鹰校：《诗式校注》卷1，人民出版社2003年版，第42页。

可以看到，由于受到了儒道禅的影响，汉族文论追求的审美理想包蕴了多种形态的和谐，这使得古代文学异彩纷呈。

第二节 圆满

藏族文论的审美论具有民族性，因为它根植于本民族的文学实践活动和思想文化传统。从生命性的立场看，藏族文论中蕴藏着很丰富的美学思想和观念，圆满论表达的就是藏族的文学审美理想。藏族文论的圆满论起源于佛教的"大圆满法"。

藏传佛教是藏民族的全民性宗教，对藏族的政治、经济、文化、思想各方面都产生了深远的影响。藏传佛教在藏区的广泛传播必然会影响藏族的文学和文论。因此，佛教的理想境界"圆满"也成为藏族诗论中的一个重要的美学范畴，成为藏族诗学审美的理想追求。"圆满"体现在文论中就是以人的整体生命的特点看待艺术，在艺术中复演人的生命世界，追求文学艺术内在的完美统一，以创造出整体美的艺术作品。

"圆满"一词最早见于十二三世纪藏传佛教萨迦派的领袖贡嘎坚赞的《智者入门》中。他说在论著前要礼赞就是为了能够发出释迦佛狮王吼声，也就是像佛教的威神那样能发出震动世界的圆满之音。在解释诗的"自解"体时说："一首能将所述义，圆满表出是自解。"他1216年写的《乐论》，在讨论音乐时把圆满完善看作音乐的最高审美理想，说："如果一切皆圆满完善，智者为增长安乐当取之。"① 圆满和完善，就是指各种差异因素的和谐统一。具体说来，就是音乐、歌词、声情（表演与词曲）三者完美结合，注重在音、词和表演各个要素及其相互关联中体现圆满完善的特点。

将"圆满"这一美学范畴全面引入诗学的当是17世纪格鲁派的五世达赖阿旺·罗桑嘉措，在其历史著作《西藏王臣记》和诗学著作

---

① 萨班·贡嘎坚赞：《乐论》，赵康译，《中央音乐学院学报》1989年第4期。

《诗镜释难》中多次出现。罗桑嘉措本人即为藏传佛教的领袖,又是文学家,谙熟佛教教义和文学,因此在诗学中借用"圆满"这一佛教术语也是很自然的事了。罗桑嘉措在学习借鉴《诗镜》、总结前人有关讨论的基础上,根据自己的文学创作经验,逐渐确立了"圆满"这一审美范畴。罗桑嘉措写的《西藏王臣记》全名是《西藏王臣记圆满青春欢庆杜鹃歌声》,是一部记载西藏王朝历史的著作,他用"圆满"一词来赞颂藏族辉煌美满的历史文化,甚至把写作这部著作也当作实现圆满的使命。在这部书中,他赞颂松赞干布派人从印度带回来使西藏获得圆满安乐的文化,说:"手执莲花执掌人间政,远处引来圆满安乐的芳香气浓。"他把文学作品形象地比作珠宝砌成的天宫楼阁,说:"字母珠联,结成宫墙院,现出珠宝砌成的天宫楼阁甚庄严。阁中搜集嘉言精华史实诸多篇,所有谄言狂语齐尽删。"他把绝妙完美的作品比作美少女,以句义无混乱比作美女舞翩跹,说:"它是绝妙佳辞、颂言、散文、散颂相间七韵全,句义无混乱,好比那美女媚姿舞翩跹。辞藻犹如美妙莲花鬘,故事赛似少女垂髻美难宣。"[①]他以整体的形象美比喻文学作品的各个构成要素协调搭配所呈现出的整体美。"圆满"就是"圆全无缺"的意思,表现在艺术上就是追求整体统一和谐美。"圆满绝妙佳辞,句义不掺杂,如青春容华,普受清凉甘露,智者喜庆无涯。"[②] 罗桑嘉措运用"圆满"这一美学观念来鉴赏和评论文学作品,使"圆满"成为藏族文论中一个重要的、具有浓厚民族特色的审美范畴。罗桑嘉措把宗教的范畴引入美学领域,体现出藏民族对整体美的精神境界和完美的理想人格的向往。

罗桑嘉措还对《诗镜》的"十德"说做了进一步发展,诗的"十德"就是追求文学作品内容与形式的完美统一,达到整体的圆满之美。他在《诗镜释难》中对诗歌的语言美做了更为系统化的研究,总结了

[①] 五世达赖喇嘛:《西藏王臣记》,郭和卿译,中国国际广播出版社2016年版,第219页。
[②] 五世达赖喇嘛:《西藏王臣记》,郭和卿译,第219页。

藏族自古以来在诗歌创作语言运用上非常重视格律美的特点，形成了自然和谐的韵律与六音节多段回环体的句式，以及善于运用比喻、对比、反衬、夸张等修辞手法。这些都体现出藏族文学讲求灵活变化、多样统一、自然和谐的"圆满"的审美趣味。与追求表现形式的完美一样，藏族文学自古以来就逐渐形成了一些富有民族特色的内容上的要求。诸如对高尚善良的人格力量的歌颂，对美好意象的精心构建，对丑恶的无情鞭挞，对宗教中不义行径的辛辣讽刺，等等。藏族文学作品都表现出了鲜明的追求善与美的完美统一的思想，这正体现了藏民族追求艺术和谐、圆满的审美理想。罗桑嘉措的"圆满"观表现在诗论上就是，既强调文学创作中的形式美，又重视文学作品的内容美，更重要的是要做到形式和内容的高度和谐的整体美。

  罗桑嘉措还把诗歌看作一个有血有肉完满和谐统一的生命体，在继承前人有关讨论的基础上，明确地提出了"生命"之说，这是藏族学者在藏族文论史上的创新。之前藏族诗学旧的传统是依据《诗镜》一书的内容阐释，明显缺点是过分重视诗的形式和修饰，这是受到了古代印度形式主义的旧传统观念的消极影响。罗桑嘉措的"生命"之说，打破了过去的传统，突出地强调了诗所描写的内容犹如人的生命，这才是诗的活力之所在。"生命"之说明确指出诗中所描写的传说、故事和四大事等等内容是诗的"生命"。从此，在藏族诗学著作中，把诗的内容提到了显要的地位，出现了形体、生命、修饰相提并论的说法。早在16世纪初，藏族学者、医学家素喀瓦·洛卓杰波就认为文学作品是由内容、形体和修饰三者有机结合而成的，文学作品的内容和形式两个方面应当完美统一。他引用了《萨迦格言》中的两句诗来发挥这一认识："没有生命的僵尸，纵然俊秀谁索取？"[1] 罗桑嘉措继承并发展了这一思想，辩证地论述了内容、形体和修饰三个文学作品的构成要素是互相制约、互相依存、完美地融为一体的。同时，他又以圆满的美学思想为基

---

[1] 赵康：《论五世达赖的诗学著作〈诗镜释难妙音欢歌〉》，《西藏研究》1986年第3期。

础，提出了文学作品应当追求完美无缺，说："在优秀的诗篇中，即或出现微小的缺点，也不要说什么这微不足道，没妨害，而掉以轻心，听之任之。就像一个人长得非常英俊，但眼睛的神态有小毛病，或者四肢上有小的伤疤，这些微小的某些缺陷，都会损害整个肌体的美的形象。"① 这就是说内容与形式两方面都要达到完美无缺，才能形成文学作品的整体美感。只有这样完美的结合才是诗的"圆满"境界，才符合藏民族追求"圆满"美的心态。罗桑嘉措在《妙音欢歌》中把《诗镜》中所讲的诗的形体比喻为女子的身体，把诗的内容比喻为生命，把诗的修饰比喻为装饰品。他在散体注解文字中做了解释："这话可以理解为包含着'生命'的意思，就像具有生命的人为使外表漂亮而用装饰品把自己打扮起来一样，以四大事等内容为'生命'的诗，它的形体就是韵文、散文和混合体，它们为意义修饰、字音修饰和隐语修饰等所美饰。我的师长亲自讲过这是敝坚译师嘉木样多吉的见解，素喀瓦·洛卓杰波所说的也与此相吻合。……这里所说的'生命论'还遍及诗的整个领域。"② 由于罗桑嘉措的积极提倡，"生命之说"为越来越多的藏族学者所接受，成为藏族诗学的一个重要美学理论。

"圆满"的美学观念在藏族学者的论述中以不同的表述方式，不断得到强调。17世纪后期，甘肃夏河县拉卜楞寺一世嘉木样阿旺宗哲在他的诗论著作《妙音语教十万太阳之光华》中就坚决支持了罗桑嘉措的观点，说："往世的传说及四大事等，所说的内容即是诗的生命，因此将形体分为词、义都是错误的。内容是生命，韵体散体混合体是形体，意义字音隐语等是美化诗的修饰，这种说法我认为是殊胜的格言。"与阿旺宗哲同时期的第司·桑结嘉措在其著作《白琉璃论献疑·除锈复原》中也说："诗如人，身体虽然十分美丽，但只要某一部分有一点毛病。如衣服不美，或是遇上一点恶运，都不美。"③ 这说明藏族

---

① 彭书麟等：《中国少数民族文艺理论集成》，北京大学出版社2005年版，第196页。
② 彭书麟等：《中国少数民族文艺理论集成》，第198页。
③ 彭书麟等：《中国少数民族文艺理论集成》，第203页。

追求的是一种整体完美的境界，容不得半点的瑕疵。第司·桑结嘉措在讲到佛像的建造、佛塔的建造、佛经的诵读时也体现出这种圆满的思想，如在诵经时要注意曲调的高低升降变化，语言的气势，声调的优美等等。总之，一切都要婉转悦耳，以呈现出整体美的效果。

藏族文论的"圆满"说，后世的藏族学者在诗论中不断地深入阐述这个美学命题，使之具有了相当高的审美认知水平，并初步形成了有价值的理论体系。现代著名的藏族学者东噶·洛桑赤列在《藏族诗学修辞指南》中讲到"诗歌风格的体现"时，也表达了追求圆满审美理想的思想。他说：

> 表情心情共润色，章节既不松散拖；
> 省略亦不太简约，悦耳音韵巧组合；
> 所有各章节之后，各不相同妙诗歌。①

在注释文字里，东噶·洛桑赤列说得更为明白。诗歌的风格体现在以下五个方面的和谐组合。第一，在内容上应具有能突现娇媚形象的表情和内在的心情。"所谓的表情和心情，是指喜怒等之内心活动乃是尚未表现于身、语之时的内在心理变化。这种喜怒心情逐步增长；笑容和怒容就会表现欲身、语，那就是表情。"他讲了8种表情：喜悦时的娇媚；可笑时的欢笑；哀伤时的悲伤；发愁时的狰狞粗暴；优越感对趾高气扬；恐惧时的怯懦；厌恶时的反感；奇异时的惊讶好奇。如果将这些丰富的表情写到诗歌中就是极其优美而感人的诗作。第二，文字上要运用丰富的词语。不用难记的词，也不使用省略过多的文字，要使用文雅悦耳的文词。第三，音韵上要巧妙配合。读起来顺不顺口，从自己的经验中去体会。第四，诗行音节要遵从规则。开头的诗行有二十一音节，

---

① 东噶·洛桑赤列：《藏族诗学修辞指南》，贺文宣译，中国藏学出版社2016年版，第36—37页。

在结尾处要逐步递减为十五、九、七个音节，主体诗行若开头是七个音节，其后可以递增为九、十一音节等。第五，文体结构上绝句后可有散文体，散文体后可以有绝句等。总之，采用灵活多样的表现形式，就是为了使诗歌的风格更为完美。

现代著名藏学家才旦夏茸在《诗学概论》中明确指出诗学所讨论的本体、庄严和除过三者，其要义就在于追求完满和谐的整体美。他说："修辞学之本体是指由具有自己要讲内容的词语三身文字组成的章句，它好像人的美丽身体，故形象地比喻为本体。修辞学的庄严，如同给此年轻美丽的人体佩戴一些用珠宝装饰起来的耳饰、手镯等饰品，使身躯格外漂亮一样，对此三身文字章句，运用意义修饰法、语音修饰法、隐语修饰法等修辞手法使原文本体形象生动、丰姿多彩，美化起来的各种修辞格。除过，是指清除文句中与所说内容无关的词语、前后矛盾的词义、重复的语句或内容、模棱两可的表达、违背经教和常理的内容等弊过的修辞手法。"① 可见，才旦夏茸所讲的诗学追求的理想也是"圆满"的境界，他认为诗学的种种修辞方法恰当合理运用都是为了达到完满和谐的审美理想。

第三节　儒道禅哲学与藏传佛教哲学

汉族文论的审美理想是和谐，藏族文论的审美理想是圆满。看似在表述上有很大的差异，其实在实质上却是共通的。汉藏文论的文学审美理想都是追求一种整体的统一完美的和谐状态。张法说："和谐从根本上说是从整体着眼的，但整体又是由部分（个体）构成的，因此整体和谐的具体意味就在于整体和部分（个体）的关系，诸部分（个体）以一种什么样的方式形成和谐的整体。中国文化的和谐首先强调整体的和谐，由整体的和谐来规定个体（部分），个体（部分）应该以一种什

---

① 才旦夏茸：《诗学概论》，贺文宣译，《西北民族大学学报》2012年第5期。

么方式，有一个什么样的位置都是由整体决定的。"① 诚如斯言，不论是汉族的和谐还是藏族的圆满，都是先从整体上和谐出发来确定与之相匹配的部分。汉族文论的虚实、文质、形神、情景、意境、意象、动静、奇正、法度、情理、刚柔、言意、真幻、美刺、通变等范畴都是依据整体的和谐来展开的，一切部分的定位取舍都是为了达到整体的和谐，有时甚至为了整体可以使部分（个体）改变、降位（处于次要地位）。刘勰《文心雕龙·附会》："夫画者谨发而易貌，射者仪毫而失墙；锐精细巧，必疏体统。故宜诎寸以信尺，枉尺以直寻，弃偏善之巧，学具美之绩：此命篇之经略也。"这段话说的是假如画师画像只注意毫发细微之处，反而会使画出的容貌失真；假如射手只看准一小点，便会注意不到墙壁一样的大片地方。所以，应该舍去一寸来注重一尺，放弃一尺来捕捉八尺；也就是说，应该舍弃文章中枝节性的小巧，而把握整体全面的美。再如形神关系，魏晋南北朝时期则有以形写神和传神写照的理论，唐宋时期则更加重视重神轻形的美学思想，明清时期更有不似之似、神似而形不似的说法。藏族文论也是如此，强调达到一种圆满的整体完美和谐的境地，既重视文学的形式美，又重视文学作品的内容美，做到形式和内容的高度和谐统一。只要不影响整体的圆满，甚至在有些小的方面有瑕疵也是允许的。这一点正体现了中华民族对完美和谐追求上思维的共通性，都是从整体着眼，体现了以部分服从整体的思维方式。这和西方文化不同，西方的和谐是强调部分，以部分的完美来形成整体的和谐。

汉族文论的"和谐"和藏族文论的"圆满"都是以生命的体验为基础，是生命的美学。它们都是对人生特有的领悟、理解与展露，都是对人的生存的意义、存在价值与人生境界的思考和追寻，是一种存在的诗性之思。因而，它们将艺术看成同人一样的有机生命体，对艺术美就有了明显的人化特征，以人拟艺。刘勰《文心雕龙·附会》说："必以

---

① 张法：《中西美学与文化精神》，中国人民大学出版社2010年版，第63页。

情志为神明，事义为骨髓，辞采为肌肤，宫商为声气。"这说的是作者的思想感情，好比人的神经中枢；文章的素材，好比人体的骨骼；文章辞藻和文采，好比人的肌肉皮肤；文章的声调音节，好比人的声音。文章就像一个完整的人，各个部分要完美结合。汉族文论基于人化的美学观念，发展出了"神、气、形、风、骨、筋、血、肌肤"等一系列的概念和范畴。藏族文论也是这样，把诗歌看作一个有血有肉完满和谐统一的生命体，常常把诗歌比作姿容美好的人。罗桑嘉措把绝妙完美的作品比作美少女，以句义无混乱比作美女舞翩跹，以美人的形象比喻文学作品的各个构成要素协调搭配所呈现出的整体美。可见，汉藏文论都把艺术当作一个生命体，将艺术人化，这一点是相同的。反观西方所强调的和谐就不一样，西方所说的和谐更多地是一种知性的和谐。毕达哥拉斯讲数的和谐，赫拉克里特讲对立面的和谐，亚里士多德所说的形式的整一，等等，都体现了对客观世界有一个明晰认识的知识性的思维特征，并以此建立一个纯客观的世界。因此，西方必然会面对一个如何处理文化世界与客观世界关系的难题。

汉藏文论都是中华文论的组成部分，都体现了中华民族的共同思维和智慧，在诸多方面有着共通性。但由于文化上或多或少的差异，文学审美理想的表述路径不尽相同。这其中一个重要的原因就在于所生成的哲学观念使然。汉族文论所依据的是儒、道、佛禅的和谐理论，藏族文论所依据的是藏传佛教的圆满理论。下面分而述之：

儒家和谐思想的实质就是中和论。"中和"是宇宙天地的至道，它的精神在于"万物并育而不相害，道并行而不相悖"。人所生活的自然空间和社会空间应该是一个和谐的空间，大自然是井然有序的，人只有秉持一颗"中和"之心，去契合大自然和谐的要义，才能实现天地人伦的和谐。作为儒家思想组成部分的"中和"思想包蕴两层含义：一是因中致和。二是和而不同。

（一）因中致和

孔子以"叩其两端""过犹不及"来表述这种原则。他说："吾有知乎哉？无知也，有鄙夫问于我，空空如也，我叩其两端而竭焉。"①孔子认为人不可能对世间所有事情都十分精通，因为人的精力毕竟是有限的。但他有一个分析问题、解决问题的基本方法，这就是"叩其两端而竭"，就是兼容两端以取其中，就能求得问题的解决。这种方法体现了儒家的中庸思想。《论语·先进》载："子贡问：'师与商也孰贤？'子曰：'师也过，商也不及。'曰：'然则师愈与？'子曰：'过犹不及。'"孔子认为超过和达不到的效果是一样的。可见，儒家中和思想以中为基础，以和为用途，强调过犹不及，适度中节。后儒把这种思想概括为十六字心传："人心惟危，道心惟微，惟精惟一，允执厥中。""允执厥中"是其核心，因中才能致和。

（二）和而不同

《国语·郑语》中记载春秋时周太史伯以五行为例，论述了"和"与"同"的问题，并且提出了和实生物、同则不继的命题。同，是同类事物的叠加，和，是多种事物的协同统一。同类事物叠加只有数量的增加，只有不同事物结合才能产生新质。这就是和实生物、同则不继的道理。《左传》记载了晏婴对"和"与"同"的差别的详细论述，阐明了"以水济水""琴瑟专一"，是同类事物的简单叠加，不能让人产生美感，只有五味相济、五声相和，将多种不同甚至对立的因素结合起来，多样中求统一，才能给人感官的愉悦。《周易》是一部揭示宇宙客观规律的著作，阴阳对立统一是建构《周易》理论体系的灵魂。阴与阳的内在关系是协调、统一与和谐，和谐既是宇宙万物的最佳状态又是其基本状态。对立双方的和谐统一是《周易》的基本原则，也是儒家异质相济相生和谐思想的体现。

在道家看来，儒家倡导的和谐只是一种暂时的、不彻底的人为的和谐，不仅不能从根本上解决社会秩序问题，反而会起到相反的作用。道家主张自然的和谐才是本原性的和谐。《庄子·天道》说："夫明白于

---

① 刘宝楠：《论语正义》，中华书局1990年版。

天地之德者，此之谓大本大宗，与天和者也；所以均调天下，与人和者也。与人和者，谓之人乐；与天和者，谓之天乐。"这句话说的是，懂得天地的规律，就把握了根本和原则，就能成为与自然谐和的人；用此来均平万物，便能与众人谐和。具体说来，可以分为两个层面来看：一是道法自然的哲学和谐理念；二是生理生命、心理生命和宇宙生命的整体和谐。

1. 道法自然的哲学和谐理念

道家认为"道"是宇宙万物生成发展的本源。在老子看来，"道"是先于天地之前而混成的，它可以"为天下母"。宇宙万物一切都是由"道"派生出来的，《老子》第四十二章说："道生一，一生二，二生三，三生万物。"可见，在老子看来，"道"是宇宙生成的本原，是宇宙运行的动因。道家的另一位代表人物庄子在《庄子·天地》中说："夫道，覆载万物者也，洋洋乎大哉！"在庄子看来，道是可以化生万物的，因此，《庄子·天地》认为"形非道不生"。那么"道"的基本运行原则是什么呢？老子认为是"道法自然"。人效法地，地效法天，天效法道，道则效法自然，"道法自然"则是最高层次状态。道家所谓的"自然"，包含了两层含义：一是指本来如此，天然而成的性质，如《老子》第十七章"功成事遂，百姓皆谓我自然"；二是指整个天地宇宙的存在运行状态，如《老子》第二十三章云："希言自然，故飘风不终朝，骤雨不终日。孰为此者，天地。天地尚不能久，而况于人乎？"这说明要遵循自然的规律，不要人为地干预。道家不仅崇尚自然，敬畏天地，而且主张人们师法自然。庄子认为天下万物都有各自的本性，有自己运行变化的特定规律，人们所能做的是顺应万物的本性，遵循它们各自的规律，不要肆意妄为。在老子看来，自然存在是一种没有任何竞争和争斗的和谐存在。在这种和谐存在的前提下，人与人之间都和谐相处。庄子继承了老子的这一思想，更明确提出"天人合一"的观点。《庄子·山木》认为："有人，天也；有天，亦天也。"《庄子·齐物论》："天地与我并生，而万物与我为一。"在庄子看来，宇宙间天地万物本来就是融为一体的，人与万物也是不可分离的。

2. 生理生命、心理生命和宇宙生命的整体和谐

道家主张顺应自然，并不是说人只有被动顺从接受，放弃了人的主观能动性。老子《道德经》第二十五章说："道大、天大、地大、王亦大。"老子把人的地位提高到与道、天、地并立的程度，把人同地球上其他生命体区别开来，这就高度肯定了人的价值和尊严。那么，如何才能做到顺应自然而不违背自然呢？道家提出了天和原则。从生命意义上看，天和原则就是实现人内在生命的真正平衡，是人的生理生命、心理生命和宇宙生命的大融合。生理生命是和谐的基础，生理生命的和谐是达到人与宇宙生命和谐的必然前提。《道德经》重视个体的生理生命，阐明了少私寡欲、崇俭抑奢的必要性，并将这些道德要求与人的生命的健康长寿这一生理生命需要紧密相连。《庄子·庚桑楚》："全汝形，抱汝生，无使汝思虑营营。"《庄子·在宥》："无视无听，抱神以静，形将自正。必静必清，无劳汝形，无摇汝精，乃可以长生。""慎守汝身，物将自壮。我守其一以处其和。"这些都说明了重视生命和谐的必要性。心理生命的和谐指向了个体心灵的体验，就是将人的情感、欲望、理智等全部排除，从而进入一种精神自由的状态，也就是庄子所说的逍遥无待的"游"的境界。庄子痛感人存在的不自由，使人丧失了真实生命意义。《庄子·养生主》说："泽雉十步一啄，百步一饮，不蕲畜乎樊中。神虽王，不善也。"庄子用了一个比喻，沼泽边的野鸡虽然寻找食物和水是艰难的，可是它也不愿意被畜养在笼子里。这是因为这种生活是不自由的。庄子认为人应该享受生命的最大自由，挣脱无处不在的种种外在绳索，争取生命自由自在的游乐。庄子所说的"游"不是说人在物质世界身体天马行空的幻想，而是一种真实的生命体验的心理和谐。宇宙生命的和谐是打通物我界限、合于天、融于物的和谐。道家认为，人是自然化育恩养的万物之一，人类社会是整个自然界的一部分。从人到自然的整个过程就是一个完整的和谐过程。老子认为人类应"顺物自然，而无容私焉"。这就是说哺育万物却不据为己有，不任意

对待万物，不做它们的主宰者，让万物得到滋长，这才是人类道德的最高境界。《庄子·齐物论》："天地与我并生，而万物与我为一。"庄子站在诗意的立场，打破了"我"与世界的界限，会通万物，通世界以为一，把"我"和世界融为一体，还归世界之本原。

禅宗的和谐是一种"平和"。它接受了大乘空宗般若学的思想，也吸收了道家的齐物论思想，主张的是一种平等哲学思想。《金刚经》说："是法平等，无有高下。"禅宗认为得平等法，就得无上正等正觉。慧能说要"念念行平等真心"，以平等心为禅门最高智慧。禅宗的平等观是一种彻底的平等观，它认为不仅凡夫俗子和圣人是平等的，而且更强调有情世界、无情世界乃至大千世界的一切都是平等的，没有高下之分，有分别是因为人的理性认识造成的。据此，禅宗提出了"平常心"的观念。但能平等视一切法，不生高下、取舍、爱憎之见，便是"一种平怀，泯然自尽"了。一切二边、取舍、追逐、攀缘所派生的烦恼，自然就会消失于无形了。禅宗的修行也不刻意远离现实人生，而是在平凡日常生活如在打柴担水之中就可以实现。因而，禅宗的平等哲学产生出任运随缘的思想，人退回到自己的内心，平灭人内心世界的冲突，追求一种"平和"的和谐境界。这对于唐宋时期以后的文学艺术影响很大，平和淡雅的诗学旨趣盛行，在艺术中表现出一种淡远宁静的境界。由此看来，汉族文论所追求的和谐审美理想之所以有着丰富的内容，其根源就在于儒、道、禅多家哲学观念的影响。

藏族文论的圆满论起源于佛教的"大圆满法"。大圆满是普贤王如来的教法，是圆满成佛的诀窍。如来的圆满境界称为大，而能修入如来的境界之法，就是"大圆满法"。大圆满藏语叫作"佐巴钦波"，是佛教的最高法门，后来成为藏传佛教宁玛派的特殊教法。佛教认为佛和众生的差别就在于觉和迷，觉悟了就是佛，不觉悟就是众生。人人心中有佛性，佛性就是自己的本心。本来每一刻众生都有机会明心见性，可是，由于我们凡夫的心从无始以来被俱生无明所遮蔽，被烦恼扰乱、痛苦折磨，所以才见不到自心。众生不识实相，只能自迷自缚而枉受轮回。故《大般若经》中说到如来境界是:"能圆满真如,亦能圆满法界、法性、不虚妄性、不变异性、平等性、离生性、法定、法住、实际、虚空界、不思议界;则能圆满五眼,亦能圆满六神通;则能圆满佛十力,亦能圆满四无所畏、四无碍解、十八佛不共法;则能圆满大慈,亦能圆满大悲、大喜、大舍;则能圆满无忘失法,亦能圆满恒住舍性;则能圆满一切智,亦能圆满道相智、一切相智,由此证得一切智智。""真如"就是佛性,是指人的清净的心灵本体。圆满就是明心见性,是心性的自然智慧,人只有体认到了它,就能对宇宙人生"空"的本质觉悟,从而解脱生死。可见,它是佛教最高的境界,是众生梦寐以求的理想。

怎样才能达到这种圆满境界?藏传佛教认为只有通过修行实证"大圆满法",也就是断除种种习气与心地的毛病,修心养性。不立一切见,不立一切修,不立一切行,不立一切果,无有造作,自然破执,破除我们的执着。要明白轮回、涅槃、外面的世界、一切众生等万事万物都是心的现象,轮回和涅槃、生和死、佛和众生就在心中。如班班多杰所说:"宁玛派所谓的成佛,便是众生对自我先天具有的清净本性的体证,只要觉解了它,也就契证了宇宙的本体,使自己本来是佛的本性显露出来。既然如此,成佛也就不必向遥远的彼岸世界追求,而在于内观反省,了彻人人都具有的'灵明空寂的智性',即佛性,因为彼岸世界的佛就在此岸世界的人心中。"①

从思维方式看,藏传佛教修行圆满大法不同于一般的感性思维和理性思维的方式,它是一种整体直觉的思维方式。心理学家弗洛伊德认为人的意识活动有显意识与潜意识,共同支配着人的行为。后来荣格通过实践发现人类除意识之外还有无比强大的"无意识",或者称为"超意识",它的认识能力远远超越了意识。"超意识"就是放弃了一般意识活动,让感性思维、理性思维所产生的各种形象、观念、概念、逻辑等

---

① 班班多杰:《藏传佛教思想史纲》,人民出版社2016年版,第203—204页。

不再发挥作用,而后让人类本性中所本有的天然觉知能力得以恢复、显现,从而整体直观地觉知认识。据此看来,佛教的思维属于"超意识"。佛教认为,意识活动中的感性思维与理性思维是不能到达完全的真实,而只有这种超意识的才可以得到。因为意识活动的感性思维与理性思维是对立地"看"世界,必然会发生认识主体与认识客体的分裂。当这种对立存在时,一方永远无法得到另一方内在的完整的真实信息。佛教的思维方式则是与世界融为一体,无差别、全然地"看"。人只有进入超意识状态中,认识主体与认识客体之间的界限才会由于意识而淡化,原先的"我"成为世界的一部分,关于世界存在的信息一览无余,从而获得真实的认识。佛教讲修行,修是修正,是清除内心的污秽,还一个本来的清净;修就是内心的超越,修的终点是明心见性。行就是一个始于明心见性的过程,行的目的就是恢复人圆满无碍了解世界真相的能力——"圆觉",也就是使人拥有能够直观地整体地觉知世界真实的能力。正如美国学者拉德米拉·莫阿卡宁所言:"佛教徒相信神圣法则存在于人类之中,这一与生俱来的微光(菩提心)包含在他的意识里,这是一种对完美、完整和觉醒的渴望。"① 可见,佛教修行的最高境界圆满就是对完美、完整的追求,而实现这种境界的方式就是整体直觉。

宗教与文学艺术虽分属于两个不同的文化领域,但二者在根本性质上却是相通的,它们都是对生命意义的终极追问,共同表达着人的生命体验。宗教追问的是人生意义的超越途径,教徒通过对神的崇拜反思自身的有限性,并追求自身与神的同一,获得永恒的意义。文学艺术的实质也是在追问人自身的有限性,追求人生的幸福美满,并获得一种人生的精神超越。因此,宗教和艺术在这一点上是相通的。藏传佛教的圆满观给文学艺术提供了两方面的启示:一是最高的美存在于现实之外的心灵建构的圆满世界。具体美、现实美只是低层次的美,大美存在于整体

---

① 拉德米拉·莫阿卡宁:《荣格心理学与藏传佛教:东西方的心灵之路》,蓝莲花译,世界图书出版社2015年版,第144页。

统合之后的一种超越美，即整体美；二是最高的美存在于诸要素的和合生成之中。万物是由诸种因缘聚合而成，任何事物都没有自己固有的本质，任何一个单一的因素、条件都不能体现事物的本质，或者说万物存在于多种因素的结构方式中，是多种因素相互作用的结果。可见，藏传佛教的圆满境界从美学上看就是绝对美的境界，是最完美的世界，是无差别的美，是整体统一的美。

藏族文论追求圆满的审美理想受到藏传佛教的深刻影响，也是来自藏民族对现实生存深刻的生命体验。文学指向的是人的生活与人的生命活动的历史，是生命审美意向性的体验和发现，或者说是面对生命自身的历史记忆。人的生命存在具有两方面的内容：一方面是现实的肉身化存在，另一方面是心灵想象化的存在。文学艺术自然是要对生命肉身化存在的各种各样的状态进行叙述和理解，既要展现出生命的和谐自由，也要叙写生命的焦虑和痛苦。藏族由于现实生存中的种种苦难过于强大，人们在文学艺术中转而表现心灵想象的自由，描绘现实之上的理想世界，追寻一个完满的境界，从而获取激扬生命的力量。在恶劣的自然条件下藏族很清醒地意识到生命的艰难，比起其他民族，他们更加渴望一个完美的理想天国。藏族地区的自然环境是气候条件严峻，生态环境脆弱，给人们提供的物质条件是贫乏的，提供的生活资源是极其有限的，藏族人民长期处于严酷的生存状态之下，为了生存下去，为了处理、解决人与自然的尖锐关系，就必然需要一种强大精神力量的支撑。于是，在原始思维和自然崇拜的基础上，形成了早期的原始宗教——苯教，后来佛教的传入成为全民的信仰。由于人类生存条件十分有限，藏族人民总是依靠幻想并通过宗教这一形式，解决人与自然的矛盾和冲突，达到心理的平衡。苯教被佛教取代，也在于它没有提供一个理想的世界，只是让人们拜服于大自然的力量。佛教的理念之所以能在全体藏民族的心中扎根开花结果，就在于佛教宣扬的理念是大慈大悲，普渡众生，让一切有生命的众生解脱苦难，给人类提供理想的极乐世界，把人从人的境界提升到佛的境界，把世界转变为美好圆满的佛国净土。青藏高原自然环境复杂,对外交通不便,造成西藏社会历史、社会经济文化发展异常缓慢。到了松赞干布时期才建立了统一的奴隶制社会,广泛地引进吸收汉地和印度的文化,社会历史实现了从野蛮向文明的转变。藏族人民在历史的发展中,经历了更多生存的艰辛、生活的苦难和人间的悲欢。藏族是一个极富情感的民族,当面对人生的生与死、欢乐与悲伤、爱与恨、现实与理想、幸福与痛苦等重大的问题时,他们有着更为深刻的理解和诠释。他们勇敢地挑战命运强加给人的疾病、死亡、磨难等种种痛苦,和现实中的邪恶、暴力、压迫等抗争,去寻求理想的人生。从而,藏族艺术家在文学艺术中总是通过自由的想象去建构一个完美的生命世界,在艺术上凸显和谐完整之美。

  藏族文论的圆满论是藏族诗性智慧的体现。原始人类认为人是有灵魂的,它是人的生命力。灵魂是存在于人的身体之中、可与身体对立的精神实体。早期人类由于生产力极端低下,对自然力量的恐惧而无力抗衡,为了理解自然界的一切事物,求得和睦相处,原始人运用类比方法,认为动物、植物、山水石、雷雨电等自然现象也和自己一样,是有意志、有灵魂的,于是就产生了"万物有灵"观念,这是人类早期诗性智慧体现。藏族早期的思维也是这样的,为了保护自身生命,他们崇拜大自然中所有与人类生存相关的一切事物,想象着人与自然的和谐统一,寻求生存的最大可能性,产生生活的信心,其实质是对人的生命的珍爱。这种诗性思维一直延续下来,成为他们的集体无意识。藏族学者认为文学作品就是一个有机的生命体,像人一样,文学体式是身躯,文辞修饰是装束打扮,文学的内容才是生命,是文学的灵魂所在,整个艺术作品就是一个完满的有灵魂的生命世界。因此可以说,藏族文论的圆满论虽起源于藏传佛教,但是它的根源却是产生于藏族对生存现实、生命活动的深切体悟,是超越有限、渴望追求心灵无限自由的表现,它传达出藏族对整体美的精神境界和完美的人生理想的向往。

第九章 尚文气与崇诗艺:汉藏文学创作主体论

就创作而言,艺术是一种个体的生命体验活动,表达了个体内在的欲望、冲动和需求,表达了个体的体验、价值和心理,因此,个体的道德、艺术作品价值的高低。创作主体的生命活动投入艺术中,艺术才有生命性。从创作主体角度看,汉藏文论都非常强调作者综合素质的重要性。综合素质包括思想品德素养、生活实践素养、文化知识素养、审美素养,写作技巧素养等方面。汉族传统文论历来就有"文品即人品""文如其人"的说法,《艺概·诗概》就有"诗品出于人品"[①]之说。还有常言:"读万卷书,行万里路。"杜甫《奉赠韦左丞丈二十二韵》中有诗句:"读书破万卷,下笔如有神。"这些说法和诗句,都说明了在文学创作活动中创作主体需要具备多种素养和能力。藏族文论也认为理想的创作主体就是"智者","智者"就是学者必须具备"仁者"之心和"智者之能"。"仁者"之心是指具有高尚的道德修养,"智者之能"就是具备"述、辩、著"三大能力。可见,汉藏文论都对创作主体的综合素质提出了很高的要求,都从多方面对此加以探讨论述。但是,我们从比较的视野看,最能体现两个民族古代文论特色的是:汉族崇尚"文气",他们认为文学作品的生命来自作品的"气",作品之

---

① 刘熙载:《艺概》,上海古籍出版社1978年版。

"气"来自作家生命之"气";藏族推崇诗艺,他们认为要写出优秀的诗歌,必须精通诗学,掌握写诗的技艺。本章主要从这两个方面做比较分析,旨在说明汉藏文论的互补性,彰显了中华民族在文化上具有的多元一体的特征。

第一节 尚文气

"文气"论是汉族古代文论中一个独特的重要理论。它反映了古人对文学的独到而深刻的认识,即文学活动就是生命的活动,是人类生命的观照和表达。文学作品呈现的是生命之"气",文学作品的生命之"气"来源于作家的生命之"气",因此创作主体要养气,才能写出有生命力的文学作品。

一 "文气"论的产生和发展

"文气"论的形成经历了一个不断丰富完善的历史过程。一般认为,孟子的"知言养气"说是古代文气论的滥觞。《孟子·公孙丑上》记载了孟子和学生的一段对话,阐释了"知言"与"养气"的关系:"我知言,我善养吾浩然之气。"说的是人的思想道德修养和认识能力提高了,自然会提高辨别语言文辞是非美丑的能力。孟子虽然不是说文论的话题,但后来的文论家却受到他的启发,开展了"为人与作文"关系问题的讨论。一个作家要写出好的文学作品,首先要培养自己崇高的道德品格。"知言养气"的思想被后人广泛地引入文学理论和文学批评,形成了中国古代文学理论批评史上以气论文的悠久传统,并引导作家注意从"养气"入手去从事文学创作。

魏晋南北朝时期是"文气"论发展的重要时期。曹丕在《典论·论文》中认为文章中体现风格的"气"是由作家不同的"气"所形成的。曹丕首先将气的概念引入文学领域,提出了"文以气为主"的哲学命题,在中国美学史上产生了重大影响。刘勰也非常重视文学活动中的"气",《文心雕龙》中"气"共出现了 80 多次。还有一篇专论《养气》篇,从作家的生理生命、生活状态与文学的规律的关系对"气"做了论述。他指出养气的必要性在于人的性情不允许"钻砺过分",神伤气衰则势必"成疾",以致"伤命"。文学创作要讲"卫气之方",才能"理融而情畅",写出好的作品来。刘勰还在其他篇中强调"气"的重要,如《体性》:"气有刚柔",《风骨》:"务盈守气""情与气偕和"等。

唐宋时期"文气"论进一步发展,唐代李德裕在《文章论》提出"以气贯文"说,云:"然气不可以不贯,不贯则虽有英词丽藻,如编珠缀玉,不得为全璞之宝矣。"文学作品只有灌注了作家的生命之气,才能成为像璞玉那样的优秀之作。如果只是拥有华丽的辞藻,没有生命之气,那只能如编珠缀玉那般好看而没有精神。韩愈继承发展了孟子的"知言养气"说,提出"气盛言宜"说。"气盛"是指创作主体的精神、思想、情感要充沛、深厚、丰富、宏大,"言宜"是指文学作品这种语言艺术的"言"要表达得恰当完美。这说明了创作主体的"气"是文学创作的最根本因素。宋代惠洪也认为"气"是诗的根本,他在《冷斋夜话》说:"今人之诗,例无精彩,其气夺也。夫气之夺人,百种禁忌,诗亦如之。""夺"就是夺去、失去之意。惠洪批评宋人写诗之所以缺少精彩之处,就在于缺少"气"。没有了生命之气,那就只能讲究各种写作规则,失去了感人的力量。

明清时期"文气"论更加深化。这个时期文论家重视创作主体之"气"与作品风格之间关系。明代谢榛《四溟诗话》卷三云:"熟读初唐、盛唐诸家所作,有雄浑如大海奔涛,秀拔如孤峰峭壁,壮丽如层楼叠阁,古雅如瑶瑟朱弦,老健如朔漠横雕,清逸如九皋鸣鹤,明净如乱山积雪,高远如长空片云,芳润如露蕙春兰,奇绝如鲸波蜃气:此见诸家所养之不同也。"由于诗人们所养之气不同,在作品中所表现的格调也不同。清代叶燮认为文章的实体是理、事、情,而它们的构成关系的内在要素则为气。明代书画家董其昌在《画禅室随笔·评文》中也谈到了"神气"(气)是文学作品的生命力所在。他说:"文章要得神气,且试看死人活人、生花剪花、活鸡木鸡,若何形状,若何神气?"董其昌认为无气的文学作品就如死人、剪花、木鸡,毫无生机。

由以上可以看出,历代的文论家思想家虽然对"气"的内涵理解的侧重点有所不同,但是,他们都认为"气"是构成文学作品内在生命力的根本因素,文学作品之气是由创作主体生命之气灌注而成的,因而作家有无"气"乃是关键所在。他们崇尚文气说,在历史发展中不断强调,不断丰富,使之成为有别于其他文论的一个独具特色的传统理论。

二 "文气"论的理论依据

从哲学的根源上讲,"文气"论是以传统哲学的"元气"论为思想基础的。元气论是古人关于构成生命与自然的基本物质的观念。

"元气"是中国古代的哲学概念,指产生和构成天地万物的原始物质。从字源来讲,元,通"原"。"始也"(《说文》),指天地万物之本原。气,本义是云气。许慎《说文》说:"气,云气也"。气概念的原始意义是烟气、蒸汽、云气、雾气等气体状态的物质。哲学上所言的气概念便是从这些具体的可以直接感觉到的物质升华发展而来。在中国古代哲学史上,元气学说是人们认识自然的世界观。最早提出"元气"一词的是《鹖冠子·泰录》,云:"精微者,天地之始也。……故天地成于元气、万物乘于天地。"但说"气"为万物之本却非始于《鹖冠子》。其产生可追溯至老子之"道",基本形成于战国时期,发展于汉代,后来宋明理学家朱熹、二程和张载等继承、发展和完善了气本论,使之成为一个完整系统的理论。

北宋哲学家张载重新确定了气的观念。他明确地指出,"气"不但是可见的客观现象,也是不可见的客观实在。《正蒙·神化》说:"凡可状,皆有也。凡有,皆象也。凡象,皆气也。""所谓气也者,非待其蒸郁凝聚,接于目而后知之;苟健顺、动止、浩然、湛然之得言,皆可名之象尔。然则象若非气，指何为象？"① 在张载看来，一切可感知的现象都是气。张载还肯定"气"是运动变化的，运动变化的根源在于"气"本身所包含的内在矛盾。可见，在张载的哲学中气的观念已经非常明确化了。宋代以后哲学关于气的学说都是在依据张载对于气的解释而展开的。

古代哲学中的"气论"是研究气的内涵、运动规律，并用以阐释宇宙的本原及其发展变化的一种哲学思想。它认为气是宇宙的构成本原，宇宙万物和人都由气化生，气是生命的本质，是人的生命与天地自然统一的物质基础。生命活动过程，即是元气的消长变化及升降出入运动。"气论"在古代文化史上有着举足轻重的地位，从而也影响了文论家对创作主体和文学作品的认知。

三 文气与养气

气是形成天地万物的基本因子，人也是由气构成的，文学作品是作家生命精神的表现，因此，文学作品呈现的是生命之气。由于气有阴阳清浊之分，每个人禀受的气也有结构上的差异，阴阳清浊成分构成多少不同，因而创作主体创作的文学作品有多种多样形态的"气"。如曹丕《典论·论文》所云："文以气为主，气之清浊有体，不可力强而致。"他举例说明："徐干时有齐气，然粲之匹也。"徐干的辞赋常有舒缓的"齐气"，但是仍可以和王粲相媲美。"应玚和而不壮。刘桢壮而不密。"应玚的文章气势缓和但不雄壮。刘桢的文章气势雄壮但不绵密。应玚和刘桢的文章之气各不相同。孔融的"体气"很高妙，有过人的地方，但不善于写理论文章。

文学作品的"气"是多种多样的，有正能量的"气"，也有负能量的"气"。古代文论家肯定和提倡的正能量的气主要有"生气""正气""骨气""清气""逸气"等，摒弃和戒除负能量的气有："腐气""昏

---

① 张载：《横渠易说》（温公易说合本），上海古籍出版社1989年版。

气""虚气""矜气""村气""匠气""浮气""江湖气""门客气""酒肉气""俗气",等等。① 下面我们主要说说正能量的几种气。

"生气"是指文学作品呈现出的勃勃生机和蓬勃向上的生命力。钟嵘较早地以"生气"论诗,《诗品》下载袁嘏语:"尝语徐太尉云:'我诗有生气,须人捉着,不尔,便飞去。'"唐代司空图《二十四诗品·精神》提出"生气远出,不著死灰"的命题,指出文学作品的生命力就在于有"生气",如果缺乏"生气",就会死气沉沉,状若"死灰"。文学作品的"生气"是创作主体精神的表现,没有"精神"就不会有"生气"。李渔《闲情偶寄》说:"机趣二字,填词家不可少。机者,传奇之精神;趣者,传奇之风致。少此两物,则如泥人土马,有生形而无生气。"李重华《贞一斋诗说》说:"作诗从形迹处求工,便是巧匠镌雕,美人梳掠,决非一块生气浩然从肝腑流出。"作诗只注重雕饰,缺乏生命精神,是写不出有"生气"的好诗的。文学作品的"生气"也体现了创作主体的艺术才华,没有高超的艺术才能和深厚的艺术经验,也不能赋予文学作品"生气"。汤显祖《序丘毛伯稿》说:"天下文章所以有生气者,全在奇士。士奇则心灵,心灵则能飞动,能飞动则下上天地,来去古今,可以屈伸长短,生灭如意,如意则可以无所不如。"这说明创作主体才华超凡,经验丰富,创作中灵活自如,游刃有余,才能写出有"生气"的文学作品。

"正气"是指文学作品包蕴着积极向上、具有进步意义的精神力量。"正气"是以"道""义""理"为内容实质的精神之气。也就是说,它要符合社会的道德伦理规范,适应社会历史的进步和发展,符合人的内在本性。孟子所说的"浩然之气"就是"配义与道",是一种社会道德规范,是对理想的执着追求,是人的理性生命力的体现。"浩然之气"体现在文学作品中就是一种刚正雄健的生命力。苏轼在《韩文公庙碑》中评价韩愈的散文气势磅礴,具有刚正雄健的生命力,根源

---

① 参见黄霖等《原人论》,复旦大学出版社2000年版,第214—228页。

在于它有浩然之气。浩然之气到底为何物？在这里实际上指的就是人们平常所说的正义的力量和精神。除此而外，古人所讲的"愤气""怒气""豪气""英气"等都是属于"正气"的范畴。

"骨气"是指文学作品具有感情充沛、骨干刚劲的生命力。"骨气"来源于魏晋时期流行的人物品评的相术，相术讲究骨相骨法，一些品人的术语就被用来评论艺术。刘勰在《文心雕龙》中专门有《风骨》篇讨论关于"骨气"的"风骨"问题。他说："故练于骨者，析辞必精；深乎风者，述情必显。捶字坚而难移，结响凝而不滞，此风骨之力也。若瘠义肥辞，繁杂失统，则无骨之征也。思不环周，牵课乏气，则无风之验也。昔潘勖锡魏，思摹经典，群才韬笔，乃其骨髓峻也；相如赋仙，气号凌云，蔚为辞宗，乃其风力遒也。能鉴斯要，可以定文，兹术或违，无务繁采。"刘勰论"风骨"，先讲"风"的来源，有了"风"，才能感动人。"风"与"气"的关系密切。没有"气"就没有生命力，不生动，没有"风"就没有艺术感染力，感动不了人。形不是"气"，但有"气"才活。"骨"与文辞关系比较密切。运用文辞首先要用"骨"。身体没有骨骼就立不起来，文辞没有"骨"也立不起来。语言端正劲直、析辞精练才算有"骨"；如果思想贫乏，文辞又不精练，就无"骨"可言。因此，"骨"也就是要求有情志的作品写得文辞精练，辞义相称，有条理，挺拔有力。文章达到这种境界，才是"刚健既实，辉光乃新"，才能感动人。总之，有"骨气"的作品是明朗健康、遒劲有力的，主要体现出一种力度美。钟嵘《诗品》上评曹植诗时说："骨气奇高，词采华茂情兼雅怨，体被文质。""骨气奇高"说的是曹植的诗奇异高超，雄健有力。陈子昂在《修竹篇序》评东方虬《咏孤桐篇》说"骨气端翔"，指的是他的诗挺拔有力、刚健遒劲。由此可见，"骨气"是指文学作品表现出的一种雄健的力量感。

"清气"的内涵，黄霖等总结为三个方面：第一，它是一种超凡脱俗的精神之气。清与俗相反，"清气"是一种绝俗之气。第二，它是一种阳刚劲拔的生命之气。它表现了刚健雄强的生命力。第三，它是一种

第九章 尚文气与崇诗艺:汉藏文学创作主体论

美好善良的正义之气。总之,"它是超凡绝俗生命态度的体现,是刚劲峻拔生命力的发挥。它凝聚着真善美的精神品质"①。

"逸气"是指超逸不群的精神之气。"逸"是一种生活态度,超凡脱俗,独立不群,心灵自由,追求一种无拘无束的生活。"逸气"体现在艺术中就是以人的生命自由、精神自由为根本,对人的生命自由地观照,自由地表现。这个词出自曹丕的《与吴质书》:"公干有逸气,但未遒耳。"说的是刘桢的精神气质和生命态度。颜之推《颜氏家训·文章》:"凡为文章,犹人乘骐骥,虽有逸气,当以衔勒制之,勿使流乱轨躅,放意填坑岸也。"这就是说,写文章就好像人骑骏马一样,虽有奔放不羁的力量,但也要用缰绳控制它,决不能让它离开道路而乱闯,任意摔进沟壑之中。"逸气"是一种奔放自由、不受拘束的生命力。李白《天马歌》:"逸气棱棱凌九区,白璧如山谁敢沽。"借咏天马写了诗人自己的才性和遭遇,"逸气棱棱"既是诗人的个性,也是他诗风的概括。李白的诗自由挥洒,才情纵横,不拘格套。正如清代李重华的《贞一斋诗说》所言:"太白妙处全在逸气横出。"

文学活动是生命的活动,它来自人心灵深处的生命感受和体验,来自人的智慧,来自人对生存现实的理解,来自人的不屈不挠的创新意志,因而,文学作品就是人的生命之"气"的呈露。说到底,文学作品的"气"根源在创作主体的生命之"气",那么,创作主体的生命精神就是最为关键的要素,起着决定作用。汉族古代文论极为重视创作主体的生命精神,在历史发展中逐渐建构起了一套完整的关于创作主体修养的养气理论。

古人认为,人的身体和自然都是一个生命体,整个世界就是一个生生不已、循环往复的气化世界。人的生命体也是一个整体,是一个灵与肉统一的世界。人的形体和精神都是由气构成的。从生理角度看,人之生,气之聚也。人之血气是生命存在的基础。从精神的角度看,人的精

---

① 黄霖等:《原人论》,复旦大学出版社2000年版,第226页。

神活动也是气的运行。气不单指自然生理的因素,也不单指精神性的因素,而是保持内在生命体运动的统合体。从文学创作主体层面看,这两者都要颐养,更重要的是颐养精神之气。

一是保养血气。养气说最早是针对养生而说的,就是养人的血气。如《左传》有"守气"之说,《左传·昭公十一年》记载叔向说:"单子其将死乎?……无守气矣。"《论语·季氏》载孔子说:"君子有三戒:少之时,血气未定,戒之在色;及其壮也,血气方刚,戒之在斗;及其老也,血气既衰,戒之在得。"① 血气是生命体的基础,需要不断保养导引,否则就会和禽兽一样原始欲望无节制地释放。《孟子·公孙丑》中孟子说过:"持其志,无暴其气。"《论衡·自纪》中王充说:"养气自守。"这些人都强调把保养血气作为养生的重要方法。庄子更加重视颐养生命的"卫生",《庄子·庚桑楚》引述了老子的话云:"老子曰:'卫生之经,能抱一乎?能勿失乎?能无卜筮而知吉凶乎?能止乎?能已乎?能舍诸人而求诸己乎?能翛然乎?能侗然乎?能儿子乎?儿子终日嗥而嗌不嗄,和之至也;终日握而手不掜,共其德也;终日视而目不瞚,偏不在外也。行不知所之,居不知所为,与物委蛇而同其波。是卫生之经已。"这段话说的养生之道,就是保持心态的纯一,不丧失天性,不用占卜而预见吉凶,能谨守本分,不靠别人,靠自己去省悟,能抛却仁义而潇洒,能忘却智巧而憨厚,能洗净污染的人伪,回归婴年的天真。又用了比喻说明这么做的道理:幼婴整天哭叫,喉嗓不嘶哑,因为全凭本能发声,十分谐和。幼婴整天握拳,手掌不拘挛,因为在母腹内早已如此。幼婴整天凝视,眼睛不眨,因为心不外用,只看不想。因此要学学幼婴的德性,走出去没有固定的目的,坐下来没有固定的任务,虚应社会,委随潮流。这些就是道家推崇的养生之道——卫生。"卫生"也就是庄子所说的"全汝形,保汝生"。刘勰《文心雕龙·养气》根据文学创作的特点讲"卫气之方"。他说在做学问上是应

---

① 刘宝楠:《论语正义》,中华书局1990年版。

该勤劳的。至于文学创作,是应该从容不迫地随着情感的变化,舒缓沉着地适应时机到来而自然而然去写。如果大量消耗精神,过分损伤人的和气,强迫自己为写作而写作,这怎么能是写作的正理呢?何况作者的文思有敏锐和迟钝之别,写作的时机有畅通或阻塞之异;当人的精神状态不佳时,思考就必然更加混乱。因此,从事文学创作务必要适时休息,保持心情清静和谐,神气调和通畅,也就是要学会养气。这说明了文学创作保养血气的重要性。

二是加强修养之气。孟子把"知言"、养气联系在一起,并把"配义与道"作为积养其浩然之气的方法。孟子认为养气是生命境界的提升,以达到内圣而外王的境界,合于天地之性。浩然之气是充沛的内在生命,也是宇宙的精神。《荀子·修身》:"凡治气养心之术,莫径由礼,莫要得师,莫神一好,夫是之谓治气养心之术也。"荀子认为理气养心的办法,就是要学习社会行为规范,使自己的一言一行符合社会规范,这样才能得到大多数人的认可。只有懂得了社会行为规范的道理,并且在内心认同,才不会感到压抑,才会自觉地调节自己适应于一定的社会行为规范。这是把社会的伦理道德规范纳入了养气范围,是重视人格修养的养气。越到后来,文论家更加重视创作主体自身修养之气的蓄养,强调作家性情气质、道德的培养,强调深化人生感受,提高写作技能,增强才胆学识。陆游的"养气"说主张作家要通过丰富的生活阅历,加强人生修养,以提高内在的精神之气。陆游《傅给事外制集序》云:"某闻文以气为主,出处无愧,气乃不挠。"这都说明广阔的现实生活、丰富的生活阅历是培养精神之气的重要途径。由此可见,创作主体的修养之气涵盖了创作主体素质的各个方面,它对文学创作非常重要。宋濂《文原》云:"为文必在养气。……气得其养,无所不周、无所不及也。揽而为文,无所不参、无所不包也。……呜呼!人能养气,则情深而文明、气盛而化神,当与天地同功也。"沈德潜《说诗晬语》也说:"文以养气为归,诗亦如之。"

才胆识力,是清代叶燮对创作主体个性心理质素最完整的概括,也是他对创作主体生命之气的全面表述。《原诗·内篇》："曰才，曰胆，曰识，曰力，此四言者所以穷尽此心之神明。"所谓"才"，是指创作主体的艺术才能和才华；所谓"胆"，是指诗人敢于突破传统束缚的独立思考的能力；所谓"识"，是指诗人辨别事物的能力；所谓"力"，是指诗人运用形象概括现实生活和客观事物的功力和笔力。叶燮说："大约才、识、胆、力，四者交相为济。苟一有所歉，则不可登作者之坛。四者无缓急，而要在先之以识。使无识，则三者俱无所托。无识而有胆，则为妄、为鲁莽、为无知，其言背理、叛道，蔑如也。无识而有才，虽议论纵横，思致挥霍，而是非淆乱，黑白颠倒，才反为累矣。无识而有力，则坚僻、妄诞之辞，足以误人而惑世，为害甚烈。若在骚坛，均为风雅之罪人。惟有识，则能知所从、知所奋、知所决，而后才与胆力，皆确然有以自信；举世非之，举世誉之，而不为其所摇。安有随人之是非以为是非者哉！其胸中之愉快自足，宁独在诗文一道已也！"叶燮认为，"才、胆、识、力"四者具有一种"交相为济"的关系，四者之中，"识"处于核心和主宰的地位。"才、胆、识、力"共同构成了创作主体的个性心理结构。也就是说，这四者都是创作主体生命之气的呈现，创作主体只有充分颐养这四种心智机能的气，然后有效协作，方能写出优秀的作品来。

综上所述，汉族传统文论关于创作主体的认识主要体现在对"文气"的推崇。他们依据气化哲学的理论，认为文学活动就是人的生命之气的展示，文学作品呈现出各种各样的风格，就是不同"气"构建组合的结果。创作主体有什么样的"气"，文学作品就会表现出什么样的"气"。因此，汉族传统文论主张创作主体要"养气"，其内容包括生理性的气和精神性的气，核心内容主要指的是，创作主体在文学活动中要具备叶燮所言的才胆识力四个方面的素质。

第二节 崇诗艺

从创作主体看，早期民间口传文学的作者身份多半还是集体的，或

第九章 尚文气与崇诗艺:汉藏文学创作主体论

许有个人的成分但也是被隐匿起来的。生活在青藏高原的古代藏族全体成员几乎都或多或少能够传唱自己部族的历史和重要的人物故事、谱系和事件,这些历史的记忆和传承基本上都是集体性的,后来由于语境的变化,可能会出现一些有名有姓的传人。《格萨尔王传》就是典型的代表。公元11世纪前后,《格萨尔王传》的吟诵传唱还是全体部落成员共同的主体性的活动。如藏族谚语所云:"岭国部落每一个成员嘴里都有一部格萨尔。"公元14世纪至15世纪,由于佛教在藏族地区的广泛影响,一些佛教徒开始以艺人的身份加入史诗的创作和传唱队伍之中。这使得一方面佛教的思想渗入史诗中,另一方面史诗的演唱成为少数说唱艺人的专利,陆续出现了掘藏、圆光、神授、智态化、顿悟、吟诵等类型的个体性艺人①。这标志着史诗的集体性记忆向个体性记忆转化,集体性的创作主体变为个体性的创作主体。藏文字发明后,佛教也成为藏族的全民宗教。藏传佛教的许多高僧都受到了很好的教育,有着很高的学识水平和深厚的文化素养,他们为了宣传教义,开始大量地创作各种体裁的文学作品,成为书面文学创作的主力军。

  文字的发明对藏族文学的发展具有划时代的意义。藏族最早的文字是象雄文,也称为"玛尔文",产生于公元前2世纪到1世纪的古象雄王国。由于受到当时历史条件的限制,象雄文未能在藏族地区普及。公元7世纪,在松赞干布执政时期,吐蕃大臣吞米·桑布扎受松赞干布的派遣去天竺等国学习,回国以后,根据松赞干布的旨意,仿照梵文的字体,结合藏语的特点,创制出了适合藏族语言的新文字。松赞干布倡导全藏上下学习这种新文字,使藏文得到了广泛的普及,促使吐蕃的社会面貌发生了很大的变化。藏文的创制推动了藏族书面文学的产生、发展。随着佛教在藏区传播的深入,大量的佛经和佛教文学也从印度被译介到藏族地区,印度的诗学著作《诗镜》等也一同被传入。有文化的藏族学者也开始创作书面文学,总结创作经验,研读诗学著作,自觉地

---

① 诺布王丹:《西藏文学》,五洲传播出版社2017年版,第44—45页。

把诗学的学习和掌握变成写作时必备的技艺。

藏族文论虽然把艺术创造的本源解释为源于"神力",但是,也非常强调创作者的"人力"对成功创造艺术作品的重要作用。藏族文论认为创作者除了具有高尚的道德外,更重要的是要精通诗学,谙熟创作的技艺方法;要具备渊博的知识;要树立勤学苦练、持之以恒的决心。藏族文论在有关创作主体的论述中非常推崇诗艺。

一　创作者要精通诗学,谙熟创作的技艺方法

藏族学者认为知识广博是优秀的创作主体(作者)进行文学创作必须具有的条件,它是创作成败的一个重要因素。但是,要写出优秀的诗歌,必须精通诗学,掌握写诗的技艺。诗学主要关注的是艺术形式的问题。艺术形式是艺术思想的载体,也是艺术思想的外在呈现方式。从艺术史的历史看,它有共同性,也有其特殊性,艺术形式的共性我们可以从理论上去把握。创作者在把握了其共性的基础上,才能很好地实现它的特殊性或个性。艺术形式的共性体现在文学上就是诗学所讨论的中心话题。古今的藏族学者都认识到学习诗学对文学创作的重要意义。

贡嘎坚赞著的《智者入门》中的诗学部分,写在《诗镜》未译介到藏区之前,是根据他学习梵文《诗镜》后结合藏族语言文学的实际写成的。其目的是给藏族的创作者提供学习和掌握诗学的宝贵资料。贡嘎坚赞《智者入门》现分为四章,其中一章就是《写作入门》。贡嘎坚赞在作注的散文中解释说,写作者在写作之前要让自己成为一个智者,正确无误地懂得一切知识,无论具体学习什么,均能通晓。贡嘎坚赞所言的"智者",从文学实践活动来说,就是优秀的创作者,是理想的创作主体。他在《智者入门》中讲到"智者"的写作能力时重点强调以下几点:

第一,懂得体裁格式。贡嘎坚赞讲到在写作中首先交代懂得体裁格式有三种好处:"讲者容易讲,听者容易记取,论著能产生信念。一、讲者易讲有三:由于明白体裁格式,叙述有所遵循;次序不乱;前后连

贯。二、听者易记取有三：听时对所叙述内容容易辨识；思考时，次序不乱，易于理解；修炼时，能抓住要领，很快就会产生修习智慧。三、对论著产生信念来说，由于体肢连接，就会从多余、遗漏、混乱的缺点中解脱出来，使论著正确，产生信念。"① 这段话说明了在文学创作中遵循体裁格式的重要性，体裁乃是有重要意义的结构，关乎文学作品的组织、结构和形式。体裁形式的概念、法则、规范对于文学创作出现过于散漫、芜杂、粗陋、随意的弊端有防范和制约的作用。藏族的文学体裁是多种多样的，依据经典的理论划分，文体大体上只有诗、散文以及诗散相间三种。藏族学者认为作家在创作时首先要明了文学的体裁格式，这是一个基本的要求。

第二，灵活运用好语言。贡嘎坚赞在《智者入门》中详尽地讲了如何用好文字、词和词组，说：

> 语言中的原始词，
> 除了大量需要外，
> 后人不能随意造，
> 若是乱造则不解。②

贡嘎坚赞认为在文学创作中不能随便生造词语，随意造词就会造成不能理解、错误理解或者疑惑难解。尽管文学语言不同于一般的日常语言，有自己的独特性，强调表情性，但是它不是与日常语言截然对立的，还是源于一般语言，遵守共同的语法规则，在书面语言上有共同的传统。

事实上，在文学创作活动中，创作主体（作家）不会是按部就班地根据语言的抽象句法结构来遣词造句，他要自由地言说，寻求语言的

---

① 彭书麟等：《中国少数民族文艺理论集成》，北京大学出版社2005年版，第158页。
② 彭书麟等：《中国少数民族文艺理论集成》，第160页。

个性化和独创性，也会自然地合乎语法规则。用这个词而不用另外一个词，用这一句式而不用另一句式，这一切都是源于作家的生命体验，是生命与语言的内在契合。作家通过语言本身显示了他创作的能力，他有自己的语词，自己的句法，自己心头的词典。语言是极端自由的，但又是极端不自由的，由此构成对立与冲突。一个高明的作家总能在二者的对立中找到和谐与平衡。贡嘎坚赞对此也有认识，说："用词区别在场合，他处不用此处用，不想场合误以为：别处可用就能用。"① 语言是非常奇妙的，没有固定不变的死语言等你去使用。语言的使用必须根据不同的生命场景和语言场合而进行，就是常言说的：到什么山就要唱什么歌。一个作者如果不能根据不同的生命情境灵活运用语言，死守一些有限的死语言，就会贻笑大方，他也不可能创作出有生命力有艺术魅力的好作品。

贡嘎坚赞还批评了在写作中堆砌词语的毛病，说："词语堆积，舍不得去掉，虽然愚者喜欢，但贤者不喜。故不能用贤者们所指责的词语去写。"② 由此，他在讲了词语搭配以后，接着就讲写诗要注意词语的修饰。他说："对其本性、特征和动作，叙述褒贬本体的情况，分为直接叙述和侧叙，通过直接喻和间接喻，造成文辞意义的修饰。"③ 贡嘎坚赞强调通过修辞手段美化文辞的观点，固然是受到印度《诗镜》等诗学著作的形式主义思想的影响，更重要的是他清醒地认识到文学语言不同于其他语言，文学语言超越了应用性和社会工具性，它的一般特性就在于自由抒情性。文学语言通过多种修辞手法来确立日常语言的特殊意义和特殊表情作用，达到对生活或生命本身的深刻认识。文学语言是情感的语言，是诗性语言，它可以直接引起人们个体情感的积极反应。文学语言充满了想象力，可以把人带入特定的生命情境中去体验、同情、理解，使人类世界的一切都有了生命力。文学语言以直观形象化的

---

① 彭书麟等：《中国少数民族文艺理论集成》，北京大学出版社 2005 年版，第 160 页。
② 彭书麟等：《中国少数民族文艺理论集成》，第 167 页。
③ 彭书麟等：《中国少数民族文艺理论集成》，第 160—161 页。

方式把握世界，以暗示、含蓄、象征、比喻来表达对世界的理解，这样使用文学语言的文学作品具有深邃的内涵。总之，贡嘎坚赞非常重视创作主体的语言学习与运用能力，指出在文学创作中要用好文字、词和词组。不能随便生造词语，必须遵循母语词法，必须合乎语言习惯；根据不同的生命场景和语言场合而自由地言说，寻求语言的个性化和独创性；通过修辞手法美化语言，以增强语言的特殊意义和特殊表情作用，达到对生活或生命本身的洞察。

第三，合理搭配诗态。贡嘎坚赞在学习印度诗学的基础上提出诗有9种诗态，就是由审美情感产生的9种类型的美感效应，也就是印度诗学中所说的"味"。贡嘎坚赞详尽地介绍了9种诗态的内涵和特性，重点论述了如何很好地搭配各种诗态，以达到形成作品整体美的艺术效果。他在《智者入门》指出："通过直接喻和间接喻等手法造成文字与修饰，从而产生了艳美等九种诗态。"这九种诗态是：艳美、英勇、丑态、滑稽、凶猛、恐怖、悲悯、希冀、和善。[1] 贡嘎坚赞分别解释了这9种诗态，并为之分出了不同的表现形式。贡嘎坚赞在讲了9种诗态以后，接着就讲怎样在写作中很好地搭配，分别讲了各种可以搭配的诗态和不能搭配的诗态，以避免由于搭配不当而造成对作品整体美感的破坏。如在"艳美"上不能加丑态、凶猛和希冀。原因在于艳美是欢乐、美好的感情，给人的是美妙的享受，只能是用一些美好的意象，诸如荷叶荷花、纯净的水、蔚蓝的天、碧绿的树木、艳丽的花朵等，人体上美丽如月的面庞、放射着光彩的眼睛、光洁闪亮的皮肤等。这些美好的事物如果加上"丑态"就会让人心生不快；加上"凶猛"就会让人产生恐惧；加上"希冀"就会令人畏惧胆怯，心中有所顾忌。这些诗态审美范畴与"艳美"产生的审美体验是矛盾的，所以不能用在一起。

"滑稽"不能和凶猛、恐怖、悲悯、和善连用。美学中的滑稽是指通过堂而皇之的形式掩饰虚假的内容，从而造成主体的荒谬和悖理。主

---

[1] 彭书麟等：《中国少数民族文艺理论集成》，北京大学出版社2005年版，第161页。

体的内容与以其不协调的形式造成反差从而引人发笑。它的特征包含某种丑的因素，但丑的分量比较轻微。它的本质特征，侧重于在对丑的直接否定中突出人的本质力量的现实存在。艺术作品可以集中这样的审美对象而形成喜剧，其嘲笑的锋芒直指人性的弱点，如妒忌、愚蠢、贪婪、谎言和心胸偏狭等，其社会功能在于用嘲笑来批评丑行，在嘲笑的同时也是为了避免自己出现这些不良的现象。"凶猛"让人产生粗暴感，粗暴会使人哭。"恐怖"让人产生害怕，"悲悯""和善"同伤感相似，是正价值的审美范畴。这些审美范畴与滑稽都是矛盾的，所以它们不能在一起用。

"英勇"不能和滑稽、悲悯、和善一起用。藏族诗学中的"英勇"与我们现在所说的悲剧美有几分相似。悲剧是在毁灭的形式中肯定有价值的东西。我们在欣赏悲剧时，一方面是产生伤感，对价值、力量、性格、生命等有被否定被毁灭的痛楚、困惑、惋惜和不平；另一方面则是油然生出景仰和敬畏，对在对抗中所表现的英勇顽强的性格，对誓不低头、前仆后继、慷慨激昂和庄严雄伟精神的由衷慨叹和倾慕，这种精神激励着我们勇往直前，走向完美。藏族诗学中的"英勇"表达的内容和悲剧美的后一个方面较为相近，它给人的是英勇坚强不屈不挠的审美感受。如果加上"滑稽"诗态，就会令人发笑，也就消解了"英勇"的崇高和壮美，失去了严肃和庄重。如果加上"悲悯"和"和善"，就会使人勇气减弱，信心不足。如此种种，不再一一列举。

有时候在特定情况下不能搭配的诗态也可以灵活处理，不是一成不变的。如悲悯、和善在原则上是不能搭配艳美、英勇、滑稽、凶猛、恐怖的，但是，"联系到宗教时，对施舍等方面达到彼岸的人们，若与英勇、恐怖等无矛盾，需要用时，也可酌情连用"。"在赞颂艳美时，虽然悲悯等三种修饰有点矛盾，但欲用也无瑕玷。用得适时，还会成为特点，如不违背诗情，不是缺点。"总之，要根据具体的生命的情境灵活加以运用。

五世达赖阿旺·罗桑嘉措写的《诗镜释难妙音欢歌》，是一部为了帮助人们学习《诗镜》而做的注释。他反复地强调学习诗学的重要性，说：

> 人们不学和不懂诗学理论，怎么能辨别诗的优劣！那是不可能的。当需要识别物体的颜色和形状等等时，盲人能讲出什么道理来？是什么也讲不出来的。
>
> 如果从前世熏习的品德中没有带来惊人的天才的才能，但能通过第二缘由即具有广博的听闻和第三缘由即勤奋努力地攻读诗学，不论官能是锐利还是迟钝，都一定会有所受益即学会诗学。①

罗桑嘉措从正反两方面论述精通诗学的意义。从创作者来说，精通了诗学，才能写出文辞华丽、寓意无穷的优秀诗篇。如果不懂诗学，写出的作品可能就会质量低劣，遭人唾弃。再者，创作者如果没有艺术的天才，那么就要通过积累广博的知识勤奋地学习诗学，也能写出好作品。从读者的角度看，人们不学诗学，或者不懂诗学，就不能很好地辨别作品的优劣，也就不能很好地鉴赏品评文学作品。

第司·桑结嘉措在其著作《白琉璃论献疑·除锈复原》（1687—1688）中的《关于诗的文词修饰》说：

> 即使不圆满具备本性成就的智慧和多世听闻、前生修积形成的种子，只要有今生多闻学习知识的心，以及对于此道努力谦恭精进等造成的写作因素就成。②

这段话和五世达赖的观点基本相同，说的是如果作者没有先天的聪明才智，也没有广闻博识的潜质，那就要通过后天的勤奋学习，增加知

---

① 彭书麟等：《中国少数民族文艺理论集成》，北京大学出版社2005年版，第195—199页。
② 彭书麟等：《中国少数民族文艺理论集成》，第203页。

识，并对诗学之道认真钻研，精通写诗技艺。具备了这些写作的因素，也可以写出文学作品。

当代著名的藏族学者东噶·洛桑赤列讲得更加清楚明白，说：

> 对方精通了诗学的修辞方法，就能在先辈的历史写作和文学写作等方面，轻松地写出动人的语言来。

以上古今藏族学者的论述可以说明，藏族文论极其重视创作主体对诗学的学习和掌握。他们认为这是创作主体写出优秀诗篇的基础和关键。

二 创作者要具备渊博的知识

藏族把知识看作最宝贵的财富，也看作道德的源泉。在社会上，有学问知识的人总是受到人们的尊敬。一些学者毕生追求学问，四处访师求学。不仅向书本学习，而且向实践学习。有句藏族格言："学到知识后生存一天，胜过无知枉活一年。"

"智者"是藏民族所追求的一种理想人格。什么样的人才能成为智者？如何具备"智者"之能？贡嘎坚赞在《智者入门》一书中予以回答，即学者必须具备"仁者"之心和"智者之能"。所谓的"智者之能"就是具备"述、辩、著"三大能力。这是真正智者的"三大事业"，必须通过修习才能获得。他说：

> 任何智者对知识，
> 领悟真实的道理。
> 若知具体所习事，
> 他乃对此是智人。[1]

---

[1] 彭书麟等：《中国少数民族文艺理论集成》，北京大学出版社2005年版，第157页。

贡嘎坚赞在注解文字中说得更为清楚，所谓智者就是能够正确无误地懂得一切知识，无论学什么，都能融会贯通。智者所要学的就是"大五明"和"小五明"，也称为"十明"。"大五明"指内明、声明、因明、医方明、工巧明；"小五明"指诗词、韵律、修辞、戏剧、星算。他强调说：

> 若不精通五大明，
> 圣者也难知一切，
> 为慑他人服自己，
> 自己遍知而学之。
> 别的说法虽然多，
> 但都概括在此中。①

这说明深入学习各种知识是智者必备的素养。贡嘎坚赞本人就是这样名副其实的智者，他的智不仅表现为政治上的贤明豁达，而且在学术上也造诣精深。他学识渊博，通达大五明和小五明，被人们尊称为"班智达"（梵语，大学者意思），名扬全藏，继而成了萨迦派的第四位祖师。他的著作有《分律三义论》和《明藏论》（又译《正理藏论》），后者是萨迦派僧人必读典籍之一，更是当今研究藏传佛教不可缺少的重要资料。贡嘎坚赞还著有《语言学概要》《构词法之花》《藻词汇编》《因明之库》《医疗八术》等著作，内容涉及宗教（内明）、逻辑（因明）、语言（声明）、医学（医方明）、修辞、音乐、乐理等多方面。格鲁派的创始人宗喀巴大师在所著《诗文搜集》中有一首著名的"年阿体"诗《萨班赞》："举世无双的明王护法，遍知一切的文殊菩萨，博通五明的大班智达，就是护佑雪域众生的萨迦巴。"几百年后的五世达赖阿旺·罗桑嘉措赞誉他说："藏中研习五明之风，实赖此师之倡导。"

---

① 彭书麟等：《中国少数民族文艺理论集成》，北京大学出版社2005年版，第158页。

汉藏文论比较

《萨班全集》中有《乐论》篇,该书是 13 世纪藏族音乐实践的总结,是研究藏族音乐的宝贵文献。《乐论》的最后也强调艺术创作主体的素养问题。这样说道:

> 由于前世学诸知识力,
> 今生方获极明的智慧。
> 具吉祥居士贡嘎坚赞,
> 为使朋友心喜写此书。
> 经说:自己若不学知识,
> 想成全知远如空天际,
> 佛和佛子如是思考后,
> 嘱咐人们应学诸知识。
> 凡想将来要做众生的,
> 明灯或是神人的上师,
> 即使已被尊为圣佛子,
> 也要应该勤奋学知识。
> 从前他人未想的学问,
> 你若知道才称具智慧。
> 长辈经常研究的学问,
> 虽然懂得也不算稀奇。
> 上述一切有利他人的,
> 佛子所求境地略开示,
> 唯愿这一切福德成就,
> 使我成为利于众生的法王。①

这段话强调了艺术创作者要广泛地学习知识,要勤奋学习,敢于想

---

① 彭书麟等:《中国少数民族文艺理论集成》,北京大学出版社 2005 年版,第 185 页。

前人之所未想，大胆地创新。只是懂得前人的知识并不稀奇，不是真正的大智慧。

《白琉璃论献疑·除锈复原》是藏族一本介绍大小五明的书籍，藏族习惯称作《除锈》，藏语叫作《鸭塞》。其中有一篇是《关于诗的文词修饰》讲道："关于诗歌的文词修饰要令人喜欢，犹如孩童想量大海，几乎不可能。但是，即使不圆满具备本性成就的智慧和多世听闻、前生修积形成的种子，只要有今生多闻学习知识的心，以及对于此道谦恭精进等造就的写作因素就成。如经中所云：倘如对过去的学问，虽无超凡继承的智慧，只要听闻遵示而努力，无论如何也将其继承。凡遵此行事，即可成为可贵的教化徒众。"① 这段话论述了写诗的关键，不在于先天的智慧，而在于后天的多闻多学和不断努力。

文学作品是创作主体的审美体验和价值观念结合后的产品。一部作品的优劣直接取决于创作主体的德行、气质、见识、才气等众多因素。可以这样说，只有优秀的作家才能写出优秀的作品。一个优秀作家写出的每一部作品不一定都是优秀的，但是可以肯定，一部优秀的文学作品的作者就是一个优秀的作家，反之，一个拙劣的作者是不可能写出一部优秀作品的。对于这一点，藏族学者很早就有清醒的认识，他们认为要写出好诗文，首先作者要成为一个品德高尚才能出众的智者。藏民族心目中的"智者"和汉族先秦时期儒家所推崇的"君子"颇有些相似。不过，儒家的"君子"更多地强调德行的高尚，而藏族所推崇的智者不仅品德高尚，还要知识广博，更要有极高的综合素质水平，因为其能够谙熟诗学，高超的写作能力是不可或缺的。

三　创作者要树立勤学苦练、持之以恒的决心

创作者写作能力的提高和写作素养的培养，自始至终都离不开刻苦的实践训练。对此，历代藏族学者有充分的认识。贡嘎坚赞在《乐论》

---

① 彭书麟等：《中国少数民族文艺理论集成》，北京大学出版社2005年版，第203页。

中说:"凡要懂得这些理,要靠练习才能行。聪明之人以此学,只要努力又认真,日后自己好好练,定成贡嘎样贤者。即使已被尊为圣佛子,也要应该勤奋学知识。从前他人未想的学问,你若知道才称具智慧。长辈经常研究的学问,虽然懂得也不算稀奇。"① 五世达赖阿旺·罗桑嘉措在《诗镜释难妙音欢歌》中说:"以往的学者认真地考虑了人们要具有辨析作品优劣的能力之后,还指出必须逐步学会用字音修饰和意义修饰写作绚丽多姿、不拘一格的诗的写作规则。"②

当代藏族学者都非常重视这一点。东噶·洛桑赤列在《藏族诗学修辞指南》中说:

> 任何人若是具有能依靠其伶俐的天资和才智撰写各种诗句的表达能力,这就是其应有的首要基础。在此基础之上具有丰富的现实生活经验,这自然成为精通诗学的第二基础。如果不是那样,也应该听昔日的传说故事和事物的异名等;应多读诗学理论书籍,使自己见多识广,能把那些内容牢记于心,并按那些理论要求写作时,一边能朗诵着所创诗句,一边练习写作技巧,这就成为第三个基础。有了上述几个基础,即使头脑再笨的人也会自然而然地精通诗学,所以,学习诗学的修辞方法,并不是那么困难的一件事。③

才旦夏茸在《诗学概论》中说:

> 诗人眼中处处都是诗,智者说话句句都在理;肚肠空者时时不择食,贪财物者念念有贪欲。亦如人们常说的在认真学习因明学中摄类学的特点时流传着这样一句习语,"证是为非乃是熟悉摄类学

---

① 彭书麟等:《中国少数民族文艺理论集成》,北京大学出版社2005年版,第180、185页。
② 彭书麟等:《中国少数民族文艺理论集成》,第196、199页。
③ 东噶·洛桑赤列:《藏族诗学修辞指南》,贺文宣译,中国藏学出版社2016年版,第13页。

第九章 尚文气与崇诗艺:汉藏文学创作主体论

之象征;证非为是亦乃熟悉摄类学之象征",因此,我们应尽量努力学习,使自己亦能达到那种熟练程度。①

从以上具有代表性的藏族学者的论述中,我们可以清楚地看到两点:第一,精通诗学、掌握写作技艺要勤奋努力,要有坚韧不拔的毅力。毅力是指人们从事一种工作所表现出的坚强持久的意志,毅力是整个学习写作的心理支柱,毅力来源于有坚定的目标。要想精通诗学,掌握写作的方法和技巧,成为一个藏族的智者,就要勤奋读书,发愤努力,控制自己的行为意志,数十年如一日,克服种种困难,坚持不断地做下去,最后才能成功。第二,精通诗学、掌握写作技艺要持之以恒地实践训练。写作技艺是一种能力,光有诗学知识的学习是不够的,知识还要转化成能力。就好像学习驾驶技术,书本上的理论知识懂得再多还是不会开车一样。要想成为一个熟练的驾驶员,就要在实际操作中反复练习,通过大量的实践训练,摸索总结经验。写作是一项艰苦而复杂的精神劳动,非一般的技术可比,需要长期的实践练习,才能把写作的技巧要领融会贯通,这就需要学习者有持之以恒的耐心,"十年磨一剑"。藏族的诗学著作一般都是理论与实例相结合,书中大量的诗例就是为学习者提供观摩、模仿的范本。总之,藏族文论强调创作者应勤学苦练,才能写出优秀的诗文。

由于藏族全民信教,藏族文论笼罩着强烈的宗教超验神秘色彩,因而它赋予了创作个体崇高的宗教使命感,并要求作者以坚韧不拔的毅力去完成这项任务。在藏族诗学家看来,一切艺术源于神灵的启示,都是神的赐予,或者说就是神灵的感应和模仿,以此,他们都会在自己的著作中恭敬地向神表示尊崇和敬仰,乞求神灵赐予智慧和力量,使自己能够完成著作。

---

① 才旦夏茸:《诗学概论》,贺文宣译,《西北民族大学学报》(哲学社会科学版)2012 年第 5 期。

贡嘎坚赞在《乐论》中说：

>向上师和文殊菩萨顶礼。
>从那诸神法言神变中，
>生的金刚妙音我致敬。
>音乐行为于他人，
>无瑕此理我将它阐明。
>……
>上述一切有利他人的，
>佛子所求境地略开示，
>惟愿这一切福德成就，
>使我成为利于众生地法王。①

贡嘎坚赞祈求神灵给予神力以获得极明的智慧，创作出艺术作品，成就自己的功德，以利于天下众生。

五世达赖阿旺·罗桑嘉措在《西藏王臣记》中说：

>从那洁白无垢的心意城，
>取来论著书卷，犹如太白金星。
>源源流出嘉言莹洁水，
>用以涤除众生的烦恼根。②

藏传佛教宁玛派学者久米旁在《歌舞幻化音乐》中说：

>显现各种好方法，

---

① 彭书麟等：《中国少数民族文艺理论集成》，北京大学出版社2005年版，第172、185页。
② 彭书麟等：《中国少数民族文艺理论集成》，第192页。

第九章 尚文气与崇诗艺:汉藏文学创作主体论

用其仁爱慈悲的力量,
送给世间众人所喜味,
舞神妙吉童子方保佑。①

藏族学者认为写作是一件神灵赋予的神圣事业,创作者应以严肃的态度对待它。基于此,作为神灵的代言人就要有崇高的使命感,积极主动地担负这个义不容辞的责任。为了完成这样的使命,作者要有克服一切困难完成著述的决心和信心,这从客观上起到自我约束、自我监督的作用。贡嘎坚赞提到在写作时要写下誓言,说:

写下誓言命令等,
是为勤奋写完毕。
若成人知之种子,
则与立誓相背离。②

他又具体地论述了写保证的必要性。由于作者做了保证,就要勤奋地去写作。好像国王赐王位和转法轮一样,是一桩严肃的事情,不能当作儿戏。再者,由于做了保证,在别人的心目中你就是贤者,一言九鼎,君子一言,驷马难追。如果不是贤者,不会轻易地在众人面前做保证的。"高尚之人,宁愿牺牲,不愿毁誓。"写作是一项艰辛的劳动,没有坚韧不拔的毅力是很难完成的。只有意志坚强的人才能坚持不懈地做下去,完成这个崇高而艰巨的任务。

综上所述,藏族文论认为创作主体成功的因素有三方面:谙熟诗学、学问广博和实践训练。其中学习诗学著作,掌握创作技艺最为关键。藏族许多诗学著作对创作技艺都做了细致入微的探讨,以至于达到

---

① 彭书麟等:《中国少数民族文艺理论集成》,北京大学出版社2005年版,第214页。
② 彭书麟等:《中国少数民族文艺理论集成》,第158页。

了不厌其详的地步。文有定则，术有恒数。写作如同制作一件工艺品，不能不讲究制作的方法。掌握了高超的写作技艺，才能写出不同凡响的作品。如果什么技艺都不懂，那就会是老虎吃天——无从下手。创作者要努力学习掌握写作的基本技艺和手法，在文学创作中娴熟自如、创造性地加以运用，由此可见，藏族文论对创作主体的创作技艺极为重视。至于乞求神灵赐予智慧和力量这一点，尽管具有宗教色彩，但从生命意义上看，它是把人的生命的本体力量导向神灵，是敬畏生命的神圣，是对生命内在力量自由迸发的渴望。它曲折地表达了对人生命本体中积极神圣力量的重视和肯定。

第三节 艺术体验与话语生成

汉族文论从崇尚"文气"的角度论述了创作主体在文学创作活动中应具备的素质和能力，藏族文论从推崇"诗艺"的角度论述了创作主体应掌握高超的艺术表现能力。虽然它们各自关注的点不同，但是，汉藏文论对文学是生命统一体的认识是相通的，在诗学的内容上是可以互补的。从文学创作活动看，前者重点关注生命体验，后者重点关注话语生成。这两者都是创作主体在创作中着力的重要环节，体验与话语相互生成、相互激发，是一个动态的循环过程。深入研究汉藏文论关于创作主体的这两个方面的内容，有助于我们建构新的中华民族的创作主体论。

文学作品是创作主体生命艺术的结晶，文学作品本身就是一个生命之气灌注的生命统一体。时下有人把文学作品划分为内容和形式两部分：语言、句法、修辞、叙事、技巧看作文学的形式，主题、题材、形象、美学思想看作文学的内容，这种二分法实际上是对艺术自身完整生命整体的割裂，肢解破坏了艺术的生命。事实上，文学艺术作品是精神与形式的完美统一体，生命精神必须借助一定形式来表达，形式必须包蕴生气灌注的精神，这样，文学作品才会有生动鲜活的生命力。从创作主体的层面看，创作主体需要具备全方位生命认知与体验的能力，需要具备自由表达生命的艺术能力。汉族文论重点在前者，藏族文论重点在后者。这并不是说汉藏文论只是仅仅关注了某一个方面，而不重视其他方面。实际上，汉藏文论都认知到文学作品是一个不可分割的完整统一生命体。

历代古代汉族学者都很重视创作主体对文学作品整体完整性生命的呈现。宋代吴沆《环溪诗话》卷中说："故诗有肌肤，有血脉，有骨格，有精神。无肌肤则不全，无血脉则不通，无骨格则不健，无精神则不美。四者备，然后成诗。"诗就像人一样，是一个完整的生命体。元代杨维桢《赵氏诗录序》也说："评诗之品无异于人品也。人有面目骨体，有情性神气，诗之丑好高下也然。"如此种种不胜枚举。古代藏族学者对文学的认识也持这种整体的生命观。如前章所述，罗桑嘉措把绝妙完美的作品比作美少女，以句义无混乱比作美女舞翩跹，把诗歌看作一个有血有肉完整统一的生命体。由此可见，汉藏文论都认为文学作品是血肉一体、不可分割的生命体。

文学源于生命，表现生命。文学自身就是作家创造出来的一个生命体。作家在创作过程中最为重要的是审美体验和话语生成，体验和话语不断地循环流动，直到作品的诞生。由此我们从下面角度来分析汉藏创作主体论互补的可能。

一 汉族文论侧重于生命体验

汉族传统美学表现出极强的生命体验特征。汉族文论审美体验的心理结构包括了观物、虚静、悟道三个主要层面，这三个层面的运行过程都是随着生命的"气"的总体深化与提升得以展开的。

（一）观物。这是一种本质的直观的审美体验方式。它是对客体、物象、形象、事象、语象、意象、情象的审美观照，也就是对外在事物的审美认知。这种方式在《周易·系辞下》的"观物取象"的命题中就有表述。虽然《周易》的"象"是一种"卦象"或"易象"，但是

"观物取象"实质上是客观的审美物象内化为内心审美意象的一种体验过程。观物取象是体验的基础。汉族古代所说的"观物"不是纯粹理性的观察,而是在生命之气的运行下的心物交感的观察。这是生命体验的一种方式,也是审美活动与艺术创作的前提和基础。唐代画家张璪在《历代名画记》中提出"外师造化,中得心源"的艺术创作理论。"造化",即大自然,"心源"即作者内心的情思感悟。"外师造化,中得心源"也就是说艺术创作来源于对大自然的师法,但是这种师法不是被动地模仿大自然,自然的美并不能够自动地成为艺术的美,这就需要一转化过程,在这个过程中艺术家的"心源"起着重要作用,也就是说艺术家的创作是一种心物交感的心理现象。

"观物"与"取象"是互相联系的一个过程。"取象"是在"观物"的基础上提取的。"观物"就是心物交换的体验的过程。刘勰《文心雕龙·神思》云:"登山则情满于山,观海则意溢于海。我才之多少,将与风云而并驱矣。""观物"既是"神用象通""物以貌求",又是"情变所孕"。因此,既要"随物以宛转",也要"与心而徘徊"。"观物"是生命之气运行的过程,是审美活动的体验,气是象的内在机心,象是气的外在感性形式,有象无气则必然缺乏生命力。

(二)虚静。"观物"必须要有"虚静"的心境,虚静才能达到深刻认识客体的目的。老子提出"涤除玄鉴"说,从审美意义上讲,就是把受世俗功利遮蔽的心彰显出来,让人进入无功利的审美境界,只有这样才能欣赏到真正的美。《老子》第十六章说:"致虚极,守静笃。万物旁作,吾以观其复也。"《庄子·人间世》说:"唯道集虚。虚者,心斋也。""心斋"就是空虚的心境。《庄子·知北游》云:"汝斋戒,疏瀹而心,澡雪精神,掊击而知!"荀子对虚静理论可以说是做了最完整最系统的表述。荀子在《解蔽》篇中明确地提出"解蔽"的方法就是"虚一而静"。虚,就是虚其心。一,就是专一。静,就是静其志,不因外界的烦嚣而影响内心的安定。三者统一,主体就能控制和调节自己的心理,就可以"求道"。总之,虚静的审美心境理论充分揭示了审美体验的心理规律,并被后世文论家所普遍接受和不断发展。

(三)悟道。在传统哲学中,道是天地万物的本原,也是政治伦理道德的规范或原则。汉族传统哲学中悟道、体道都是为了使主体通过直觉认识和自我体验实现同宇宙本体的合一,以"天人合一"为最高指归。"天人合一"就是对整个宇宙人生境界的生命体验,"悟道"是生命体验的最高境界。审美体验在"悟道"层面上同生命体验有着本体论上的一致性。"悟道"实现了心灵世界和感性经验世界的融合,使对象人情化、生命化与生命的对象化;"悟道"实现了主体精神的超越,达到天人合一。即超越时空和自我的限制,进入与宇宙完全合一的本体存在状态;"悟道"实现了"道"与"艺"的高度融合。宗白华先生说:"中国哲学是就'生命本身'体悟'道'的节奏。'道'具象于生活,礼乐制度。'道'犹表象于艺,灿烂的'艺'赋予'道'以形象和生命,'道'给予'艺'以深度和灵魂。"[1] 因此,达到了生命体验的"悟道",就能实现儒家的"中和之美"、道家的"自然"之美、禅宗的水自流花自开的静穆之美。

汉族文论观物、虚静、悟道三个层面的审美体验就是生命体验,而"气"就是它们能够运行的生命力量。气是统帅,它使创作主体的情意与审美客体物象融为一体,是审美创造与体验的冲动之源,是神思与才情得以驰骋的内在依据,同时也是作品得以存在与流传的根本。故而,观物就在于融物,虚静就在于养气、蓄气,悟道就在于体认。缺乏了生命之气就只能局限于感性经验的范围之内,无法体验到宇宙间的万事万物的生机活力与深层的生命内涵,无法对生命的终极意义和宇宙本原存在进行深度反思和体认,也难以用审美意象传达出生命体验的感受和理解。由此看来,汉族文论把生命体验放在创作主体论的首要位置是有着重要意义的。

---

[1] 宗白华:《艺境》,北京大学出版社1987年版,第159页。

二 藏族文论侧重于话语生成

审美创造过程必定是创作主体面对生命事物的自由想象与自由创造。创造生命世界毕竟不同于感受生命世界,这两者之间的转换需要艺术语言和艺术形式作为中介,因此,创作者必须具有较高的艺术表现力,表现在创作活动中就是对生命有深刻的体验和理解,还要有把这些体验和理解很好地传达出来的能力。审美的体验人人皆有,但要传达这种体验尤其是通过艺术形式传达不是一件容易的事。

藏族文论非常重视文学的艺术传达,也就是话语的生成。所谓"话语"是人们说出来或写出来的语言。话语结构不等同于语言结构,话语分析包括对人们说(叙述)什么,如何说(叙述),以及所说的话(叙述)产生的效果等内容。文论上所说的"话语"主要是指文学的文体和语言的表达。藏族文论吸收借鉴了印度诗学理论,尤其是印度的庄严论。特别是《诗镜》传入西藏后,藏族学者把《诗镜》理论与自己民族的文学实践相结合,不断注解阐释,据不完全统计,各种注解著作多达100余种。可见,《诗镜》以及注解著作已成为藏族文学理论重要的主干部分,被藏族学者奉为指导写作的圭臬。《诗镜》的主要内容有三:诗的本体,即文学的文体;诗的庄严,即文辞的修饰;除过,即必须抛弃的弊过、诗病。这三方面实际上都是讨论有关话语生成问题。

(一)话语的组织形式——本体。话语的呈现总是有一定的组织结构,否则就是一团乱麻。这个结构形式就是藏族文论所说的本体,也就是文学的文体。文体是人们在长期的文学实践中逐步提炼概括出的一系列套式,是文学经验的积累,也是文学创作的规范,更是读者阅读欣赏不可缺少的契约。对于作家来说,文类体裁规范是先在命定的、无可回避的创作框架。尽管作家在创作中不会完全拘泥于这一框架,甚至力图打破这些框架,但是这些框架对文学创作又是必需的。藏族文体分为诗(偈颂)体、散文体和诗散混合体三种。罗桑嘉措《诗镜释难》说:"诗的形体就是作者按照诗学的规则表达自己意愿的名、词、字三者组合起来的连缀。"① 偈颂体诗歌又分为全解式、通类式、仓储式和集聚式四种。这四种诗歌的写作方法有共同点和不同点。总之,不论是散文或是诗歌,都要摒弃一些没必要的废话,注意用词简练,以免造成文章整体结构的松散拖沓。

（二）话语生成修辞方法——庄严。创作者有了体验,伴随的话语也就产生了。但是,语言表达和体验感受总是存在着不一致性,这就需要仔细斟酌遣词造句,以更好地表达思想情感。藏族文论所言的"庄严"就是指语言的修饰。藏族文论非常重视文学语言的修饰,诗论的绝大部分内容都在讨论这个问题。工珠·云丹嘉措说:"正如《诗镜》讲:这如同在人身上戴上项链和肩饰等使其美一样,在诗的体上也加上一些有意义的修饰使其美化。这些有意义的修饰词语就称为'饰'。"② 藏族学者很看重善用修辞、文辞华美的作品,反之,则鄙视那些缺乏修辞、文辞直白的作品。藏族诗学强调不论是写什么文体的著作,都应遵从语法学、正字学的要求,抛弃不堪入耳的、混淆不清的词语,选用精练紧凑的词语,前后妥当搭配文词。这样的构词法才是产生优美词汇的正确方法。《诗镜》讲了两种文字的修饰方法:以字音为主的修饰法,以意义为主的修饰法。以字音为主的修饰法共有10种。以意义为主的修饰法,又分为意义修饰法、字音修饰法和隐语修饰法三种。其中意义修饰法就多达35种,字音修饰法又分为3种,隐语修饰法分为16种。内容异常繁多,前面章节已做过介绍,这里不再赘述。总之,如此众多细致而全面地探讨语言表达的方式的确是非常精到的,有着重要的借鉴价值,值得我们好好地研究和总结。

（三）话语生成规避的弊端——除过。语言是一个族群或民族在长期历史发展中形成的,是约定俗成的,它所表征的文化与情感,必然带有本民族的先天的文化特性,与本民族的历史文化紧密关联,因此,不

---

① 彭书麟等:《中国少数民族文艺理论集成》,北京大学出版社2005年版,第196页。
② 彭书麟等:《中国少数民族文艺理论集成》,第210页。

能随意生造词语，必须遵循母语词法。即使可以创造新词，但必须合乎语言习惯，因为所有的词汇都不能逃脱母语的框架。除过讲的是写诗时诗人必须抛弃的弊过，也就是诗病。共有10种，即：1.语义含混过；2.语义相违过；3.语义单一过；4.语义犹疑过；5.语序混乱过；6.字音乖谬过；7.句读失当过；8.音节不齐过；9.关联错乱过；10.六项相违过。对于创作者而言，语言的体验和语言的敏感是极其重要的。作家要想把自己体验到的审美感受和价值观念表达出来，就始终伴随着语言的活动。语言积累越是丰厚，语言与思想情感就越能完美地结合，因此，语言也就成了随心所欲表达作者思想情感、记忆与想象的工具。语言是有限的，也是无限的；语言是神秘的，也是自由的。创作者在文学创作中虽然最为关注的是如何突破语言的障碍，最大限度地实现语言从有限向无限的突破，逼近生命的真实，但是，前提条件是首先遵从语言的规范。

藏族文论着力关注诗的修饰，也就是文学的话语生成，这对创作主体的写作具有重要的意义。对于创作主体来说，创作过程不是分析语言的活动，而是感知语言和创造语言的活动。因此，创作者就要有潜在的语言积累和对文学语言的深度理解，这样才能灵活自由地运用语言，创造出富有个性、灵性的语言艺术。在审美创造活动中，创作主体的艺术感知方式是全方位的生命认知与体验，是生命的自由想象。创作主体先通过生命的体认，后通过艺术形式，重构主体性的生命世界。每一个创作主体既有民族生活的集体记忆，更有他自身的个体记忆，总会呈现出独特的审美体验。天才的艺术家永远创造着自由的艺术，绝不重复，没有僵硬的套路能够束缚他，他要创造性地表达生命的各种力量。这种表达方式永远是自由的，没有一成不变的模式可以模仿，要靠自己去体验、揣摩、创造。

三　艺术体验与话语生成都是文学创作重要的环节

创作主体在文学创作活动中，一方面离不开自我体验，另一方面还要把这种体验通过话语呈现出来。艺术体验和话语生成是文学创作中密切关联的两个环节,缺失或者弱化其中的一个,都很难写出优秀的作品。

体验是审美主体对审美对象最深入而又最切身的心理把握,是审美主体带着强烈情感的精神活动。体验是主体的自觉自由的活动,因此,体验可以是在场的感知与想象,也就是当下的体验,也可以是对经验记忆的内在反思。体验是一个自由而综合的心理活动,它调动了人的感知、想象、记忆、反思、理解等等心理功能。对于文学创作者而言,创作主体的体验始终关联着现实生活本身,并且是创作主体所熟悉的生活,因为每个人只能生活在一定的历史时空中,无法整体地把握世界的全部,个人的体验受制于他的生活世界或生活的时空。主体在日常生活中不断地接受外界的刺激,形成了自己的关于这个世界的记忆库。因而,个体的生命体验永远是独特的。但是,从本质上说,人类体验的本源却有一致性,不同的体验者是可交流、可理解的。文学创作的成功之处就在于表达这种独特的生命体验。只有把这种独特的体验表现出来,文学作品才具有迷人的魅力。

体验在时间上总是呈现为连续性。如胡塞尔所说:"每一现实的体验,都必须是持续的体验;而且它随此绵延存在于无限的绵延连续体中,被充实的连续体中。它必然有全面的、被无限充实的时间边缘域。"① 胡塞尔指出体验是一个流动的过程,体验与体验不是完全隔离的,而是相互交融的。这就提出了一个重要概念:"体验流",它不是像单一的体验那样,有开始有结束,而是一个无限生成的过程。也就是说,生命的体验始终伴随着个体的生命活动,直到个体生命的终结。如果说"体验流"关乎对对象的反思和记忆,那么就必然伴随着"话语流"。因为人类是一个有复杂语言的动物。在文学创作活动中,创作主体的体验流和话语流总是相互伴随的,体验流决定了话语的生成,话语流不断激活体验流。

---

① 胡塞尔:《纯粹现象学通论》,李幼蒸译,商务印书馆1992年版,第205页。

话语是体验的外化，话语流就是体验流的外在化过程。在文学创作中，体验流不断生成新的话语流，话语流就是对体验流的明证。也就是说，创作主体是通过语言去表达个人情感、思想，通过语言去表现对象化的世界。文学所建构起的话语世界就是为了表现作家内在的生命体验。但是，文学创作中话语的生成并不总是和体验一致的，创作者常常苦于"文不逮意"，如刘勰《文心雕龙·神思》所言："方其搦翰，气倍辞前，暨乎篇成，半折心始。"刚刚拿起笔的时候气势充足倍增，可是等到写成后，开始想的东西已经打了一半折扣。为什么会这样呢？这固然由于语言在尽意方面自身的不足，人的内心那种微妙的情感体验与梦幻般的境界有时是语言无法表达的，同时也说明一个问题：文学创作中创作主体的语言表达能力是非常重要的。为什么有的作家能够创造出富有质地和灵性的语言，而另外的作家却不能创造出这样的语言，只能输出平面化的无个性的语言？重要的原因在于作者对语言的掌控能力的强弱。

话语的生成是对创作主体的挑战。创作主体面临的是，语言是不自由的，也是无限自由的。语言的不自由是说创作主体必须通过共同性的民族语言，表达个人的情感体验，这对创作者来说是一种束缚，作家常常为寻找恰切的词句而绞尽脑汁。但是，语言也是无限自由的，语言的表达有无限的可能性，尤其是文学语言这种带有情感色彩的语言可以自由地表达生命的体验，在不同的时空、不同的情景有无数表达的方式方法。作家如果能够自由地驾驭语言，话语生成就可以用有限的词汇创造出无限的奇迹，展现词汇无穷的生成能力。当然，话语流的形成，只有在长期的习得中得到，需要特殊训练，在大量的阅读、思考和体验中获得。文学创作就本质而言是审美的创造，是为了表达生命情感、生命理解和生命信念而创作，不是为了观念而创作。对于创作者来说，美的创造既关乎对外在事物的审美认知，又关乎对事物自身的生命体验与反思，还关乎生命理解与生命情感的形式表达。创作者只有把在内心世界对生命事物的理解与体验变成一定的形式，才能构成艺术。再者，文学语言与形式本身就是生命表达，它本身就有自己的生命力，它是对生命体验的想象性记忆与创造性的重构,又是对接受者生命美感的召唤。

就创作的过程而言,汉族传统文论重视生命的体验,藏族文论重视话语的生成,从创建中华民族新文论的角度看,两者都有可资借鉴的价值,且能够相互补充。

汉族文论倡导创作主体在审美创造之前需要有丰富的生命体验,也就是创作者以生命之气从观物、虚静、悟道三个层面展开审美体验。观物是在生命之气的运行下的心物交感的观察,是一种本质的直观的审美体验,也就是对外在事物的审美认知。"观物"是心物交换的体验的过程,在"观物"中"取象",就是在大量的生活观察和丰富的生命体验中提炼出文学的意象、形象。要做到真正的"观物",就必须有"虚静"的心境,虚静才能达到深刻认识客体的目的,才能发现真正的美。"观物"不能仅仅停留在对外在事物的审美认知上,还要上升到更高宇宙本体层面去反思理解万事万物和生命的意义和价值,这就是"悟道"。"悟道"实现了心灵世界和感性经验世界的融合,实现了主体精神的超越,进入与宇宙完全合一的本体存在状态。对提高创作主体素养的问题,汉族文论从传统文化出发,建构出一套有关创作主体的独特话语,从生命体验入手,做了相当精深而全面的探讨和分析,但是我们对此的挖掘还是远远不够的。

汉族传统文论也不忽视文学的话语生成问题。古代文论家也强调语言的创新比立意上的创新更加不易。如刘勰所说"意翻空而易奇,言征实而难巧也"。唐代卢延让的《苦吟》诗说:"莫话诗中事,诗中难更无。吟安一个字,拈断数茎须。险觅天应闷,狂搜海亦枯。"古代也产生了不少研究章法、句法类的著作,有"定法"和"活法"之说。但是,汉族文论受传统观念的影响,往往更看重的是作品的"意"。杜牧在《答庄充书》中说:"凡为文以意为主,以气为辅,以辞采章句为之兵卫。未有主强盛而辅不飘逸者,兵卫不华赫而庄整者。"① 张耒在

---

① 胡经之:《中国古代文艺学丛编》(三),北京大学出版社2001年版,第251页。

《张右史文集·与友人论文因以诗投之》中说："文以意为车，意以文为马。理强意乃胜，气盛文如驾。理维当即止，妄说即虚假。"① 刘攽在《中山诗话》中说："诗以意为主，文词次之，或意深义高，虽文词平易，自是奇作。世效古人平易句，则不得其义，翻成鄙野可笑。"② 可见，汉族文论一般把"文"（文学的话语）放在次要的地位。

藏族文论也重视知识学习和生命的体验。如贡嘎坚赞在《乐论》中说："知识渊博又精深，所想之道不偏斜。修成获得全知者，此乃智者所喜事。"③ 五世达赖阿旺·罗桑嘉措在《诗镜释难妙音欢歌》中说："天生的辩才和智慧；对多种学科有广博的听闻及对它们没有疑惑的污垢；有求知的欲望和切实修习的诚心及孜孜不倦的刻苦钻研的精神，这三者是产生优秀诗篇的根本。"④ 但是，藏族文论更加重视的是文学的话语生成。它们关注文学的文体，讲究词语的组织结构，尤其是语言的修饰。罗桑嘉措在《诗镜释难妙音欢歌》中说："精通诗学理论的学者所写的优秀诗篇，由于文辞华丽，寓意无穷，可以说它就像如意神牛；而与此相反，作品粗制滥造，它只能为人们所唾弃，而且作者会被人喻为蠢牛。"⑤ "仅仅以用俗语俚语写出有好内容的作品而自诩，而在作品中没有丰富优美的文辞，那就像一个风华正茂、风姿秀逸的人不着服饰、赤裸着身体外出行走，因而遭到社会舆论的谴责一样，文辞粗劣的著作，会受到学者们的藐视。"⑥ 藏族学者看重善用修辞、文辞华美的作品，鄙视那些缺乏修辞、文辞直白的作品。当代著名藏族学者才旦夏茸认为在文学创作活动中掌握构词技巧比拥有广博的知识更为重要，他说：

---

① 胡经之：《中国古代文艺学丛编》（三），北京大学出版社2001年版，第254页。
② 胡经之：《中国古代文艺学丛编》（三），第254—255页。
③ 彭书麟等：《中国少数民族文艺理论集成》，北京大学出版社2005年版，第178页。
④ 彭书麟等：《中国少数民族文艺理论集成》，第199页。
⑤ 彭书麟等：《中国少数民族文艺理论集成》，第195页。
⑥ 彭书麟等：《中国少数民族文艺理论集成》，第195页。

第九章 尚文气与崇诗艺:汉藏文学创作主体论

若不具有修辞学风格的遣词造句的构词技巧,即使对于其他知识学得再精再多,也只不过是鹦鹉学舌而已。念及构词技巧竟有如此重要意义的道理,宗喀巴大师亦曾提出,能够分辨理路之智慧,可以阐明理论之实践,精于构词技巧之口才,乃此世间珍贵宝三件。这就是说,能运用丰富多彩的构词技巧于口才也算是世上三件宝中之一宝。①

才旦夏茸指出,如果一个人不学习诗学知识,不具备写诗的构词技巧,他的知识尽管广博精深,但写起文章来也只能是鹦鹉学舌,没有什么创新,不过是拾人牙慧,重复着别人的陈词滥调。他又用宗喀巴大师的言论加以佐证,人的三大才能之一就是有精于构词技巧的口才,在文学创作中就是精通诗学,具备写诗的技艺。因此,藏族文论对语言运用的探索不遗余力。文学语言不同于一般的语言,它可以捕捉生活世界的瞬息万变,是人类生活中最真实最自由的语言。文学语言有无限生成的可能性,创作主体必须最大限度地实现语言的自由。正因为文学语言是高度自由的,因而文学语言也是最难研究的,事实上,文学语言常常被规范语言学所忽略。藏族文论对文学语言修辞的研究非常细致和深入,仅各种修辞手法就罗列出三百多种。可以毫不夸张地说,在这方面达到了一个很高的水准,且具有很强的实际操作性。这是藏族文论对中华文论的一个重要贡献,我们应当给予足够的重视。

综上所述,在创作主体论上,汉族侧重于创作主体的生命体验,并建构了一系列概念范畴。藏族文论侧重于创作主体在艺术表达上的话语生成,在语言修辞方面的研究取得了令人叹服的成就。体验和话语是创作主体在文学创作中密切关联的两个关键环节,两者缺一不可。从体验流向话语流的转化是文学作品诞生的过程,也是创作主体

---

① 才旦夏茸:《诗学概论》,贺文宣译,《西北民族大学学报》(哲学社会科学版)2012年第5期。

心理活动的过程。创作主体要具备较高的艺术体验和话语生成的能力，要具备从体验流向话语流转化的能力。汉藏文论从不同的侧重点探讨这一问题，在理论上具有互补性。因此，它们对创建新中华文论有重要的借鉴价值。

参考文献

巴色朗：《巴协》，民族出版社1980年版。

班班多杰：《藏传佛教思想史纲》，人民出版社2016年版。

仓央嘉措、阿旺伦珠达吉：《仓央嘉措情歌及秘传》，庄晶译，民族出版社1981年版。

曹顺庆：《东方文论选》，四川人民出版社1996年版。

察仓·尕藏才旦：《藏族文艺中蕴含的价值观》，西藏人民出版社2014年版。

陈伯海：《中国诗学之现代观》，上海古籍出版社2006年版。

陈多、叶长海注释：《王骥德曲律》，湖南人民出版社1983年版。

陈国庆：《汉书艺文志注释汇编》，中华书局1983年版。

陈良运：《中国诗学体系论》，中国社会科学出版社1992年版。

陈寿：《三国志》，裴松之注，中华书局2006年版。

陈垣：《中国佛教史籍概论》，中华书局1962年版。

丁福保：《佛学大辞典》，中国书店2011年版。

东噶·洛桑赤列：《藏族诗学修辞指南》，贺文宣译，中国藏学出版社2016年版。

董诰等：《全唐文》，中华书局1983年影印嘉庆本。

董仲舒：《春秋繁露》，上海古籍出版社1989年版。

房玄龄：《晋书》，中华书局1996年版。

郭绍虞：《中国历代文论选（4卷本）》，上海古籍出版社1988年版。

海德格尔：《荷尔德林和诗的本质》，孙周兴译，商务印书馆2002年版。

何宁：《淮南子集释》，中华书局1998年版。

何锡光：《樊川文集校注》，巴蜀书社2007年版。

洪堡特：《论人类语言结构的差异及其对人类精神发展的影响》，姚小平译，商务印书馆1999年版。

胡经之：《中国古代文艺学丛编》，北京大学出版社2001年版。

胡塞尔：《纯粹现象学通论》，李幼蒸译，商务印书馆1992年版。

黄宝生：《印度古典诗学》，北京大学出版社2000年版。

黄霖、吴建民、吴兆路：《原人论》，复旦大学出版社2000年版。

皎然：《诗式校注》，李壮鹰校，人民出版社2003年版。

拉德米拉·莫阿卡宁：《荣格心理学与藏传佛教：东西方的心灵之路》，蓝莲花译，世界图书出版社2015年版。

赖力行：《中国古代文学批评学》，华中师范大学出版社1991年版。

李昉：《太平御览》，中华书局1960年版。

李渔：《闲情偶寄》，中华书局2011年版。

李泽厚：《实用理性与乐感文化》，上海三联书店2008年版。

梁启超：《饮冰室合集》，中华书局1989年版。

列维·布留尔：《原始思维》，丁由译，商务印书馆1987年版。

列维-斯特劳斯：《野性的思维》，李幼蒸译，商务印书馆1987年版。

刘熙载：《艺概》，上海古籍出版社1978年版。

柳宗元：《柳宗元集》，吴文治校注，中华书局1979年版。

陆游：《陆游集》，中华书局1976年版。

吕不韦：《吕氏春秋》，高诱注，毕沅校正，上海古籍出版社1996年版。

罗丹：《罗丹艺术论》，沈琪译，人民美术出版社1985年版。

罗宗强：《魏晋南北朝文学思想史》，中华书局2002年版。

摩尔根：《古代社会》，商务印书馆1983年版。

诺布旺丹：《西藏文学》，五洲传播出版社2017年版。

欧阳询：《艺文类聚》，汪绍楹校注，上海古籍出版社1998年版。

帕德玛·苏蒂：《印度美学理论》，欧建平译，中国人民大学出版社1992年版。

彭书麟等：《中国少数民族文艺理论集成》，北京大学出版社2005年版。

祁顺来：《藏传因明学通论》，青海民族出版社2006年版。

钱钟书：《管锥编》第一册，中华书局1986年版。

邱紫华：《印度古典美学》，华中师范大学出版社2006年版。

阮元刻：《十三经注疏》，中华书局1980年版。

石泰安：《西藏史诗和说唱艺人》，耿昇译，陈庆英校订，中国藏学出版社2012年版。

司马迁：《史记》，韩兆琦校注，岳麓书社2004年版。

苏发祥：《中国藏族》，宁夏人民出版社2012年版。

索南坚赞：《西藏王统记》，刘立千译注，西藏人民出版社1987年版。

泰戈尔：《人的宗教》，刘建译，河北教育出版社2000年版。

唐圭璋：《词话丛编》，中华书局1986年版。

陶宗仪：《南村辍耕录·作今乐府法》，中华书局1958年版。

土观·罗桑却季尼玛：《土观宗派源流》，西藏人民出版社1985年版。

汪荣宝：《法言义疏》，陈仲夫点校，中华书局1987年版。

汪涌豪：《中国文学批评范畴及体系》，复旦大学出版社2007年版。

汪裕雄：《意象探源》，安徽教育出版社1996年版。

王弼：《王弼集校释》，楼宇烈校，中华书局1980年版。

王夫之：《古诗评选》，李中华、李利民校点，上海古籍出版社2011年版。

王夫之：《姜斋诗话》，夷之校点，人民文学出版社1961年版。

王夫之：《周易外传》，中华书局1977年版。

王国维：《人间词话》，人民文学出版社1982年版。

王国维：《戏曲论文集》，中国戏剧出版社1957年版。

王克让：《河岳英灵集注》，巴蜀书社2006年版。

王先霈：《中国古代诗学十五讲》，北京大学出版社 2007 年版。

王先谦注：《庄子集解》，中华书局 1988 年版。

王尧、陈践践：《吐蕃时期的占卜研究——敦煌藏文写卷译释》，（香港）香港中文大学出版社 1987 年版。

王灼：《碧鸡漫志校正》，岳珍校，人民文学出版社 2015 年版。

威廉·詹姆斯：《宗教经验种种》，蔡怡佳、刘宏信译，广西师范大学出版社 2008 年版。

韦勒克·沃伦：《文学理论》，刘向愚等译，文化艺术出版社 2010 年版。

维柯：《新科学》，朱光潜译，人民文学出版社 2008 年版。

五世达赖喇嘛：《西藏王臣记》，郭和卿译，中国国际广播出版社 2016 年版。

熊十力：《体用论》《熊十力全集》第 7 卷，湖北教育出版社 2001 年版。

亚里士多德：《诗学》，陈中梅译注，商务印书馆 2006 年版。

杨伯峻：《春秋左传注》，中华书局 2009 年版。

叶嘉莹：《迦陵论诗丛稿》，河北教育出版社 1997 年版。

叶朗：《中国美学史大纲》，上海人民出版社 1985 年版。

叶燮：《原诗·内篇》，上海古籍出版社 1982 年版。

殷璠：《河岳英灵集》，上海古籍出版社 1978 年版。

郁龙余：《印度文化论》，北京大学出版社 2016 年版。

郁龙余：《中国印度诗学比较》，昆仑出版社 2006 年版。

袁枚：《小仓山房文集》，上海古籍出版社 1988 年版。

张伯伟：《全唐五代诗格汇考》，江苏古籍出版社 2002 年版。

张岱年：《宋代哲学与中国文化——国际学术研讨会论文集》，河南大学出版社 1986 年版。

张岱年：《中国哲学大纲》，江苏教育出版社 2005 年版。

张法：《中西美学与文化精神》，中国人民大学出版社 2010 年版。

张戒：《岁寒堂诗话笺注》，陈应鸾笺注，四川大学出版社 1990 年版。

张荣明：《中国思想与信仰讲演录》，广西师范大学出版社 2008 年版。

张少康：《中国古代文学创作论》，北京大学出版社 1983 年版。

司马光、张载：《温公易说、横渠易说》，上海古籍出版社 1989 年版。

张载：《张子全书》，林乐昌编校，西北大学出版社 2015 年版。

章学诚：《文史通义》，上海古籍出版社 2015 年版。

周勋初：《周勋初文集》第 2 卷，江苏古籍出版社 2000 年版。

周赟：《正蒙诠译》，知识产权出版社 2014 年版。

周振甫：《文心雕龙译注》，中华书局 1986 年版。

朱良志：《中国美学十五讲》，北京大学出版社 2006 年版。

宗白华：《美学散步》，上海人民出版社 1981 年版。

宗白华：《艺境》，北京大学出版社 1987 年版。